Über dieses Buch

Neapel 1943: die strahlende Schönheit des Sommers ist trügerisch, der Krieg wirft seine Schatten über die Stadt. Und schon beginnt »man« sich, da man das Wohlleben liebt und unbequeme Probleme haßt, auf die Ankunft der Alliierten »umzustellen«. Gerechtigkeit und Nächstenliebe scheinen weniger denn je gefragt. Auch der Fürst di A. hat sich, obwohl er dem Malteserorden als »Ritter der Gerechtigkeit« angehört, ein Leben lang seinem Auftrag entzogen. Erst jetzt, als alter Mann, erkennt er, daß guter Wille allein nicht ausreicht und daß er nur durch sein Beispiel sühnen kann, was er versäumt hat. Sein Neffe Dino hingegen unterliegt der Täuschung, Recht durch Unrecht erkämpfen zu können – er fällt, stolz und freiheitstrunken, als Straßenräuber. Einzig der junge Fabio wird kraft seiner Liebe zur Wahrheit und der Sicherheit seiner Jugend die Verpflichtung des Schicksals seiner beiden Freunde einlösen. Stefan Andres hat diese diffizilen seelischen Vorgänge in das farbenprächtige Gewand einer spannenden, oft humorvollen Erzählung gehüllt, deren Hintergrund die einzigartige Landschaft um den Vesuv bildet.

Stefan Andres:
Ritter der Gerechtigkeit
Roman

Deutscher
Taschenbuch
Verlag

dtv

Von Stefan Andres
sind im Deutschen Taschenbuch Verlag erschienen:
Der Knabe im Brunnen (6)
Reise nach Portiuncula (90)
Die Rache der Schmetterlinge (325)
Der Mann von Asteri (430)
Die Liebesschaukel (502)
Der Taubenturm (635)
Die Dumme (798)
Die Versuchung des Synesios (974)

Ungekürzte Ausgabe
1. Auflage Juni 1964
2. Auflage Juni 1975: 21. bis 32. Tausend
Deutscher Taschenbuch Verlag GmbH & Co. KG, München

Ausstattung: Celestino Piatti
Gesamtherstellung: C. H. Beck'sche Buchdruckerei, Nördlingen
Printed in Germany · ISBN 3-423-00205-0

I

Für die Menschen in Neapel kam die Sonne am Morgen des ersten Juli neunzehnhundertdreiundvierzig zur Seite des Vesuvs mit derselben feierlichen Klarheit heraus wie an einem Sommertage in jener Zeit, da die Stadt noch Neapolis hieß, – und mit demselben gleichmäßigen Goldblick begann sie ihre Betrachtung und fing sie an, die Oberfläche aller ihr zugewandten Dinge zu färben.

Der Golf schwang sich als eine geschliffene, türkisene Scheibe der Stadt entgegen mit seinen veilchenfarbenen Inseln am fliehenden Rande; die auf den Hügeln bis zum Meer hinab wie zu endlosem Traum hingebreitete Stadt glänzte wie die Haut einer Verführerin, deren Lächeln gleich dem Kirkes auf den Lenden liegt; der Vesuv, noch schwer zur Seite des Lichts, ließ gen Süden in die Ebene im weit entgleitenden und eleganten Faltenwurf seines Mantels die samtigen Schattenmassen zu Tal fließen; die Ebene aber errötete auf ihre Art unter dem Blick der Sonne: sie wurde grün auf hundertfältige Weise, und die kleinen und die großen, aus Lava gebauten Bauernhäuser, selbst jene, die nicht weiß oder himbeerrot getüncht waren, vergaßen aufs neue, aus der Nacht in den Tag kehrend, woher sie stammten ... Aus den wispernden Pappeln stiegen Vögel, genau wie sie aus den in Würde erstarrten Häuptern der Pinien stiegen, droben auf dem Posilip, der blaugrünen Sessellehne der Stadt. In der unbegreiflichen Bläue aber fand die Sonne keinen Gegenstand, den sie beglänzen konnte, ausgenommen die kleinen seidigen Wölkchen über dem Hafen, die einzigen in der heiteren Himmelswüste. Es waren aber eigentlich keine Wölkchen, sondern Fesselballons, – die Sonne sah es, ein unwissender Mensch aber mußte näher zuschauen, um zu erkennen, was sie wirklich waren und bedeuteten. Ein solcher Mensch konnte auch aus der Ferne, etwa vom Vesuv herab, selbst nicht mit dem Fernrohr entdecken, daß über dieser im Goldblau flimmernden Stadt der Krieg hing, so gegenwärtig wie die Sonne, und daß er, sobald sie wieder im Meer versank, aus demselben Himmel herabstürzte mit dem Schnabelschlag höllischer Vögel, die nicht aus dem Bereich des Menschen, sondern aus dem feuerspeienden Berg zu stammen schienen.

Gewiß, es lagen im Hafen graue, mit Feigenblattmustern bemalte Schiffe, aus denen Röhren, von fern wie Stricknadeln anzusehen, herauslugten. Und es gab eingestürzte Paläste in der Stadt, Schutt in den Straßen und magere, in Fetzen gekleidete Menschen. Doch das war von der Ferne her nicht zu erkennen, wie denn überhaupt die Sonne allein sah, was diese Stadt mit dem doppelten Boden, gleich allen Verführerinnen, unter ihrem Glanz, der immer betören wird, verbarg.

Ja, die gleichmutsvolle Sonne, die den Glanz verleiht, weiß allein, woraus die goldenen Ziegel dieser Dächer in Wirklichkeit gemacht sind; und sie allein sieht durch den Stein hindurch in den wimmelnden Bereich. Und doch kommt sie täglich wieder, ihn zu wärmen, alles übrige den Menschen überlassend und der andern Sonne in ihnen, ihrem Zwillingsauge, das die Welt von innen schaut und ordnet und richtet. Darum ist der Gleichmut jener Sonne am Himmel, die alles sieht, dem Menschen, der nur einen kleinen Teil sieht, unbegreiflich, – und er folgert daraus, daß sie ohne Vernunft sei. Aber die Sonne geht unbekümmert darum ihren Weg, sie bringt den Tag und noch mit ihrem Fortgehen schafft sie die Nacht. Und sie ist da, ist überall ganz, und alles erschaut sie gleichzeitig und bis auf den Grund.

Als sie an jenem Julimorgen dem Vesuv über die Schultern schaute, war sie im ersten Augenblick an hunderttausend Stellen zugleich. Sie sah durch die Gitter des Poggio reale; für den jungen Mann jedoch, der in einen gutsitzenden Zivilanzug gekleidet sich soeben Brillantine über das schwarze Haar strich, war es, als schaute sie ihn allein an; die zwei Gefährten in der Zelle schliefen noch. Er versuchte, mit gekniffenen Augen in ihr Gold zu sehen, und dabei verzerrte sich sein Gesicht, und die weißen Zähne bissen auf seine Unterlippe. Und die Sonne sah, wie im Hofe eines Hinterhauses eine Frau den Deckel der Abfalltonne hob, schnell gegen die Fenster hinaufspähte und dann ihr Gesicht in den stinkenden Metallzylinder beugte. Und sie sah, wie der letzte Mehlsack unter einem mit einer Plane überdeckten Militärwagen soeben in eine Bäckerei getragen wurde, und wie ein Karabiniere, der wartend an der Ecke gestanden hatte, zu dem winkenden Bäcker kam, die Hand ausstreckte und sie ihm lange drückte und dann fortging. Sie sah, wie ein Mönch ein Bündel mit Dollarnoten aus seiner Brusttasche nahm, zweimal alle Scheine flüsternd zählte, ein Kreuz von einer Kommode hob, die Kommode leise rückte, die Scheine in Papier wickelte, eine Fliese hob, das Bündel darunter verbarg und wieder die Kommode an dieselbe Stelle rückte und das Kreuz darauf stellte. Sie sah, wie aus den Höhlen der Untergrundbahn Frauen und Männer mit ihren Betten und Kindern herauskamen, grau und krumm unter der Last und ohne einen Blick für die Sonne. Sie sah im Vorgarten einer Villa einen Hühnerhund fast in einem Kreise herumlaufen, zuerst über das Beet, dann kurz bellend auf dem Kies an den Staketen entlang, bis zu dem seitlichen Drahtzaun und wieder über das Beet und bellend an den Staketen entlang, – es waren tiefe Spuren in der Erde, wie von einem Raupenwagen; die Sonne sah das Tier seit Jahren laufen. Und sie sah einen älteren Diener in Livree seinem Herrn das Frühstück unter das Baldachinbett bringen, ein Frühstück für zwei, – denn der Diener setzte sich hin und frühstückte mit seinem Herrn. Und sie sah einen Schaffner die Uhr aus einem Autobus ausschrauben, bevor der Wagen aus der Garage fuhr; sie sah Kinder in schwarzen Schürzen und mit einem Frühstückskörbchen in die Schule gehen, einige lächelten; sie sah eine fette Köchin in einer gekachelten Küche ein Stück Salamiwurst schnell zwischen ihre Brüste stecken und sich die Bluse ordnen; sie sah Menschen, meist Frauen, aus einem kleinen Kirchenportal treten; sie sah in einem Treppenhaus, wie eine behaarte Männerhand nach einem Paket packte und das magere Mädchen, das es hinreichte, mit einem Griff plötzlich hereinzog und die Tür zuschlug; sie sah einen Soldaten eine Kaffeemühle drehen und eine junge Frau im zerrissenen Morgenrock am Gasofen stehen und sah, wie die Hand an der Maschine einhielt und beide mit einem vergessenen, traurigen Lächeln sich anblickten; sie sah in einem Büro einen Jungen Staub wischen, drei Männer gähnen, fünf rauchen und vor sich hinstarren, sechs die Zeitung lesen und einen, der sich im Ohr bohrte. Sie sah, wie bei den Incurablen zwei Krankenwärter einen Menschen in das Zimmer fuhren, darin er sterben sollte, und sah, wie die Gummiräder des Wagens durch menschlichen Unrat ihre Spur zogen; sie sah, wie in den Geschäftsstraßen die Rolläden aufgingen und die Schaufenster voller Gegenstände waren wie die Augen von Habsüchtigen. Sie sah die Zeitungshändler ihre Stände mit Ballen eng und unleserlich gedruckten Zeitungspapieres füllen und wie Hand um Hand danach im Vorbeigehen griff. Sie sah, wie Büromädchen mit großen, bunten Sonnenbrillen ihre Augen schon am Morgen verbargen; sie sah in herrschaftliche Schlafzimmer durch den Spalt der Läden hindurch und sah durch die Haustür in die der Armen, wo jeweils nur ein großes Bett stand und auf der Erde noch die Lumpen lagen, auf denen die Kinder geschlafen hatten. Und die Sonne sah: von den in der Stadt gebliebenen Menschen begannen hunderttausend ihr Tagewerk mit einem Schluck Wasser; hunderttausend mit schwarzer, ungesüßter Gerstenbrühe; hunderttausend mit einem Stückchen trockenen Brotes, das sie in die mit Milch geweißte Gerstenbrühe steckten; die übrigen – die dem Mars dienten und die Vermögenden – stärkten sich zum Tagesbeginn, wie es Menschen geziemt.

Aber die Sonne war diesen Anblick gewohnt, war sie doch seit über zweitausend Jahren die vorzügliche Speise der Armen und das eigentliche Gewand über ihren Lumpen, das Heilmittel ihrer Krankheiten und auch das Haus, darin sie wohnten und überhaupt die Ursache ihrer feuerwerkigen Freuden, ihrer zwischen Herz und Lenden tremolierenden Lieder, ihrer unzerstörbaren, lärmenden, wimmelnden, unbegreiflichen Daseinsgier.

Als die Sonne an diesem Morgen etwa gegen neun um die scharfragende Kante des Kastells Sant'Elmo herum war, blickte sie in die wie in weißen Karton hineingeschnittenen Fenster einer Villa am Vomero. Der kubisch zusammengesetzte Bau aus Beton und Stahl lag in einem kleinen, aber ein wenig vernachlässigten Park mit noch jungen Bäumen: Zypressen, Pinien und Fächerpalmen; auf dem Rasen ragte eine Sprengmaschine, ohne Schlauch. Im offenen Gittertor stand, vor sich hinmurmelnd, eine schwerbusige Frauensperson, blickte sich einige Male um, trat dann in den Park zurück und rief gegen eines der Fenster hinauf: »Signorino – der Schlauch ist fort!« Als niemand antwortete, rief sie noch lauter: »Signor Fabio, jemand hat unsern Schlauch gestohlen!«

»Jaja«, rief es von oben, »was ist, Teresa?«

Endlich erschien auf dem Balkon vor der Fenstertür ein hochgeschossener, breitschultriger junger Mann und lachte: »Was hat man gestohlen?«

»Den Schlauch – da!« Ihre fette Hand wies auf den Rasen und den Anschlußdeckel.

»Aber du willst doch hoffentlich nicht um diese Zeit sprengen, Teresa?«

»Ich will gar nichts, Signorino; die gnädige Frau hat gesagt, ich solle sprengen.«

»Aber doch nicht jetzt – alles verbrennt ja! Habt ihr in meiner Abwesenheit etwa – ach ja, ich sehe, der Rasen sieht ja schlimm aus! Laß mich das wieder in Zukunft machen, Teresa.«

»Gerne, Signor Fabio, nur – wie wollen Sie das jetzt machen, mit einem Sieb? Der Schlauch ist doch weg!«

»Ach so, richtig! Hast du ihn da draußen liegen lassen?«

Sie nickte und begann auf »diese Mörder von Dieben« zu schimpfen, aber Fabio rief sie kurz an, legte den Finger auf die Lippen und winkte ihr, sie solle heraufkommen.

Als sie eingetreten war und die Tür hinter sich geschlossen hatte, blickte sie Fabio einen Augenblick vorwurfsvoll an, fast als wäre er der Dieb, dann begann sie, die Hände vorm Gesicht, zu schluchzen. Ach – so schlimm sei das doch nicht, meinte der junge Mann und fuhr ihr einmal über das schwarze Haar, »nicht weinen, Teresa, hörst du?« Seine sanfte und vollklingende Stimme versuchte einen väterlichen Tonfall.

Aber der Herr Advokat, begann sie, was der sage, so ein Schlauch sei bei diesen Zeiten ein Vermögen, das wisse sie sehr gut! Gestern abend habe sie gesprengt, und dann habe die gnädige Frau gerufen, und dann –, sie hob ihr tränenüberströmtes Gesicht, »dann sind Sie gekommen, Signor Fabio! Und sollte ich da noch an den dummen Schlauch denken, wo Sie so plötzlich wieder da waren, wie Sie aus dem Gefängnis kamen, nach vier Wochen, und wo Sie gar nicht so schlecht aussahen. Was ist so ein Schlauch gegen Sie, nicht wahr? Ein Vermögen, ja, heute, weil alles verrückt ist. – Und dann hab ich noch Ihre Kleider verbrannt, das Badezimmer aufgeräumt und Ihnen noch schnell eine Frittata gemacht, und da ging das Gas weg und dann das Licht, und da hab ich Kerzen angemacht, Benzin aus der Garage geholt, und da dacht ich noch, als ich über den Schlauch stolperte: daß du verdammt seiest –, ich wär beinah mit dem Benzin hingefallen, eine Kerze durfte ich nicht anmachen, Batterien für die Taschenlampe hat mir der deutsche Soldat versprochen, aber noch nicht gebracht. Und ich war so froh, daß Sie wieder da waren, – und da machte ich die Frittata auf dem Benzinkocher, gestern abend ging er mal! – ja, und da hab ich dann den Schlauch vergessen! Daß dieser Mörder von Dieb ihn im Bauch liegen hätte! Am Ende denkt jetzt noch der Herr Advokat, mein Bruder hätte ihn gestohlen, der war ja gestern abend noch da! Hol ihn die Pest, wenn er mir so was antäte, aber da hat er viel zuviel Angst vor mir. Außerdem, mein Vater war ein anständiger Mann, der nie etwas stahl!«

An dieser Stelle gelang es Fabio, ein Wort einzuwerfen. »Moment«, sagte er, »warte, wir müssen uns etwas ausdenken! Du warst es nicht, die den Schlauch liegen ließ. Ich hatte dir nämlich gleich im Garten gesagt, daß ich noch sprengen möchte, ja, so sagen wir's! Ich wollte noch sprengen, tat's auch, einen Augenblick nur, zum Spiel, und da ließ ich alles liegen, als du riefst, ich solle mich baden. Ist's gut so?«

»Ach, Signor Fabiuccio, Sie haben sich im Gefängnis kein bißchen geändert. Sie tun immer alles für die andern, und dann sperrt man Sie auch noch ein! Hab ich die vier Wochen geweint und gebetet für Sie! Aber wird der Herr Advokat nicht mit Ihnen schimpfen?«

»Vielleicht.« Fabio schob die noch kindlichen Lippen voll Verachtung vor; er zog dabei die Schultern hoch. Und er lächelte sie so aus seinen grauen, immer ein wenig feuchten Augen an und sagte, wieder an seinen Schreibtisch tretend: »So, Teresa – übrigens, wenn Mama aufsteht und nach mir fragt, sag ihr, daß ich in die Stadt gegangen bin, ich muß einen dringenden Besuch machen.«

Als Teresa hinaus war, blieb Fabio mitten im Zimmer stehen und blickte sich einmal gedankenvoll, aber eher noch träumerisch im Kreise um: jedes Möbelstück, der Schreibtisch, der Bücherschrank, der die Lampe tragende gelbe Holzkubus neben der Kautsch, alles war in strengem Bezug auf den Gesamtstil des Hauses gehalten. Bisher hatte er zu diesem Zimmer, zu diesen Möbeln ein kühles Verhältnis gehabt. Es war ihm stets wie das Zimmer des Architekten, seines Onkels Giorgio, vorgekommen, der es vor zwei Jahren einrichtete. Er lebte darin, weil es eben das »Zimmer des zweiten Sohnes« war, wie Onkel Giorgio sich stets ausgedrückt hatte. Das »Zimmer des ersten Sohnes« nebenan – das abgeschlossen stand – war mit imitierten Renaissancemöbeln ausgestattet, einfach weil Aldo solche Möbel in Bologna gesehen und beim Vater beordert hatte, und ihm konnte der Vater keinen Wunsch abschlagen. Fabio hatte einmal den Vater gebeten, sein Zimmer »ganz einfach« einrichten zu lassen, »franziskanisch« hätte er am liebsten gesagt, mit einer echten

Bauerntruhe und einem schweren klösterlichen Tisch, den er irgendwo gesehen und gerne als Schreibtisch gehabt hätte; dazu wünschte er sich eine wurmstichige Kirchenbank, die man damals für zwölf Lire beim Althändler hätte haben können. Aber der Advokat Casani hatte seinem Zweitgeborenen nur trocken vermerkt, er solle ihn mit diesen Einfachheitsphantasien in Frieden lassen. Wer wie ein Mönch oder Bauer wohnen wolle, möge sich an den dazugehörigen Orten niederlassen; »in meinem Hause wohnt man, wie es sich für unsern Stand gehört!«

An diesem Morgen nun, als Fabio nach fast vier Wochen die erste Nacht in seinem Zimmer verbracht hatte, fand er plötzlich, daß er sich nicht beklagen könne, – alles war so reinlich und bequem, und man hatte soviel Raum für sich allein; vor dem Balkon lag die Stadt und das Meer mit den Inseln. Man hatte warm gebadet, auch heute morgen wieder, überall lagen Teppiche, und man konnte sogar das Haus verlassen und gehen, wohin man wollte.

Er schöpfte tief Atem und trat langsam an den Schreibtisch. Gleich in der Morgenfrühe hatte er an den einzigen ihm nahestehenden Menschen, an seine Freundin Costanza, einen langen Brief geschrieben, darin er ihr mitteilte, was ihm geschehen war; und damit sie nichts Falsches denken solle, hatte er ihr die Gründe zu seiner Verhaftung und seinem Aufenthalt im Poggio reale ziemlich ausführlich dargestellt.

Vielleicht, so meinte er in diesem Brief, hätte er diesen bestimmten Text (»es sind Auszüge aus Werken deutscher Sozialisten des vorigen Jahrhunderts«) nicht übersetzt, hätte er in den Wochen zuvor nicht »zwei tiefgehende Erlebnisse« gehabt, »vielleicht bestimmen sie mein ganzes ferneres Leben, liebe Costanza. Ich las nämlich ein Buch, Du mußt es auch lesen! Es ist von einem Franzosen geschrieben, namens Renan, er soll berühmt geworden sein durch dieses Buch; ich glaube es gern. Übrigens steht es auf dem Index, – aber das macht ja nichts, liebe Costanza, beichte es hinterher, aber Du bist bestimmt besser geworden, weil Dir der Heiland der Menschen in diesem Buch wirklich wie ein Mensch begegnet. Oh, der Titel! schreib ihn Dir auf, er heißt: ›La vie de Jésus‹. Du siehst ihn ganz nah, in diesem Buch, Du kannst ihm ins Herz sehen! Und in was für ein Herz, ich war berauscht von dem Gedanken, daß so ein Mensch einmal gelebt habe, und daß er sich, wenn er heute noch lebte, als meinen und Deinen Bruder fühlte. Er war zu allen Menschen ein Bruder, vor allen Dingen aber zu denen, die unsre Liebe am nötigsten haben: zu den Armen, zu den Sündern, zu den Kindern, zu den Hilflosen und Kranken. Nun wußte ich es genau, warum ich Medizin studiere! Ich fragte mich immer wieder: wie kam es, daß dieser Mensch so rein in seinem Wollen sein konnte, so unbedingt in seinen Zielen, so ganz und gar selbstvergessen! Und ich fand – durch die Hilfe dieses Autors natürlich –, daß alle Liebe zu den Menschen in diesem Jesus von Nazareth aus seiner sehnsüchtigen Liebe zum Allerhöchsten kam, den er Vater nannte! Und dieser Mensch – ach, wie ging mir das so nahe – konnte sich bei aller seiner Größe irren: – er sagte das Ende der Welt voraus, das weißt Du ja, aber für bald! Und er konnte auch bitter sein und zornig, wie jeder Mensch, wenn die Bosheit sich ihm unüberwindlich mitten in seinen Weg stellte. Aber dann lernte er doch die große Geduld und er begriff, daß ein Mensch bei allem Aufwand und aller Hingabe an sein Ideal doch nicht das Letzte wirkt, wenn er sich nicht ganz zum Pfand und zum Opfer gibt. Ja, es sieht so aus, als ob sich solch ein Mensch zuletzt treiben ließe. Aber, man täusche sich nicht: es ist schwer, sich den Händen der Menschen zu übergeben, wie es heißt, – ich habe es erfahren! Da muß man jeden Augenblick tief Atem schöpfen und bei Gott sein, um nicht laut aufzuschreien und zu fluchen, – denn die Menschen sind so dumm, so phantasielos, so gleichgültig gegen die Leiden eines ›Missetäters‹, und dadurch werden diese erst zu wirklichen Missetätern. Ich weiß das jetzt! Und ich verstehe auch, warum mein Held den Staat nicht lieben konnte, sondern ihn als ein Ergebnis der Sünde der Welt ansah. Denn wären die Menschen wirklich Jünger Jesu, brauchten wir keinen Staat und vielleicht auch keine Kirche, was denkst Du dazu? Ja – und dann ging ich wieder, es war am Ende des Semesters, in den Anatomiesaal bei den Incurablen, versteht sich: schwarz! Denn Studenten haben hier eigentlich keinen Zutritt. Aber in den Anatomiesälen der Universität ist jede Leiche von Studenten derart umlagert, daß man zu keinem wirklichen Studium kommt. So entdeckte ich den Leichen-Schwarzmarkt, verzeih das Wort, bei den Incurablen. Seit ich aber dieses Buch gelesen habe, hasse ich diesen Ort, ähnlich wie ich den Poggio reale hasse. Ich weiß nicht, wo wir Menschen den Menschen tiefer erniedrigen: hier im Krankenhaus, wo wir seinem Körper, oder dort, wo wir seiner Seele (welcher Hohn!) helfen wollen.

Aber ich wollte Dir erklären, wie ich dazu kam, die Texte zu übersetzen. Die Mitstudenten baten mich also, weil ich Deutsch könne, ihnen Stellen aus diesen verbotenen Büchern zu vermitteln. Und ich dachte: Sozialismus? Wenn es das ist, was ich mir vorstelle, gut! Und ich übersetzte, wiewohl ich diese Bücher sehr langweilig fand ...«

Das Ergebnis seiner Übersetzertätigkeit war eine plötzliche Verhaftung. Viele Tage saß er »von allen vergessen« in einem Polizeigewahrsam. Die Mutter wußte nicht, wo ihr Sohn verblieben war; diesem Punkt hatte Fabio eine halbe Seite gewidmet. Daß ein weiblicher Staatsanwalt – »ein Mädchen, fast so hübsch wie du, Costanza, nur etwas älter« – für ihn vier Jahre Gefängnis beantragt hatte, war für ihn das Schlimmste an der ganzen, übrigens sehr kurzen Gerichtsverhandlung. Er schämte sich vor allem noch nachträglich, »in einem solchen Zustand vor Gericht« erschienen zu sein: schmutzig, übernächtig, hungrig und durstig, »dann sieht jeder wie ein Missetäter aus«. Er unterließ an dieser Stelle nicht, genau zu beschreiben, auf welche Weise er seine Haare »gerettet« hatte, denn Costanza sollte selbst in der Vorstellung ihn nicht ohne das dunkelblonde, natürlich gelockte Haar sehen, darin sie, das war aber der Gipfel ihrer Vertraulichkeit, manchmal hineingriff, um ihn scherzhaft zu zerren.

Einen breiten Raum nahm sodann die Beschreibung ein, wie er »auf geheimnisvolle Weise« statt in eine der überfüllten Zellen in jene andere gekommen war, die er am Tag der Verurteilung »wie den Vorhof des Paradieses« betrat. Als er nämlich mit einem Zettel in der Hand auf dem Korridor nach der ihm bestimmten Zelle suchend stand, – keiner der Wärter kümmerte sich um ihn! – kam da ein junger Herr vorüber, mit glänzend pomadisiertem Scheitel, der Fabio lächelnd anblickte und sofort fragte, ob er Student sei. Kaum hatte er das bejaht, als der andre sich kurz als »Dino« vorstellte, »Mitgefangener« und ihm den Zettel aus der Hand zupfte, ihn zerriß und verächtlich »Unsinn« sagte, »in so eine Zelle gehst du mir nicht! Komm her, ich will dir mal zeigen, wie man in diesem netten Hotel wohnt, wenn man Verstand und Geld hat.«

Als Fabio diese Zelle betrat, blieb er stehen, und die Tränen traten ihm in die Augen. In den übrigen Zellen, die nicht größer waren als diese, lagen fast immer zwanzig Menschen neben- und durcheinander, »wie Säcke«, schrieb er. Eine ganze Nacht hatte er in solch einer Zelle, und zwar vor seiner Verurteilung, zugebracht, natürlich ohne zu schlafen. Von der Decke hatte es »Wanzen geregnet«; von dem Kübel im Winkel schrieb er freilich Costanza nichts, das war unbeschreiblich. Denn wie konnte er ihr mitteilen, daß er sich angesichts von zwanzig Menschen genau wie die andern neben den bereits überlaufenden Kübel hingehockt hatte. Er errötete noch später, wenn er an diesen Augenblick dachte. Und die Gefangenen stopften tagsüber Staub und Tabakskrümchen, alles, was irgendwie trocken und brennbar war, in Zeitungspapier, sogen daran, gaben den Rauch in den Mund des Nachbarn, »und so ging das Vergnügen rundum«. »Ich tat es nicht«, fügte er hier an. Dann war er vor Gericht gestanden und endlich betrat er »diese schöne Zelle, ja, ich sage dir, Costanza, so schön war mir noch nie in meinem Leben ein Zimmer vorgekommen! Es befanden sich nur drei Menschen darin. Die zwei Strohsäcke waren sauber. An der Wand hingen hübsche Mädchenköpfe aus einer Illustrierten. Auf einem Holzbrett standen – denke! – eine Flasche Kölnischwasser und ein Kuchen, er schmeckte wie Sandtorte. Dino nötigte mich, ich mußte genau den vierten Teil essen!« Und Fabio erzählte seiner Freundin, wie die drei Mitgefangenen ihm das Bett machten und um ihn herum saßen und leise waren, bis er ausgeschlafen hatte; er schlief vierundzwanzig Stunden. Jetzt erst begann die Vorstellung, jeder erzählte ihm seine Geschichte. Der eine war ein Falschmünzer, der andere, ein alter, weißhaariger Mann, Giovanni, hatte im Laufe seines Lebens drei Menschen umgebracht. Der Alte erzählte Fabio genau, wie das ging. Er war Fuhrmann. Einmal hatte er Kohlen geladen. Ein etwa fünfjähriges Mädchen wollte heimlich auf den Wagen klettern, dabei riß es einen Kohlensack herunter. Das brachte Giovanni so in Wut, daß er das Kind erwürgte. Einen Freund erstach er beim Würfelspiel. Jedesmal erhielt er genau zehn Jahre Gefängnis. Zuletzt brachte er seine Tochter um, sie hatte sich mit Soldaten eingelassen, brachte Zigaretten heim und bot – o Unglück! – ihrem Vater eine Zigarette an. Es gab Fragen hin und her, und als Giovanni sah, daß die Ehre seines Hauses besudelt war, erwürgte er sie! Und über jedes seiner Opfer weinte er eine lange Weile, am meisten über das ermordete kleine Mädchen.

Fabio saß unbeweglich vor dem alten Mann, der immerfort erzählte. Das Herz tat ihm weh, denn er konnte nicht einsehen, wie das möglich sei: Giovanni hatte so freundliche, offene Augen; er sah richtig wie ein guter Großvater aus. Dino, der Mitstudent, war ein Neffe des Fürsten di A. Sein Vater war seit langem gestorben. Dino hatte schon als Gymnasiast zu spielen begonnen. Um eine Schuld zur Zeit begleichen zu können, hatte er von einem Heereswagen, zusammen mit einem jungen Leutnant, einen Packen mit Decken und Zeltbahnen gestohlen. Die Mutter schickte ihm manchmal Geld, das ihr der Bruder, der Fürst di A., gab. Damit hatte sich Dino innerhalb des Reiches der blinden Gerechtigkeit diese Oase geschaffen.

Fabio verweilte in seinem Brief lange bei der Gestalt des alten Giovanni. Es war in der zweiten Nacht, als er plötzlich erwachte und spürte, wie eine Hand zart über ihn wegtastete. Giovanni lag neben ihm, es mußte seine Hand sein. So hätte er sich also doch in diesen Augen versehen? Er hielt den Atem an und in der vollständigen Dunkelheit sah er mit weitaufgerissenen Augen, ohne etwas Wirkliches zu sehen, den Mörder Giovanni über sich gebeugt. Der Alte hatte nichts zu verlieren, überlegte er, vielleicht war er überhaupt ein Irrer! Fabio zitterte und war nahe daran zu schreien, als er spürte: wo es soeben brannte, wo also eine Wanze saß – am Muskel des Oberarmes, genau da war jetzt Giovannis Hand. Und dann war sie nicht mehr da. Und er hörte, wie die Hand in der Dunkelheit an die Waschschüssel stieß. Fabio erinnerte sich, zu welchem Zweck Dino die Schüsseln am Abend in den Zimmerecken aufgestellt hatte, es waren »Wanzenfallen«. Und nun glitt Giovannis Hand über seinen Hals, – ah, auch da brannte es, Fabio begriff... Und das Zittern der Angst verwandelte sich in ein Zittern der Freude, ja, wirklich, er konnte es nicht vermeiden. Er wandte sich leise dem Alten zu: »Giovanni, wie bist du so gut!« – »Eh – Sie schlafen nicht? Ich dachte, Sie schliefen! Aber dies Viehzeug, wie sollten Sie auch schlafen! Na, Sie werden bald frei kommen, Ihr Vater – der berühmte Advokat –!«

»Ah, liebste Costanza«, so schrieb Fabio, »mein Vater hat mich zwar aus dem Gefängnis durch seine Beziehungen herausbekommen, aber das erste, was er mir bei seinem Besuch sagte, war: ›Du Kretin!‹ Jedoch der Missetäter Giovanni, der drei Menschen umbrachte, war zu mir wie ein Vater! Glaubst Du, daß ich unter Tränen von ihm Abschied nahm, daß ich ihn küßte? Den Falschmünzer mochte ich nicht, aber er war auch freundlich, doch in seiner Hilfsbereitschaft zu dienerhaft! Dino aber ist ein unglücklicher Junge, – und ich muß ihm helfen, wenn sie auch alle drei sagten, als ich fortging: ›Jetzt bist du frei und du wirst uns vergessen, das ist so! Jeder vergißt diesen Ort, so schnell er kann!‹ Aber wie kann man seine Leidensgenossen vergessen? Heute noch gehe ich zum Fürsten di A., er muß helfen!«

Fabio kannte den Fürsten di A. nur dem Namen nach – und aus Dinos Darstellung, aber dieser traute er nicht ganz; denn der Neffe des Fürsten urteilte über die Gesellschaft und ihre Institutionen voll Hohn und Gehässigkeit, und er nahm seinen Onkel nie aus. Für Fabio aber war es an diesem Vormittag, da er sich zu seinem Bittgang vorbereitete, nicht einerlei, wer dieser Fürst di A. sei; denn es war ihm sehr ernst, das Dino so oftmals abgelegte Versprechen zu halten, nämlich sofort zum Fürsten di A. zu gehen und von ihm zu erwirken, daß er seinen Neffen aus dem Gefängnis »loseise«, wie das in Dinos Sprache hieß.

Das sei für »den Alten« eine Kleinigkeit, so wenigstens hatte es ihm der elegante Zellenkamerad versichert, – jeden Tag ein paarmal: der Onkel sei zwar kein Anhänger des Diktators, oh, das nicht, aber im Namen der Principi di A. und auch in seiner Persönlichkeit sei das Beste und Vornehmste vom alten Neapel enthalten. Für den Fürsten sei es »ein schönes Nichts«, sich an den König oder die Königin zu wenden, und selbst die politischen Emporkömmlinge in allen Ämtern und Stellen fühlten sich geschmeichelt, wenn der Fürst ihnen die Ehre antäte und sie auch einmal um einen Gefallen bitte.

Seit Dino aber wußte, daß Fabios Vater vom Militär zurückgekehrt sei und sich für den Sohn einsetze und diesem bei seinem Besuch sogar versprochen hatte, daß er in wenigen Tagen freikomme, verwandte er die letzten Tage nur noch darauf, Fabio in die »komplizierte Psyche dieses alten K . . . ers« einzuführen. Vor allen Dingen, das schärfte ihm Dino immer wieder ein, müsse er den Alten zuerst für sich einnehmen, denn »dieser aristokratische Komiker und Seelenführer« höre nie auf Gründe, wiewohl er sich für einen Philosophen halte, sondern folge stets »dem Zuge seines Herzens«, und das sei ebenso hart wie weich; es komme darauf an, von welcher Seite man sich diesem Herzen nähere. Und hier wurde Dino sehr ausführlich und entwickelte eine für Fabios Herzensschlichtheit peinlich anzuhörende »wohldurchdachte Annäherungstaktik«. Man müsse, wie bei jedem Menschen, den man für sich, »also für einen bestimmten Zweck!« gewinnen wolle, auch bei »diesem stoischen Kindskopf« damit beginnen, daß man im Gespräch gleich zeige, wie man mit ihm eine Menge Berührungspunkte habe, ja, daß eine gewisse überraschende Verwandtschaft (nicht des Charakters! dafür sei der Fürst zu stolz, und Charakter sei ja auch nicht fingierbar), daß eine Verwandtschaft vielmehr des Geistes und des Geschmacks bestehe, indem sich herausstellte, daß zum Beispiel Fabio altes Porzellan liebe und die stoische Philosophie »als im Kern christlich« ansehe; oder daß er sich als Sozialisten erkläre und von seiner illegalen Übersetzertätigkeit spreche, ohne aber zu unterlassen, mit ausgesprochener Verachtung vom Marxismus abzurücken. Überdies habe Fabio den Orden der Malteserritter hoch zu schätzen und auch alle seine Grade und Einrichtungen zu kennen, und er müsse sich von dieser altehrwürdigen Institution noch einen »eines Tages überraschenden Einfluß auf den Ablauf des abendländischen Schicksals« versprechen, denn der Onkel sei, wie alle Fürsten di A., natürlich Malteser; er habe sogar die Gelübde abgelegt, zum Glück für seinen Neffen Dino, denn Onkel Ettore sei dadurch Fra Ettore geworden, habe nicht heiraten dürfen und müsse sogar das Brevier lesen. Ja, darin bestehe das Rittertum des Fra Ettore: in den Gelübden, im Brevier und den Sporen, – und daß er sich auf seinem Hausaltar von einem Kaplan der Malteser gelegentlich die Messe lesen lasse.

Als Fabio Abschied nahm, zog ihn Dino noch einmal auf die Seite: »Also – ich rechne auf dein treues Gesicht, Fabio! Du warst mir auf den ersten Blick, was man sympathisch nennt, aber lassen wir das ...! Du gehst nun zum Fürsten, und auch ihm wirst du sympathisch sein, und zwar im selben Maße, als ich die gegenteilige Wirkung auf ihn ausübe! Aber sei geschickt! Übrigens: nicht rauchen, wenn er dir nichts anbietet; und rauchen, bis du krepierst, wenn er dir anbietet! Er ist fürchterlich herrschsüchtig. Und über die Malteser nachlesen! Auf jeden Fall: nicht den Grad vergessen, ich glaube: Ritter der Gerechtigkeit, hübsch, wie? Nun, es sind eben große Kinder, diese Ritterspielenden Adligen. Und wie bitter ernst sie's betreiben; sechzehn Vorfahren, also die Eltern, Großeltern, Urgroßeltern und

Ururgroßeltern müssen von Adel sein, dann kann man so was werden! Ich kann's nur mit besondrer Genehmigung, meine Mutter hat einen Bürgerlichen geheiratet!« Dino lächelte kopfschüttelnd vor sich hin. »Und das in unserer Zeit! Auf jeden Fall, Fabio, studiere die Sache mit den Maltesern gründlich, um meinetwillen, damit ich aus diesem Loch komme! Und über Porzellan nachlesen, in irgendeinem Werk, und die Markenzeichen dir einprägen! Vor allen Dingen: Sèvres, Capo di Monte, Meißen, das ist das Beste, denn davon hat er am meisten! Und die Stoa nicht vergessen! Noch etwas: nichts gegen die einfachen und armen Leute sagen! Er hat einen Diener, einen Kriegsinvaliden, ein höchst durchtriebenes Stelzbein, Luca heißt er. Dies Objekt seines angewandten Sozialismus säuft und stiehlt und erledigt die laufenden Geschäfte. Du findest also im Hause meines Onkels die vollendete Symbiose von Diktatur des Proletariats und aufgeklärtem Absolutismus. Alles ist möglich!«

An der Tür noch flüsterte Dino dem Gehenden ins Ohr: »Und sag ihm, daß ich mich geändert habe!« Er lachte und gab Fabio einen Klaps auf die Schulter: »Geh – und vergiß uns«, rief er noch und wandte sich, doch plötzlich kam er hinter Fabio hergelaufen, hielt ihn mit der Hand an der Schulter fest und flüsterte, er zeigte dabei die Zähne und keuchte: »Sag dem alten Schuft, wenn er mich nicht hier herausholt, dann wünsch ich ihm eine Bombe auf den Kopf, auf seinen schönen Palazzo! Willst du ihm das bestellen? Was für ein Narr ich bin. Aber – das sag ich dir allein: wenn sich diese Tür eines Tages öffnet, dann werden diese Ritter der Gerechtigkeit noch mit mir Bekanntschaft machen. Er kann seinen Titel einpacken, ich will ihn nicht erben, ich werde mich nicht lächerlich machen als ein Fürst di A. – ich heiße anders, noch ganz anders als zur Zeit! Ich werde meinen Namen finden – ah –«, er hielt inne, starrte Fabio wie erwachend an, zeigte ohne Übergang die Zähne, freundlich vergnügt – nur seine dicht neben der Nase stehenden schwarzen Augen blieben funkelnde Schlitze. »Keine Angst, kleiner Junge«, sagte er so, »geh, ich gönn dir deine Freiheit. Du hast mir mit deinem reinen Herzen viel Vergnügen gemacht. Aber du wirst uns vergessen!«

»Niemals, Dino«, hatte Fabio gesagt, »ich danke dir so viel!«

»Eben deshalb . . . vielleicht! Na, geh schon! Ciao!«

»Ciao!«

Bei allen diesen Gesprächen hatte der alte Giovanni, stets in düsteres Schweigen versunken, zugehört, während der Falschmünzer in einer Zeitung las oder sich den andern nützlich machte. Einmal aber, als Dino sich in besonders widerlicher Weise gegen den Fürsten gehen ließ, war Giovanni aufgefahren und hatte gegen Dino die Hand ausgestreckt: »Signore, kein Wort mehr! Mein Herz hat keinen Verstand! Und Sie lästern unsern Wohltäter! Von Ihrem Oheim leben wir hier so, wie wir leben! Ich sage, mein Herz hat keinen Verstand, aber meine Ehre hab ich nicht verloren, und die ist mein Verstand, damit Sie es wissen! Und ich dulde es nicht, daß Sie unsern Wohltäter lästern! Ich kenne den Fürsten nicht, aber was ich von ihm erfahre, ist nur Gutes, täglich und stündlich! Ohne ihn lebten wir schlimmer als die Hunde!«

Fabio ging diese Verteidigung des Fürsten aus dem Munde eines dreifachen Mörders durch den Sinn, als er durch den heißen Julimorgen dahinschritt zum Palazzo des Fürsten di A., und er bemerkte, daß er sich in einer gespannten und leicht erregten Stimmung befand, ähnlich als ginge er in ein Examen. Und er ließ alles, was ihm Dino gesagt hatte, noch einmal lebendig werden, ehe er unter das düstere Portal trat und auf den Klingelknopf drückte.

II

Derweil er so wartend dastand, blickte er sich um. Dem Portal gegenüber, jenseits des kleinen Platzes, lag ein ockerfarbenes Kirchlein mit einer höchst einfachen Giebelfassade; er kannte den Namen nicht. Fabio war selten in diesem verwinkelten und vertreppten Viertel gewesen; an der quer über die Gasse auf Schnüren bunt hingezettelten und auf groteske Weise gestückelten Wäsche konnte man auf den ersten Blick sehen, wo man sich befand.

Als sich endlich das Portal langsam öffnete, stand da ein gewiß sechzigjähriger Mann in grauer Livree, der Fabio zuerst ungemein aufmerksam und ernst ansah, dann aber, als Fabio auf seine herzliche Weise grüßte, sich verbeugte, und zwar mit einem so zuvorkommenden und vergnügten Lächeln, als wäre Fabio erwartet. Die Visitenkarte steckte der Diener, ohne daraufgeblickt zu haben, dankend in die Tasche, als wär's ein Geldschein, schloß mit sich selber redend das Portal und machte wieder eine freundlich einladende Verbeugung; Fabio merkte: der Mann roch nach Wermut und hatte überdies ein Stelzbein und war somit niemand andres als der Dino so verhaßte Luca.

»So, Signorino«, sagte er jetzt, sich Fabio zuwendend, »mein Herr wird sich freuen, wir haben wenig Besuch!« Und er führte ihn eine breite Steintreppe hinauf, die sich um eine kleine, in ein Höfchen sich öffnende Halle hinaufzog. »Wundern Sie sich nicht, den Fürsten noch in der Stadt anzutreffen?« fragte Luca so im Hinaufgehen, und ohne eine Antwort abzuwarten, fuhr er fort: »Wer sich's heute leisten kann, reist ja aufs Land, eben weil Sommer und Krieg ist. Aber wir – der Fürst und ich – wir halten die Hitze und die Bomben schon aus. Und auf dem Land ist's heutzutage trauriger als überall sonst, sagt der Fürst, weil jetzt die Städter alle aufs Land ziehen, wie die Heuschrecken. Früher waren wir jeden Sommer auf dem Lande, natürlich! Aber heute ist alles überlaufen. Außerdem – man kann sich heute nicht umdrehen und schon hat man die Diebe im Rücken!«

Fabio wußte nichts als beizupflichten. In jedem der Räume, die sie durchschritten, blieb Luca immer wieder mit einer neuen freundlichen Empfangsgebärde stehen: »Wenn Sie die Güte haben wollen, Signorino, noch ein Zimmer weiter!«

Fabio sah auf Schritt und Tritt, zumal im vorletzten Zimmer, große Vitrinen mit Porzellan stehen. Alte Möbel – dunkle Gemälde – Teppiche voller Staubflusen – mit Papierstreifen kreuz und quer verklebte Fenster – leere Flaschen in den Winkeln, und durch die offne Tür im letzten Raum sah er neben einem gewaltigen Baldachinbett – also im Schlafzimmer – einen alten Herrn in einem dunkelblauen Schlafrock sitzen, in einem engen, unbequemen Sessel, dessen schmale und von Schnitzwerk gekrönte Lehne den grauen, mächtigen Kopf des Dasitzenden fast um einen halben Meter überragte.

Fabio sah, wie der Fürst ein Kartenspiel – nein, zwei! – gefächert in den Händen hielt und, zu Luca aufblickend, diesem ein Auge kniff und sagte, daß Luca ein unverdientes Glück gehabt habe. Der Fürst warf dabei die Karten zu der Flasche und den Gläsern auf den niedrigen runden Tisch, der dem Sitzenden kaum bis zu den Knien ging, und reichte Fabio die Hand, den Handteller nach unten. Denn ohne diese angenehme Störung, so fuhr er, kurz zu Fabio aufblickend, fort, als wäre der schon seit einer guten Weile im Zimmer, hätte er diesmal Luca gründlich heimgeleuchtet. Und er fragte Fabio, ob er Scopa spielen könne.

»Scopa? – nicht gut, das heißt – nein«, stotterte Fabio, über diesen Empfang verwirrt.

Darauf nickte der Fürst in einem traurigen Feststellen: »Aber boxen, das können Sie, wie?«

»Boxen? Nein – aber fechten, schwimmen, rudern!«

»Was Sie sagen! Aber wir können doch hier nicht schwimmen oder gar rudern!« Luca, der soeben ein Glas für den Gast brachte, schmunzelte diskret. Er füllte das des Fürsten und das Fabios und stellte dann die Flasche fort und nahm das dritte Glas vom Tisch. Der Fürst schaute diesem Tun mit offensichtlichem Mißvergnügen zu, schien aber durch diesen kleinen Vorgang daran erinnert zu sein, daß dieser junge Herr ein Besucher war. So fragte er, zu Fabio die schwarzen, gleichmütigen Augen hebend und mit der Rechten sein graues Bärtchen fassend: »Sind Sie . . . Sie sind . . .«

Fabio, der bereits saß, erhob sich schnell, machte mit verlegenem Lächeln eine Verbeugung und nannte seinen Namen.

»Ach so! Sie sind also . . . soso!« Der Fürst nickte einigemal und betrachtete Fabio, der sich wieder setzte, ausführlich, sprach aber darauf von Fabios Vater, dem »siegreichen Advokaten«, dem »Hannibal vor den Toren des Gesetzes« . . . »Ich habe übrigens auch einen Prozeß durch ihn verloren, aber um zu Ihnen zurückzukommen: wie kommt das denn – einerseits höre ich, Sie seien im Krieg, andrerseits . . .«

»Das ist mein Bruder!« fiel Fabio ein.

»Ah so, ich kenne Ihre Familie nicht, nur Ihren Vater, den ja – und Sie kenne ich, auch Sie! Nun, was Ihren Vater angeht . . . aber trinken Sie doch!«

Und der Fürst erzählte von seinem Prozeß. Er hatte nur einmal in seinem Leben eine Klage angestrengt und nicht einmal in eigener Sache. Er war Zeuge, wie ein Auto eine alte Dame überfuhr – »darüber habe ich mich nicht so sehr geärgert, ich kannte die Dame ja nicht«, bemerkte er, die schmale Hand machte eine fortschiebende Bewegung, »aber daß dieses Auto im Rückwärtsgang sie überfuhr, das empörte mich. Haben Sie das schon einmal gehört – oder gar gesehen? Hier vor meinem Haus war's, drunten auf dem Platz, vor der Kirche. Ich gestehe, mich packte die Wut! Ich setzte mich mit der Familie der Ermordeten zusammen und startete den Prozeß – und stieß leider auf Ihren Vater! Der verstand es natürlich, mir alle Schuld in die Schuhe zu schieben, das heißt meinem toten Schützling! Nun, ich zahlte und resignierte, gegen Advokaten kann man nichts machen! Trinken Sie! Ich kann Ihnen nur sagen, es sieht schrecklich aus, von einem rückwärts fahrenden Wagen überfahren zu werden. Darin liegt eine solche Summe von Respektlosigkeit seitens so einer Maschine, daß man sich empören muß! Wenn ein Mensch einem Mitmenschen Unrecht tut, etwa einen totschlägt, hat der Totgeschlagene immerhin das Bewußtsein, es mit seinesgleichen zu tun zu haben. Und es wirkt eine Unmenge Gefühl bei so einem Vorgang mit – und vor allem, die Sache ist nicht fertig, der Totschläger wird nie damit fertig, mit dem Toten! Aber so ein Auto – von hinten, und es dreht sich nicht einmal um, steht da, ohne mit der Wimper zu zucken. Und wie das alte Fräulein dalag – wirklich um einen Stein zu erbarmen. Das ist die Kehrseite der Maschine, bei einer Bombe der gleiche Befund! Und dabei muß man wissen, daß die Macht dieser seelen- und gewissenlosen Dinge, man kann nicht einmal sagen: Geschöpfe – täglich zunimmt! Ich gehe seit diesem Vorfall kaum noch einmal auf die Straße. Das Empörendste an der Sache aber ist: vor Gericht hat man meine Ansicht, daß die Maschine zerstört werden müsse, wie den Einfall eines Verrückten zurückgewiesen. Der heilige Thomas hatte gewiß einen kühlen Kopf – aber er hätte mich verstanden! Ihr Vater lächelte und schüttelte den Kopf. Das beweist, daß er nur ein Advokat ist! Nun, was wünschen Sie von mir? Ah so – ja, ich glaubte schon, mein Neffe hätte mich angelogen, und Sie seien gar nicht im Poggio reale gewesen, vor allen Dingen, da ich hörte, Sie seien im Krieg! Nun haben Sie einen Bruder . . . Und Sie waren – hm, haben Sie auch gestohlen?«

Fabio schüttelte den Kopf und errötete: er habe Texte deutscher Sozialisten übersetzt, sei dafür zu vier Jahren verurteilt worden, aber sein Vater habe ihn herausgeholt.

Der Fürst fuhr sich mit zwei Fingern einigemal an der langen, feingeschwungenen Nase entlang, Fabio brachte diese gelbe, zarte und große Nase mit der Mondsichel in Zusammenhang, vielleicht wegen dieser nächtlich schwarzen und nächtlich gleichmutsvollen Augen, die zu des Fürsten meist bewegt dahinrollenden Sätzen in einem solch auffälligen Gegensatz standen.

»Wie alt sind Sie?« fragte der alte Herr nach einer Weile, er sah Fabio nachdenklich an.

»Neunzehn!«

»Zu alt eigentlich, um deutsche Marxisten zu übersetzen«, meinte der Fürst, er lächelte sanft.

Fabio hielt den Augenblick für günstig, um nach Dinos Regie seine Verachtung des Marxismus anzubringen, er tat es stotternd, und seine Sätze gegen den historischen Materialismus klangen angelernt. Der Fürst wiegte geduldig den Kopf hin und her. Luca flüsterte dem Fürsten etwas ins Ohr, und der sagte: »Rauchen Sie?« Fabio nickte: »Manchmal – aber nicht viel!« Luca ging leise hinaus.

»Aber warum haben Sie denn diese Werke, die keineswegs so verächtlich zu behandeln sind, wie Sie es da soeben tun zu dürfen glaubten, warum haben Sie diese modernen Häretiker übersetzt? Die Häretiker geben bekanntlich immer das Stichwort, wenn die Wahrheit auf der Bühne sich wiederholt und nicht weiterkommt! Ich frage: warum übersetzten Sie?«

Luca stellte eine Schachtel mit deutschen Zigaretten auf den Tisch und reichte Fabio ein Streichholz.

»Warum – ah, ich müßte da so viel von mir selber erzählen, daß es mir unbescheiden vorkäme.«

»Reden Sie doch keinen Unsinn! Jeder erzählt meistens von

sich selber, ein junger Mensch muß das sogar tun, objektiv ist der Stein, vielleicht! Auch wenn Sie mir von Pontius Pilatus oder den Pygmäen erzählen, reden Sie über sich selbst – auf dem Umweg der Geschichte und der Ethnographie. Nun?«

Und Fabio begann darauf, zuerst noch stockend, von dem Eindruck zu erzählen, den das Krankenhaus der Incurablen auf ihn gemacht habe, nachdem er das Leben Jesu von Renan gelesen hatte. Und da habe er gedacht, – es müsse etwas geschehen, etwas Grundlegendes und ganz und gar Neues. Und gerade da seien die Kommilitonen an ihn herangetreten.

Der Fürst nickte eifrig: »Ausgezeichnet! Nachdem Sie im Glauben erkannten, was der Mensch eigentlich ist, empörten Sie sich bei den Incurablen über seine Erniedrigung und griffen konsequent zu der zur Zeit einzig vorhandenen Waffe, ihm zu helfen: zum Marxismus! Diese Konsequenz ist – wenn Sie sich auch in den Mitteln irrten – begreiflich. Warum aber sind Sie dann wieder so inkonsequent, daß Sie, nachdem Sie diese Autoren übersetzten und dafür sogar im Gefängnis büßten, diese soeben ›öde Rationalisten‹, ›ahnungslose Ideologen‹ und ›Zertrümmerer jeder menschlichen Würde‹ titulierten?«

»Sie haben recht, Principe«, sagte Fabio leise, »aber ich bin ohne jede Führung unter einer Diktatur aufgewachsen und ich erfrischte mich an diesen fremden Autoren, wiewohl ich sie langweilig fand, weil sie genau das Gegenteil von dem behaupteten, was man mich von Jugend an lehrte. Und weil es gefährlich war, diese Bücher zu besitzen und gar daraus zu übersetzen, auch das war ein Antrieb!«

»Ja, und da kamen Sie ins Gefängnis! Und lernten meinen Neffen kennen. Und er schickt Sie nun zu mir, es ist klar, zu welchem Zweck! Aber ich will Ihnen etwas sagen: daß Ihr Vater Sie durch seine Beziehung befreite, halte ich für eine Ungerechtigkeit, so sehr ich mich über Ihre Freiheit freue. Ihr Vater ist ein ergebener Parteigänger des Diktators. Wie kann er dann seinen Sohn, der sich gegen diesen Staat vergangen hat, von den Folgen seiner Handlungen eigenmächtig befreien? Ich weiß, fast alle, die es vermögen, handeln wie Ihr Vater; und fast alle, die es nicht vermögen, würden so handeln, hätten sie die Macht. Aber an einer solchen Verachtung des Gesetzes muß ein Staat zugrunde gehen, es dauert ja nicht mehr lange. Doch frage ich mich: was geschieht dann, nach dieser heillosen Übung im Übertreten und

Umgehen und eigenmächtigen Verbiegen, ja Aufheben des Gesetzes: werden die Menschen in diesen neuen Staat auch eine neue Auffassung vom Gesetz mitbringen? Sie dürfen nicht vergessen: jene, die für die Übertretung des Gesetzes büßen, leiden nicht nur um ihretwillen – sondern vielmehr noch um der andern willen, daß diese nämlich die Folgen sehen und sich an das Gesetz halten. Darum sind auch die Gerichtsverhandlungen im Prinzip öffentlich.«

Fabio lächelte irritiert: »Sie finden also, Principe, daß ich mich unrechtmäßig auf freiem Fuß befinde?«

»Unrechtmäßig nicht, was Ihren freien Fuß angeht – sondern die Art und Weise, wie er befreit wurde! Ihr Vater hatte kein Recht, – ich dagegen, ich hätte mich für Sie an die Königin gewandt, und Sie wären ebenso schnell oder noch schneller frei gewesen. Ich hätte damit kein Unrecht getan, nicht weil ich ein Gegner des Diktators bin und mich über seine Justiz erheben könnte, sondern weil ich den gesetzlichen Weg der Begnadigung eingeschlagen hätte.«

Fabio reckte den Kopf vor: »Wunderbar, Principe, so denkt auch Dino, genauso, indem er nämlich Sie durch mich bitten läßt, Ihrer Majestät der Königin –«

Der Fürst hatte das Päckchen Karten sorgsam an den Rändern geglättet und stieß es auf den Tisch:

»Bitte! Ich kann das nicht hören! Wo denkt dieser Mensch hin! – In jedem Brief schreibt er mir neuerdings von der Königin, unter seinesgleichen lacht er über sie; das weiß ich, ich kenne ihn genau. Aber das wäre mir gleichgültig, wohlbemerkt, das sind seine persönlichen Ansichten. Was er jedoch über Begnadigung denkt, kann mir nicht gleichgültig sein, weil es allem entspricht, was er über Gesetz, Ordnung und das Leben überhaupt denkt. Er modelliert und knetet am Inhalt eines Begriffes so lange herum, bis er ihm paßt. Und selbst das tut er nur zum Schein, einfach um zu fingieren, als ob er ein Zyniker aus Nachdenklichkeit wäre und nicht aus Herzlosigkeit. Nein, nein, Sie bringen es nicht fertig, mir ein anderes Bild von meinem Neffen zu vermitteln, als ich es leider habe! Begnadigung ... im Grunde heißt das für ihn: man hebt die Folgen einer ungesetzlichen Handlung auf, indem man sich an die Mächtigen hält, von denen er wohl im stillen die Meinung hat, daß sie das Gesetz nicht ernst nehmen, indem sie es bald wirken lassen, bald aufheben. Und es wird auch in der Tat zuviel und leichthin begnadigt. Wenn die Königin hört: sieben Kinder, Frau krank und der Mann zehn Jahre – dann ist er bereits begnadigt! Der zu Begnadigende muß dieser Ausnahme vom Gesetz würdig sein, er muß durch seinen Charakter Garantie bieten, daß er seine Handlung nicht wiederholt – und überdies: eine Begnadigung darf nicht zugleich ein Ärgernis sein, sonst wird das, was für den einen Gnade ist, für den andern, der nicht begnadigt wird, Ungnade, Unrecht, Unsinn!«

Aber Dino leide so fürchterlich an seiner Freiheitsberaubung, begann Fabio. Und die Lebensbedingungen im Poggio reale seien eines Menschen unwürdig; und er begann mit einer eingehenden Schilderung »dieser Lasterhöhle«, aus welcher niemand unverändert herauskomme.

Der Fürst unterbrach Fabio an dieser Stelle mit dem Bemerken, daß er durch seine regelmäßigen Geldspenden dem Neffen ein von dem übrigen Gefängnisleben ziemlich abgesondertes Dasein ermöglicht habe, eben weil auch er diesen Strafvollzug als eine Ungerechtigkeit des Staates gegenüber dem Delinquenten ansehe. Nur aus diesem Grunde übrigens habe er Dino zu dieser Sonderstellung verholfen, die ja, wenn man es recht besehe, ein trauriges und höchst bezeichnendes Licht auf die Justiz werfe. Denn daß selbst noch dort, wo das Gesetz notwendigerweise gleichmacherisch sein müsse, das Geld Sonderplätze und Rangstufen errichte – und sozusagen noch »Eisschränke ins Fegfeuer« schmuggele, das – der Fürst schüttelte hilflos den Kopf und schien um den Fortgang seines Satzes verlegen. Und er seufzte und sagte feststellend: »Nein, ein solches Leben kann ich Dino wirklich nicht zumuten. Zwanzig Leute in einer Zelle? Und noch kleiner als dieser Raum?«

»Ein Fünftel – höchstens!« Fabio blickte sich abschätzend um, »und was für Menschen! Und das Ungeziefer, die Gerüche, das Essen!«

»Ich sehe«, sagte der Fürst mit niedergeschlagenen Augen, »daß ich recht tat, ihm Geld zu schicken. Auch die Strafe muß ihr Maß haben. Und dasselbe Maß für alle – das ist schon wieder ungerecht!« Er hob das Gesicht und blickte prüfend zu Luca hinüber: »Was sagst du dazu! Wenn wir beide eingesperrt würden, dir fiele das alles doch viel leichter?«

Luca hatte an die Wand gelehnt dagestanden und, das Gespräch mit ernster Teilnahme verfolgend, gegen die Zimmerdecke gestarrt; von Zeit zu Zeit verscheuchte er mit einer gleichmütigen Bewegung eine Fliege.

»Principe mio«, sagte er jetzt und schob die Brauen hoch, »darüber ist kein Wort zu verlieren. Sie sind ein solches Leben nicht gewöhnt, außerdem: Sie brauchen ein bißchen Bewegung, wenigstens durch ein paar Zimmer! Und dann, so eine Kost kann man Ihnen nicht zumuten, Sie können sich das gar nicht vorstellen, Exzellenz! Aber wir beide würden das trotzdem aushalten! Wenn ich bei Ihnen bin, brauchen Sie sich nicht zu sorgen, dann haben Sie alles Notwendige!« Er goß dem Fürsten und Fabio ein.

»Ich weiß, du gingest mit mir auch ins Gefängnis, Luca, eh?«

»Mein Gott, was sollte ich denn anders tun? Sie allein lassen? Aber was Ihren Neffen angeht, Exzellenz –«

»So bitte ich dich, gefälligst den Mund zu halten.« Der Fürst warf das mit scharfem Kopfheben, aber mit ruhiger Miene dem Diener hin. »Du hast dich nicht in meine Familienangelegenheiten zu mischen! Geh zu Federigo in die Küche hinunter und sage ihm, er habe zuviel Öl verbraucht! Ja, ja, oder sag ihm sonstwas, du mußt ein bißchen besser auf ihn achtgeben. Sag ihm, – daß wir einen Gast haben ...«

Fabio widersprach, er müsse nach Hause, die Mutter warte auf ihn.

Der Fürst gab Luca einen Wink und sagte in anordnendem Ton: er solle Fabio ans Telephon führen. Dann stand er auf und ging, ohne noch auf den verlegenen jungen Mann zu achten, im Zimmer umher.

Als Fabio mit dem Bemerken, die Mutter sei »informiert«, wieder hereintrat, blieb der Umherwandelnde stumm. Fabio betrachtete den barocken Dielenschrank, den Schreibsekretär, einen richtigen hölzernen Berg, die Bücher an den Wänden. Der Fürst aber nahm nach einer Weile stumm seinen Arm und führte ihn vor die Vitrinen im nächsten Zimmer, von einer zur andern, er sprach kein Wort dabei. Fabio wußte nichts zu sagen. Manchmal seufzte der alte Herr ganz leise, es war nicht zu erkennen, aus welchem Grunde.

Als sie wieder in das Schlafzimmer des Fürsten traten, legte dieser sich sofort auf das Bett. Er wies auf seine geschwollenen Füße, – er sei herzkrank und er müsse daran denken, demnächst all das schöne Porzellan im Stich zu lassen, und es sei noch fraglich, ob es in der »vita venturi saeculi« Porzellan gebe. Er räume ein, daß es ebenso närrisch wie anspruchsvoll sei, so vergänglichen Dingen ein ewiges, unwandelbares Dasein zu wünschen. Sei doch das Porzellan eben darum so »rührend in seiner zerbrechlichen Schönheit«, mindestens so rührend wie das schöne Geschlecht – und dabei so schweigsam! Aber er wolle keineswegs den Unsinn streifen, wenn er mit Platon auch den schönen Dingen im Reich der unwandelbaren Ideen ihre Bleibe einräume.

»Trotzdem beschäftigen Sie mich im Augenblick stärker als alles Porzellan auf der Welt, lieber Fabio«, sagte der Fürst und hob den Kopf und nickte dabei dem jungen Mann zu, streckte sich aber sofort wieder ganz aus und sprach so gegen das Innere des Baldachins redend – er war himmelblau bemalt mit verblaßten Goldsternchen; in der Mitte hing ein phantastischer Vogel aus Holz, vielleicht ein Phönix, denn von allen Seiten züngelten geschnitzte goldene Flammen nach ihm.

»Sie erinnern mich nämlich an jemand, um es ganz deutlich zu sagen: an mich selber, als ich so alt war wie Sie, nein, ich war älter, ich war ungefähr fünfundzwanzig Jahre! Ich hatte damals auch Gedanken, unser liebes Neapel betreffend. Ich schlug vor, man sollte den Vomero durchbohren und einen Tunnel bauen, damit sich die Stadt nach jenseits des Berges in die Ebene ergießen könnte. Statt dessen lachte man über mich und baute weiter an vier Meter engen Gassen sechs- und achtstöckige Häuser! Und hernach gab jeder Neapolitaner den Fremden recht, die Neapel auffällig schmutzig fanden. Zwanzig Menschen in einer Zelle machen sie schmutziger als zwei, und zwar mit Leichtigkeit! Ich wollte sagen: was Sie von den Incurablen anschnitten, gleich eingangs, ich weiß – ich weiß es seit über fünf Jahrzehnten, seit ich nämlich damals so war wie Sie und nachzudenken begann. Ich könnte jetzt sagen: machen Sie mir Vorschläge, wegen der Incurablen. Aber wenn Sie es tun, könnte es sein, daß ich plötzlich laut auflache, weil Sie genau dasselbe sagen, was ich vor fünfzig Jahren meinem Vater sagte: als Bali der Malteser hatte er einen gewissen Einfluß. Und dann sähen auch Sie vielleicht, was ich sah, und was mein Leben bestimmte.«

Die Stimme unter dem Baldachin versiegte. Fabio fragte mit einem weckenden Räuspern: »Ihr Vertrauen ehrt mich sehr, Exzellenz, ich hörte es gerne.«

»Ach, nichts Besondres«, sagte der Fürst wegwerfend; damit

erhob er sich vom Bett, ging auf ein Büchergestell zu und entnahm ihm einen Band. Er blätterte darin, nickte manchmal, plötzlich lachte er leise auf, endlich las er: »Und der Verwaltungsrat bemerkt in seinem Bericht an den Präfekten vom 20. September 1866, daß man endlich das lange schon geforderte System angenommen habe und künftig für hinreichenden Raum zwischen den Betten Sorge tragen werde, so daß der erste Saal, der bisher sechsundachtzig Betten faßte, von nun ab nur achtundvierzig haben werde – und so entsprechend die übrigen Säle.«

Fabio saß mit gerunzelten Brauen da, er begriff nicht. Der Fürst las wieder und hatte ihn offenbar vergessen. Aber nach einer Weile kam er, das Buch in der Hand, auf Fabio zu, er lächelte ernst: »Haben Sie das Problem erkannt? Zwischen den Betten muß Raum sein, das kann niemand leugnen! Aber die Folge: statt sechsundachtzig nur achtundvierzig Betten – und so entsprechend die übrigen Säle. Ja, das ist es! Dies Buch ist übrigens eine wahre Teufelspostille – sehen Sie: Dal riordinamento delle opere pie della città di Napoli. Ja, über die Neuordnung! Daran ordnet man herum durch viele Jahrhunderte mit dem Ergebnis, das Sie kennen! Und dabei muß man wissen, daß vielleicht in keiner Stadt der Welt soviel für opere pie gestiftet wird als in unserm frommen Neapel! Aber lesen Sie dieses Buch und Sie begreifen. Es gab Zeiten, da dieses Hospital im Gelde schwamm, zumal die Incurablen, eine wahrhaft für die Ewigkeit gegründete Unternehmung«, der Fürst nickte und hielt sein Bärtchen eine Weile umschlungen, er blickte dabei in das Buch, »aber wir leben in Neapel! Sehen Sie – dies Buch ist voller Zahlen: Dukaten, Lire, und auch Betten, gewiß – aber diese Zahlen haben wenig oder nichts mit den Kranken zu tun. Der Mensch im Bett ist ein Objekt für die Ärzte und vor allem für die – Administratoren! Der brave Verfasser schreibt stets diskret von Intrigen und Unordnung – in der Verwaltung! Da fehlen plötzlich über eine Million Lire, – vor hundert Jahren war das ein großes Vermögen. Wo sind sie? Eine Kommission soll das untersuchen. Die Kommission tut das auch und löst sich auf, ohne etwas gefunden zu haben. Nach zwanzig Jahren auf königlichen Befehl wieder eine Kommission – und sie untersucht, findet zwar nichts, schlägt aber ›Verbesserungen in der Verwaltung‹ vor, die aber wieder ohne Wirkung bleiben, wie der Verfasser sagt. Ist das klar? Oder haben Sie noch nicht verstanden, Fabio? Mein

Vater kannte übrigens einen dieser Administratoren aus nächster Nähe. In der Untersuchungskommission, die sein Wirtschaftssystem zu studieren hatte – wieder einmal! – saßen ein Vetter des Studienobjektes, ein Schwager und ein paar Freunde!... Dieser Administrator stiftete für das Krankenhaus der Incurablen vor seinem Tode zweihunderttausend Lire, und sein Name wurde in goldenen Lettern der Nachwelt überliefert. Mein Vater schätzte, daß dieser ehrgeizige Stifter gewiß die Hälfte seines Diebstahls zurückstiftete ... Wer nicht aus Neapel ist, kann das zwar nicht begreifen, aber wir beide – wie?« Der Fürst lächelte Fabio verschmitzt an, doch der schüttelte düster den Kopf.

Luca kam und bat zu Tisch. Der Fürst aß zuerst schweigend, schließlich begann er, sich den Mund tupfend: er sei überzeugt, daß es in Neapel viel mehr Impulse zum Generösen, Großartigen und Heldenmütigen gebe als anderswo; er lasse sich von dieser Idee niemals abbringen. Aber es bleibe meist bei den Regungen, leider – er könne sich selber nicht ausnehmen. Wie oft habe er überlegt, sein Gut in Sizilien, zu einem Teil, den Incurablen zu überlassen – »und zwar hatte ich vor, die Schwindsüchtigen, die man ja noch immer ungefähr wie eine Champignonkultur behandelt, in die frische sizilianische Luft umzupflanzen, auf mein Gut! Ich hätte gern das Haus erbauen lassen, – aber dann kam die Frage: wer verwaltet das? An dieser Überlegung wurde ich müde, ich gestehe es! Glauben Sie mir, über diese Unterbringung der Schwindsüchtigen in einem geeigneten Krankenhaus ist soviel geredet und geschrieben worden in den letzten siebzig Jahren, daß die Tinte nicht in ein großes Faß hineinginge und die Redestunden aller Redner zusammen gewiß ein Jahr ausmachten, wenn Tag und Nacht geredet würde, – mit dem Ergebnis, daß die Schwindsüchtigen ihr Lokal nicht wechselten, sondern aus ihrer Großstadtluft brav ins Grab stiegen – sicut erat in principio!« Und nach einer Pause, die Gabel niederlegend und über den Teller, als wäre ihm der Appetit vergangen, hinblickend: »Luca, bitte etwas Wein! Nein, Fabio – da ist nichts zu machen, nichts, wir sind in Neapel! Die Sonne, o diese Sonne! Ja, sie macht generös, aber auch träge, gleichmütig! Was ist der Mensch! Gehen Sie diesen Sommer nicht aufs Land?«

»Nein, Principe – ich möchte jetzt bei meiner Mutter bleiben. Ich bin ja erst gestern aus dem Gefängnis gekommen.«

»Erst gestern?« Der Fürst legte den Pfirsich wie etwas Heißes auf den Teller zurück, und seine Augen ruhten nachdenklich auf der samtigen, in dem halbdunklen Raum sanft glühenden Frucht. Das Linnen strahlte ihre Gesichter von unten an. Der Fürst sah bleich aus. »Aber ich kann nichts für ihn tun«, sagte er endlich und schüttelte sanft, jedoch mit einer schweren Bewegung den Kopf. »Und reden Sie mir nicht mehr von ihm, ich bitte Sie darum. Und was die Incurablen angeht – oder sagen wir lieber: Santa Maria del popolo! – auch davon nichts mehr! Incurable, schon dieser Name, nicht wahr? Welche Bosheit des Schicksals, diesen Namen über einem Krankenhaus festzuhalten! Mein Vater« – der Fürst wies gegen die Wand, wo ein fetter Mann in der schwarzen Uniform eines Bali der Malteser auf den Tisch blickte – mit einem hungrigen Ausdruck, so erschien es Fabio, der sich sofort umwandte und das Bild eine höfliche halbe Minute lang betrachtete. Der Fürst erzählte derweil, wie sein Vater eines Tages gesagt habe: er mache jetzt eine Stiftung – ein für allemal, um sich fernerhin um nichts mehr zu kümmern! Dieser Entschluß seines Vaters, den dieser auch konsequent ausgeführt habe, sei ihm darum »so furchtbar deutlich« in die Erinnerung eingeprägt, weil der Vater – es sei an diesem Tisch gewesen – mit den Worten aufgestanden sei: nicht nur das Hospital Santa Maria del popolo verdiene den Namen »Agli Incurabili«, sondern ganz Neapel – diese ganze Stadt sei unheilbar.

Und der Fürst fügte mit gesenktem Kopf hinzu: »Das ist um so bemerkenswerter, weil ich meinen Vater nie in seinem ganzen Leben sonst noch irgendwann einmal eine Bemerkung in sozialer Hinsicht machen hörte. Denn Neapel bestand für ihn im übrigen aus San Carlo, dem Königlichen Schloß, den Straßen und dem Corso, dem Malteserkonvent und seinem Hause und den Häusern seiner nächsten Freunde, alles übrige war Staffage.«

Fabio blickte den Sprechenden seit einer Weile so an, als müßte er ihn jeden Augenblick unterbrechen. Mit einem Zögern in der Stimme sagte er schließlich: »Wir kennen das, ich meine – ich wollte sagen: ich sehe das an Ihrem Verhalten zu den öffentlichen Dingen, oder sagen wir: zur Stadt. Die Stadt aber steht auf dem Menschen!«

Luca brachte den Kaffee.

»Mein Verhalten zu den ...« der Fürst murmelte das, von

Luca das blaßrote Sèvres-Täßchen entgegennehmend, er blickte Fabio eine lange Weile mit einer ausdruckslosen Miene an. »Die Stadt steht auf dem Menschen«, er nickte und schwieg. Endlich sagte er, sanft, aber bestimmt: »Nein, ich bin nicht wie mein Vater! Ich habe gerne mit Menschen zu tun, das müßten Sie eigentlich bemerkt haben. Aber ich wurde frühzeitig bestimmt von der Erkenntnis – nun, daß wirklich alles, alles heillos sei, nicht nur hier in Neapel! Aber dort, wo man lebt, ist stets alles am heillosesten. Daß ich Ihnen eine so traurige Erkenntnis mitteile, hat seinen Grund, – aber ich bin jetzt ein wenig müde, ich muß nach Tisch ruhen.« Damit erhob er sich und reichte Fabio die Hand – »doch ich bitte Sie hiermit: kommen Sie wieder, wann Sie wollen und sooft Sie wollen. Nehmen Sie das wörtlich! Nicht als ob ich Langeweile hätte, aber – doch, ich habe Langeweile! Eine, die man nicht mit Bücherlesen und Scopaspielen kleinkriegt ... Ich bin über siebzig, ich befinde mich wie in einem Vorzimmer – ich warte – warte auf etwas – daß sich die Tür öffne; und zugleich habe ich das Bewußtsein, ich hätte noch etwas zu erledigen, draußen, in den Straßen, zu Hause. Und so warte ich ... Ein Tag legt sich zum andern wie in einem Buch Seite zu Seite, – und das Erinnern ist dann wie ein Nachblättern, aber ich finde in den durchlesenen Seiten nicht das, was ich suche. Und als alter Mensch findet man niemanden mehr, mit dem man noch Freund werden könnte, um über solche Dinge zu sprechen. Ich habe Luca französischen Sprachunterricht gegeben, mit Erfolg, kann ich sagen, aber das erleichtert mich nicht. Ich bin immer ein zugänglicher Mensch gewesen – und doch, es haben mich eigentlich wenige in den innersten Gemächern aufgesucht! Außerdem, wenn man über siebzig ist, sterben die Freunde, die wenigen, die man hatte, auch das, – und die Enttäuschungen kommen immer dichter: in der Familie und anderswo. Übrigens – er ist gesund, nicht wahr?«

Fabio zögerte kurz, er hob die Schulter: »Das ist es ja – sehr gesund ist er auch nicht!«

»Also – ich hätte gedacht, Fabio, Sie wären aufrichtig zu mir?« Der Fürst senkte seinen schweren Blick in den des jungen Mannes; der errötete, und seine Augen wurden feucht.

»Exzellenz«, murmelte er, »holen Sie ihn heraus, ein junger Mensch darf nicht wie ein Tier gefangen sein – wie ein Tier!« Das letzte rief er, aber leise, keuchend, dem alten Herrn ins Gesicht. Fabios Kinnladen sprangen dabei vor, sein Kopf wurde noch länger, alles an ihm glühte.

Der Fürst trat einen Schritt zurück und griff hastig an sein Bärtchen, er zog hörbar den Atem ein. »Ich bitte Sie«, murmelte er, wußte aber offenbar nicht, welchen Ausdruck er seiner Stimme geben sollte: Entrüstung oder beruhigendes Wohlwollen. »Also bis morgen oder übermorgen, wann Sie wollen, Fabio! Ich hoffe, Sie kommen wieder.«

Denselben Wunsch äußerte Luca an der Tür, er verbeugte sich tief und lächelte.

III

Fabio schämte sich seines Ausbruches nicht, es war ja nur für die Dauer eines halben Satzes, daß er sich hatte hinreißen lassen gegen diesen seltsamen Mann, der von sich sagte, daß er aus Neapel stamme – und seinen Neffen, wiewohl er es mit einem einzigen Brief vermöchte, nicht aus dem Gefängnis befreite. Dabei war er ohne Zweifel über das Los seines jungen Verwandten bekümmert. Immer wieder war er von sich aus auf Dino zurückgekommen. Und Fabio beschloß, ebenfalls immer wieder auf den ehemaligen Zellenkameraden zurückzukommen, man durfte nicht nachlassen. Überdies – der Umgang mit diesem Manne war aufregend, ein ganz und gar unbekannter Boden. Wo geh ich hier eigentlich? Er blickte sich suchend um. Hoffentlich fragt Mutter nicht, wo ich war. Ich war – ach, ganz einfach, bei Silvio!

Daß Fabio den Besuch beim Fürsten zu Hause verschweigen wollte, geschah zunächst, weil es seine Eltern, zumal der Vater, ihm übel vermerkt hätten, daß er sich, bei wem auch immer, um die Freilassung eines Menschen wie Dino bemühte. Der eigentliche Grund aber war ein anderer: der Fürst war für ihn ein Fund, eine menschliche Entdeckung, ein Bereich, der ihm ebenso fremd wie anziehend war und nur ihm gehörte. Außerdem – was hätte er sagen können? Hatte er doch selber, soviel er auch über den seltsamen Mann die nächsten Tage nachdachte, keine rechte Vorstellung von ihm. Es war vielleicht überhaupt das erste Mal, daß er über einen Menschen grübelte und versuchte, seine Eigenschaften festzustellen – nein, seinen Kern zu ergründen.

Dieser Mensch hat Kontakt, das war die erste und klare Formulierung, die Fabio über den Fürsten in seinem Geiste vorbrachte. Kontakt eigentlich mit allem, was ihn umgibt. Und diesem Mann wagte man zu sagen: er sei wie sein Vater, den der Sohn soeben als indolent und sündhaft gleichgültig hingestellt hatte. Fabio ahnte jetzt auch, warum er diesen aggressiven, fast gehässigen Satz gewagt hatte: er war Dinos Onkel böse – aber warum? Hatte dieser Mann nicht ein Recht, gegen einen solchen Neffen voll Mißtrauen zu sein? Er kannte ihn! Und es fragte sich noch, ob sich der Fürst, bei dieser seiner Auffassung von der

Strafe, für einen anders als Dino gearteten Neffen eingesetzt hätte. Sagte er nicht, daß die im Gefängnis Büßenden auch für die andern litten, um sie vor der Übertretung des Gesetzes zu warnen? Welche Ansichten – mitten in Neapel! So etwas mochte man bei den Klassikern finden – nein, er ist wirklich nicht von heute! Doch dann – wie er mit diesem Luca umgeht, als wären sie Schulkameraden! Und im nächsten Augenblick weist er ihn in die Grenzen, wie sie zwischen Herr und Diener gezogen sind. Und wie er einen empfing! Als hätte man ihn seit Jahren täglich besucht. Das kommt – er hat eben Kontakt, wenn er sich auch so rührend offen beklagt, keinen zu haben, keinen mehr!

Diese letzten Worte des Fürsten hatten Fabio vor seinem Weggehen mit einem Hochgefühl erfüllt. Seine Jugend kam sich berührt und geehrt vor, er sah sich eigentlich zum ersten Male von einem Erwachsenen wirklich ernst genommen; dieser, man mußte fast sagen: ehrwürdige Mann sprach zu ihm wie zu seinesgleichen – und das in der ersten Stunde. Und dabei hatte der Fürst es deutlich gemacht, daß er kaum noch jemand habe, der ihn »in den innersten Gemächern« aufsuche . . . Wer bin ich also, erwog der junge Mann, wenn er dies Vertrauen zu mir hat? Etwas muß in mir sein, das ihn anzieht, etwas, das ihm ähnlich, vertraut ist. Oder das Gegenteil, auch das ist möglich, etwas, das er entbehrt. Ich will ihn bald besuchen, beschloß Fabio, ehe er noch ganz zu Hause war. Und ich will aufrichtig sein zu ihm, ganz aufrichtig, er verdient es. Und vielleicht ist das der einzige Weg, um Dino zu helfen. Merkt er doch ohnehin sofort, wenn ich lüge. Nein, Dino ist wirklich nicht krank, und sein Oheim ist alles andre als ein alter Trottel! Und Fabios Mitleid mit Dino wuchs noch, wenn er erwog, daß dieser unglückliche Junge einen Menschen wie seinen Oheim nur als Werkzeug betrachtete, im übrigen aber in Wort und Gedanken erniedrigte und verwarf. Und warum nur? Vielleicht war der Fürst seinem Neffen durch mündliche und, als es zu spät war, schriftliche Ermahnungen lästig gefallen? Dino hatte nie über das frühere Verhältnis zu seinem Onkel gesprochen. Aber die Vorstellung, daß dieser Junge, der nur ein paar Jahre älter war als er, ganz kalt und abgefeimt den Fürsten wirklich nur als Mittel benützte, belastete Fabio, und er schob sie von sich. Dinos Zynismus war gewiß nur ein Versuch, vor sich selber und den andern den Unabhängigen zu spielen. Man mußte dem Fürsten das alles klar vor Augen stellen –, das nächste Mal mußte man noch entschiedener sein und, bei aller Aufrichtigkeit, ein wenig geschickter.

Und er versuchte es. Der Fürst trug diesmal – es ging in den Nachmittag – einen schwarzen Anzug, und das war es wohl, warum er auf Fabio in den ersten zehn Minuten ein wenig fremder, fast kühler wirkte. Sie saßen überdies im Salon, also im zweiten Raum vor dem Schlafzimmer. Luca brachte den Kaffee, diesmal in barocken Meißner Täßchen. Die Vitrinen umstanden sie wie schweigsame, offenherzige Menschen, von deren Mienen jeder Gedanke deutlich zu lesen ist; die Gedanken der Vitrinen hinter dem glitzernden Glas waren weiß oder gelb oder mattbunt; rund, gewölbt oder von Schnörkeln umschwungen, »stille, schöne und anmutige Gedanken«, murmelte der Fürst, der, seit sie sich in den Sesseln um das hübsche Rosenholztischchen niedergelassen hatten, über nichts andres als Porzellan sprach.

Es hatte damit angefangen, daß Fabio – nicht ohne die Absicht, dem Fürsten zu schmeicheln – diesen fast vorwurfsvoll fragte, warum er solche »Kleinodien ihrer Art« nicht vor dem Krieg in Sicherheit gebracht habe. Der alte Herr hatte darauf Fabio, dann das Porzellan und wieder Fabio nachdenklich, ja, traurig angeblickt. Endlich fragte er: »Allen Ernstes, Sie lieben Porzellan?«

Unter dem kindlich neugierigen Blick des ehrwürdigen Alten errötete Fabio und so gerne er diese Frage bejaht hätte, er zuckte sehr verlegen die Achsel und sagte: – nun ja, gewiß, seine Mutter habe schönes Porzellan, aus Urbino, aber ihm gefielen mehr solche großen und buntbemalten Teller – nein, er könne nicht sagen, daß er etwas von Porzellan verstehe.

»Ich dachte es mir doch«, murmelte der Fürst, in einer Art von Entspannung, »ein so junger Mensch, das wäre ja unnatürlich! Man muß, möchte ich fast sagen, über fünfzig sein, um Porzellan zu lieben, ja, das kann man erklären ... Früher fand ich es nur schön und kaufte gelegentlich, tauschte sogar – wie mit Freimarken!« Er lächelte. »Aber das ist es ja, wenn einem das Porzellan wirklich nahegekommen ist, kann man sich nicht mehr davon trennen: ich brauche es zum Leben. Bomben? Hm...« Er ließ seinen dunklen Blick von einer Vitrine zur andern gehen, »ich denke so oft daran, daß man alles auf der offenen Hand trägt, ob man will oder nicht, und ich will's sogar.« Und nach einer Weile: »Porzellan ist härter als Stahl, aber ein Kind kann so eine Tasse zerbrechen – ein Kind, ja, geht Ihnen das nicht nahe? Mich regt so ein Gedanke auf!«

Und von hier ab sprach er eine Weile, heiter und leicht den Kopf geneigt, in dieser Weise fort, und Fabio war es schwer zu unterscheiden, ob der Fürst in irgendeinem bestimmten Augenblick gerade über Porzellan oder den Menschen spreche. Denn bald redete er ganz realistisch über die Herstellung des Porzellans, über das Schlemmen, Mahlen, Rühren und Pressen des Stoffes; über »entschiedene Mischungen im Charakter«, über »die Verschiedenheit der Herkunft und Erziehung von Kaolin, Feldspat und Quarz« – aber zwischendurch irrte er ab und begann mit suchender Stimme: wie alles doch im Leben darauf ankomme, »in welche Hände ein Mensch gerate«. »Man sagt: Gott ist der Töpfer, gewiß – aber durch den Menschen! Das den Geist erhellende Wort und das Beispiel der jeweils verantwortlichen Generation, mein Gott –, es ist eine erdrückende Last, das zu wissen. Hernach ist nichts mehr zu ändern ... Eine schlechte Form kann selbst nicht mehr mit der schönsten Unterglasurbemalung gerettet werden; sie fällt durch solche oberflächlichen Reize nur noch schlimmer auf. Und alle die Leiden eines solchen Menschen im Verglühofen der Jugend und dann gar im Garbrand des Mannesalters –, es ist alles umsonst gelitten. Ich liebe mein Porzellan, weil ich weiß, was dazu gehört – zum Gelingen! Gelingen ... was für ein Wort! Wieviel tausend Achtlosigkeiten stehen diesem kleinen Täßchen im Weg zu solcher Vollkommenheit! Aber mir ist so ein vollkommenes Täßchen lieber als ... Es ist nicht die Intelligenz, die einen Menschen ausmacht, nicht seine Begabung, dann wäre mancher junge Mensch schon mit zehn, elf Jahren: gelungen! – und durch alles hindurch. Meine Erfahrung in dieser Sache ist anders: ein Junge kann uns mit zehn, elf Jahren, ja, noch mit fünfzehn so viel versprechen, daß wir nachts nicht schlafen können, wenn wir uns ausmalen, was für ein Mann das wird ... Wir stellen ihn dahin und dorthin, sozusagen wie einen Turm beim Schachspiel, ja, wo die Not am größten ist! Aber dann erwachen wir – und entdecken eines Tages: das war ja alles bisher nur Zubereitung der Grundstoffe: Schlemmen, Mahlen, Rühren, Pressen! Und wir entdecken zu unserm stummen, hilflosen Entsetzen: auf der Drehscheibe entscheidet es sich – unter den Händen des Töpfers. Ich hänge weder irgendeiner Art von Prädestinationslehre an, noch bin ich Determinist – ich meine, ich möchte kein Determinist sein, der homo humanus in mir empört sich gegen diese Vorstellung. Freiheit, ja, aber das arme Stück Porzellanerde auf der Drehscheibe, so gut vorbereitet, wie es überhaupt möglich ist, kommt nun in die Hände einer Öffentlichkeit, die nichts kann als Pokerspielen, Zigarettenrauchen, Zotenerzählen, Zeitunglesen, über Politik und Geld reden und dem Gesetz, wo es auch auftritt, eine lange Nase machen ... Sie kamen nicht in diese Gesellschaft, Fabio?«

Der Gefragte fuhr leicht aus seinem träumenden Zuhören auf. »Doch – aber mir sagte das nicht zu.«

Der Fürst blickte den jungen Mann mit steil gerunzelter Stirn durchdringend an, endlich sagte er: »Wiederholen Sie das doch bitte, dieser Satz ist für mich – – mein Gott! – Ihnen sagte dieser Umgang nicht zu ... Sie zogen noch aus giftigen Blumen Honig – einen für Sie unschädlichen Honig! Nein, Sie haben recht: es steht beim Menschen. Dieser menschliche Klumpen auf der Töpferscheibe hat bereits seine Form in sich. Hören Sie: es ist auch sein Wille, der die Finger des Töpfers führt. Und der Stoff arbeitet mit! Wir sind ein geheimnisvoller Stoff, das muß man sagen. Nichts von Determinismus! Auch ich bin in Neapel geboren –, und wir beide – – ach, wie dieses Wort aus Ihrem jungen Herzen mich erquickte. Essen Sie etwas Kuchen, ich ließ ihn, das sollen Sie wissen, eigens für Sie holen! Es war gut, daß Sie sich anmeldeten. Ich esse in diesen Zeiten für mich allein selten Kuchen. Ich wollte sagen: es ist da ein intellektueller Widerspruch – da auf der Töpferscheibe. Ich sehe in allem das Walten der höchsten Vernunft – mit Ausnahme dessen, was im Menschen vor sich geht, in Menschen, die man gut kennt. Der freie Wille – ich bin davon überzeugt und ich spüre die Last der Verantwortung täglich mehr. Aber im freien Willen liegt es, da beginnt dieser Widerspruch zur Welt, zum Ganzen. Da gibt es Menschen, die genau wüßten, was sie zu tun hätten, aber es nicht tun – und da hört das Walten der höchsten Vernunft auf ... All unser Elend kommt aus dieser Unvernunft: Hunger, Bomben, Herzeleid und Unkultur – alles! Aber ich bin entschlossen, in dieser Stunde nicht zu verzagen. Ich habe oft verzagt ... Alles spielte sich bei mir in Gedanken ab: ich habe in Gedanken erzogen, Neapel reformiert – auch die Incurablen, versteht sich; habe mich in die Deputiertenkammer wählen lassen – in Gedanken wohlbemerkt; habe sogar eine sozialistisch-konservative Partei gegründet – sie heißt: Union der vernünftigen Leute; ich war überdies einmal Kultusminister, in Gedanken; schuf eine für die unbemittelten Schichten kostenlose höhere Schule, stellte die fünfhundertneunundneunzig Examensmaschinen an den Universitäten und sonstwo ab und verlangte eine einmalige, in die Tiefe gehende Selbstdarstellung eines Amtsanwärters; schuf ein fliegendes Volkstheater, war überdies auch Präfekt in Neapel und griff durch, das kann ich Ihnen sagen, Fabio, ich war ein richtiger Kloakenreiniger – in Gedanken; ich war auch regelmäßig in Rom und hielt Seiner Heiligkeit Vortrag, wodurch ich, wie Sie wissen, mit dazu beitrug, diesen neuen Klerus zu schaffen, den Sie ja kennen . . .« der Fürst kippte in bitterem Übermut das Täßchen und setzte es unsanft hin – »und den Orden der Malteserritter führte ich in diesem meinem langen, arbeitsamen Leben zu seiner ursprünglichen Bestimmung zurück: wir haben heute in jeder größeren Stadt Italiens von den Maltesern vorbildlich geführte Krankenhäuser, die sich mit denen in Deutschland und England messen können . . . Wir stellen übrigens nur Mitglieder des Ordens als Ärzte an, und statt sechzehn Ahnen fordern wir Ärzte, die in sechzehn Ländern ihre Erfahrungen sammelten und wirkliche Christen sind. Ja, ich kann sagen, daß ich mein Vermögen, meinen Einfluß und den glänzenden Namen meiner Familie und dazu auch meine nicht mittelmäßigen Talente in den Dienst der Ganzheit gestellt habe, daß ich nicht müßig war! . . . Und wenn mich demnächst der Hausherr zur Abrechnung bestellt, kann ich ihm sagen, daß ich mit der hübschen Summe, die er mir zur Verwaltung vor seiner Reise übergab, Schwarzmarktzinsen erbeutet habe!«

Der Sprechende verstummte, ließ tief den Kopf sinken und blickte endlich langsam wieder auf diese fragende Weise von Vitrine zu Vitrine.

Fabio hielt nun den Augenblick für gekommen, seinen Großangriff auf das Herz des Fürsten zu machen. Denn er dachte, daß ein so niedergeschlagener und sich selbst ironisierender Mann, und vielleicht nur, um sich aus seiner Bedrückung zu befreien, bereit wäre, Verzeihung zu gewähren und dadurch einem Unglücklichen den Glauben zurück zu geben an die Güte, und wär's nur, eines einzigen nachbarlichen Herzens. – Das ist doch eine Tat, so fühlte Fabio und begann zögernd und schließlich heftiger, inniger, den Fürsten aus seinen großen grauen Augen, die immer feuchter wurden, anzustarren und auf ihn einzureden. Und der alte Herr hörte zu, die Hände ineinander verflochten, manchmal nickte er wie in tiefem Einverständnis. Er ließ Fabio nicht eine Sekunde aus den Augen, sogar seine langen Wimpern bewegten sich seltener. Und Fabio zog alle Register, bei dem Principale der Vernunft beginnend: es gehe nicht so weiter, oder doch nur zum Schaden Dinos. Diese Strafe sei, wiewohl »rechtens«, ganz und gar unzweckmäßig. Dino vertue nur unersetzbare Jahre seines Lebens mit Abstreichen von Kalendertagen und Ansammeln von Groll auf die Gesellschaft. Außerdem: wenn man alle Diebe, und zwar aus allen Gesellschaftsklassen in Neapel so streng bestrafte, käme das öffentliche Leben zum Stocken, zumal in der Zeit einer allgemeinen moralischen Auflösung. Dino sei überdies kein eigentlicher Dieb im strengen Sinne des Wortes, er habe lediglich in der doch entschuldbaren Notlage eines Ehrenmannes gehandelt, der seine Spielschulden eben zahle und wenn er deswegen stehlen müßte. Ein Diebstahl überdies an Öffentlichem, in diesem Falle an Heeresgut, nehme der Tat das Anrüchige und Ordinäre – »oder nicht?«

Der Fürst saß mit unbewegtem Gesicht, er hörte zu. Darauf zog Fabio die Flöten, die vox humana und vox coelestis: er sprach von Dinos Verhältnis zum Fürsten, das er zwar nicht kannte, aber aus dem pädagogischen Porzellangespräch des alten Herrn ahnungsvoll erfaßt hatte. Dino sei gewiß ein schwieriger, aber trotz aller Überkrustung ein vornehmer und stolzer Charakter. In jedem Menschenleben gebe es, »das wissen Sie doch, Exzellenz«, dunkle Durchgänge, wo man angesprochen werde von Unbekannten; wo man stolpere und das, was man bei sich trage, verliere; wo man herumsuche und den Weg nicht mehr herausfinde, wenn man nicht auf einen Freund stieße – »und was für ein Freund könnten Sie einem jungen Menschen sein, Principe!« Und hier begann das Piano der streichenden Stimmen ... Der sonst eher schweigsame Fabio hätte nie vermutet, über soviel instinkthafte Diplomatie bis in die Tonlage hinein zu verfügen: »Dino ist noch nicht fünfundzwanzig. Er ist *noch* gesund, ja – aber manchmal fürchte ich, daß die Gefangenschaft seinen stählernen Willen, sich gesund zu halten, bricht. Vier Jahre, Principe, er wird also achtundzwanzig sein, wenn er herauskommt, vielleicht grauhaarig, ein Neurotiker mit scheuen Augen, ein gebrochener Mensch – ohne Zukunft! Und er ist Ihr Neffe, Principe, und ich weiß es, er liebt Sie! Und wär's auch nicht der Fall: Sie sind ein Philosoph und ein Christ! Dino ist überdies Ihr Erbe! Sie haben, wie Sie sagten, manches nicht in Ihrem Leben, zu tief in Ihre Träume eingesponnen, verwirklicht. Mit einem Brief aber könnten Sie das Leben des Ihnen nächsten Menschen gesund machen, ihm einen neuen Auftrieb, eine Zukunft geben. Wer weiß, was aus Dino noch werden kann!«

An dieser Stelle nickte der Fürst in tiefem Einverständnis, doch war der Sinn dieser Bewegung nicht zu erkennen. Und da wurde Fabio heftig, – die Zungenpfeife: es gehe, so sagte er ungefähr, nicht an, daß die ältere Generation nur dasitze und über die Tat der Jungen jammere und sich ausmale, was aus dieser »formlosen Masse« hätte entstehen können –, Träumereien seien höchstens gegenüber »den eigenen, persönlichen Belangen erlaubt«; was unsere Umwelt angehe, so müßten wir uns – »verzeihen Sie mir diese Offenheit, Principe« – der Tat stellen; wir müßten handeln, ohne Ressentiments, einfach aus dem Bewußtsein unserer Verantwortung. Diese aber sei im selben Maße auf das Nächstliegende gerichtet, als sie weitblickend sei. Die höchste Vernunft könne einem Menschen, was sein eigenes Leben angehe, viel Unvernünftigkeiten nachsehen, da der Mensch sie ja eines Tages selber schmerzlich spüre; aber Herzlosigkeiten aus einem sturen, prinzipiellen Denken heraus gegenüber andern, gegenüber der Jugend –, das sei bereits Unnatur – »und Unvernunft, ich bin so kühn, das zu sagen. Sie denken Tag und Nacht an Ihren Neffen, ich weiß es. Sie leiden darunter, aber dieses Ihr Leiden ist höchst privater Natur und kann Dino nicht beeindrucken. Sie müssen sein Leben verändern, Sie müssen ihm neue Chancen geben. Schreiben Sie heute noch an Ihre Majestät –, übrigens soll die Königin demnächst nach Neapel kommen.«

»Ja, die Königin kommt«, murmelte der Fürst, nun endlich den Blick von Fabio ziehend, er ließ einmal tief den Atem gehen und schwieg vor sich hin. Endlich hob er den Kopf:

»Ihr Plädoyer, lieber Fabio, hätte Ihrem Vater Ehre gemacht; Sie sprachen wie ein Anwalt, beinah wie ein verliebter Anwalt. Ich wundre mich nicht. Mein Neffe ist ein glänzender Spieler – nicht nur am Pokertisch. Und statt Pfeffer streut er den Leuten etwas viel Gefährlicheres in die Augen: den Glanz seiner Person! Aber – mein lieber Fabio, diese Person ist mir leider zu gut bekannt ... Kommen Sie doch mal her.« Der Sprechende erhob sich und führte Fabio vor eine der Vitrinen. »Sehen Sie, dies Schäferpaar dort – Meißen! Sagten Sie nicht, daß Dino kein gewöhnlicher Dieb sei? Neben dem Schäferpaar ist doch eine große Lücke, wie? Ja allerdings, nicht wahr? ... Die Vitrinen sind neuerdings abgeschlossen, früher standen viele dieser stummen weißen Tiere und Menschen und Teller dem Auge näher – aber auch dem Griff ... Sie verstehen? ... Da auf den Kommoden, auf den Schranksimsen, überall stand etwas! Ich habe aber eines Tages mein Porzellan eingeschlossen, – sehen Sie die Lücke! Die ließ ich mit Absicht, ich hätte ja den Elefanten ein wenig nach links schieben können! Aber ich brauche diese Lücke. Sprechen Sie bitte mit niemandem darüber, größeres Vertrauen konnte ich Ihnen nicht beweisen ... Aber der künftige Principe di A. ist nicht der Ehrenmann, für den Sie und viele andere ihn halten. Er spielt, nun wohl! Ich spiele auch – und zwar um den Einsatz einer Flasche Wermut. Luca gewinnt sie zwar fast immer, er ist ein Gott im Scopa, wissen Sie, das ist schon gelegentlich sphärische Scopamathematik! Unser Popolino hat das quecksilbrigste Hirn, das es überhaupt auf der Welt gibt. Aber ich wollte vom Spielen reden. Dino spielt, er will Geld gewinnen! – und das ist an sich schon das Zeichen eines ordinären Charakters. Er ist habsüchtig und will ohne Mühe Geld machen, ein weitverbreitetes Laster, ich weiß! Aber nun seine schmutzigen Spielschulden mit der schneeweißen Unschuld eines porzellanenen Pferdes aus Meißen zu begleichen, Täßchen sich in die Tasche stecken, ja, in die Tasche, und sich auch noch vom Diener erwischen lassen – und dann diesen Diener bei mir zu beschuldigen, zu verleumden ...«

»Wissen Sie genau, Principe, wer hier stahl, Dino oder –?«

»Oder Luca? Ich weiß es genau! Luca war mein Bursche im Weltkrieg. Seither ist er bei mir. Er stiehlt, gewiß, davon hat Ihnen Dino natürlich des langen und breiten erzählt. Sie brauchen das gar nicht zu bejahen. Sie können Dino gar nicht bloßstellen, er steht ganz nackt vor mir, nackt und armselig. Ich sage, Luca stiehlt. Aber wie soll er nicht! Kann er denn seine ganze Intelligenz beim Servieren, Staubwischen und Scopaspielen vertun? Er macht gelegentlich beim Einkaufen eine Null irgendwohin –, er rundet ab. Das tun alle intelligenten Diener. Man muß die Philosophie des einfachen Neapolitaners kennen. Es wäre darüber viel zu sagen, studieren Sie das Volk. Ich kenne

Luca – und wiederhole: er stiehlt, aber glauben Sie mir, nicht an erster Stelle, um sich zu bereichern, sondern weil er großzügig ist – in diesem Fall auf meine Kosten. Aber setzen Sie den Fall: ich wäre morgen bettelarm, und Luca hätte sein Erspartes gerettet –, er ernährte mich und genau mit demselben Respekt und derselben Freundlichkeit!«

Der Fürst betrachtete noch einmal die Lücke in der Vitrine, dann ging er langsam zu dem Sessel zurück und ließ sich sanft hineingleiten.

»Luca kam«, so begann er vor sich hinnickend, »an jenem furchtbaren Tage – es war ein Tag, nachdem die Deutschen in Polen eingefallen waren, Dino war also damals über zwanzig, wohlbemerkt! – Luca kam, etwa eine halbe Stunde, nachdem Dino mich verlassen hatte, in mein Schlafzimmer, es ging gegen sieben oder halb acht. Ich dachte zuerst, er wolle das Licht anmachen. Das tut er immer mit einer gewissen liturgischen Feierlichkeit, weil er behauptet, die Dämmerung sei für mein Herzleiden schädlich; ich glaube, er hat sogar recht, ich leide unter schlechter Beleuchtung. Aber er knipste keineswegs an den Schaltern, sondern kam und blieb eine lange Weile vor meinem Bett stehen. Ich dachte: was hat er bloß – und fragte ihn schließlich, ob er mir Angst machen wolle mit seinem statuenhaften Dastehen. Doch da kam ein Seufzer – ich sage Ihnen, ein Seufzer aus der Brust meines Dieners – so was hab ich selten in meinem Leben gehört. ›Luca‹, sagte ich, ›ist dir schlecht?‹ Manchmal trinkt er nämlich und dann kann er sehr merkwürdig sein. ›Ja, Principe mio‹, sagte er, ›mir ist schlecht, sehr schlecht sogar.‹ Ich fragte weiter – und da bat er, ob er sich auf die Bettkante setzen dürfe. Ich war verwundert, aber warum sollte er sich nicht auf die Bettkante setzen. Vielleicht auch, dachte ich, ist was im Lotto passiert; die Zahl neben der seinen hat gewonnen, und das macht solch phantasievolle Menschen manchmal fast verrückt. Sie kennen ja unsre Leute aus dem Volk. Er setzte sich also – und da griff er schließlich meine Hand – und, was Luca nie tat: er küßte sie. Ich war betroffen. Dann ließ er den Atem gehen, schüttelte den Kopf und sagte: ›Principe, ich werde Sie immer verehren, Sie können nichts dafür!‹ ›Wofür?‹ – nun, und da kam's ... Dino war auf der Treppe plötzlich umgekehrt. Luca wartete, doch dann fiel ihm etwas ein. Er hatte in der letzten Zeit bemerkt, daß zwei Täßchen, mit Untertassen versteht sich, fehlten. Und Luca hatte den Koch im Verdacht und ihn gerade am Tage zuvor in ein scharfes Verhör genommen. Aber Federigo hatte bei seinen Toten geschworen, daß er nie Porzellan gestohlen habe. Auch Federigo stiehlt, versteht sich, aber nicht mein Porzellan. An diese Szene mit dem Koch denkend, erinnerte sich Luca zugleich, da er auf der Treppe stehenblieb, wie Dino einmal im Hinausgehen gegen ihn anstieß, und wie es in seiner Rocktasche verdächtig klirrte. Aber Luca war demütig in seinem Denken gegenüber meinem Neffen. Trotzdem – er wagte jetzt auf der Treppe plötzlich einen Verdacht. Und so eilte er die Stufen hinauf, näherte sich leise über die Teppiche und kam in den Salon, als Dino soeben seinen Staubmantel über den Arm warf, eigentlich über seine Hand, die blieb nämlich unsichtbar. Und Dino schaut den Diener mit einem so gefährlich kalten und frechen Blick an, daß der auf die Seite tritt. Dann sieht er aber, fast durch einen Zufall, daß der Platz, wo das weiße Pferd auf der Kommode stand, leer ist. Und da geht er Dino nach und sagt, ich kann mir seine Stimme vorstellen: ›Das wird Ihren Oheim zu Tode kränken, Signorino!‹ ›Was?‹ fragt der Bursche. ›Das da‹, sagt Luca und zeigt auf Dinos Staubmantel.

Statt einer Antwort zeigt Dino ihm plötzlich die Zähne, Sie kennen gewiß dieses Lachen, und sagt: ›Wieder mal besoffen, Luca?‹ und geht hinaus. Und wohlbemerkt, mein lieber Fabio!, er war nicht bei mir, ich hörte ihn im Salon. Er sagte nur, er habe seinen Mantel vergessen. ›Ciao‹, rief er, und ich ›Ciao‹. Das ist die Wahrheit. Luca schwor mir, nie jemand etwas davon zu sagen. Glauben Sie nun, daß ein Mann, der sich so wie Luca benimmt, und zwar genau, wie ich es Ihnen sagte, stiehlt? Und seine Schuld auf meinen Neffen zu schieben wagt? Dino aber, als ich ihn zur Rede stellte, sagte nur, ohne mit der Wimper zu zucken: ›Ach was, da hast du ja einen reizenden Neffen! Auguri – aber auch zu so einem Diener!‹ Sonst nichts, nur ein kalter, hochmütiger Blick, der mich einen Augenblick fast irre machte. Dann kam er noch einige Male, offenbar um mich zu täuschen, später nur noch – wenn er Geld brauchte.«

Das letzte sagte der Fürst mit verzogenen Lippen hinten im Halse, es klang wie ein Räuspern.

Endlich hob er müde das Gesicht. »Nun, was sagen Sie zu dieser Geschichte – zu der Geschichte vom Schimmel?«

Als Fabio nur in die Ferne starrte, so als lauschte er zugleich auf eine andre Stimme, fuhr der Fürst fort: ja, seit dieser Zeit, er bekenne es offen, habe er jeden Appetit auf seinen Neffen verloren. Bei wachem Bewußtsein denke er über ihn möglichst überhaupt nicht nach. Freilich, tief eingewurzelte Neigungen könne man nicht einfach aus sich herausreißen, das »quecke« in der Tiefe weiter – im Traum, ja – »aber«, er hob scharf den großen, grauen Kopf: »Sie werden doch wohl nicht von mir verlangen, daß ich mich an die Königin wende, um einen Menschen aus den Klauen der Gerechtigkeit zu befreien, der dort ganz zu recht sitzt – wegen seines schlechten, ja gefährlichen Charakters, das ist es! Ob er dort besser oder schlechter wird, das ist seine Sache! Eine Freilassung vor der Zeit bessert ihn auf keinen Fall, er lachte sich im stillen ins Fäustchen über den alten Gefühlsnarren! – Und er wäre imstande, mir ins Gesicht zu sagen, daß ich mich für ihn ja nur um meinetwillen eingesetzt hätte, aus Familienstolz – oder Sentimentalität. Das brächte er fertig. Er ist fürchterlich kalt – zumal seit diesem Vorfall, seit er weiß, was ich von ihm weiß. Nur die Frechheit hält ihn noch aufrecht vor meinen Augen.«

Fabio fragte, aus seinem träumenden In-die-Ferne-Blicken mit einem Ruck sich losreißend: »Verkehren Leute in Ihrem Hause, Principe?«

Der alte Herr hob langsam das Gesicht und lächelte bitter: »Ach – so, Sie meinen? – ja, der Professor Bragani, der Maler Bordone – ein hübscher Name für einen Maler, wie? – und der Professor Fiorini, der kommt manchmal zum Punktieren meiner Füße, – nimmt aber nie Porzellan mit. Ja, Fabio, Sie haben ihn sehr ins Herz geschlossen, ich kann's verstehen! Er war einmal so schön – wie der David von Donatello – so schön, daß man Angst bekam ... Da war er etwa vierzehn, als der Maler Bordone, der aus Venedig zum ersten Male hierherkam, Dino bei mir kennenlernte – der Mann ist erschrocken, sag ich Ihnen. Ich weiß noch: Dino stand da in der Tür zum Eßzimmer, hatte den Hut meiner Malteseruniform mit dem Federbusch auf, die Spitzen zur Seite und versuchte soeben, den Degen in die Scheide zu bringen. Seine Bewegungen flossen stets wie Wasser ineinander über, und sein ganzer Körper drückte die Hüfte leicht heraus und sein Zünglein spielte, derweil er mit der Spitze ein paarmal zustach und dann mit dieser fließenden, nicht heftigen Bewegung die Klinge ins Futteral schob. Bordone sagte: ›Wäre ich doch Bildhauer!‹ Das sagt ein Maler nicht zum Scherz! Aber nun ja – passato!«

»Ich meine«, sagte Fabio, »daß er Luca verdächtigte, das scheint mir seinem Charakter nicht zu entsprechen. Vielleicht der Diebstahl, aber das andere –«

»Er ist luziferisch – und eher ließe er die Welt untergehen, als eine Schande zu bekennen, etwas so Niedriges! Und er leidet im Gefängnis weniger unter den äußeren Umständen – oh, ich kenne Dino!«

»Das ist wahr, Sie kennen ihn – aber . . .« Fabio wußte nichts mehr zu sagen.

»Daß Sie mich nicht falsch verstehen«, sagte der Fürst mit einer gewissen Eile, »wenn Dino heute seine Schuld mir eingestünde, ich verziehe ihm sofort – wir sind Menschen!« Und nach einer Weile: »Aber er muß sie eingestehen, er muß seinen Hochmut abtun; das ist's, dann kehrt er wieder zu den Menschen zurück. So aber ist er nur aus Lüge gemacht und Frechheit und Trotz! Hören wir auf von ihm!«

»Ja, Principe, ich bin tief traurig.«

»Es ist mir alles so gleichgültig geworden seither«, begann der alte Herr wieder, »ich kümmere mich um nichts mehr im Haus, sehen Sie – da – überall – Staubflusen. Luca ist sehr nachlässig. Aber wie der Herr so der Diener, sagen wir nicht umsonst. Früher war er sehr ordentlich. Die Zeiten und die Sonne! Übrigens habe ich Dino versprochen, niemand etwas von dieser Geschichte zu erzählen; das hat ihm mächtig gefallen. Er sagte, das beweise deutlich, daß ich meiner Sache nicht sicher sei, und das war wieder ein Hieb gegen Luca. Aber er sagte bei der Gelegenheit auch: ich benähme mich in diesem einen Punkt endlich einmal so, wie es dem Bilde entspräche, das ich mir von mir selber gemacht hätte. Sein Lob noch ist impertinent, wie Sie sehen. Nun, hören wir wirklich auf von ihm!«

»Verschwand übrigens vorher und später kein Porzellan mehr?«

»Natürlich nicht! Außer den übrigens wertlosen Täßchen und dem Pferd ist nie etwas verschwunden.«

»Mein Gott, wenn Sie sich nun aber wirklich trotz aller scheinbaren Sicherheit irrten, Principe!« Fabio ließ die Unterlippe hängen, derweil er vergessen den Fürsten anschaute. Aber der hob schließlich kurz das Kinn an, ein wenig auf die Weise von Pferden, ehe sie den ersten Schritt tun: »Dann? Doch hören wir wahrhaftig auf! Wenn ich mich irrte, dann verachtete er mich noch mehr, als er's ohnehin schon tut. Ja, wenn ich mich irrte! Ich wäre sehr glücklich, Fabio, wenn ich mich irrte!« Und seinen Gast mit einem sonderbar kritischen Blick betrachtend, seufzte er: »Ich wäre überhaupt froh, wenn die meisten Ergebnisse von den meisten meiner Beobachtungen, die ich an mir und andern machte, Irrtümer wären! Sie werden sagen: so ist das stets mit Leuten, die nichts aufzuweisen haben: sie werden übermäßig kritisch. Das mag stimmen.« Und nach einer zögernden Pause: »Ihre Aufrichtigkeit verpflichtet mich, Ihr Vertrauen! Darum war ich so offen in jeder Hinsicht; man darf junge Menschen wie Sie darüber nicht im unklaren lassen, wie es sich mit der Begeisterung verhält, wie Hoffnungen welken, wie die schönsten Ideale meist nur geträumt werden: das Heillose, vergessen Sie es nicht, das in unserm Leben sitzt und langsam mit uns groß wird! Als der heilige Arzt Moscati noch jung war in dieser Stadt, gab es viele Medizinstudenten wie ihn, ich könnte auch sagen wie Sie: junge Menschen, die sich empörten im Namen, nun Sie wissen ja... Aber er ging allein den langen Weg von der Empörung bis zur Selbstaufopferung in wahlloser Liebe zu Gottes Ebenbild im Menschen. Vergessen Sie das nicht, es ist ein weiter Weg, und die meisten bleiben stecken, wissen Sie wo? – im Bürger. Ich sage nichts gegen den Bürger – nur: der Weg zum Absoluten hört in ihm auf. Sie werden vielleicht auch einmal klug und ein achtbarer Bürger werden. Aber damit ist es mit dem Ideal zu Ende, glauben Sie es mir! Warum ich so bitter bin, werden Sie fragen, Fabio? Warum ich das alles auf Sie lade? Ach, einer der nichts realisiert, sondern nur davon geträumt hat, muß deshalb noch lange nicht zu jenen gehören, die das Ideal in Siriusferne rücken, nur weil sie es selber nicht erreichen. Ich möchte, daß Sie – – Auf den ersten Blick, als ich Sie sah, dachte ich, das ist einer von denen, die begreiflicherweise keine Zeit und Lust zum Scopaspielen haben, die noch einen weiten Weg vor sich spüren, – und ich gestehe es Ihnen, ich war froh und traurig in einem. Traurig? Ja, ich dachte an andre – an einen bestimmten andern sogar, nun ja... All diese abgebrochenen Wege! Standen Sie schon einmal an einer Straße, die, im Bau begriffen, an einer ganz bestimmten Stelle aufhört, plötzlich aufhört? – ich habe das im vorigen Krieg einmal gesehen. Warum dauert eigentlich in dieser Stadt die Begeisterung der Jugend nicht länger als – als eine Serenade? Fast möchte ich Ihnen sagen: ziehen Sie aus – aus Ihrer Freundschaft und Verwandtschaft in ein Land, das Gott Ihnen zeigt. Und dann kommen Sie zurück ... Ich weiß nicht, verzeihen Sie mir meine Traurigkeit.« Der Fürst stand auf und reichte auch diesmal auf diese übergangslose Weise Fabio die Hand.

»Kommen Sie wieder, wenn ich Sie nicht zu sehr bedrücke«, so hatte der Fürst gesagt.

»Wieso – bedrücken?« war Fabios Antwort gewesen, aber diesmal war sie voll und ganz unaufrichtig, und er wußte es.

IV

Am gleichen Abend noch schrieb er Dino einen Brief, in dem er dem Unglücklichen schonend nahelegte, »zunächst einmal« keine weiteren Hoffnungen auf seinen Oheim zu setzen, der Fürst sei von einer erschütternden Hartnäckigkeit, wiewohl keineswegs gleichgültig gegen seinen Neffen. Und er riet Dino, auf den Gang der politischen, der kriegerischen Ereignisse zu hoffen. Vielleicht stehe bald wieder einmal eine größere Amnestie bevor, da man die Gefängnisse, wie das in solchen Zeiten nun einmal gehe, sicher »umbesetze« – deutlicher wagte er nicht zu werden, aber er wußte, das konnte er ohne Gefahr schreiben, da jeder und gewiß auch das Gefängnispersonal und die Zensur im Poggio reale sich schon innerlich auf die Ankunft der Alliierten einstellte.

Er gab Teresa Geld und ließ sie alles besorgen: Zigaretten, Insektenpulver, Zahnpasta, Schreibpapier, es war das erste Paketchen, das in den Poggio reale abgehen sollte. Aber es ging nicht ab, wiewohl alle gewünschten Gegenstände über eine Woche in Fabios Zimmer herumlagen. In einer dieser Nächte wurde Fabios Schulfreund durch eine Bombe unter dem Schutt des eingestürzten Miethauses begraben. Bisher war das Alarmgeheul bei Nacht Fabio mehr lästig als beängstigend erschienen; es fielen wohl Bomben, und man hörte von Toten, doch es waren Menschen, die man nicht kannte. Nun war Silvio tot, und gerade für den folgenden Tag hatte Fabio telefonisch seinen Besuch bei ihm angesagt. Er ging jeden Tag zu der Stelle, wo die Bagger arbeiteten. Bleich und stumm stand er im Staub und im lastenden Sonnenlicht da und wartete. Am dritten Tage wurde Silvios Leiche gefunden. Er starrte auf dies entsetzliche und zugleich nichtssagende blutige Etwas und ging nach Hause. Er dachte immerzu an Silvio. Vor seiner Verhaftung hatten sie sich zuletzt und zum letzten Mal gesehen. Er bedauerte es jetzt, ihn nicht sofort besucht zu haben; statt dessen war er zum Fürsten di A. gegangen.

Er schickte schließlich das Paket in den Poggio reale, aber mehr, um diese Gegenstände aus den Augen zu haben. Die Erinnerung an Dino störte, wie alles stört, so stieg es in ihm bitter auf, was unsre Anteilnahme vergeblich anruft. Stundenlang saß er in seinem Zimmer, und die Sonne, die Bücher und die ihn umgebenden Möbel waren sein einziger Umgang.

Die Mutter war meist irgendwohin: zum Kartenspielen, zum Friseur (zum Aufblonden), zum Schneider oder in die Geschäfte. Der Vater war im Büro. Teresa sang unten in der Küche oder im Eßzimmer und gelegentlich stieß die halb im Busen schlummernde Stimme plötzlich mit voller Kraft durchs Haus, ein jäher melodischer Schrei: »Wenn ich mich töte vor deiner Tür, Loretta, dann wirst du weinen!« »Lacht nicht, ihr Leute, über meine Leidenschaft, am Tag nur bin ich Narr, nachts weine ich –«

Auf dem Tisch lag das Florett – die Glocke neben dem Buch – auf der Wölbung des Nickels schäumte ein Sonnenreflex. Er sah aus, als wäre das Metall an dieser Stelle flüssig geworden, als wäre die Glocke ein feuerspeiender Berg und ergösse sich. Tausendmal tausend Jahre, so hatte vor kurzem der Professor gesagt, habe so ein Sonnenstrahl unter Umständen nötig, um von seiner ehemaligen Stelle im Innern der Sonne auf ihre Oberfläche zu gelangen, derart werde er abgelenkt, hin und her gezerrt, zurückgeworfen, bis er sich endlich »erlöse« und für uns zum Sonnenstrahl werde. Und so ein Sonnenstrahl setze immer als Ursprung die Vernichtung eines Atoms voraus, eine Zerquetschung sozusagen durch den ungeheuren Druck im Schoße der Sonne. Alles, was schön ist, was glänzt, klingt, das Herz froh macht, hell, weiter, schöner –, setzt eine Vernichtung voraus. Renan hat recht: wäre Jesus ein alter Mann geworden, wäre aus ihm statt eines durch die Jahrtausende hinleuchtenden Sonnenstrahls – ein zweiter und gewiß noch ehrwürdigerer Hillel geworden. Und der Fürst sagte: der Weg zum Absoluten hört auf im Bürger ... Man lebt doch gern lange und in geordneten Verhältnissen, unbedrückt ... Und wie kann man sein Herz zum heimlichen Unterschlupf, ja, zur öffentlichen Zufluchtsstätte des Unglücks machen! Das Leben Jesu liest sich sehr schön ... Hohe Gefühle zu haben, die Gefühle eines sich erlösenden Sonnenstrahls, das gehört zum Höchsten, aber – – Mein Taschengeld ist hin für das Paket – – ich würde gern eine Zigarette rauchen. Wie angenehm könnte man es jetzt dem Vater einfach sagen, daß man kein Geld hat, daß man es an einen Dieb im Gefängnis wandte und an einen dreifachen Mörder und einen Falschmünzer – – Und Fabio malte sich das Gespräch zwischen ihm und dem Vater aus, das darauf sofort entstünde, und er lächelte bitter. Der Vater ist ohnehin noch verärgert – wegen des gestohlenen Schlauches. Fabio dachte oft über seinen Vater nach, fast genauso oft, als er in der letzten Zeit an den Fürsten dachte und vor beiden, so schien es ihm, suchte er in sich selbst hinein zu entweichen. –

Der Advokat Casani sah von hinten, wenn er keinen Hut trug (und er trug immer einen; zu Hause ein den ganzen Kopf umschließendes schwarzes Hauskäppchen), ja, er sah wie ein großgewachsener, würdiger Negerhäuptling aus, so tadellos war sein Wuchs, so maßvoll jede seiner Bewegungen. Aber auch sein Haar war entsprechend, nämlich fast wollig und gelockt und stumpf schwarz. Der Advokat hatte seit Jahren alles, wie der Sohn wußte, versucht, um dies Haar schlicht zu machen, oder doch zumindest seine verfilzte Wolligkeit in einen längeren Wellengang zu bringen – aber umsonst, doch hatte er die Hoffnung noch nicht aufgegeben. Das war der schwache Punkt des Advokaten Casani, und deshalb trug er die an die Mützen der Renaissance-Päpste gemahnende Haube, sobald er das Haus betrat, angeblich gegen Migräne. Seine Züge dagegen waren keineswegs negroid. Er sah eher wie ein alter Römer in Bajä aus: wohlgenährt, fast fett im Gesicht, ein wenig müde und überreizt. Doch die Augen, nicht wie die Fabios tief und träumerisch unter die Brauen gerückt, waren von einer schönen Plastizität, manchmal sogar glotzend, Augen voll Selbstbewußtsein, ja, Stolz, die aber zugleich genau zuschauten und den Blick für das Konkrete hatten. Der vorherrschende Ausdruck aber in Casanis Blick, zumindest wenn er seinen zweiten Sohn ansah, bestand in einer sondierenden Vorsicht. Überhaupt befand sich seine Miene stets in einer mit schläfriger Gleichgültigkeit – aus Würde! – gut getarnten Wer-da?-Verfassung. Casani war wohl der gesuchteste Anwalt in Neapel, doch was seine Praxis als Verteidiger anging, so übte er sie nur noch dann aus, wenn seine Klienten so reich oder so angesehen waren, daß ihr Verteidiger, selbst wenn sie in einem schiefen oder gar schmutzigen Licht dastanden, durch die Verteidigung ihrer Missetaten gewinnen konnte: an Ruf, Ansehen, Reichtum – Berufsmöglichkeiten, die der zweite Sohn eben dieses Anwaltes nie begreifen konnte. Doch Casani gab sich wie gesagt nur noch selten mit Strafsachen ab, seine eigentlichen Klienten stammten, wie Fabio das abkürzend nannte, »aus der Familie der Rechner«; die Gegenstände seiner Praxis waren oft so »abstrakt« in menschlicher Hinsicht, daß der Advokat darüber nicht sprechen konnte, was er dagegen stets mit einer andeutungsweisen Kürze tat, wenn er als Verteidiger auftrat. Er saß meist schweigend bei Tisch und war – was Fabio sehr an seinem Vater schätzte – im Gegensatz zu den meisten Neapolitanern auch besserer Kreise, ein ästhetischer Esser. Er hatte seine Söhne, und Fabio sogar mit Erfolg, zu dieser Diskretion bei Tisch erzogen, das heißt durch ein deutsches »Fräulein« mit der Hand erziehen lassen. Denn Casani hielt viel von den Deutschen, von ihrer Disziplin und ihrer Entschiedenheit –, allerdings waren seine Bemerkungen zu diesem Thema im letzten Jahre beinahe versiegt. Auch vom Diktator wurde, wenigstens bei Tisch, nicht mehr gesprochen; vieles hatte sich überlebt, das wußte der Advokat Casani, und aus seinem starken Würdegefühl redete er über diese seine andere schwache Stelle so wenig, wie über die auf seinem Kopfe.

Wie anders, wie ganz anders war dagegen der Fürst di A., der beinahe monoton nur über seine schwache Stelle redete, über sein nicht tätiges Leben, über seine nicht verwirklichten Träume. Aber das war bedrückend, weil man ihm ja nicht helfen konnte, ebensowenig wie Dino. Und Fabio war sich ganz klar darüber, daß er seinen Besuch beim Fürsten di A. von Tag zu Tag hinausschob. Menschen, die das Große nur wollen, es aber nie mit der Tat wirklich angehen, die nur Idealisten im Traum sind, bei Tag aber Nichtstuer, müssen ebensogut Pessimisten werden wie jene, die den Gedanken an das Große überhaupt nicht in sich aufkommen ließen, die nie den Ruf vernahmen und darum vor den Berufenen nur die Köpfe schütteln.

Und Fabio glaubte in diesen Tagen an seine Freundin Costanza schreiben zu können, daß er, durch eine ganz bestimmte Erfahrung belehrt, etwas sehr Wichtiges eingesehen habe. Es sei nämlich für einen Menschen mit großen Zielen gut, von ganz einfacher Herkunft zu sein, damit sich zwischen Traum und Tat nicht der Bürger stelle mit allen seinen, durchaus nicht verwerflichen, Idealen zweiten und dritten Ranges, welche es ja geben müsse. Für den Bürger sei das Bessere in der Tat der Feind des Guten; für den Berufenen aber verhalte es sich umgekehrt. Ein Glück geradezu für die Weltgeschichte, daß Jesus in einem Kaff wie Nazareth als Sohn armer Leute geboren worden sei –

und dazu in diesem, damals so wonnigen Gartenlande Galiläa. Das Unerhörte an Buddha übrigens sei der Umstand, daß er, als ein Fürst geboren, Frau und Kind, Reichtum und häusliche Geborgenheit und sogar seine früheren Tugenden im Stich gelassen und davongegangen sei. Von diesem Ereignis trage Buddhas Lehre ein bitteres Stigma, das er im Evangelium in dieser Schärfe nicht oder nur selten finde. Freilich – da gebe es eine Stelle: die vom reichen Jüngling –, und er müsse es ihr sagen: er könne den Jüngling so gut verstehen und finde Jesus, den Meister, ein wenig zu streng, sogar überspannt, indem er etwas von seinem Schüler verlange, was er selber nie getan und verspürt habe: nämlich den Bereich der Kultur zu verlassen, wie er sich bis zu einem gewissen Grade allein auf dem Besitz aufbaut. Überhaupt, ihn stoße das Kulturfeindliche bei allen Religionsstiftern ab. Aber so lesend und träumend frage er sich täglich, oft stündlich, – ob es für einen Reichen wirklich möglich sei, in das Himmelreich der großen, die Welt miterlösenden Tat einzutreten. »Ich habe hier ein Beispiel, Costanza, es ist ein Mann im gesellschaftlichen Rang Deines Vaters, nur diesem geistig weit überlegen. Er hat versagt, genau wie alle übrigen, trotz seinen Einsichten; er hat versagt wie die ganze Generation, die uns Irrtümer lehrte und diese nicht einmal durch ihr Beispiel uns glaubhaft machte. Übrigens ist ein Schulfreund von mir in den letzten Wochen in einer Bombennacht umgekommen. Er war achtzehn Jahre alt, schrieb Gedichte und wollte wie ich Arzt werden – und zwar Landarzt, wie er sagte. Er war Freidenker und haßte die Geistlichkeit. Aber das Leben Jesu, das ich ihm vor meiner Verhaftung noch gab, hat er zweimal hintereinander gelesen und zu mir gesagt, als er mich das letzte Mal sah: er wolle ein Buch schreiben, darin er Jesus als Sohn eines Kupferschmiedes an der Petraia geboren werden lasse, und dann ganz konsequent den Faden weiterspinnen. Und er sehe es kommen, daß dieser Jesus genauso sicher am Galgen lande wie der andere in Jerusalem. Hat er recht? Sind wir keinen Schritt weitergekommen? Ich denke oft an Silvio . . .«

Übrigens war der Advokat Casani durch den Tod dieses Schulfreundes gegen seinen zweiten Sohn weich gestimmt: »Ja, Fabio«, sagte er manchmal, wenn er ihn unter vier Augen sah, blickte ihn lange an und klopfte ihm leise auf die Schulter. »Ein guter Junge, der Silvio – ein bißchen rebellisch, aber das hätte sich gegeben mit der Zeit. Er hatte so schöne Augen!« Und ein andermal: »Laß dich nicht zu sehr niederdrücken, Fabio, wir leben noch! Und müssen weiter!« Oder: »Ja, der Silvio – ich sehe, du denkst an ihn . . . hat er nicht Gedichte geschrieben?« Diese wie ein Nachruf klingende Frage seines Vaters war sehr viel, wenn man Casanis allgemeines Verhalten zu den Gedichtschreibern daneben hielt, welches darauf hinauslief, daß Dante, Gabriele d'Annunzio, Leopardi und »Giosua« genug Gedichte für alle Zeiten Italiens geschrieben hätten. Freilich, wenn einer es dahinbringe, daß man seine Gedichte in Schweinsleder verkaufe –, dann sei das Gedichtemachen schon mehr als ein bloßer Zeitvertreib. Fabios Mutter wußte drei Gedichte auswendig, das eine war von Pascoli, »Lente la neve«, und sie sagte es manchmal, aber meist am unpassenden Ort, und damit war für den Advokaten – neben einer hübsch gebundenen Auswahl von Gedichten »der Großen« in der Bibliothek – der Dichtung Genüge getan.

Trotzdem, als der Advokat dies herablassende Wort von Silvios Gedichten gesagt hatte, faßte Fabio – es war bei Tisch – einen großen Entschluß, indem er dachte: so menschlich geneigt treffe ich ihn so bald nicht wieder an. Und er begann kurzerhand von Dino zu erzählen, seinem Fehltritt und dem harten Urteilsspruch und dem noch härteren Verhalten des Fürsten, seines Oheims. Auch vergaß er nicht zu erzählen, daß Dinos Vater Universitätsprofessor gewesen, er mithin der einzige Sohn einer ratlosen Witwe sei.

»Ja – und?« fragte der Advokat, die Serviette entfaltend. Fabio lächelte ihn offen und ernst an. »Du könntest dich bei deinem Freund, dem Gefängnisdirektor, verwenden?«

»Das hört sich an, als ob ein Gefängnisdirektor einen Sträfling entlassen könnte.«

»Aber du hast mich doch freibekommen!«

»Gott sei Dank, aber frag mich nicht, unter wieviel Scherereien, von den Kosten ganz abgesehen! Du darfst nicht vergessen, daß ich für deine infantile Übersetzerlaune mehr ausgespuckt habe, als der Herr Marx jemals für sein Kapital in bar erhielt!«

»Das ist sehr bezeichnend«, entfuhr es Fabio, eigentlich mehr amüsiert als boshaft.

»Wie meinst du das?« Der Ton des Advokaten war drall von kritischer Vorsicht, er fühlte sich angegriffen.

»Ach, Papa, mir ist nicht danach zumute, geistreich zu sein. Du könntest etwas für Dino tun. Mit seiner Mutter zusammen etwa den Prozeß revidieren lassen, sagt man so?«

»Hör zu – und dies ein für allemal! – merk es dir: halte in Zukunft bitte deine Finger aus allen zweideutigen Angelegenheiten heraus! Und merk dir auch dies: ein Gefängnis ist kein Taubenschlag, und dieser dein – dein Freund ist kein Sohn der Witwe von Naim, sso! Und wenn auch Fürst di A. sonst ein Narr ist, so stimme ich mit ihm in diesem Punkte einmal ganz überein.«

Und da geschah es – Frau Casani fiel vor Schreck der Löffel in die Suppe zurück – es geschah, daß Fabio plötzlich mit dem Kopf gegen den Vater herumfuhr und nicht laut, aber dumpf und fast knirschend sagte: »Fürst di A. ist kein Narr!«

»Nein?« das Kinn des Advokaten schob sich vor, er griff langsam nach seinem Käppchen und rückte daran und nun wußte er weiter: »Ich muß aus deinem Widerspruch folgern, daß du ihn kennst?«

»Natürlich! Jawohl. Ich kenne ihn, ich freue mich, ihn zu kennen! Ich war zweimal bei ihm. Darf ich ihn nicht kennen?«

»Sso!« Casani nickte, seine Augen bekamen ein leichtes Glotzen, als er den Sohn kurz anblickte, abstandnehmend, denn er gab seine Weisungen stets abstandnehmend, als ginge er im Geiste davon und brauchte durch seine Gegenwart nicht den Vollzug seiner Befehle abzuwarten. »Du warst bei ihm, gut, daß du mir das endlich mitteilst. Du wirst ihn nicht mehr besuchen!«

Fabio aß, er hörte, wie sein Herz klopfte. Er schmeckte Reiskörner und Hühnerbrühe, er konzentrierte sich instinktiv auf diesen Sinnesreiz, um ruhiger zu werden. Und nun fragte er: »Darf ich den Grund wissen?« Es klang so ruhig, als sprächen zwei Gleichgestellte. Erregung in der Stimme des Sohnes hätte den Advokaten weniger gereizt. Er schob den Teller halb leergegessen von sich, drückte die Serviette gegen den Mund, um einen Laut der Speiseröhre zu dämpfen, der diskrete Rülpser kam ihm offenbar sehr gelegen, weil man sich dadurch so unbeteiligt erwies, – und so fragte er ein wenig gelangweilt: »Den Grund? Hörst du, Lisa, unser Sohn ist oder stellt sich erwachsen! Aber ich habe gar nichts dagegen; in gewissen Jahren will der Mensch für seinen Gehorsam Gründe. Also –« er schwieg und stocherte sich hinter der Serviette die Zähne – der Fleischgang wurde aber soeben erst von Teresa aufgetragen – »ach so, den

Grund? Ganz einfach, weil Fürst di A. kein Umgang für dich ist. Er hat einen schlechten Ruf!«

Darauf sagte Fabio, den Kopf scharf anhebend, das könne ihm nicht genügen, »nein, wirklich nicht, das kann mir nicht genügen!«

»Nein? – nun, wenn du es genau wissen willst: er ist ein Sozialist!«

Fabio fuhr zurück, als hätte sein Vater etwa eine Grimasse geschnitten, wie Erwachsene es vor Einjährigen tun. (»Di-di-dibooo!«) Er lächelte – nun auch abstandnehmend, er schüttelte sogar den Kopf und nahm gegen Teresa blickend (»magnifico!«) ein Stück gekochtes Huhn auf seinen Teller. Und zu Frau Casani gewandt: »Sag mal, Mama, wo kriegst du die unzeitgemäßen Hühner her?«

Casani zog leise den Atem durch die Nase ein. Die Mutter bemerkte es und gab dem Sohn keine Antwort; nach einer Weile sagte sie: »Und vergiß nicht, was Papa dir sagte, Fabiuccio; du weißt doch: du mußt dich jetzt doppelt in acht nehmen.« Und als der Advokat mit seinem kaum merklichen Kauen, die Lider gesenkt, fast ohne sich zu rühren, dasaß, begann sie: Fabio sei überreizt, es sei gut, wenn er ein paar Wochen sich erhole und zur Großmutter nach Città morta ginge. »Was meinst du, Aldo? Er kann dann gleich, wenn er ein paar Spaziergänge macht, nach Nocelle zum Beispiel, bei den Bauern nach einem Schinken sehen. Ich hab den vorletzten angeschnitten. Und einen Kanister Öl vielleicht. Du« – sie wandte sich zu ihrem Mann, »fährst dann Fabiuccio abholen, deinen Wagen wird man schon nicht kontrollieren.«

Der Advokat nickte leicht, und zu Fabio, ohne das Gesicht zu wenden, mitten über den Tisch sprechend: »Es ist wohl überflüssig zu sagen, daß ich auf meiner Anordnung bestehe.«

Vielleicht aber wäre Fabio doch nicht nach Città morta gefahren; denn die Besuche beim Fürsten di A. fortzusetzen, war nun für ihn eine beschlossene Sache. Aber da kam eines Tages, gegen Ende Juli, der Vater mit der Nachricht nach Hause, daß der Diktator gestürzt sei. »Sie haben ihn festgemacht, den Narren.« Ja, so hatte er gesagt und dazu gelacht. Und nun war es zwischen dem einst so ergebenen Anhänger des Duce, dem Advokaten Casani also, und dem Feinde des Duce, dem Sohn des Advokaten, zu einer Auseinandersetzung gekommen, deren

Heftigkeit die dabeisitzende Frau des Advokaten nur ängstlich seufzend feststellen, aber durchaus nicht begreifen konnte. Der Vater hatte doch recht, warum stimmte der Sohn, der doch stets Gegner des Duce war, nicht in die Freude des Vaters ein, daß »dieser Tyrann« endlich gestürzt war?

Fabio aber reiste am folgenden Tag – es war der 27. Juli – nach Città morta, von der Mutter mit guten Ratschlägen und hinreichend mit Geld versehen; er atmete auf, als er das Haus verließ.

V

Der Ort, an der südlichen Seite der Halbinsel von Sorrent gelegen, war ziemlich schwer zu erreichen. Seit das Schiff nicht mehr fuhr, gab es nur die elektrische Bahn um den Vesuv herum und durch die Ebene von Pompeji; von Castellamare fuhr eine uralte Trambahn und von Sorrent ein nach Holzgas und Menschen stinkender Omnibus, und jedes dieser Vehikel trug, wie die Menschen darin in ihren Herzen, das Doppelte der als normal errechneten Last. Jedoch, man bewegte sich, allerdings wie in einem lastenden Fiebertraum: langsam, langsam wie die Schweißtropfen, die man überall auf der eigenen Haut dahinkriechen spürte und auf den Gesichtern der Mitreisenden rinnen sah. Fabio stand schief zwischen diese Menschensäcke gequetscht, er dachte einen Augenblick an den Poggio reale – aber sofort wies er seinem Denken einen andern Weg: er war frei, er bewegte sich mit siebzig, achtzig anderen Menschen an einem Julinachmittag über eine der schönsten Straßen der Welt, wenn er auch nichts von dieser Straße sah, als was ihm die Lücke zwischen den aneinandergedrückten Köpfen und Schultern zweier Männer freigab: ein Guckloch aus Menschenfleisch, wie das an Gefängnistüren – mein Gott, warum denk ich immer an das Vergangene! Für mich ist es vergangen, überstanden, ich will leben. Neben ihm stand ein Bauernmädchen »von den Hügeln«, wie der kleine Ort hieß. Als es, sich an ihm vorbeipressend, ausstieg, spürte er ein Bedauern; es ging nicht von seinem Herzen, sondern seinen Lenden aus. Er hätte dieses Zusammengepreßtsein mit soviel fremden Menschen dem Mädchen zulieb gern ertragen. Ihr Fleisch war gelb und duftend wie das Holz geschälter Pinien. Er hatte ihre Hüfte warm und fest an der seinen gespürt. Und wenn er, fast gewaltsam und mit Widerwillen, sich gegen den alten Mann zur Linken pressend, die Berührung mit ihr zu lockern suchte, schien ihre Hüfte zu schwellen und erreichte die seine doch. Als er das bemerkt hatte – nein, er wollte ihr nicht lästig sein! – ließ er wieder ihrer beider Blutströme sich übereinanderlegen, und es war ihm, als ob es die heiße Julisonne sei, die auf sein nacktes Fleisch brenne. Ihr Gesicht konnte er nicht sehen – nur ihren Nacken und ihren nackten Arm. Und da merkte er: ihr Gesicht wollte er nicht sehen. Er dachte auch nicht an Costanza, an nichts dachte er. Sein Hirn ragte aus der heißen Flut kaum noch hervor. Und das Wurzelwerk seiner Nerven saugte aus der Tiefe, was er noch nicht kannte und so seltsam angstvoll sein Rückgrat erfüllte. Und die Flut verging in Dunst, und der Dunst ballte sich zu glühenden Wolken – Brüste, Schenkel, ein Weib, riesig, unfaßbar, aber ohne Kopf, ohne Antlitz, ja ohne Arme sogar: ein Torso umfing ihn mit den wolkigen Schenkeln, weich und dann wie flüssiges Metall um ihn gerinnend, wie eine riesige bronzene Brunnenschale um den Strahl.

Eine Minute später stieg das Bauernmädchen aus, Fabio schloß krampfhaft die Augen: nicht hinsehen, sie war nur die Brücke, die Brücke nach innen, zu diesem Weibe in seiner Seele, das er gesehen, erlebt hatte, zu dem großen Urweib, von dessen Dasein in ihm selbst er nur manchmal im Traum ahnungsvoll das in der Morgenröte zerfließende Haar entdeckt hatte. Und Fabio atmete zitternd und tief, der Schweiß lief an ihm langsam nieder. Zuerst freilich war er einen Augenblick traurig, daß der Ort dieser Begegnung so unwürdig schien, aber, so fragte er sich: war dies denn wirklich der Ort? Oder war es nicht meine Seele, wo es geschah? Hat einer von denen allen sie denn gesehen, meine Urfrau? Also geschah es so wenig in diesem Omnibus, wie jenes Mädchen »von den Hügeln« sie selber war, die große Gebieterin! Und auch – überall ist Welt und überall kann das Wunder geschehen, das entscheidende, das uns geschieht: die Eröffnung der Welt für uns und das Hinfließen unsres Innern in sie.

Fabio stieg in Città morta in einer geradezu feierlichen Stimmung aus. Zum erstenmal betrat er dieses Städtchen, dessen weißes Gesicht eigentlich vom südlichen Saum des Mittelmeeres stammte. Noch ehe er seiner Mutter Mutter begrüßt hatte, ging er die vielen Treppen zur Marina hinab, nahm sich ein Boot und ruderte einen kleinen Kilometer hinaus, wiewohl ihm der Bootsverleiher gesagt hatte, er solle sich ganz nah am Ufer halten, wegen der Möglichkeit des Fliegeralarms.

In den amphitheatralischen Felsenkessel hineingebaut, lag der Ort weiß und grün und gestuft da – wie eine Klaviatur, dahinter die Orgelpfeifen der Berge unmittelbar aufstiegen, der Monte Sant'Angelo bis zu anderthalbtausend Metern.

Das Meer war vom Feuer der niedrigstehenden Sonne glänzend und undurchsichtig, aber gegen Osten hinter dem Boot tat sich ein türkisener Abgrund auf. Fabio zog sich hurtig aus und warf sich in die Flut. Und wieder spürte er diese Umarmung, nun weich und mütterlich brütend, er ließ sich wiegen und starrte ganz ohne Gedanken in die blasse, vergehende Himmelskuppel.

Das Läuten vom Campanile hörte er nicht, auch nicht das Geschrei vom Ufer her. Als er endlich ins Boot stieg und zum Strande ruderte, fand er diesen ausgestorben. Nur ein einzelner Mann, ein Zollsoldat, kam schreiend auf ihn zugelaufen: Was ihm einfalle? Fliegeralarm! Ob er nicht wisse, daß die Alliierten in Amalfi vor einer Woche eine Bombe geworfen hätten, zwei Tote, jawohl, auf dem Marktplatz von Amalfi. Einmetertiefe Löcher! »Splitterbomben«, sagte er fachmännisch und blickte zwischendurch in ernstem Forschen in den leeren Himmel, der so friedlich war wie die weißen Mauern des Städtchens im Schatten der Berge.

»Aber wo soll ich denn hin? Habt ihr hier Unterstände?«

Der Soldat rieb sich sein Schnurrbärtchen und dachte nach. »Unterstände, gewiß«, murmelte er und blickte über den leeren Strand, »wir hatten hier ein paar Splittergräben aufgeworfen, da – sehen Sie? Aber diese Lausejungen haben alles wieder zugebuddelt, wissen Sie, so beim Spiel.«

Fabio nickte lächelnd. »Ja – und wie meldet ihr hier den Alarm?«

»Aber haben Sie das Läuten nicht gehört? . . . Ja, wir läuten!«

»Ach und jetzt, – wo sind denn die Leute bloß alle hin?«

»Ja eben, kommen Sie! Unterstände gibt es zwar nicht, aber man muß den Strand verlassen. Die Leute, die nah am Felsen da oben wohnen«, erklärte der Soldat und blieb wieder stehen, »kriechen in die Höhlen dort oben, aber von hier ist das freilich zu weit. Nun, man geht eben hin, wo man sich einigermaßen sicher fühlt.«

»Also, dann geh ich zu meiner Großmutter«, sagte Fabio, wünschte dem Soldaten einen guten Abend und suchte das Haus; es mußte in der Nähe vom Strand sein. Als er sich nach jemand, der ihm das Haus zeigen könnte, umsah, vernahm er das feine, dumpfe Pauken der Abwehr, das konnte nur über Neapel sein. Vierzig Kilometer Luftlinie, es war gut zu hören. Er dachte an die Mutter, an den Fürsten di A., an den Vater, an Dino im Poggio reale, an den alten Giovanni.

Um endlich jemanden zu finden, den er fragen könnte, betrat er eine geräumige, mit Kacheln ausgelegte Terrasse und klopfte an der Tür. Von drinnen riefen mehrere Stimmen zugleich: »Wer ist da?« Es war ihm, als wäre er ein Fuchs und stände vor einem Hühnerstall (»Ki-ki-kiäää?«).

Er suche das Haus der Signora Bartoli, rief er. Es entstand ein kurzes Schweigen, offenbar beriet man sich. Endlich öffnete sich die Tür eine Handbreit, und eine Frauenstimme sagte, er solle die nächste Treppe zur Linken hinaufgehen, dann an dem zweiten Portal klopfen. »Aber es ist gefährlich, Signorino, machen Sie nur schnell!«

»Danke, vielen Dank!«

Er fand das zweite Portal verschlossen, und als er klopfte, kam die Großmutter selber. Sie hatte eine weiße Küchenschürze um und war mit Mehl bestäubt. Ihr Haar war so weiß, daß man glaubte, sie habe es in den Mehltopf gesteckt. Sie jubelte laut und ungehemmt, küßte ihn und begann sofort über ihr Dienstpersonal zu schimpfen, das »in der Kantine« sitze, »hier« – und sie packte ihn an der Hand und führte ihn, heftig die Türe aufreißend, in den auf ebener Erde gelegenen Vorratsraum. Fabio erblickte auf einer Holzbank im Schein der Abendsonne zwei Mädchen, die eine mochte achtzehnjährig, die andre über dreißig sein. Sie saßen eng aneinandergeklammert. Als die Tür sich öffnete, schrien sie, doch merkte Fabio, daß die jüngere zwischendurch für drei Atemzüge lachte.

»Solche Gänse«, rief die Großmutter ärgerlich und warf die Türe zu, »und ich kann mir meine Makkaroni al uovo selber machen. Aber du weißt«, sie lächelte in einer Art von innigem Einverständnis Fabio an, »die mach ich mir immer selber. Das einzige, was einem noch in diesen schlimmen und gottlosen Zeiten geblieben ist, daß man sich selber helfen kann. Gott sei Dank, als hätte ich es geahnt, daß du kommst«, sie führte ihn dabei in die sauber gekachelte Küche und wies stolz auf den Tisch, darauf wie ein dickes Bügeltuch der ausgerollte Teig lag. »Nur fünf Eier«, sagte die Großmutter beschämt, »aber mit den Eiern ist's ein Elend! 's ist zu heiß, und die Hühner legen nicht! Und außerdem – ein Ei fünfzig Lire«, sie lachte verzweifelt auf – »willst du mal gerade noch ein bißchen rollen? Sie sind über Neapel, wie? Hoffentlich geht Lisa auch brav in den Keller! In Neapel, ja, da ging ich auch mal in den Keller, und wenns hier einen richtigen Keller gäbe, dann wollte ich noch nichts sagen. Aber warum man sich vor den Fliegern in die Vorratskammer rettet, das kann ich nicht verstehen, du? Aber jedesmal, sobald es läutet, Madonna hin, Madonna her und huh, huh, huh, und alles stehen und liegen gelassen und in die Vorratskammer. Das letztemal haben die Katzen ein halbes Kilo Filet aufgefressen, ein netter Fliegerschaden, wenn das Kilo siebenhundert kostet! Wie gehts Aldo, ich meine: deinem Vater? Hat dein Bruder geschrieben? Nein, das ist ein kaltherziger Mensch, dein Bruder – er kommt sehr auf deinen Vater heraus. Aber jetzt mach ich dir schnell einen Espresso! Ach, richtig – wie wars im Gefängnis? Daß du mir solche Streiche in Zukunft unterläßt! Ich weiß, du bist kein Sozialist, sondern ein reizender dummer Junge, und statt dich ins Gefängnis zu schleppen, hätte man dich nachsitzen lassen müssen. Nachsitzen, jawohl, du großes Kind! Hoffentlich hast du keinen Hunger gelitten? War das Essen einigermaßen?«

»Nicht so schlecht«, Fabio lachte sanft.

»Natürlich«, fuhr die Großmutter fort, »zu Hause ißt man besser; es schmeckt nie richtig aus diesen modernen Massenküchen! Ich hab mal Erbssuppe mit Schweinefleisch probiert, als ich im vorigen Krieg beim Roten Kreuz war; weißt du, das war nicht schlecht, aber zu fett und zu schwer! Männer können nun einmal nicht kochen!« Sie schüttelte in sanfter Überlegenheit den Kopf. »Außerdem erhitzen diese mit Dampf geheizten Küchen nach meiner Ansicht die Speisen zu schnell, ich bin altmodisch und koch am liebsten noch immer auf Holzkohlen. Aber jetzt hol ich diese Gänse doch heraus.« Und sie lief, schwer und stampfend, in die Kantine. Fabio nahm die Nudelrolle, begann den Teig auszuwalzen und lächelte vor sich hin. – Erbsen mit Schweinefleisch – zu fett – zu schwer – zog es trübe durch seinen Sinn. Und die »Fußlappensuppe«, wie Dino sie nannte, zog kurz wie der Kelch des Leidens selber an seiner Nase vorbei –, und er überlegte, ob es nicht gut wäre, wenn eine Frau wie seine Großmutter und auch seine Mutter wenigstens einmal im Leben ihren Hunger aus einem solchen Gefäß hätten stillen müssen, sogar ohne eine Küchenschabe unter einem Kohlblatt zu entdecken.

Nach wenigen Tagen begriff Fabio, warum die beiden Dienstmädchen in die Kantine liefen, und die Leute von Città morta sich, falls eine Grotte in der Nähe war, dorthin mit Matratzen und Linnen, ja, sogar einem Eßkörbchen bepackt, wie Flüchtlinge begaben, die halbe Nacht verplauderten und auf das ferne Bollern der Abwehr lauschten. Ihre Nerven hatten den Reiz der Gefahr nie gekannt und ihr Lebensinstinkt, im geheimen nach Bedrohung lüstern, machte sich nun aus dem Schattenspiel der wirklichen Schrecknisse in der fernen Stadt einen unwirklichen, nur in der Einbildung bestehenden Schrecken. Der Krieg, anderswo Häuser und Knochen zersplitternd, wirkte auf sie wie ein Juckreiz, wie ein aufregendes Narkotikum. Die Bombe – oder waren es zwei? – auf dem Platz von Amalfi war, wiewohl ein Mensch oder zwei dabei umgekommen, den meisten Menschen von Città morta sozusagen gerade in die richtige Entfernung gefallen – nicht zu nah und nicht zu weit; einige kannten die getötete alte Frau, viele fuhren eigens nach Amalfi, um die Löcher zu sehen, sie einige Male lächelnd zu umzirken und zu Hause lange davon zu erzählen, als wären sie an der Front gewesen. Und wenn auch eine Kantine oder ein in den Felsen hineingehauener Stall keinen Schutz gewähren konnte, falls so ein Bombenschütze etwa in Trunkenheit oder in einer Schalkslaune – ja, nur so zum Spaß! – im rechten Augenblick am Hebel zöge, so war doch das Aufsuchen einer solchen Örtlichkeit und das Dasitzen eine Verwandlung der Gefühle, ja, der Ort selber war verwandelt, er hatte plötzlich eine höhere Funktion in ihrem Leben erhalten: er schützte wie das Innere einer Kuh, und die Menschen fühlten sich wie Kälbchen, erzählten sich Gruselgeschichten, hörten die Stimme des Todes in der Ferne – und genossen sie; er war ja so fern, und sie waren so sicher.

Einige auf Urlaub gekommene Fischerjungen verhielten sich ähnlich. Sie erzählten Fabio im Café Geschichten, die nur in ihren Vorstellungen existierten, von der Wirklichkeit des Krieges war wenig darin. Oder hatte ein vierzig Meter langer Hai, der gegen einen Matrosen auf einem Minensuchboot ansprang, als er Wasser schöpfte, etwas mit dem Krieg zu tun? Ja, selbst die Kugelgarben eines blondköpfigen Infanteristen, die jener in der Wüste gegen eine ganze Kompanie Engländer aus seinem MG »ganz allein« geschickt hatte, gingen der Wirklichkeit des Krieges weit aus dem Wege. Sie träumten alle den Krieg und träumten ihn so angenehm und erregend, als es ihnen möglich war.

»Und was taten die Engländer?« fragte Fabio.

»Mma! Die? Was sollten sie tun! Auf der Nase liegen, tot

oder lebendig. Ich dachte nicht daran, mich zu ergeben. Ich hatte noch Munition. Und da sah ich, wie sie auf allen vieren zurückrutschten. Jetzt bestrich ich eine bestimmte Stelle am Felsen, das mußte Querschläger geben.«

»Querschläger?«

»Ja, die reißen dreimal soviel ab!«

»Schrien sie?«

»Ziemlich – ich hörte aber nicht darauf!«

»Aber wenn sie sich doch zurückzogen, konntest du sie doch laufenlassen!«

»So siehst du aus, laufenlassen? Kriechen meinst du! Aber in so einem Augenblick läßt man nicht mit sich spielen! Ich gab es denen mit ihren fünf Mahlzeiten! Leider kam mir die Nacht darüber.«

»Bekamst du die Medaille aus Bronze?«

»Wieso, für so was? Das war doch nichts Besonderes! Wenn ich dir erzählte, wie es beim Rückzug zuging – etwa fünfzig Kilometer vor Tobruk –«

Fabio hörte zu, aber nur diesen Abend; am nächsten Tag grüßte er diesen Jungen nur von fern. Wenn sie mit ihm vom Fischfang redeten, dann waren sie einigermaßen erwachsen; und es kam ihm geradezu geheimnisvoll vor, daß der Krieg, der doch diese großen Jungen auf seinen Armen über Meere und Länder fortgetragen, ihnen nicht in die Augen geblickt hatte, und sie ihm ebensowenig. Sie waren wie Jungen ihres Alters, die eine weite Reise gemacht hatten und sich nun in die Lage versetzt sahen, Lügen erzählen zu dürfen – oder gar zu müssen, weil sie nichts erlebt hatten! Denn von dem, was Fabio anging, brachten sie nichts vor, und fragte er sie: nach dem Pulsschlag vor einer Schlacht, nach den Fata Morganen, die ihr Durst in der Wüste ihnen vorgezaubert, nach den Gräben in der Wüste: wie tief sie gemacht werden müßten, wegen der Schakale und Hyänen –, da antworteten sie mühsam und stockend wie Schuljungen, die schlecht gelernt haben.

Für Fabio aber waren sogar diese im Staub einer Lügengeschichte einherkriechenden und von Querschlägern bedrohten Engländer so wirkliche Wesen, daß sie nachts in seinen Traum einstiegen und darin umherkrochen. Und er machte ihnen klar: Keine Angst, ich kenne doch diesen blondköpfigen Infanteristen aus Città morta. Sein Vater vermietet Boote, und er erbt das Geschäft. Er ist wild hinter Frauen her – hinter Deutschen und Engländerinnen! Man hat es mir erzählt, das war noch kurz vor dem Kriege, jeder weiß das! Er schießt ja gar nicht mit Kugeln, das sind ja alles Zigaretten – Tre Stelle – doch, die gibt es immer noch! Lest sie doch auf! Da liegen sie! Und steht endlich auf, kommt, wir setzen uns zusammen, der Weißkopf ist doch nur ein großer Junge, er will sich fühlen, das ist alles! Er tötet nicht, er kann gar nicht töten. Er ist doch der Sohn des Giovanni Fusco aus Città morta!

Den ganzen Tag lag Fabio an der Sonne oder im Meer. Er sah den kleinen Jungen zu, bis zum zwölften Jahr waren sie besonders schön. Sie sahen wie aus Sand gebacken aus und waren poliert von Sonne und Wasser. Mager, gewiß, aber auch zierlich, schlank und dahinblitzend wie Pfeile. Die Alten, die sie abgeschossen hatten, saßen tiefgebeugt an den Netzen, sprachen über die teuren Garnpreise und waren niedergedrückt. Sie fuhren nur selten hinaus und ohne Lichter und mußten sich dicht an der Küste halten. Jeder von diesen Fischern wartete auf den Frieden. Nur der Schuster, den seine Frau, hauptsächlich wohl wegen seiner langen Oberlippe und dem Kinn und den tiefliegenden Augen einen Orang-Utan nannte, saß auf dem kleinen Platz vor der letzten breiten Treppe zum Strand an seinem Tisch in der Sonne und er wiederholte: »Vedremo!« Von seinem angebeteten Helden durfte er nicht mehr reden, doch was er noch durfte, tat er: die Deutschen preisen und die Engländer schmähen. »Die Deutschen – die haben noch ihre Trümpfe in der Hand, so wahr ich Nicola heiße.« Und er nahm Fabio das Maß für ein Paar autarkische Sandalen aus Karton und Handstricken und fragte ihn nach seiner Meinung.

»Schönes Wetter«, sagte Fabio und lachte, »du machst schöne Sandalen, Nicola, hoffentlich hast du bald wieder Leder!«

»Wenn wir den Krieg gewinnen, Signorino, mach ich Ihnen ein Paar Sandalen umsonst, unten Rind, oben Saffian, und Sie können Könige damit besuchen! Aber wir müssen zuerst den Krieg gewinnen – vedremo!«

Fabio ruderte und schwamm und sah den Jungen zu. Er kannte sie bald alle mit Namen. Und wenn er sie in ihrer Armut sah und ihrer Freiheit, sank er, auf dem heißen Strand ausgestreckt, in seine eigene Jugend zurück wie in einen Schacht. Und unten, ganz unten, war er mit dem deutschen »Fräulein«

allein. – Und wieder gab sie ihm die tägliche Morgenration aufs Gesäß, wenn das Bettchen naß war; und wieder durfte er ihr, wenn es nicht naß war, mit dem Scherchen die Hornhaut an den Füßen schneiden – eine Belohnung, die seinem Kinderherzen sicher so willkommen war wie einem antiken Wagenrenner der olympische Lorbeer. Wie viele Jahre – sechs, sieben, nein, acht! – hatte das gedauert... Mein Gott, und die Eltern lebten auf derselben Etage, damals wohnten sie noch in der Via Crispi. Wie selten sah er in seiner Jugend die Mutter... Immer dieses »Fräulein«, diese sture, harte Wand aus Fleisch zwischen ihm und seiner Mutter... Diese Jungen da haben kein Spielzeug, sie spielen mit ihren Körpern in der Sonne, mit den Booten, mit dem Meer... Er aber hatte einen Schrank mit bunten Dingen, die immer neu sein mußten, die man sanft auspacken, sanft anpakken und sanft einpacken mußte... Und wenn Aldo etwas kaputt gemacht hatte, Fabio war es, immer war es Fabio!... Und das Fräulein schlug, und wenn man rebellierte und den Bruder überfiel, kam der Vater, und der schlug dann zum drittenmal, denn zwischendurch saß der Bruder einem auf dem Rücken, wo er stets so gerne saß, und trommelte einem mit den Fäusten auf den Hinterkopf, grausam und machtlüstern wie alle Schwächlinge. Fabio hatte in den langen, leeren Stunden in der Zelle Dino von seiner Jugend und auch von den durch viele Jahre dauernden Attentaten seines Bruders erzählt, die erst aufhörten, als Fabio stärker wurde als Aldo. Dino wiederholte dreimal inbrünstig mit kleingewordenen Augen: »Totschlagen, totschlagen, totschlagen!« Und er fügte eisig hinzu: »Aber das gibt die besten Volksdompteure!«

Manchmal wagte Fabio für Augenblicke einen Gedanken an Dino. Die Gestalt des Zellenkameraden lag nunmehr für ihn im düstern Schatten dieses kleinen weißen Porzellanpferdchens. Aber wie konnte Dino ein solches Urteil über Aldo, den jugendlichen Verleumder des Bruders, fällen, wenn er selber einen alten Kriegskrüppel, den Diener Luca, bei seinem Oheim verleumdete? Wie paßte das in Dinos Bild, der – mochte er sonst sein, was er wollte – auf seine Weise ritterlich war, oder könnte man sich derart täuschen? Wie dunkel erscheint uns doch ein Mensch, wenn man ihn nicht liebt. Aber der Fürst liebt Dino, warum kennt er ihn nicht besser? Haben denn Taten, die in Raum und Zeit geschehen, soviel Wirklichkeit, soviel Gewicht? Der Fürst will ihm verzeihen, wenn er sich beugt. Aber wenn hier nun nichts zu verzeihen wäre? Wie oft, das wußte Fabio, waren die Eltern bereit, ihm etwas zu verzeihen, was nicht oder doch ganz anders geschehen war oder, falls es geschehen, nach seinem eigenen Urteil statt eines Verzeihens der Anerkennung bedurfte. Vater verzieh mir, daß der Schlauch gestohlen wurde – gut, hier war er formal im Recht. Fabio lächelte vergnügt. Er verzieh mir meine Übersetzung und ihre Folgen – aber hatte er hier ein Recht, mir zu verzeihen? Er wußte nicht mehr darüber als das Gericht, er hat mir keine Frage gestellt über mein Motiv und meine Ansichten über diese Texte. Warum sind überhaupt die Eltern so weit von den Kindern fort? Mit zwölf Jahren durfte man zum erstenmal sich an den Familientisch setzen, mit fünfzehn durfte man gelegentlich bei Tisch ein Wort reden, mit neunzehn Jahren darf ich noch nicht zu meinem Vater sagen: »Du irrst dich, Papa«, oder »Jetzt hast du aber einen richtigen Unsinn gesagt.« Und dabei redet er täglich bei wohlwollendster Schätzung dreimal soviel Unsinn als die Mutter, ja, sogar als Teresa, die nur sagt, was sie fühlt und gesehen und gehört hat. Mit zwölf Jahren hat man mir noch vom Klapperstorch erzählt, und ich wußte so gut Bescheid wie diese Jungen da, die sich über das Dingelchen in ihrer Badehose durchaus nicht im unklaren, ja, sogar sehr stolz darauf sind.

Und damit sprang Fabio auf, reckte die Arme weit, rannte auf die Jungen zu und sprang über einen fort ins Wasser. Das hier ist echt, empfand er wollüstig und begann kraulend mit den Armen in das Haar des Meeres zu greifen. Seine Lippen lagen auf dem Meere, und überall, wo er schwamm, sagte ihm das Meer, beruhigend wie eine große, durch viel Gebären und Liebe ganz unschuldig gewordene Mutter: »Du hast recht, Söhnchen, komm du, bleib du bei mir. Laß sie alle! Kriech in mich herein, ich bin groß und tief! Und wenn du die Augen unter Wasser aufmachst – ja, ich kann dir auch noch etwas anderes sein. Sieh die kleinen Fische, fürchte dich nicht! Ich habe die Erde geboren und auch dich! Und wenn du mich liebst: – tauche tiefer, mein Schoß ist schön und vom Samen aller Sterne voll.«

Und Fabio schwamm. Daß Costanza noch nicht gekommen war, bedauerte er nicht, das Meer genügte ihm.

VI

An Mariä Himmelfahrt, das sonst in Città morta mit ländlichem Pomp: also Lärm und Feuerwerk und Buden und Prozessionen gefeiert wurde, dies Jahr aber mehr einem einfachen Sonntag glich, traf Fabio auf der Treppe zum Meer den Bruder seiner Mutter. Er war mit seiner Familie soeben in Città morta angekommen, »um die Seinen zu retten«, wie er düster sagte. In den italienischen Städten werde kein Stein auf dem andern bleiben, und danach beginne sofort der Bürgerkrieg. Er selbst bekannte sich vor Fabio heute zum erstenmal als Kommunist, er zeigte ihm sogar gleich in den ersten Minuten seinen Parteiausweis; er steckte in einem geheimen Fach der duftenden Saffianbrieftasche, das Suchen nahm eine geraume Weile in Anspruch.

Während Fabio so wartend dastand, bis Onkel Giorgio seinen Ausweis gefunden hätte, sah er, wie der Schuster Nicola plötzlich von seinem Schemel auffuhr, auf dem er eine Zeitung lesend gesessen hatte. Vor ihm standen einige junge Männer, von denen einer etwas in der Hand hielt, das er gegen den erhobenen Schuh drückte, während die übrigen schadenfroh Meister Nicola angrinsten. Der grauhaarige kleine Mann wurde sehr heftig, und Fabio merkte endlich, worin der vermeintliche Schuhnagel bestand: es war das Liktorenbündel, das Abzeichen der Anhänger des Diktators, das der junge Mann als »Eisen« an die Schuhspitze genagelt haben wollte, oder auch unter den Absatz.

»Ein schöner Mut«, schnaubte Meister Nicola, »vor einem halben Jahr hätte das keiner von euch gewagt, vor drei Wochen noch nicht! Aber heute, wo ich allein stehe – welch ein Mut! Im übrigen wißt ihr, daß ich keine Reparaturen ausführe, und heut ist das Fest der Madonna. Laßt mich in Frieden!« Damit ging er in seine Werkstatt, nahm seinen Hut, schloß die Tür von außen und ging mit stolzerhobenem Kinn und starr geradeausblickend von dannen.

Fabio hatte seinen Onkel Giorgio fast vergessen: er schüttelte nur den Kopf, dann blickte er auf das Stück Papier.

»Kommunist?« flüsterte Fabio und starrte den Onkel an, »was meinst du damit, Onkel Giorgio?« Er reichte die Parteikarte zurück, sie in den zwei Mittelfingern haltend.

Giorgio hatte von seinem Vater und einer Tante ein beträchtliches Vermögen geerbt, zwei Güter in Apulien und einige Häuser, die er allerdings, falls die Bomben sie verschonen würden, abreißen und ganz nach seinen Ideen neu errichten wollte, er war ja Architekt und steckte voller Projekte, blickte in allem stets über seine Zeit hinweg – in das künftige Jahrtausend! – und hatte vor allem den Ehrgeiz, Neapel von Grund auf und bis in den letzten Winkel neu aufzubauen: nach einheitlicher Planung, großzügig, hygienisch und »mit gleichen Kubikmetern Lebensraum für jeden«, wie er gerne sagte. Auf diesen bereits schon entworfenen Plänen glänzte über dem gänzlich vom Krieg zerstörten Neapel ein neues – ja, es glänzte; denn die aus Giorgios Hirn in messerscharfen Geraden und allerdings »unsentimentalen« Winkeln gestanzten Wohnblöcke sollten mit weißglasierten Fliesen bedeckt sein – dazwischen auch bunte, gewiß! –, und Fabio bekam bereits von den eingebildeten Sonnenreflexen Kopfschmerzen; wirklich, ein solches Neapel, wie Giorgio es wollte, war zum Erblinden – im übrigen freilich »hygienisch«. Und jeder Lazzarone hatte sein Badezimmer, »das ich nicht nach dem dritten Tag, wenn so eine Santa Lucia darin ihre Windeln wusch, sehen möchte«, hatte Fabio bemerkt. »Windeln waschen? Im Badezimmer?« rief Giorgio entsetzt, »in jedem Wohnblock gibt es natürlich gemeinschaftliche Waschanstalten, kostenlos, in der Miete inbegriffen!«

Fabio schüttelte stets den Kopf, wenn sie über dies neue Neapel sprachen, das Giorgio ohne den Neapolitaner machte, wie der Gast die Rechnung ohne den Wirt.

»Übrigens wer bezahlt das alles?«

»Der Staat!«

»Nach einem verlorenen Krieg?«

»Die Amerikaner investieren!«

Fabio war es nun klar, als er die kommunistische Parteikarte des Onkels sah, daß dieser neuerdings gewiß die Russen als Investierende erwartete. Giorgio war ein Jahr als Hauptmann bei einem Stab in Rußland gewesen, er sprach Russisch, Englisch, Deutsch, Französisch, las alles und wußte alles. Nach diesem bequemen Kriegsdienst war er nach Hause gegangen, und, so fühlte Fabio, durchaus zu Recht, denn Giorgio war Gegner des Regimes und des Krieges und blieb nur folgerichtig, wenn er seine Kräfte für den Frieden aufsparte, für das neue Neapel.

Überhaupt hatte Fabio seinen Onkel bisher mit einer gewissen Hochachtung angesehen, obwohl er dessen abstrakte Gedankenbauten und Zukunftspläne lächelnd als »fumi napolitani« abtat, also als typisch südländische intellektuelle Phantastereien, die ebenso verlockend wie unfaßbar dem Hirn entspringen, um in der nächsten Stunde ganz zu verdampfen. Allerdings: Onkel Giorgios »fumi« zeigten eine bemerkenswerte Zähigkeit, und Fabio wußte, daß der Architekt mit dem Herzen dabei war. Giorgio glaubte mit einer religiösen Inbrunst an die Zukunft, an den Fortschritt und er war darin durch seine Reise nach Amerika bestärkt worden; das war seine Religion.

Und so standen sie sich an diesem fünfzehnten August auf der Treppe von Città morta nach Monaten zum erstenmal wieder gegenüber. Giorgio sah wie immer aus: gut genährt und gut gelaunt. Seine ein wenig kurz geratene Gestalt bewegte sich mit eleganter Geschmeidigkeit, wie seine Sätze. Seine schönen dunklen Augen glühten immerzu, bald entzückt, bald düster, als wäre er leicht betrunken, – er rührte aber nie Wein oder anderen Alkohol an, sein Rausch stammte aus dem Hirn und war selber eine architektonisch abgemessene Komposition. Nur wenn er darüber sprach, daß er hoffe, der Vatikan und Sankt Peter würden in diesem Kriege von einer wohlmeinenden Bombe getroffen, geriet der Traum ins Maßlose. Für den Fall, daß die Kolonnaden des Bernini aber stehen blieben, wäre er bereit, ein Museum für sie und alle Kirchen Roms zu erbauen und den Papst als Kustos darin anzustellen.

Fabio hatte diese und ähnliche Ausbrüche seines Onkels zu häufig vernommen, um noch davon bewegt zu werden. Er merkte überdies – an diesem Tage eigentlich zum erstenmal! –, daß sich Giorgio wiederholte und bei allem eleganten Gestikulieren seltsam monoton wirkte. Kaum aber, daß Fabio diese Feststellung gemacht hatte, gelang es Giorgio, seinen Neffen zu überraschen, ja, bis zur Sprachlosigkeit zu verblüffen.

Denn plötzlich begann er – ohne Einleitung oder Übergang – aufs Meer zu starren, die Arme auf der Brust verkreuzt und zwischen den Augen eine tiefe Falte, so daß er Fabio ein wenig an den in Elba stationierten Bonaparte erinnerte; und was dann von Giorgios Lippen kam, ließ den Verdacht aufkommen, daß sich im Hirn des so düster Dastehenden das monumentale »N« soeben wie ein unsichtbares Petschaft eindrückte.

»Von dort kommen sie, Fabio, morgen, übermorgen, an einem dieser Tage. Und an diesem jetzt noch leeren Strand dort knirscht ihr Kiel. Und sie springen ans Land, die Eroberer. Du weißt – ich habe sie erwartet und ich begrüße sie in meinem Herzen! Ich habe den schaumschlägerischen Wahnsinn dieses Maurergesellen im Palazzo Venezia als das erkannt, was er ist – als den Sirenenruf des Unterganges. Aber – sieh an, sie kommen diese fünfzig Meter Strand langsam, grinsend heran, als die Sieger. Ich aber bin Offizier, ich kann ihnen nicht entgegenlaufen, sie zu begrüßen. Also auf sie schießen? Das verbietet mir mein Gewissen. Ich werde an dieser Stelle stehen, in der Uniform, die Pistole in der Hand. Ja, und ich schieße – jedoch mir in die Brust! Über meine Leiche, über die Leiche eines italienischen Offiziers sollen sie wenigstens an dieser Stelle einrücken, die Sieger – und sollen wissen, daß es in diesem Land nicht nur Verräter gibt. Denn – sei gewiß! – der Verrat lauert wieder einmal im Busen Italiens. Wir verraten die Deutschen, Fabio, – und ich bin kein Verräter!« Und plötzlich sich dem Neffen zuwendend und ihn an den Oberarmen fassend wie mit Eisenklammern, starrte er ihn an: »Sag nichts davon meiner Frau! Sag es später, wenn es geschehen ist, meinen Söhnen!« Damit wandte er sich und ging langsam, fast stampfenden Schrittes die Stufen hinan.

Fabio schluckte einmal, er bewegte sein Gesicht dem Fortgehenden nach; er machte dabei langsam eine Halbkreisdrehung. Seine grauen und so knabenhaften Augen waren voll Verwunderung und zugleich voll einer Trauer, wie sie unversehens und zu Unrecht beleidigten Menschen eigen ist. Endlich schüttelte er kurz den Kopf: das war ja eine richtige heroische Knabenballade; Fabio aber gehörte nicht zu den jungen Leuten, denen es Spaß macht, wenn Erwachsene keinen Abstand zu sich selber haben. Über Kinder lacht man, wenn sie Sein und Schein kunterbunt mischen, aber Onkel Giorgio? ... Und dieser Mann will Städte aufbauen, Sankt Peter zu einem Museum machen ...

Fabio hatte übrigens von Großmutter erfahren, daß ihr Sohn Giorgio sie nicht mehr besuche und auch seiner Frau und den kleinen Söhnen verboten hatte, ihr Haus zu betreten; dies nur deshalb, weil sie gelegentlich den Podestà und dessen Frau bei sich empfing, dieser aber ein erklärter Anhänger des Diktators war oder besser: gewesen war. Fabio hatte von diesem Zecchi, seines Zeichens Advokat und Gutsbesitzer, allerlei gehört, ja, gesehen, doch widerten ihn diese letzten Ausläufer der Politik an, und es kam ihm vor, als ob er von all diesen Bürgern und Kleinbürgern durch eine Wand aus Glas getrennt sei: er sah sie in der Sonne liegen, problemlos wie Steine, ob sie die Zeitung lasen oder nicht; ob sie Faschisten waren oder Kommunisten; ob sie reich, verarmt oder wieder im Reichwerden begriffen waren. Denn darum nur, um die Bedürfnisse des Tisches und des Bettes, drehte sich fast bei allen ihr von der Sonne angestrahltes und mittags bereits ausgekämmtes Hirn: das Beste an ihnen waren ein paar Gedanken, manchmal sogar kluge, aber keine, die von ihrem Herzblut Leben empfangen hatten. Und ihr Wille ging mit ein paar Instinkten auf die Jagd, derweil ihr Geist und ihr Herz in einem so farblosen, ermatteten, gelangweilten, ja, oft giftigen Verhältnis lebten, wie diese Ehepaare auf dem Sand am Meer, welche die Inhaber dieser Gedanken und Instinkte waren.

Ohne Übergang dachte Fabio an den Fürsten di A. Und die für einen jungen Menschen bedrückende Erkenntnis, daß es wohl wenig wirkliche Menschen gebe (derweil doch der Strand mit Leibern, und zum Teil sogar hübschen, vollgelegt war), wurde in ihm zum erstenmal lebendig. Er saß abseits, fühlte sich gerne einsam, beobachtete und dachte an den Fürsten di A., an Costanza oder aber an sein Urweib, das ihn wie eine Mutter auf den Knien hielt. Und im nächsten Augenblick war das Meer selber diese tragende Mutter und Geliebte.

Trotzdem: eines Tages packte er sein Köfferchen, sagte der Großmutter schnell guten Tag und lief einfach fort, er konnte, wie er ihr sagte, diese »opera buffa« nicht einen Tag länger mit ansehen. Neapel bot wenigstens eine Wirklichkeit ganz: die des Elends und des Krieges, nein, das war kein Theater!

Zu Hause setzte er nur sein Köfferchen ab. Die Mutter war nicht da, und so ging er wieder. Als er vor das Gittertor trat, stand da ein magerer, abgerissener Mann und winkte ihm zu. Er wischte sich dabei mit einem zerfetzten Taschentuch den Schweiß. Der Blick des Mannes war flink und übertrieben freundlich, Fabio erkannte in ihm sofort einen von denen, die den ganzen Tag auf der Hut sein müssen bei ihren ebenso mageren wie dunklen Geschäften aller Art.

»Heiß, Signorino?« murmelte der Mann.

»Ziemlich!« Fabio lächelte forschend.

»Ja – ich bin heute zum fünftenmal hier –, und wenn Sie der Sohn des Advokaten Casani sind – Fabio – –?«

»Der bin ich!« Fabio sagte das zögernd.

»Dann hab ich endlich Glück gehabt!« sagte der Mausäugige. »Hier ist ein eiliger Brief für Sie. Ich komme morgen und hole die Antwort, um wieviel Uhr, Signorino?«

»Moment, zuerst muß ich wissen –«, und er riß hastig den Brief auf und wandte sich ein wenig zur Seite.

»Verbrennen Sie den Brief, Signorino«, sagte der Mann, einen Schritt sich nähernd, »Sie verstehen. Ich war auch drin – im Poggio – ich – glauben Sie mir – ich kann das Maul halten, und wenn man mich mit einem rostigen Messer in Stücke schnitte.«

»Moment«, sagte Fabio kurz. Der Brief war von Dino und enthielt nichts Geringeres als die dringliche Bitte, daß Fabio dem Überbringer die Armeepistole seines Vaters, »der sie ja doch nicht mehr braucht«, mit hinreichender Munition übergebe. »Es ist schwer, an Waffen zu kommen, deshalb wende ich mich an Dich. Das Einschmuggeln geht über einen selber in der Tinte sitzenden, aber noch nicht entdeckten Aufseher; die Sache ist todsicher. Und bitte etwas Verbandzeug, vor allem Leukoplast und Jodwatte. Ferner ein feststehendes und zusammenklappbares Messer und, falls Du so was vorrätig hast: einige Schlagringe. Nichts kaufen! Ferner: Deine Mutter hat sicher noch etwas echten Pfeffer, bitte, das ist kein Witz, die Sache ist genau überlegt – und eine bestimmte Portion Pfeffer gehört in dieses Gericht. Kannst Du den nicht auftreiben, behelf ich mich mit trocknem Schnupftabak – Marke Sant Antonio – das ist die billigste und geeignetste für den frommen Zweck. Dann: fünf Meter starken aber biegsamen Draht – nun, wozu wohl? Versuchs mal vorher, an Deinem Halse: er muß schmiegsam sein und zugleich stark. Das wäre alles für heute! Wir rechnen ganz sicher auf Deine Hilfe. Die Stimmung hier in des Königs Hause ist für einen abrupten Abschied durchaus günstig. Unser nationales Befreiungs-Komitee besteht aus fünf jungen Leuten. Giovanni ist nicht dabei, der wird allmählich fromm. Damit Du übrigens keine Gewissensbedenken hast: wir sind menschlich und mithin nur dann gewaltsam, wenn es notwendig ist. Falls Du uns hilfst, stehst du fortan unter höherem Schutz. Die von mir neuorganisierte Mafia der ›Ritter vom Weißen Roß‹, Abteilung Poggio reale, ist über Deine Person bestens orientiert. Uns also in den Rücken fallen gibt es nicht. Doch fürchte ich auch von einem so sauberen Kerl, wie Du es bist, nichts derartiges. Doch das sollst Du wissen, mein Prinzip heißt: vollständige Freiheit, und ich respektiere sie auch an andern, falls ich nicht ›beruflich‹ mit ihnen abzurechnen habe. Du kannst mithin ohne Angst und ohne jede Rücksicht auf uns, auf mich, Nein sagen und Dich weiterhin in Deine bürgerliche Unschuld zurückziehen und zusehen, wie die andern die Köpfe hinhalten. Aber erhebe dann bitte künftig nicht den Anspruch, daß Du wirklich lebst und agierst. Du sitzt im Parkett und genießest das Leben als ein Theater! Und genießest vor allen Dingen Dich selbst, Dein gutes Gewissen und Deine untadelige Person. Doch vielleicht bist Du ein anderer, als ich glaube, sogar ein anderer, als dieser Cavaliere di giustizia in Dir zu sehen glaubt –, sein Brief über Dich hat mir das Zwerchfell gelockert, ›o du Hoffnung unseres Geschlechts!‹ Aber sieh zu, wer Dich lobt – du weißt: laus stultorum . . . wie geht das noch?

Es grüßt Dich Dein im Magen der Gerechtigkeit sich langsam auflösender, aber bald sich selbst herausoperierender

Dino, Ritter vom Weißen Roß.

Merke Dir diesen Namen. PS: Vorsicht! nichts von den verlangten Gegenständen kaufen . . . es wäre denn Draht, Pfeffer oder Verbandstoffe.«

Fabio sagte, nachdem er den Brief gelesen hatte, zu dem Mann, er solle warten. Er sprang in die Küche hinauf, schickte Teresa in sein Zimmer, das Köfferchen aufzuräumen, und verbrannte den Brief auf der Gasflamme, die Aschenreste zertrat er auf den Fliesen und fegte noch die Spuren sorgfältig auf. Dann setzte er sich an seinen Tisch und schrieb: »Lieber Dino! Deine Auffassung von Freiheit entstammt der Verzweiflung; ich sehe daraus, wie sehr Du leidest, und bin erschüttert. Was aber mich angeht, so will ich das tun, was von mir jeweils als die höhere Notwendigkeit erkannt wird. Aber das ist Unsinn, höhere Notwendigkeit! Ich will sagen: ich tue freiwillig, was ich als notwendig erkenne, als mir natürlich, meinem besseren Wesensteil und der Stimme Gottes in mir entsprechend. Auch jetzt! Und selbst auf die Gefahr hin, von Dir mit allen Titeln der Verachtung zugedeckt zu werden. Du bist nicht mein Richter, so wenig ich je der Deine sein will! Aber ich flehe Dich an: bei der Schönheit Deiner Jugendtage, von der mir Dein Onkel erzählte (mit feuchten Augen!), bei jedem edlen Auftrieb, zu dem Du einmal fähig warst und noch immer fähig bist: tu's nicht! Wähle nicht den Weg der Gewalt. Ergib Dich, denke an Odysseus, an Sokrates, an Christus! Denke an das Ausröcheln der Unschuld auf allen Schlachtfeldern der Welt! Denke an alle, die dasselbe leiden wie Du! Und warte auf Deinen Tag, er kommt! Und denke an Deine Mutter und

an Deinen Dir trotz aller Verschiedenheit des Denkens nahestehenden Fabio.«

Der Mann nahm den Brief mit einem schrägen Heraufblicken an; seine brüchige Stimme klang enttäuscht: »Sonst nichts, Signorino?«

»Nein, sonst nichts!«

Die Mausaugen blickten zu Boden, derweil er den Brief in seine Rocktasche schob. Er machte eine schüchterne, verlegene Bewegung des Rauchens. Fabio gab ihm einen Geldschein –, er habe keine Zigaretten im Augenblick.

»Und auch nicht so was«, der Mann spielte mit dem rechten Zeigefinger, indem er ihn nach vorn und rückwärts bewegte. »Die Sache ist sicher«, murmelte er, Fabio flüchtig von untenher anblickend.

Fabio tat, als verstünde er nicht. Er nickte dem Mann grüßend zu und ging hinein. Wenige Minuten später trieb es ihn in die Stadt.

Noch in der Funicolare überlegte er kurz, ob er nicht dem väterlichen Verbot zum Trotz den Fürsten besuchen solle. Aber er spürte sofort einen starken Widerstand –, es war nicht der Gedanke an den Vater, sondern an Dino! Und an ihn zu denken, verursachte ihm ein körperliches Unbehagen in Kopf und Magen; nein, es war nicht das Rollen und Klappern des Abteils, nicht die allzugroße Nähe mit Menschen – doch, es war die Nähe! – die Nähe selbst in Gedanken zu diesem Menschen tat weh. Nein, Giovanni ist kein Mörder –, aber er – er... Aus dem stinkenden Maul der Endstation im Strömen der Leiber hinausgeschoben, ließ er sich treiben, von Straße zu Straße.

Im Schaufenster eines Schokoladengeschäftes stand über einem Turm von bunten Schachteln ein weißes Porzellanpferdchen. Fabio blieb stehen, ging aber gleich weiter. Warum nennt er sich nun so: Ritter vom Weißen Roß? Nach seinem eigenen Unrecht oder dem eines anderen? Will er auf seinem eignen Unrecht reiten? Die Hufe eines solchen Pferdes träten nicht die Erde, sondern den Leib der schlafenden Nemesis! Reitet er aber auf dem Unrecht eines anderen, so ist das vielleicht noch schlimmer. Er ritte in den letzten Bereich, in die Wildnis der Verachtung des Menschen, und wer könnte ihn dort noch erreichen? Und dabei vergißt er ganz, wieviel ihm die andern zu verzeihen haben. Ritter vom Weißen Roß, das ist ja ganz klar gegen den Fürsten gerichtet – gegen den Cavaliere di giustizia, das ist Haß! Eine Antwort voll Haß auf eine Beleidigung ... das wurde Fabio immer deutlicher.

Mein Gott, das ist ja – man müßte den Fürsten warnen ... ihm von Dinos Vorhaben sprechen ... Vielleicht vermöchte ein Brief des Fürsten, eine Wendung zu bewirken, ein Brief, in dem er dem Neffen einfach mitteilt, sich geirrt zu haben und um Entschuldigung bittet und ihm zugleich das Versprechen gibt, sich für ihn zu verwenden! Aber wo gibt es die Weise, den Fürsten zu einem solchen Brief zu veranlassen! Alles spricht gegen Dino: sein Vorleben, sein öffentlicher Diebstahl, sein Zynismus. Und vollends dieser erst geplante gewaltsame Ausbruch aus dem Gefängnis! Wenn der Fürst das hört, könnte er vielleicht einfach fragen: Nun, und Sie glauben, Fabio, daß dieser junge Mann, der sich bei Ihnen die Werkzeuge zu gemeinsten Verbrechen bestellt, nicht imstande war, ein kostbares Meißner Stück zu stehlen und zu verkaufen, um seine Spielschulden zu begleichen? Und daß er sich nach diesem Raub nennt, liegt darin nicht dieselbe freche Konsequenz, die ihn, den von der Gewalt des Gesetzes Eingeschlossenen, dazu treibt, sich durch gesetzlose Gewaltsamkeit zu befreien?

Nein, Fabio sah es mit einem sein Herz müde machenden Verzagen ein: hier war nichts zu tun, das Ganze war, wie der Fürst sagte, »heillos« – man mußte der Entwicklung des Furchtbaren zusehen, machtlos wie in einem Traum. Überdies war schwer vorauszusehen, was der Fürst, nachdem er Dinos Plan vernommen, zu guter Letzt in seiner Erregung zu tun imstande wäre. Er könnte etwa den Gefängnisdirektor benachrichtigen –, die Folgen für Dino wären nicht abzusehen: Abtransport in ein Inselzuchthaus, Mißhandlungen, Einzelhaft in Ketten? Wer weiß, was hinter Kerkermauern mitten im Strudel einer modernen Weltstadt vorgeht! Und die Folgen für den Fürsten würden damit entsprechend sein: sein Gram wäre uferlos, vielleicht erläge er einem Herzschlag.

Und je länger Fabio überlegte, um so deutlicher wurde es ihm: An nichts rühren, nicht eingreifen, schweigen! Ich habe von Dino keinen Brief erhalten. Und ich werde den Fürsten nicht besuchen. Sollte ich es aber doch tun, werde ich meinerseits über Dino kein Wort verlieren, kein einziges Wort!

VII

Fabio war, ohne es zu wissen und wohl nur, um Schatten zu suchen, in die Galeriestraße eingebogen. Das durch die milchige Glasdecke strömende Nachmittagslicht verbreitete eine angenehme und diffuse Helligkeit, die von fern an den gleichmäßigen, milden Glanz unter der Oberfläche des Meeres erinnerte. Er setzte sich an eines der marmornen Cafétischchen, mehr um einen festen Punkt in der Verlorenheit dieses Nachmittags zu haben. Er war erschöpft und saß, den Rücken gegen den Stahlbügel des Stuhles gedrückt, die Augen in die Ferne gerichtet: auf den Punkt, wo die Galerie in das gleißende Tageslicht mündete. Der Kellner umging ihn in immer engeren Kreisen, wischte schließlich mit der Serviette den Tisch ab, bis Fabio murmelte: »Einen Surrogat.« Er betrachtete, den Kopf zurückgelehnt, diese Häuserfronten – eigentlich waren es Innenraumwände, empfand er, wegen des Glasdaches! Und doch haben diese Häuser alle die vorschriftsmäßigen Fassaden, wie sie der Renaissancearchitekt des vorigen Jahrhunderts aus bärtigen Atlassen, Giebeln, allerlei unsinnigem Gesimse, aus Eierleisten und Hundskopfmustern zusammenbraute, ja, richtig eine architektonische Suppe, ein Stil-Potaufeu! Wie konzentriert überflüssig die Empfindungen jenes Jahrhunderts waren! Man konnte den Architekten in Zi-Giorgio verstehen, wenn er rasierte Wände liebte, wie die Tänzer gelegentlich rasierte Köpfe. Aber man muß schön sein, um sich nackt zu zeigen. »Danke!« Der Surrogat stand vor ihm, und es kam ihm plötzlich: das war das schwarze, ängstliche Auge der Zeit, das ihn aus dem dicken Weiß des Steinguttäßchens anblickte. »Was machst du dir aus mir?« so sagte der Surrogat. Warum gehen diese Menschen hier alle auf den Fliesen umher? Haben sie ein Ziel? Oder gehen sie der Zeit aus dem Wege? ... Wieviel Beine ... Verabredungen? ... Vielleicht gehe ich auch heute irgendwohin ... Wenn man ein Ziel hat, wird man nicht müde, aber so schlendern ... Nur die alten Leute schlendern und die Dummköpfe ... Die Dirnen – die schlendern sogar zielvoll ...

Seine Gedanken kamen und gingen wie diese Beine ringsum, wie alle diese Menschen, die kein Ziel zu haben schienen. Manchmal verweilten sie, wie die Passanten vor dem Blumenladen seinem Tisch schräg gegenüber, bei der Person des Fürsten di A.; er zögerte noch immer, ihn aufzusuchen. Menschen, die ihr Leben lang nichts realisierten und dabei klug und selbstkritisch blieben, sind eine richtige Last. Dieser Zeitungsverkäufer dort, sicher so alt wie der Fürst – er tut doch wenigstens etwas, er füllt eine Funktion ganz aus, die ihm die Gesellschaft zuwies ... Der Fürst hat nichts geleistet als dies: seine Untätigkeit erkannt zu haben ... Die Tat ... Was ein Mensch täglich in seinem Beruf verrichtet, ist aber doch noch nicht seine Tat? Tassen auf den Tisch stellen, Blumen verkaufen, Zeitungen ... »tock-tock, tock-tock«, haben diese Deutschen einen schweren Schritt, immer zu zweit! Angst? Marschieren – schießen – ein Bein verlieren – ist das eine Tat, wenn die Erkenntnis des Zieles fehlt, des richtigen Zieles?... »Nein, danke«, Fabio wandte das Gesicht in die andere Richtung, aber nun hielt der Zeitungsverkäufer hinter dem mit rotem Blech ausgeschlagenen Kasten, in eine gefaltete Zeitung gesteckt, eine Serie von Postkarten hin: »Signorino, amore«, sagte er dabei. Ganz mechanisch klang seine hohe Greisenstimme, ein wenig weinerlich, genauso wie eben, als er ausrief: »Neue Möglichkeiten in Sizilien! Bombenangriff über London! Ein Appell des Papstes an die Vernunft!«

»Danke!« sagte Fabio, das hübsche Gesäß eines Mädchens wegschiebend, dazu einen altertümlichen Diwan mit zwei Leibern, die entkleidet waren – »nein, danke«, sagte er bittend und legte einen Geldschein auf den Tisch. »Macht dir das noch Freude, das anzusehen?« Der alte Mann steckte den Geldschein ein, er riß kurz die Augen auf, verdutzt, hob die in die Zeitung eingeschlagenen Karten fragend gegen Fabio hoch. »Das? Signorino, das hier? Mir?« Er schien zu überlegen, und Fabio merkte, wie das Fragen aus den ausgemergelten Zügen des Alten langsam verschwand und Mißtrauen und Ärger hochstieg; zuletzt schoß aus seinen wässerigen Äugelchen ein fahles Licht auf Fabio nieder, und mit einem indezenten Fluch, in dem er das an dem Jungen verwünschte, was er selber nicht mehr zu haben durch eben diese Verwünschung bestätigte, schlitterte er davon.

Fabio war errötet. Warum habe ich ihn das gefragt – und ihn, ohne es zu wollen, an seinen Verlust erinnert! Er fühlt sich erniedrigt ... Der Fürst hat die Gelübde abgelegt – Fra Ettore! – auch das der Keuschheit. Aber wie wichtig so ein alter Mann noch diesen Punkt nimmt; er läßt offenbar das Alter nicht als Entschuldigung für seinen Mangel gelten, wie anspruchsvoll! Daß der Fürst in dieser Hinsicht auf jeden männlichen Anspruch verzichtet hat –, das ist der Kern freiwilliger Armut, mehr als der im Geiste vollzogene Verzicht auf die übrigen Güter. Aber da er das Bild des Neffen zeichnete als David –, das war schönste, feinste Erotik. Er hat die Seele eines Künstlers, ohne sein Talent zu haben, das mag es wohl geben. Ich selber ... Der Dicke da hat schwerlich diese Rosen für seine Frau gekauft, auch nicht für einen Sarg, so ein breites, selbstzufriedenes Lachen müßte doch selbst eine gekaufte Frau abstoßen – Goldzähne! Man muß sich diese Speckhüften, diese Stumpen von Beinen nackt vorstellen – voller Haare! Wie kann man die Menschen lieben, die Menschheit! All diese sich knickenden Beinstriche – all diese gierigen, leeren, stumpfen, trüben Gesichter. Ich will ein Gesicht sehen, ein Menschengesicht! ... Wenn man weiß, wozu so ein Blumenladen in der Hauptsache dient, dauern einen diese abgeschnittenen Pflanzenleiber. Sind nicht die meisten Menschen Schnittblumen, die nach und nach das aufzehren, was der Wurzelstock ihnen mitgab, die Erde, der frühere Wohnort ihrer Seele! Aber Platon scheint mir doch überspannt – Seelenwanderung? Gewiß, wandern ... Wohin eigentlich, wenn nicht ... Wo wollen diese Leute alle hin? ...

Fabio fuhr zusammen. Eine Stimme, die er gut kannte und die ihn in diesem Augenblick wie etwas Ekelhaftes berührte, sagte zu ihm über seine Schulter weg, er wollte zuerst nicht umblicken:

»Eh, Signorino, ich erkenne Sie sogar von hinten! Und schön braun gebrannt! Waren Sie auf dem Lande?«

»Ja, Luca.«

Und Fabio vernahm, daß Luca zum Krankenhaus der Incurablen unterwegs sei, den Professor Fiorini zu bestellen –, nein, nichts Besonderes, der Fürst lasse sich von Zeit zu Zeit die Füße punktieren. Und dann: warum er nicht gekommen sei? Der Fürst warte eigentlich täglich auf seinen Besuch. »Wir fürchteten schon, Sie seien krank!«

»Nein, ich war in Città morta. Aber ich komme heute, gegen Abend!«

Fabio war erleichtert, als er sich des stets so freundlich lächelnden Mannes entledigt hatte. Er sah ihm mit zusammengezogenen Brauen nach, wie der Stelzbeinige eifrig davonhumpelte.

Etwa eine halbe Stunde später, es ging gegen sieben Uhr, trat Professor Fiorini bei dem Fürsten ein. Er war ein kleingewachsener, bereits stark ergrauter Herr mit einem gelben Gesicht und ebenso gelben großen Zähnen, über die ein kleiner Schnurrbart wüst herabhing. Auch sein Anzug hatte etwas traurig Vernachlässigtes, Fiorini war Junggeselle. Er ging jede freie Stunde in die Nachbarschaft der Stadt hinaus, gebückt und kurzen Schrittes, ein Klappstühlchen und einen großen Sonnenschirm unter dem Arm und einen Malkasten in der Hand. Und wo er ein einzelstehendes Haus in der Ebene von Pompeji oder sonstwo am Weg erblickte, das besonders sauber gekalkt war und möglichst noch frisch angestrichene Türen oder Fensterläden aufwies, entfaltete er ohne weiteres sein Klappstühlchen und seinen Sonnenschirm und begann sogleich mit chirurgischer Exaktheit auf seine Leinwand ein Häuschen zu malen, wobei er das größte Gewicht auf die »wirklichkeitstreuen Farben« legte, wie er dem Fürsten oft versicherte, in der Art, daß er »nicht klüger sein wollte als die Natur«. Bäume jedoch malte er nicht, man könne »mit Gott nicht konkurrieren«.

Der Fürst hielt im allgemeinen von Ärzten, »wenn sie nicht zufällig Weise« seien, wie er sagte, herzlich wenig; die Chirurgen dagegen standen bei ihm in hoher Achtung, da sie nachweislich mit ihrem Handwerkszeug etwas anzufangen wüßten, doch müsse man sich darum vor Chirurgen doppelt in acht nehmen. Professor Fiorini aber besaß das Vertrauen des Fürsten, weil er malte. Er hatte zwar noch kein Bild von seinem Arzt gesehen, und der zeigte nur ungern etwas vor, doch war der Fürst der Ansicht, daß ein Chirurg, der Bilder male, »sensibler« sei als die übrigen, die nicht malten.

Professor Fiorini hatte, als er sah, daß die geschwollenen Füße des Fürsten jeden Fingerdruck wie ein gehender Teig eine geraume Weile behielten, wie üblich eine Punktation vorgeschlagen. Der Fürst aber, statt darauf einzugehen, war in seine Hausschuhe geschlüpft und begann von etwas ganz anderem zu reden: vom Besuch der Königin bei den Incurablen in den letzten Wochen. Professor Fiorini blies den Atem von sich und machte mit der Hand eine drehende Bewegung neben seinem Gesicht, als fächelte er sich Luft zu: Gott sei Dank, es sei gut überstanden. Man habe den Malta-Saal für den hohen Besuch »zubereitet« gehabt.

Und da fragte der Fürst: »Ja – und die übrigen Säle?«

Professor Fiorini entzündete sich soeben mit einem Phosphorholz den schwarzen, bereits angerauchten Stumpen, einen Toscano, er hielt das brodelnde Flämmchen abwartend in die Luft, bis der Phosphor abgebrannt wäre. »Die übrigen?« Er schob die Brauen in die kleine Stirn, dann wiegte er den grauen Kopf: »Mein Gott, einer Königin kann man nicht alles zeigen, so wenig wie einem Kind!«

Der Fürst lachte kurz auf: »Mit andern Worten: die übrigen Säle schloß man zu und aus dem Malta-Saal machte man einen Empfangssaal – für das königliche Kind! Wie?«

»Genauso!« Auch Fiorini lachte, doch ohne aufzublicken; sein Stumpen brannte, und er kratzte sich im Nacken.

Der Fürst, nun der Länge nach auf seinem zugedeckten Bett ausgestreckt, gegen die blassen Sternchen und den Vogel im Baldachin über sich starrend, begann: ja – aber so ein Kind, so ein königliches Kind könne vielleicht doch allerlei bemerkt haben ... »Mir ist übrigens so etwas zu Ohren gekommen, Professore, was Sie interessieren könnte! Unter anderem wurde mir ein ganz bestimmter Saal beschrieben ... Wo die zahlenden Patienten liegen, da ist alles leidlich, gewiß, wenn man die Kriegszeit mit in Erwägung zieht und die Bombennächte, aber sonst!« Er schwieg, Professor Fiorini hatte, den Kopf vorgereckt und die Augen weit geöffnet, gegen das Bett hingestarrt.

»Die Königin war sehr zufrieden!« murmelte er lauernd, ohne den überraschten Blick von dem Fürsten zu wenden.

»Eine Königin muß zunächst immer zufrieden sein« –, der Fürst lachte wieder. Sollte sie etwa euch alte Böcke auszanken, an den Ohren ziehen, Ohrfeigen austeilen?« Sein Lachen wurde immer ausgelassener, aber es klang darin ein Unterton, der Professor Fiorini verstimmte. »Eine Königin kann nicht in verschlossene Säle eindringen, die Decken von stinkenden Betten fortziehen, die Professoren in die Latrine führen, deren Boden mit Unrat über und über bedeckt ist! Kann nicht Wärter belauern, wenn sie aus der Hilflosigkeit ihrer Kranken Kapital schlagen; kann nicht die Bücher der Verwalter kontrollieren und fragen, ob dieser oder jener Posten Wäsche oder Lebensmittel auch wirklich in die Säle geliefert wurde oder sonstwohin! Oder sollte das die Aufgabe einer Königin sein? Wenn ein König vor der Front erscheint, gibt's keinen falschen Tritt oder

Griff, nicht einmal in Neapel, wo nie etwas klappt; und wenn eine Königin in ein Hospital geht, findet sie stets einen Musterbetrieb! Aber halten Sie, Herr Professor, und Ihre Kollegen eine Königin für so weltunerfahren, ja, blödsinnig, daß sie darauf hereinfällt?«

Professor Fiorini murmelte etwas Unverständliches, es wurde für eine Weile still. Man hörte die Fliegen summen, wenn sie scheinbar ganz ohne Grund in jähen Kurven auftaumelnd sich an einem andern Platz ganz in der Nähe niederließen. Der alte Professor in seinem hohen Lehnsessel schaute ihnen zu, doch mit einem Ausdruck, als wären sie es, die ihn belästigt, ja, gekränkt hatten.

Der Fürst begann nun, als spräche er mit sich selbst und in geradezu schläfrigem Tonfall: er wisse es nun allmählich – es gebe in der ganzen Welt keinen Schuldigen – keinen, den man zur Verantwortung ziehen könne, am wenigsten aber in Neapel. Alles läppere sich so hin, und wie's falle, so bleibe es liegen. Das Hospital zu den Incurablen sei ja nicht weiter interessant, da es in der ganzen Stadt, im ganzen Land entsprechend aussehe. »Inzwischen sind wir aber glücklich eine Großmacht geworden, gewiß, wir können mit einer Menge Kolonien und Kriegen und mit acht Millionen Bajonetten der Welt imponieren. – Ich jedoch bin überzeugt, wenn Italien seine Schwindsüchtigen allesamt aufziehen ließe, so wäre diese Heerschar doch noch viel imponierender. Oder wenn wir alle Unterernährten uniformierten, die Welt würde Messer und Gabel neben den vollen Teller legen, davon bin ich überzeugt. Aber noch viel überraschender, eindrucksvoller, ja, atemberaubender wäre es, wenn man alle am allgemeinen Wohl uninteressierten Bürger Italiens mit allen Titeln und Orden geschmückt und patriotische Lieder singend durch die Straßen ziehen ließe . . . Ich und Sie, Herr Professor, gehörten dazu, einfach weil wir zu den übrigen Italienern gehören, die nicht schwindsüchtig und nicht unterernährt oder Kriegskrüppel sind. Ja, ich sage Ihnen, wir beide gehörten dazu: ich in meiner Galauniform als Malteserritter, Sie im weißen Chirurgenkittel!«

Der immer heftiger Sprechende hatte sich halb aufgerichtet, aber auch jetzt lagen seine Augen in diesem nächtlichen, ungestörten Dunkel, das der ganzen Person des Fürsten einen solchen Abstand zu seinen Mitmenschen gab.

Der Professor saß zusammengesunken da, seine mit Sommersprossen grob gefleckten Hände hingen schlaff von der Lehne des Sessels.

Er sei ein alter Mann, begann er schließlich in kühlem, protestierendem Krächzen; ein Neffe und zwei Großneffen seien in diesem Krieg gefallen. Er selber stehe fast täglich am Operationstisch; er habe keine Reichtümer gesammelt, das sei an diesem Krankenhaus nicht so leicht möglich – er lächelte bitter und sog an seinem Toscano –, und er verstehe gar nicht, wie man ihm mit solchen Vorwürfen kommen könne.

Doch fragte er an dieser Stelle, sein zuletzt wehleidiger Tonfall wurde zu einem vorsichtigen Sondieren: »Und ich verstehe auch gar nicht, von welcher Seite diese Beschwerden gegen unser Krankenhaus kommen könnten? Wir tun unser Möglichstes!«

Der Fürst nickte mit einem Lächeln. »Nicht wahr? Aber das sagt auch unser Staatschef; jeder sagt das heute, da alles in die Brüche geht. Im übrigen – was nicht zu ändern ist, gilt als in Ordnung! Ist Ihnen noch nicht aufgefallen, daß diese Denkart die Quelle unsres Zynismus ist?«

»Ich meine«, sagte Professor Fiorini, an den Worten des Fürsten vorbeihörend, »wer hat Ihnen denn diese Informationen geliefert?«

»Das darf ich nicht sagen«, der Fürst zog den Kopf ein und senkte die großen Augenlider –, »aber eine Person von höchster Wichtigkeit, eine Person, die einem Stande angehört, davon die Zukunft unsres Landes abhängt; eine Person, die das Recht hat, uns zur Verantwortung zu ziehen ... Überdies sagte mir meine Quelle leider nichts Neues!«

Professor Fiorini legte schnell den Stumpen in den Aschenbecher und faltete die Hände auf der Brust, daß sie wie aus der Weste herausgewachsen aussahen; er ließ sie so eine geraume Weile auf und ab wippen, bevor er zu sprechen anfing, den Blick in einem theatralischen Flehen auf den Fürsten gerichtet. Und während er sprach, bewegten sich seine alten, braungefleckten Hände noch immer auf und ab.

»Principe mio«, begann er, das letzte »i« zu einem singenden Bogen ausweitend, »mir könnte man keinen größeren Gefallen tun, als mich abzusetzen, damit ich endlich aufs Land komme. Ich bin ein alter Mann und kann mich nicht um alles kümmern.

Und vor allen Dingen nicht um die Angelegenheiten andrer Leute! Was mich angeht, so würde ich, hätte ich einen Hund, ihn nicht bei den Incurablen unterbringen. Ich habe den Chirurgischen Saal unter mir –, und da sieht es ungefähr so aus wie in jedem Hospital, das seiner Bestimmung nach zu allererst eine Palaistra der Wissenschaft und kein normales Krankenhaus ist, das dürfte doch ein unendlicher Unterschied sein, oder nicht?... Und dann der Krieg!... Sie antworten mir nicht, Principe?«

»Nein« – der Fürst erhob sich umständlich von seinem Bett, näherte sich dem alten Mann im Sessel mit der zur Verabschiedung ausgestreckten Hand, »leben Sie wohl, Herr Professor, schicken Sie mir die Rechnung! Wie gesagt, ich kann Ihnen nicht antworten! Nein – kein Wort mehr, ich bin es müde, mit – mit Fachleuten zu sprechen! Auch ich bin ein alter Mann – und ich wünschte, meine Gebete hätten Wunderwirkung! Dann betete ich darum, daß Gott alle alten Männer unsresgleichen abberufen möge, auf einen Schlag – und möglichst schnell!«

Mit diesen Worten geleitete er den Professor zur Tür seines Zimmers, wo Luca bereits in abwartender Haltung stand; Fiorini hatte nur unverständliche Worte unter seinem Schnurrbart gemurmelt und seinen Hut betrachtet, so war er gebückt und langsam hinausgegangen.

Kaum war Fürst di A. allein, als die an Zorn grenzende Aufgeregtheit ihn verließ. Er stand mitten in dem geräumigen Gemach, unschlüssig, was er beginnen sollte. Er strich sich ein paarmal durch das gelichtete Haar und starrte auf den Teppich. Es dämmerte, die Farben liefen ins Grau. War das nun Trauer oder Müdigkeit, was aus dem Teppich aufstieg in seine Augen, sein Herz? Er hörte die Uhr von der kleinen Kirche gegenüber seinem Palazzo schlagen –, er zählte die Schläge, zählte sie genau und mit lauter Stimme, ließ aber die Zahl sofort achtlos aus seinem Bewußtsein entgleiten. Langsam blickte er umher. Und wie meist blieb sein Blick auf dem Schreibtisch haften, er trat auf ihn zu: es war ein schon fast kolossalisches Schreibbüro im Louisseize-Stil. Kostbare Hölzer und Elfenbein waren den schön gewölbten Flächen eingelegt, doch die Zeit und der Staub hatten dem Möbel längst seinen Glanz verdämmert. Schob man die in vier Teile gegliederte Holzdecke, wie der Fürst es nun tat, zurück, öffnete sich ein grüner Platz, und die vielen Schubfächer dahinter wirkten wie Häuserfassaden um eine Rasenfläche. Und wollte man solch ein Schubfach herausziehen, mußte man bei manchen, zumal denen oben und in den Ecken, allerlei Griffe, und zwar an ganz andern Stellen tun, nicht etwa, weil das Möbel windschief geworden war und klemmte, sondern weil die Kunst des Erbauers wollte, daß der hölzerne Sekretär seinem Namen gerecht würde. Der Fürst hatte häufig seinem Vater zugeschaut, wie der da- und dorthin griff, drückte und schob; hatte auch selber nach und nach allerlei entdeckt: doppelte Böden, plötzlich umklappende Hinterwände, wodurch ein neues Fach frei wurde, und ähnliche Heimlichkeiten mehr. – Man sah dem Möbel an, daß es aus einer ganz und gar verspielten Zeit stammte. Der Fürst war sich nie im klaren darüber, ob er es in allen seinen Hinterhältigkeiten wirklich schon ganz erforscht habe, aber er selber bedurfte keiner Geheimfächer: – ein Schlüssel genügte ihm und meist steckte er im Schloß.

Der Fürst war wie die meisten einsamen Menschen ein eifriger Briefschreiber und er hob empfangene Briefe sorgsam auf. Aber nur die von Dino lagen hier im Sekretär verwahrt neben wichtigen Dokumenten und Erinnerungen. Manchmal holte er sie heraus, bündelte sie auf und las darin. Nicht in denen aus den letzten Jahren, denn die waren kalt und glatt und sahen meist wie erweiterte Quittungen oder kurzgefaßte Geldgesuche aus. Aber die Briefe des Knaben Dino las er immer wieder; sie waren voll Anmut, Lebendigkeit und drolliger Einfälle, falls sie nicht zu feierlichen Anlässen kamen, wie dieser eine vom Fürsten immer wieder hervorgezogene, den Dino mit Hilfe der Mutter schrieb, zwei Tage vor seiner Ersten Kommunion. Der Fürst fand seine Vorliebe für diesen Brief ausgesprochen närrisch, da dieser doch von Dino eigentlich nur geschrieben, aber nicht verfaßt war. Indes – so sagte er sich jedesmal, wenn er das mit Goldsternchen und Papierblumen hübsch überklebte schneeweiße Stück Bütten in der Hand hielt – Dino hat diese Worte seiner Mutter einmal überdacht und nachempfunden; und die zitternde Sorgfalt der Schönschrift schien aus dem bereits vor dem Goldkelch zitternden Herzen zu fließen. Dann sah der Lesende in den scharfen Falten des makellosen Papiers die scharfen Liegefalten des Altarlinnens; sah den weißgekleideten Dino, seine braunen Wangen, wie sie im Glanz der Kerzen sich entfärbten, derweil er die Stufen hinanstieg; sah die langen, seidigen Wimpern schamhaft die Augen beschatten. Und der Fürst sah seine Schwester Cornelia, wie sie ihn, den Bruder, und dann den Sohn mit einem lächelnden, ruhigen Blick verband, bis die Weihrauchwolken wie ein Schleier zwischen ihnen aufstiegen. Und der Fürst hörte den Malteserkaplan flüstern: »Corpus Domini nostri –« ja: »bewahre deine Seele zum ewigen Leben!«

Und nun saß derselbe Knabe Dino im Poggio reale – ein gemeiner Dieb und Verleumder, ein ausgewachsener Zyniker mit vierundzwanzig Jahren.

Der Fürst zog an diesem Abend den Brief hervor, an den sich sein Herz hartnäckig wie an eine Verheißung klammerte:

»Reverendissimo e carissimo zio Ettore,
der erhabene Tag naht sich« – (schon diese Stelle gab dem Fürsten jedesmal einen Stoß vor die Brust) »da ich, vaterlose Waise, der Sohn Deiner liebsten Schwester, meiner angebeteten Mutter, mich dem Tisch der Gnade nähern soll. Wie unwürdig ich mich auch einer so hohen Ehre des Himmels fühle, so schlägt mein Herz doch höher, da ich weiß, wem ich die Wohnung in meiner Seele bereitet habe: dem Gott der Liebe! Mein kleiner menschlicher Verstand verzagt vor diesem Ereignis, aber ich vertraue auf den Freund der Armen und Demütigen und erwarte, daß er diese Stätte liebe, weil sie ihm ganz gehört und für immer gehören soll.« (Der Lesende ließ den Atem pfeifend durch die Zähne gehen, doch die kleinen Schriftzüge zogen weiter ihre Linien.) »Ich bitte Dich nun, liebster Onkel Ettore, an diesem Tag meiner am Altare zu gedenken wie ein Vater und dem huldvollen Erlöser meine hilflose Jugend und mein zu allem Guten bereites Herz zu empfehlen, daß ich als ein wahrer Christ auf meinen ferneren Lebensweg trete und das weiße Gewand, das ich heute trage, nie mit Sünde und Ehrlosigkeit beflecke. Ich weiß, welcher von Päpsten und Königen ausgezeichneten Familie ich durch meine angebetete Mutter angehöre und ich fühle mehr noch als den Ruhm – auch wenn ich den Namen der Fürsten di A. noch nicht trage – die große Verantwortung, durch meine Taten diesem Blut in meinen Adern treu zu sein. Ich will aber auch diese Gelegenheit nicht vorübergehen lassen, ohne Dir, geliebtester Onkel Ettore, zu versichern, daß ich an diesem Tag für Dich beten werde, als wärest Du mein Vater. Gott möge Dir Deine große Liebe zu mir vergelten, da ich es nie vermag. Er möge Dir Gesundheit schenken und ein hohes Alter,

das eine Krone der Gerechtigkeit ist, wie die Schrift sagt. Und überdies den Frieden der Seele in allen Widerwärtigkeiten inmitten dieses Tränentales. Und auf allen Deinen Wegen sei die Huld und die Gnade des Königs aller Könige mit Dir.

Damit schließe ich diesen Brief.

Es grüßt Dich, liebster Onkel Ettore,
in kindlicher Dankbarkeit und hoher Verehrung
Dein Dich stets liebender kleiner Neffe

Dino.«

Und da saß der Fürst und diesmal weinte er – ja, er ließ es dahin kommen, über »diesen gehäuften, papiernen Unsinn«, wie er grimmig flüsterte, Tränen zu vergießen.

Mit einem Seufzer erhob er sich, legte den Brief zu den andern und stieß den ganzen Packen mit einer Wucht, als wollte er ihn ins Nichts stoßen, zurück in das Fach. In diesem Augenblick hörte er ein Knacken und sah, wie die hintere Wand der Schublade halb nach vorne hing. Er drückte das Brettchen ganz in die Waagerechte und bückte sich. Und schon zog seine Hand ein Bündel Papiere heraus – Briefe! Briefe einer weiblichen Hand, es war unverkennbar; schon diese Anrede »Dolcissimo Achilluccio!« ...

Vor dreiundvierzig Jahren war er gestorben, und zwar am selben Tag, als König Umberto dem Attentat erlag. Der Fürst erinnerte sich noch gut des Zwiespalts in seiner Trauer, die sich um den toten Vater und zugleich um den toten König weben sollte – und eigentlich bei keinem der beiden Toten verweilte. Man hatte die Pflicht zu trauern und kam ihr nach, war aber bereits über dreißig und mithin alt genug, um zu spüren, wie traurig eine nicht voll empfundene, aber von den Umständen erzwungene Darstellung der Trauer macht. Man kannte diese beiden Verstorbenen nur wenig, man respektierte sie – zumal den Vater. Und dieser Respekt, der Fürst merkte es mit Erstaunen, ging so weit, daß er, das Päckchen Briefe in der Hand, eine ganz konkrete Unschlüssigkeit spürte, als er bemerkte, daß sie von einer Frau stammten. Er sah seinen Vater, wenn er einmal an ihn dachte, meist in der Uniform der Malteserritter vor sich, wie auf dem Porträt im Eßzimmer, das er aber nie oder nur zögernd wie jetzt diese Briefe anblickte. Ein gewaltiger Mann, auch schon dem Leibesumfang nach, viel gewaltiger als er, in Schwarz und Weiß und Gold. Und das Ordenskreuz am schwarzen Band mit dem kleinsten Marderhaarpinsel gemalt, bis auf die Lichtreflexe auf der Krone über dem Kreuz. Die goldenen Sporen sind auf dem Porträt nicht zu sehen, aber der Fürst konnte sich noch erinnern, daß der Vater damit einmal einen schönen Vorhang zerriß, worüber die Mutter gern gejammert hätte, aber auch sie war wie jedermann voll Respekt für den gewaltigen Mann.

Dagegen erinnerte sich der Sohn des klagenden Tonfalles in

Mutters Stimme, wenn der Vater zuviel aß. Nach einem üppigen Mal war er imstande, eine Portion Gefrorenes zu essen, die für mindestens sechs Personen gereicht hätte. »Sie essen zuviel«, klagte dann die Mutter auf französisch, damit der Diener es nicht verstehe. Aber der Vater ließ sich nicht dreinreden, sondern aß schweigend eine weitere Portion, nicht, wie die Mutter meinte: aus Trotz, sondern aus Gefräßigkeit. Sonst schien er aber kein Laster zu haben, es wäre denn die Trägheit; denn er tat sein Leben lang nichts als: an der Tafel zu sitzen, in der Kutsche zu fahren, in die Oper zu gehen, Besuche zu machen und viel zu schlafen. Trotzdem genoß er allerorten und nicht nur im Kreise seiner kleinen Familie großen Respekt. Es ist immer schwer zu sagen, worin das Respekteinflößende einer Person besteht! Im Fall seines Vaters, so glaubte der Fürst, war es der Familienname, der Leibesumfang und eine gewisse hochgeborene Rücksichtslosigkeit allen Dingen und allen Personen gegenüber, die freilich nie polternd und ordinär war, sondern ruhig, behäbig, man könnte sagen: eine würdige Rücksichtslosigkeit ... Trotzdem – der Sohn mußte es zugeben – in diesem Mann, der sein Vater war, hatten noch andere Kräfte gewirkt, und manchmal war er geneigt anzunehmen, daß sein Vater im übrigen ein untadeliger Mann gewesen sei – untadelig, ja, doch konnte er dieses Wirkungsfeld seiner Untadeligkeit nicht näher beschreiben. Er wußte überdies zu wenig von ihm. Sein und seiner Eltern Leben hatte sich zwar im selben Haus abgespielt, aber in voneinander weit entfernten Räumlichkeiten. Man sah sich, als man um zwölf Jahre herum war und zum Tisch der Erwachsenen zugelassen wurde, täglich bei den Mahlzeiten, doch durfte man bei Tisch nicht reden. Und der Vater pustete und schmatzte, seufzte gelegentlich, wenn ein Soufflé »falsch« war, oder er gab dem Diener kurze Anweisungen. Zu eigentlichen Gesprächen zwischen ihm und seinem Vater kam es nur, wenn die Zeugnisse besprochen wurden, und später, als man selber Mann geworden war, gelegentlich, wenn der Vater mit ihm nach Tisch kurz im Salon saß, wo er aber meist, vom Mahle ermattet, einnickte.

Der Vater war nur knapp vierzehn Tage krank gewesen, die Bauchspeicheldrüse versagte, und er starb, noch auf dem Krankenlager diese würdige Frechheit bewahrend, indem er in Gegenwart der Ärzte sich ein Gefrorenes mit Ananas verordnete.

»Das ist Ihr Todesurteil, Exzellenz«, rief einer der Ärzte.

Und er: »Scheren Sie sich bitte zum Teufel!« Daß man ihm gehorchte – der Sohn dachte oft darüber nach –, war ein Beweis, wieviel Respekt er genoß.

Der Fürst hatte inzwischen das rosa Schleifchen um den Briefpacken gelöst –, aber dieser Entschluß hatte ein paar Minuten gedauert.

»Dolcissimo Achilluccio!« Offenbar hatte der Vater diese Briefe über seinem eilfertigen Sterben vergessen, oder überm Löffeln von Gefrorenem? Oder hatte er sie vielleicht im Irrgarten dieses Möbels nicht mehr wiedergefunden, wiewohl er sie einmal suchte? Aber warum sollte er solche Briefe suchen, zum zweitenmal lesen? – solche ... Der Fürst hatte den ersten bereits überflogen; es genügte, um ihn über die Schreiberin aufzuklären. Aber wer war nun das: »Dein Putti-Putti?« Der Lesende hatte die Hand am Bärtchen: Überraschung, Vorsicht und Neugier überkreuzten sich in seinen Zügen mit Ekel. Der zweite Brief Putti-Puttis führte unmittelbar in die Seele dieses weiblichen Sofas hinein: die Sprungfedern ihres Sensoriums zeigten eine höchst primitive, doch ganz zweckmäßige Anordnung. Der dritte und vierte Brief schwang nach in Unterleibserinnerungen, aber in einer so dumm zweideutigen Weise, daß der Lesende nicht wußte, was ihn mehr ekelte: der niedrige Stand dieser Wortspiele oder die ganze Überflüssigkeit des Bemühens, Eindeutiges zweideutig zu machen.

Noch einen griff er heraus – und noch einen. Dann stand er auf und ging in die Küche, schickte Federigo hinaus, zog den Topf auf die Seite, steckte an der Gasflamme jeden Brief einzeln an, und wenn er brannte, ließ er ihn auf die Fliesen fallen und zertrat noch die gekrümmten schwärzlichen Blätter zu Asche.

Als er auf seinem Weg zurück durch das Eßzimmer ging, blieb er vor dem lebensgroßen Porträt des Vaters stehen, nur einen Augenblick, aber es genügte, um die ganze majestätische Komposition samt der notwendigen Säule und dem Vorhang im Hintergrund zu vernichten: eine endgültig unhaltbar gewordene Illusion, die man künstlich und mit allzuviel Pietät in einer gewissen Abgelegenheit hatte bestehen lassen, eben wie so ein Porträt, das man zwar nicht liebt, aber auch nicht entfernen kann.

Die Dämmerung sammelte sich langsam unter der hohen Zimmerdecke und in den Winkeln, heute jedoch kam sie ihm seltsam schlierig vor; es schien ihm etwas in der Luft zu liegen, wodurch das letzte Tageslicht auf andere Weise gebrochen würde. Seine dunklen und sonst mit männlichem Gleichmut angefüllten Augen sandten kurze Blicke hin und her, die eher einem noch halb vom Schlaf umfangenen, in einem fremden Raum erwachenden Manne angestanden hätten. Manchmal tat er einen unschlüssigen Schritt; es gab soviel leeren Raum in diesem Zimmer, in diesem Hause. Und wieder blieb er stehen, verwurzelt in seiner zufälligen Haltung, und starrte gegen eines der Möbel: den Dielenschrank, das Baldachinbett, ein Büchergestell, um bald darauf statt des Gegenstandes nur einen einzigen Punkt zu gewahren, und er lag weit hinter dem Ding, in unendlicher Ferne.

Und sein Gesicht hatte einen so mühsamen und schwermütigen Ausdruck, wie ihn ein Mensch hat, wenn er über sich selber nachdenkt. Ja, das war seltsam, statt über den Vater nachzudenken, lauschte er, jedes Ding mit seinem Blick durchstechend, in sich selber hinein, indessen – ganz anders als sonst. Bisher war jeder Blick in das eigene Ich von jener stoischen Ruhe begleitet, die auch den minderen Regungen ein Anrecht einräumt, ohne sich über ihr Dasein in der eigenen Brust zu verwundern oder gar zu schämen. Man sah ihnen sogar mit einigem Interesse zu, etwa wie kleinen Insekten in der äußeren Welt; und wie man sich dieser dann doch erwehrt, so pflegte er's mit dem wimmelnden Wildwuchs in seinem Innern zu halten. Der Vorschrift des Ordens getreu, ging er regelmäßig zur Beichte, las täglich, sich streng an die Vorschrift haltend, das Brevier, im übrigen – und das war ihm noch nie so richtig klar geworden wie in dieser Stunde, da er des Vaters Schande auf sich spürte – hatten ihm die Gelübde, zumal das der Keuschheit, nie Schwierigkeiten gemacht. Mit dreißig Jahren erst war er Fra Ettore geworden, und seit dieser Zeit hatte er den Umgang mit Frauen gemieden, leichten Herzens, da sie, wie er gelegentlich zu Luca sagte, nicht einmal zum Scopaspielen sich eigneten –, einfach weil sie »nie bei der Sache« seien. Er vermied sogar mit seiner Schwester längere Gespräche, noch ehe sie Dinos wegen auseinandergekommen waren. Frauen seien, so dachte er, immer unzufrieden, und zwar deshalb, weil ihnen das Denken versagt sei; nur Mütter seien glücklich, und zwar so lange, als das Kind sie in irgendeiner Form quäle. Er sagte oft, er habe in Neapel noch keine Frau kennengelernt, die durch ihren Mann fröhlich und ausgewogen geworden sei, es wäre denn, sie hätte sich den Mann zu ihrem Bambino umgemodelt, und zwar zu einem bösen Bambino, das sie in ständiger Aufregung hielte. Ja, auch das Aufgeregte an den Frauen war ihm zuwider, das Unruhige, Rastlose, sie waren immer hungrig oder doch naschhaft – meistens auf den Mann.

Das Porzellan dagegen war still, anmutig und immer bereit, ohne etwas für sich zu verlangen, seine erlesenen Formen darzubieten; seine Nacktheit verführte einzig zum genießerischen Schauen; seine charaktervolle Zerbrechlichkeit aber zu entschiedenem Verhalten des Gefühls, – nie hatte man Scherben nachgetrauert, mit ihnen war das Märchen dann eben zu Ende.

Fra Ettore pflegte sogar meist sein Brevier in jenem Zimmer zu beten, wo er seine Porzellansammlung aufbewahrte. Manchmal öffnete er die Glasflügel vor den Vitrinen und ging, die Psalmen lispelnd, im Kreise, während sein Auge an den mannigfach gestuften Weiß- und Gelb- und Grautönen des edlen Stoffes, an den Farben und den entschiedenen Formen hing, ein Lieblingsstück koste oder einen Lichtreflex hätschelte auf einer bauchigen Fläche.

Und in die heiligen Worte aus der alten Zeit mischte sich etwas wie väterliche Wehmut mit all diesen edlen Gebilden; seine Lippen sprachen Ewiges, derweil sein Auge sich am Vergänglichen weidete mit dem Bewußtsein, daß die Gestalt dieser Welt vergeht. Manchmal war er im Zweifel darüber, ob er dies Porzellan wirklich so sehr liebe – oder ob er es nicht wie den zerbrechlichen Spiegel ansehe, darin der Geist sich zauberhaft und flüchtig als Schönheit zeigt. Das eine auf jeden Fall war ihm gewiß: sein Porzellan hatte ihn zur Philosophie geführt, zur Stoa, die für ihn, ohne daß er es je sich oder andern beweisen wollte, das Christentum ganz in sich barg, auf eine ähnliche Weise wie sein Porzellan die Erinnerung an seine Familie. Solche Behauptungen hatte er öfters gemacht und so lange wiederholt, bis er sie in seinem Eigensinn für unumstößlich hielt. In dieser Dämmerungsstunde, da er – wie oft, wenn ihn das schwindende Licht an den hohen Tag erinnerte – schließlich vor seine Vitrinen trat, vor seine kühlen, zerbrechlichen Altäre, in einer Art von Versenkung, kam ihm diese Vermischung seines Porzellans mit der Geschichte seiner Familie unsagbar bitter vor. Zumal jene

Stücke, die der Vater ererbt oder erworben hatte, muteten ihn in dieser Stunde wie blindgeworden an. Und mit einem langen Seufzer erwog er, wie wenig die Vernunft gegen einen seelischen Schmerz vermag, wenn er durch das unvernünftige Handeln anderer in uns überfließt, anderer, die wir nicht mehr zur Rechenschaft ziehen können, da der Tod das Geschehene fixierte – für immer.

Illusionen, murmelte er einigemal und nickte düster gegen das Porzellan. Man hatte sie nötig, bitter nötig – zumal einem solchen Vater gegenüber. Man hegte diese leeren, unwahren Vorstellungen wie nützliche Gebrauchsgegenstände, etwa wie Ohrenwatte gegen das Geräusch, wie ein Schlafmittel; und da tut der Tote aus dem Grabe den diebischen Griff, nach so vielen Jahren. Das Andenken an geliebte Tote pflegt man einschlafen zu lassen, weil es zu sehr schmerzt; das Andenken an ungeliebte Tote aber, die ein Anrecht auf unsere Pietät haben, pflegt man aus demselben Grunde einzuschläfern, weil es noch bitterer schmerzt. Man baut sie, auch die ungeliebten Toten, an ihrer Stelle ein in die lange Reihe des Lebensaquäduktes zur Quelle unsres Seins, und man ist zufrieden, wenn sie in der Reihe stehen und nichts Auffälliges ferner an sie erinnert. Und man sagt sich: er war besser als du ihn sahst! Wenn manchmal ein Zweifel aufstand an des Vaters Würde und Wert; wenn man sein untätiges Leben erwog; seiner Gefräßigkeit, seiner Anmaßung, seiner unbegreiflichen Indolenz gedachte; wenn nichts von ihm mehr in der Erinnerung übriggeblieben war als sein pompöser Bauch in der Kutsche und die allgemeine sterile Öde, wie sie aus einem seiner geistlosen Aussprüche in des Sohnes Erinnerung übergegangen war, dann rettete man sich – ach, wie oft: in die Aussage der anderen, sogar in die Lobsprüche über dem offenen Grabe, wie sie aus dem Munde so vieler und angesehener Männer geflossen waren. Der neue Bali der Malteser hatte eine Viertelstunde lang gesprochen, seine Worte hatte die Zeitung überliefert. Dann waren sie, von der Mutter eingerahmt, hinter des Vaters Tischplatz an der Wand befestigt worden; das Ordenskreuz der Malteser und die andern Orden hingen in der Vitrine daneben auf dunkelrotem Plüsch.

Und nun mußte man dieses erfahren: daß der erlauchte Fürst, der exemplarische Bürger, der tiefgläubige Christ und von den Ordensidealen durchglühte Malteserritter, der Bali Achille di A., einem Putti-Putti genannten und von der Woge der Bettlust wie ein Kiesel glatt und unerkennbar gewordenen Frauenzimmer sich als glühender Cavaliere servente zu Füßen gelegt hatte. Doch hätte der Sohn, so unbegreiflich ihm, dem Kühlen, auch dieser Abfall erschien, all dieses dem Vater nachgesehen, – aber da standen noch andere Schuldkonten des Vaters, solche, die ein Sohn, wenn er nicht noch schlimmer als der Vater geartet ist, nicht verzeihen kann. Der reiche und mildtätige Principe Achille di A., der sich so gern an öffentlichen Stiftungen beteiligt hatte, weigerte sich, die für die Frucht seiner Unsinnigkeit, für ein lebendiges Wesen, für ein hilfloses Kind von der Mutter eingeforderte Summe zu zahlen, eine Summe, die dem Spielverlust des Fürsten in einem Monat nachstand. Vielmehr hatte er seiner Geliebten vorgerechnet, wieviel an Schmuck er für sie ausgelegt habe. Putti-Putti aber schrieb diese Sätze, die den Sohn nicht weiterlesen ließen, weil er diesem dummen Frauenzimmer gegen den Vater recht geben mußte: »Wie kann ich denn die hübschen Sachen, die Du mir schenktest, versetzen? Es sind doch Andenken! Und warum bist Du nicht einmal gekommen, Dir Deine kleine Tochter anzusehen? Sie ist doch von Dir, sie sieht Dir so ähnlich. Eine Amme will ich ja nicht haben, aber Milch muß ich kaufen – und ich verdiene nichts, solange sie bei mir ist, und auch ich muß leben!«

Und Principe di A. starrte, seines Vaters gedenkend, in die Vitrinen ... Die in der Dämmerung vergehenden und sich ineinander verklumpenden Formen standen verlassen da, fern, als gehörten sie ihm nicht mehr. Sie gingen dahin, mit dem Licht; was von ihnen blieb, war nur noch der Körper: Kaolin, Feldspat und Quarz.

Wie viele Briefe dieser Art wurden, seit diese Stadt steht, von ähnlichen Frauen an ähnliche Männer geschrieben! Man hatte noch nie daran gedacht, wie seltsam! An wie wenig hatte man überhaupt gedacht, fiel ihm plötzlich ein, und er wandte sich langsam und schritt durch die dichter gewordene Dämmerung fast tastend in sein Zimmer. Vielleicht – er blieb stehen, als stünde ihm etwas im Wege – vielleicht bin ich auch nur erniedrigt, weil es mein Vater war, der sich ehrlos, schurkisch benahm? Bin ich wirklich nur um meinetwillen beleidigt? Und nicht auch um Putti-Puttis willen? Er lachte hoch auf: Putti-Putti! Immerhin: ein Mensch! Vielleicht ist sie eines Tages im

Krankenstall bei den Incurablen gelandet – oder ihr Kind, meine Schwester, meine kleine Schwester ...! Nein, sie kam wohl in ein Findelhaus? Mein freigebiger Vater hatte übrigens auch für Findelhäuser eine offene Hand ... Wir sind feine Leute, wir erlauchten Fürsten und edlen Kaufleute von Neapel! Und die Söhne sind Sozialisten christlicher Prägung! Wieder lachte er hoch auf, doch gleich verstummte er: – das Licht ging an, Luca stand in der Tür. Auf dem rechten Arm hielt er ein weißbezogenes Bündel; er flüsterte, der Schneider Filippo sei da. Der Fürst hatte ihn bestellt, weil er das letztemal, als er die Ordensuniform trug, sich von den Bünden an Bauch und Hals ein wenig beengt fühlte.

Derweil Luca die Uniformstücke auf dem Bett mit seinen dienerhaft feierlichen Bewegungen ausbreitete, stand der Fürst unbeweglich, starrte auf die roten und schwarzblauen Flächen des Tuches und schüttelte ein paarmal, kaum merklich, den Kopf. Als aber dann Luca ihm die dunklen Beinkleider hinhielt, sagte er nichts, sondern warf den Hausrock aufs Bett und ließ sich schweigend umkleiden. Doch hatte er dabei das peinliche Gefühl, als handelte es sich um eine Vorbereitung zu einem Maskenball, wie er ihn in seiner Jugend einige Male mitgemacht hatte. Diese kirchliche Militäruniform in den starken Farben und dem vielen Gold, fast niemandem sonst als den Trägern wirklich bekannt, war ihm bei den seltenen Gelegenheiten, da er sie trug, wie eine Art religiöser Klubtracht erschienen, ein Zugeständnis an die Tradition. Im übrigen: sie war kleidsam, und um sie tragen zu dürfen, mußte man viele hohe Ahnen haben, eine ganze Galerie von Männern und Frauen aus edlem Geblüt. Soeben war's, als ihm Luca den roten Uniformrock überzog, daß der Fürst di A. seiner Ahnen gedachte und wiederum jäh auflachte – auf eine Weise, die den heiteren Diener erschreckte. Luca blickte den Fürsten vorsichtig von hinten an und fragte schmunzelnd vor ihn hintretend: »Er paßt noch, Principe, in der Hauptsache?«

»Ja, gewiß.«

Und dann holte Luca den Schneider. Filippo war ein magerer Mensch von etwa vierzig Jahren, mit einer schwarzen Haartolle über dem bleichen, schwermütigen Gesicht. Er küßte dem Fürsten die Hand und zog sofort ein Kissen mit Nadeln heraus, das er wie eine Kostbarkeit vorsichtig auf einen Stuhl legte. Sodann beugte er sich tief, steckte sich einige Nadeln zwischen die Zähne und näherte sich, den Kopf in schrägem Betrachten auf die Schulter gelegt, langsam dem Fürsten.

»Zugenommen, Principe«, lächelte er ehrfurchtsvoll und murmelte durch die geschlossenen Zähne: »Sie gestatten?« und begann am Hosenbund seine Nadeln zu stecken.

»Ja, und du hast abgenommen, Filippo!« sagte der Fürst mit einer Stimme, als tadelte er den Schneider.

»Principe mio«, artikulierte Filippo mühsam hinter den aufeinandergebissenen Zähnen. Er kniete und bewegte beide Hände, die Teller nach oben, neben seinen Schultern auf eine ausdrucksvoll fragende und zugleich hilflos ergebene Weise. Zwischen den auseinandergerollten Lippen stachen ihm die Nadeln hervor, wie ein Rest von stählernen Spaghetti, die zu schlucken er sich noch sträubte. »Fünf Kreaturen«, sagte er so und hob die Finger der Rechten und lächelte dabei, stolz und traurig zugleich. »Meine Frau weiß nicht mehr, wie sie das machen soll. Die Polenta ist jetzt auf achtzig, wenn man sie findet! An Pasta denkt man nur noch im Traum! Die Alliierten in Sizilien verteilen kostenlos Brot – Madonna, glauben Sie das?«

»Du, Filippo?«

Der Schneider hatte die künftigen Punkte für die Knöpfe am Hosenbund fixiert und erhob sich, mühsam, bemerkte der Fürst, und er sah: das Gesicht des Mannes sah bläulich aus, wie Magermilch.

»Principe mio, ich glaube, was ich sehe.«

»Ich nicht einmal das«, sagte der Fürst. Luca schmunzelte beipflichtend.

Filippo begann, weit den Kopf zurücklehnend, um dem Fürsten nicht zu nahe zu kommen, am Kragenbund zu ziehen. Nach einer Weile zog er die Stirn kraus, starrte angestrengt auf den goldgestickten Stehkragen und schüttelte schließlich niedergeschlagen den Kopf. »Nichts zu machen, Principe, wie schade, Ösen, Ösen! Die lassen sich nicht versetzen, die stehen schon am Rand . . . Hm, ein neuer Kragen«, fuhr er nachdenklich fort, »aber das sieht man.«

»Störte es dich, Filippo, ich meine, wenn du es sähest?«

»Doch, man sieht es, Principe, dieses Rot bleicht nach; es ist leider nicht ganz lichtecht. Es störte sehr! Ich kann nur sagen, was ich weiß. Sie sind der Padrone, Sie müssen es wissen. Mir ist es wirklich gleich, Sie wissen, Principe! Sie kennen mich seit Jahren, aber ich möchte nicht als Ihr Schneider eine schlechte Figur machen.«

»Ich weiß, wenn ich eine schlechte Figur mache«, der Fürst lächelte, »fällt es auf dich zurück, Filippo!«

Filippo verneigte sich lächelnd. »Sehr viel Ehre, aber es ist so.«

»Wirklich? Dann hör zu, Filippo, du sollst auf deine Kosten kommen. Mach mir eine neue Uniform, ich zahl sie dir im voraus. Es hat aber Zeit damit. Falls ich inzwischen sterbe –«, der Fürst kniff kurz die Augendeckel über dem dunklen Blick und zeigte die Zähne, es sollte ein Lachen sein, »dann – dann buche die Arbeit als geliefert ab, du verstehst!«

Beide, der Schneider und der Diener, machten ungehaltene Gesichter und beide schüttelten sofort die Köpfe; sie waren wie zwei Hebel oder Kolben vom selben Rad und im gleichen Rhythmus bewegt.

»Was Sie nicht sagen, Principe«, sagte der Schneider mit belegter Stimme und räusperte sich, und Luca ungestüm: »So etwas soll man nicht sagen«, und er machte mit den Fingern der Rechten heimlich ein Horn zur Erde hin. »Die Ärzte wissen gar nichts«, fügte er kühn hinzu, womit er auf den Besuch von Professor Fiorini zielte. Und heiter fuhr er fort: »Ich kannte eine Frau, eine Bäuerin aus meinem Dorf, die hatte Beine wie ein Elefant, es ist wahr, und sie hieß dazu noch Palomba, ja wirklich, ein hübsches Täubchen. Sie war aber eine gute Seele. Und das kam auch vom Herzen, Wasser, wie gesagt; aber sie wurde über achtzig alt, keiner weiß, wie sowas geht. Ihr Schwiegersohn, der sie beerben wollte, krepierte vor Wut über ihre Gesundheit zehn Jahre vor ihr –«

In diesem Augenblick ging die Schelle, und Luca mußte seine Erzählung abbrechen. Kaum war er hinaus, als der Fürst zu dem Schreibtisch schritt, einer der Schubladen Geld entnahm und ohne ein Wort zu sagen, mit zittriger Hand es dem Schneider in die herausgebeulte Rocktasche steckte. Als der mit feuchten Augen und in einer geradezu ekstatischen Erregtheit nach des Fürsten Hand greifen wollte, um sie zu küssen, riß der sie zurück und stieß Filippo gegen die Stirn.

»Hör auf damit, hörst du? – Nicht einmal danken sollst du, bist du denn ein Hund? Oder hast du kein Gefühl für das, was hier passiert, hier? Du hast mir die Knöpfe weitermachen müssen, in dieser Zeit –, und um dich schlottert alles wie um eine Vogelscheuche! Warum stiehlst du denn nicht, du Lump, warum läßt du deine Kinder hungern! Oder bist du schuld, daß nicht einmal das Viehfutter für die Menschen hinreicht? – Ich – ich bin – bin schuld – ich, der Fürst di A. –«

Und indem er seinen Namen sprach, begann sein massiger Körper zu beben. Und wieder stieg das krampfhafte, hohle und jedesmal in sich selber zurückfallende Lachen aus ihm hoch. Filippo, die Augen weit aufgerissen, war bis an die Wand zurückgewichen. Er schüttelte immerzu den Kopf, doch schüchtern und kaum merklich, seine Lippen bewegten sich, aber er fand kein Wort.

»Geh, geh«, sagte der Fürst plötzlich, nachdem er sich scharf abgewandt und mit zusammengebissenen Zähnen einige Sekunden geschwiegen hatte, »halt, dies eine noch, Filippo! Sag nichts von dem weiter, was ich soeben sagte, und nicht stehlen, nicht stehlen! Sonst tut man dich in den Poggio reale. Du bist ein guter Mensch, ein edler Mensch, weißt du das? Aber küsse niemandem mehr die Hand, keiner verdient es von all denen! Keiner, hast du verstanden? Durch viele hundert Jahre haben wir euch hungern lassen, wir, denen ihr die Hand küßt! Aber jetzt geh – geh, sag's keinem weiter –«

Der Fürst sagte das letzte bereits in die leere Luft; der schmale Mann hatte sich seitlich, immer den Fürsten anblickend, zur Tür bewegt und war schließlich mit einer schnellen Verbeugung durch den Spalt geglitten. Das kleine rote Herz mit den Nadeln lag noch auf dem Stuhl, wo er's hingelegt hatte.

IX

Als Fabio von Luca geleitet zur Tür hereintrat, hielt der Fürst das Stoffherz in der Hand, ohne aufzublicken, mit einer wägenden Bewegung. Fabio sagte nichts.

Luca war dem enteilenden Schneider nachgegangen, um ihm die Tür zu öffnen, vielleicht auch, um mit ihm über das seltsame Gebaren des Fürsten zu sprechen; denn er hatte gesehen, wie Filippo, einem Gespenst gleich, stumm und erregt, durch die weiten Räume auf ihn zueilte.

Fabio räusperte sich schließlich auf seine rücksichtsvolle Weise, und als der Fürst ihn entgeistert und froh zugleich anstarrte, begann Fabio sein langes Ausbleiben zu entschuldigen. Er blickte dabei den Fürsten an, aber mehr dessen Uniform, der Wohlbekannte erschien ihm fremd, doch der bemerkte es nicht. Plötzlich hob er ihm die Hand mit dem Nadelkissen entgegen, er hatte es vergessen, den jungen Freund zu begrüßen, er sagte: »Schauen Sie, Fabio, was ist das?«

Der Gefragte blickte mit einem verlegenen Ausdruck auf das rote, herzförmige Kissen und dann ebenso auf den Fürsten und lächelte, den vollen Mund ein wenig in die rechte Wange ziehend. »Was das ist?« Und er wiegte dabei vorsichtig den Kopf.

»Das Herz unsres Volkes, unsres neapolitanischen Volkes! Voller Nadeln, sehen Sie, voller – voller – o mein Gott, ich bin ein wenig durcheinander, mein kleiner Fabio, ich habe heute allerlei vernommen – vernommen, ja! In Vitrinen leben ...« stammelte er und ließ sich auf den nächsten Stuhl fallen – »übrigens, wenn doch diese Alliierten es wirklich täten! Ich habe, wie Sie wissen, ein Gut in Sizilien, Weizen, ich war eigentlich nie da – auf meinem Gut! Wenn sie es doch täten! Brot austeilen, heute täte ich es, heute! Ich habe, ehrlich gesagt, nie daran gedacht, an das Brotausteilen. Verstehen Sie das, Fabio? Ein Gut in Sizilien! Ich merkte es nur auf meinem Bankkonto! Mein Vater machte Stiftungen – das allerdings! Aber wenn man dann erfährt – – Übrigens, nur die Reichen sind wirklich zynisch, ganz und gar, überall – die Armen sind es nur streifenweise, dazwischen steht immer wieder ein Strich Frömmigkeit, ein Strich Güte. Wenn Sie den Mann gesehen hätten, fünf Kinder! Sie essen – Polenta! Aber natürlich ohne alles, so wie das Vieh, nur nicht so völlig. Polenta mit Schweinefleisch, das kann man essen, mit Wild. Aber diese Kinder! Nicht einmal Milch! Die Mütter betteln in ihren Briefen bei den reichen Liebhabern darum – um Milch! Aber der Fürst verlangte von der Mutter, daß sie die Ohrringlein versetze, das Halsband, das – ah – aber die Stiftung ist eingetragen in der Marmortafel!«

Das unzusammenhängende Gerede des Fürsten ging noch eine Weile dahin, bis Fabio ihn zu unterbrechen wagte mit der Frage, ob er ihm den Puls fühlen dürfe. Und damit griff er auch bereits nach der Hand der uniformierten Gestalt, die wie eine massige Malerpuppe in dem Lehnstuhl hing.

In diesem Augenblick, genau als er die ersten erregten Pulsschläge vernahm, begann ganz in der Nachbarschaft das ölige Jaulen der Warnungssignale. Durch die vier hohen Fenster des Raumes drang es ein, durch die Steine, von allen Seiten, kam es dem Fürsten vor, – diese »höllische Katzenmusik«, deren Aufgabe es war, Angst zu erzeugen, um die Leiber zur Eile zu bewegen. »Ist es nicht infernalisch?« murmelte der Fürst, raffte sich aber plötzlich auf. Es war zum ersten Male, seit er diese Stimmen gehört, daß er sie auf sich bezog. Bisher hatte er nie den öffentlichen Schutzkeller aufgesucht. An das Licht einer Kerze gelehnt, hatte er vielmehr in einem seiner Lieblingsbücher gelesen: im Mark Aurel oder Seneca, und oftmals hatte er das Signal, wenn es den Abzug der Gefahr meldete, halb überhört und weitergelesen.

An diesem Abend jedoch, als, übrigens zu einer ungewöhnlichen Stunde, der Feind am Himmel angesagt wurde, machte das Maschinengeheul ihn zittern, er bemerkte es mit einer Art Erstaunen, ließ sogar Fabio es sehen, indem er die Hand ausstreckte: »Sehen Sie – ist das nicht beschämend! Aber ich sage Ihnen – es ist dieser Tag ... Wenn Sie wüßten! ... Helfen Sie mir!« Und er bat Fabio, ihn in den Keller jenseits des Platzes zu begleiten, der sei sicher; der eigne unter dem Palazzo sei eher eine Mäusefalle. »Aber eilen wir«, murmelte er und blickte an Fabio vorbei, er schämte sich, zumal der junge Mann hier äußerlich ruhig blieb – wie einer, der sich zum Helfen berufen weiß. Und er kam sich neben Fabio unversehens sehr alt vor. Aber auch Fabio war erregt, doch auf eine ganz andere Weise. Ja, er war so erregt, daß er gänzlich vergaß, dem Fürsten zu raten, sich entweder schnell umzukleiden oder wenigstens einen Mantel um diesen roten Uniformrock zu werfen. Statt dessen führte Fabio den Fürsten am Arme hinaus und zog ihn, stolz, daß der alte Herr sich seiner Führung derart willig überließ, mit sich fort. Fabios Gesicht war ernst, seine Augen leuchteten scharf, und er hätte den Fürsten, so schwer er auch war, das Treppenhaus hinuntergetragen, ja, mitten durch Flammen und Rauch. Einige Male raunte er dem alten Herrn etwas ins Ohr, wie einem gleichaltrigen Freund: »Gleich sind wir da.« ... »Schämen Sie sich nicht, jedem gehen gelegentlich die Nerven durch!« ... Einmal flüsterte er sogar »Mut« in das große, schöne Ohr zu seiner Seite, und als sie im Keller angekommen waren, bot er dem mit dem Taschentuch sich sorgsam den Schweiß von der Stirne tupfenden Begleiter eine Zigarette an. »Danke«, sagte der Fürst und nahm das Feuer, sog den Rauch tief ein und schaute dabei Fabio auf eine nachdenkliche Weise an. Seine Augen waren nun wieder gleichmütig wie sonst, er blickte, das Gesicht abwendend, durch den Keller. Man starrte von allen Seiten zu ihnen herüber, sie standen nah der Tür in einem Winkel. »Warum starrt man uns so an?« flüsterte der Fürst.

»Ihre Uniform!«

»Ah – ah richtig.« Der Fürst lächelte. »Endlich kommt sie in die Öffentlichkeit! Hoffentlich vermutet niemand den Hospitalbruder hinter diesem goldbestickten Tuch, ich kann nicht einmal einen Verband anlegen.« Und nach einer Weile, ohne Fabio anzublicken: »Wie geschmacklos! Es fehlte jetzt nur noch der Degen und der Zweispitz mit dem Federwisch. Oh – übrigens, ich merke, ich bin in Hausschuhen!« Beide schmunzelten. »Als wir Hospitalbrüder noch Kranke pflegten«, begann der Fürst leise mit einem aus der Ferne kommenden Ton, »rund ums östliche Mittelmeer herum, und das Schwert zogen für eine unzweifelhafte Sache – eine Zeitlang stand die Sache wirklich über jeden Zweifel erhaben da, – als wir noch stritten gegen einen wirklichen, handgreiflichen Feind, für ein wirkliches, handgreifliches Ziel, da – da war ich ganz bei der Sache!« Der Fürst lächelte versonnen. »Der Panzer war schwer, die Hitze groß, der Kampf Mann gegen Mann unerbittlich; und die Regel war streng, die Ordensburgen voll Ordnung, Stille und Zucht, – damals ... Was schreien die Leute?«

Fabio blickte in den Haufen der sich aneinanderdrängenden

Menschen. Man stand und saß auf Bänken umher, einige stützten eine Frau, die offenbar schwanger war und laut wimmerte. Ein Mann rief immerfort nach einem Schlüssel, wenn es einen Augenblick stiller wurde. Denn es pochte bereits von droben, doch durch das Stimmengewirr gedämpft, die meisten redeten wohl instinktiv, um dies Pochen nicht zu hören. Ein paar Kinder weinten, – wie es Fabio schien, um von den Müttern getröstet zu werden. Die Männer rauchten und starrten ins Leere. Die schwangere Frau hielt ihren Leib umschlungen und lag gegen zwei Frauen gestützt und ließ ihren Kopf immerfort hin und her schwanken. Sie rief dabei bald den Namen Gottes aus, bald den eines Mannes, wohl ihres Mannes, der nicht anwesend war; es klang klagend, ja, anklagend. Als es aber den schweren Einschlag gab, von dem ein Mann behauptete, daß es ganz in der Nähe gewesen sein müsse, war die Frau einen Augenblick still, – alle waren still. Die Schwangere blickte zur Höhe, sie schien ganz ergeben zu sein, doch dann, einige Sekunden bereits nach dem Einschlag, begann sie laut und gellend zu schreien, und ihre Nachbarinnen hielten sie fest, offensichtlich ganz ohne Grund. Und da begann sie, als gefiele ihr das Festgehaltenwerden, der Widerstand, mit den Armen um sich zu schlagen. Die Männer starrten sich düster und verlegen an. Eine alte Frau, die auf der Erde hockte und den Rosenkranz durch die Finger zog, erhob sich und ging humpelnd auf die schwangere Frau zu. Sie sagte etwas zu ihr, was Fabio und der Fürst nicht verstanden. Und die alte Frau nickte dabei, sie war unnatürlich aufgeschwemmt im Gesicht, und sie zeigte einmal wie in einem Lächeln die Zähne. Fabio sah: die Zähne waren, klein und blitzend, alle noch vorhanden, und es kam ihm nun vor, die humpelnde Frau mit dem dicken Gesicht konnte noch keine fünfzig sein. Die Schwangere aber war sofort ruhig. Was mochte es gewesen sein, das ihr die Rosenkranzbeterin gesagt hatte?

Es wurde still. Man hörte, wie eine Mutter in einem Winkel ihr Kind mit aufmunternden Lauten abhielt, in einen Topf –, so still war es. Der Fürst guckte neugierig in die Richtung des rieselnden Geräusches, er lächelte. »Haben Sie auch ein ›Fräulein‹ gehabt – eins aus Deutschland, meine ich?« flüsterte Fabio. Der Fürst blickte ihn an mit Augen, deren Erinnern wie ein tiefes Atemholen erschien, endlich nickte er kurz. »Aus der Schweiz«, flüsterte er, »sie war übrigens nicht so schlimm«, fügte er schnell hinzu – »Ihr Fräulein, war es schlimm?« Sie sprachen wie zwei Jungen von zehn Jahren.

»Warum«, sagte Fabio und starrte düster zu der Mutter hin, die dem kleinen Jungen das Höschen heraufzog und ihn dann küßte, derweil sie das Töpfchen noch in der Hand hielt, »warum erledigten unsere Mütter das da nicht mit uns? Sind wir weniger als die Kinder der einfachen Leute? Man liebt, glaub ich, seine Mutter nur, wenn sie einem auch auf diese Weise nahe war und half. Ich war übrigens ein Bettnässer«, er sagte das ins Ohr des Fürsten, »und das Fräulein wollte diesen Defekt auf meinem Hintern kurieren.«

»Hassen Sie die Deutschen?« fragte der Fürst und blickte den jungen Mann sehr aufmerksam an.

»Warum? Ach so, wegen des Fräuleins? Nein, sie hat fürchterlich geweint, als sie fort mußte, als wir zu groß für sie wurden und sie einmal verprügelten. Nein – die Deutschen, warum? Soviel ich weiß, schlagen sie wenigstens ihre Kinder selbst und lassen sie nicht von Fremden schlagen. Den Deutschen fehlt nur die Sonne, glaub ich –«

»Ob sie uns demnächst bombardieren, wenn sie hier heraus müssen, ich meine: die Deutschen?«

Fabio schob die Stirn in Falten, schlenkerte die rechte Hand leicht auf und ab, derweil er den Fürsten von unten her schwach anlächelte. Der Fürst blies die Backen auf. »Das fehlt mir noch! Wenn ich die Deutschen fürchte, so sag ich das in bezug auf meinen Porzellanladen, mein Gott, lachen Sie doch nicht so – so zynisch!« Auch der Fürst lächelte jetzt. »Wir sind alle in einem Punkte infantil, mein Lieber! An meinem Palazzo liegt mir nichts, den kann man wieder aufbauen – aber Porzellan . . . Ich hätte es doch auf dem Lande unterbringen sollen . . . Manchmal meine ich, ich könnte meine Sammlung verkaufen – nein, sie zertrümmern, aber das sind philosophische Spiele.«

Er schwieg –, sie standen noch eine Weile so voreinander. Sie warteten auf das Signal, das ihnen die Tür öffnen würde.

Der Fürst begann nun, mit einem Kopfschütteln, – er könne es noch immer nicht begreifen, wie er überhaupt hätte in diesen Keller herabsteigen können. Dieser Anfall von Angst sei ihm neu –, im übrigen sei er wieder ganz normal, jetzt, und er reichte Fabio den Puls mit einem Anflug von bubenhaftem Stolz. Gleich aber verdüsterte sich sein Gesicht wieder.

»Wie stehen Sie übrigens mit Ihrem Vater? Verzeihen Sie diese Frage, aber Sie sind mir nahe gerückt wie ein Freund, darf ich es fragen?«

Fabios Augen waren jäh glotzend von Trauer geworden; der Fürst verzog das Gesicht. »Ach so, also auch bei Ihnen ... Ja, mein Gott, aber Sie können den Advokaten Casani doch wenigstens respektieren.« Fabio hielt den Blick unverändert auf den Fürsten gerichtet, ins linke Auge. Die rechte Schulter des jungen Mannes hob sich kaum merklich, es war nur eine kurze Attraktion der Schultermuskeln; der Fürst blickte fort. »Zum Teufel, wann kommt man denn wieder heraus aus diesem stinkigen Loch! Ja«, fügte er hinzu, den ganzen Atem mit diesem »già« hinschickend, »mein Vater hat mir diesen Tag schwer gemacht und er ist schon vierzig Jahre tot. Das ist ein Kunststück von so einem Vater, wie? Eins geb ich Ihnen als guten Rat mit auf Ihren Lebensweg, mein lieber Fabio: lesen Sie nie Briefe, die Sie so finden, Briefe, mein ich, von toten Personen oder an tote Personen gerichtete Briefe, – falls diese Personen in einem ohnehin schon schwierigen Pietätsverhältnis zu Ihnen stehen. Glauben Sie überhaupt von jedermann, den Sie lieben oder verehren, daß er das sei, wofür er sich selber hält, falls diese Person nicht gerade ein arroganter Dummkopf ist. Wenn Sie anfangen, kritisch zu bohren, zu analysieren, bleibt nichts mehr, und Sie werden müde und –« der Fürst lächelte bitter, »besuchen ihn nicht einmal mehr! Nein, sagen Sie lieber nichts! Sie hatten mich über!«

Soeben ertönte das Entwarnungssignal.

Fabio war tief errötet. Aber er blickte den Fürsten unentwegt an, jetzt in das rechte Auge hinein, die gleichmütige Dunkelheit darin war so wohltuend, man verlor sich darin wie in der Nacht.

»Principe«, sagte er leise, »nicht Gleichgültigkeit hielt mich fern. Aber – wenn ich es sagen darf? – Sie belasteten mich mit Ihrer Klarheit, wie soll ich's ausdrücken! Sie sind so kritisch ... nein: Sie sind aufrichtig! Und wenn Sie könnten, Sie würden alles nachholen, was Sie versäumt haben, was Ihr Stand, Ihre Generation in dieser Stadt versäumt hat.«

»Nachholen«, sagte der Fürst, den Kopf einziehend, »man kann nichts nachholen. Aber man kann – man kann – –«, er verstummte einen Augenblick – sie schritten durch den langen Gang, sie waren fast die letzten, – sein Verstummen war gleich einem Einsinken im Eigenen. In einer Bewegung von Hilflosigkeit reichte er Fabio wieder den Arm und ließ sich die schadhaften, schmutzigen Stufen des Kellers hinanführen. »Man müßte – in meiner Lage«, begann er keuchend, »zumindest ein Beispiel an sich selbst statuieren und ernstmachen, endlich – nach soviel Philosophie und Christentum – mein Gott!« Die letzten Worte waren ein betender Seufzer. Sie traten soeben ins Freie. Sie hatten den zweiten Ausgang des Kellers gewählt, der in eine kleine Seitengasse mündete, und standen nun in fast völliger Dunkelheit da. Die Häuser drängten das schwache Mondlicht ab, und ihre Augen waren noch vom elektrischen Licht im Keller verwöhnt. Etwa fünfzig Meter entfernt, wo der kleine Platz mit dem Kirchlein sich öffnete, stand eine Straßenlaterne, ein blauer Punkt. Langsam und ohne ein Wort zu sagen, gingen sie darauf zu. Mit jedem Schritt nahmen ihre Augen ein wenig mehr wahr; sie sahen Türen, Fenster, Papierfetzen auf der Gasse. Vor ihnen huschten einige menschliche Schatten schweigend ihren Behausungen zu, in der Höhe wurden Fenster geschlossen, Türen knallten. Ein Feuerwehrwagen fegte lärmend quer über den Platz, den sie fast erreicht hatten.

Fabio wandte sich mit einem unterdrückten Laut des Erschreckens um: ein niedriger Schatten, struppig, haarig, warm – ah, ein Hund! – drängte sich an ihn, schweigend; er suchte wohl seinen Herrn. Fabio sprach ein wenig mit dem Tier, und daraufhin folgte es ihm, ganz nahe an sein linkes Bein gedrückt. Der Fürst hatte nichts von dieser schnellen hier schweigsam und im Dunkel geschlossenen Freundschaft zwischen Mensch und Tier bemerkt; er ging in seinen Hausschuhen leise dahin, den Kopf ein wenig vorgereckt. »Schirokko«, murmelte er einmal, es war schwül.

Der Platz lag zum Teil im schwachen Schein des zunehmenden und schon tiefstehenden Mondes, die Häuser standen dunkel gegen den Himmel, massig und ohne Umrisse. Gerade als ihre Schritte auf die Piazetta einbogen, zog ein Wolkenfetzen unterm Monde her, und damit fiel ein neuer Schleier auf das schon nächtlich verschleierte Bild.

Plötzlich hob der Fürst die Hand. Die Wolke war unterm Monde hinweg, und er zeigte in die von ihnen angestrebte Richtung. Auch Fabio blieb stehen. An der Ecke des Platzes, wo der Palazzo des Fürsten stehen sollte, erhob sich eine Staubwolke, undurchdringlich, ekelhaft farblos, bis in den Himmel, in die unendliche Dunkelheit.

Der Fürst hatte, sofort als er auf diese gelähmte Weise den Schritt verhielt, mit einem prankigen Griff Fabios Arm gefaßt. Sie sprachen kein Wort. Hallenden Schrittes kam jemand an ihnen vorbei, der Hund an Fabios Seite sprang sofort auf den Fremden zu, jaulend vor Freude. Fabio näherte sich dem bärtigen Gesicht des Unbekannten, der sich laut und anhaltend für den Hund bedankte und währenddem sich neugierig dem Fürsten näherte. Es war ein Bewohner aus dem Palazzo neben jenem des Fürsten, ein Verehrer des faschistischen Luftmarschalls, dem zu Ehren er auch sein Bärtchen trug; der Fürst kannte ihn nicht. »Ja, Principe«, sagte er schließlich mit einem Seufzer, »kennen Sie mich nicht? Bozzi – der Uhrmacher Bozzi. Ich wohne nebenan, das heißt, ich wohnte! Wir wohnten!« – Er genoß offensichtlich seine rücksichtsvolle Art, mit der er einfach durch die Imperfektform das Nichtmehrvorhandensein von zwei großen Gebäuden mitteilen konnte.

Als er keine Antwort erhielt, sprach er, weitergehend, auf seinen Hund ein und machte ihm Vorwürfe.

»Kommen Sie, Principe«, sagte Fabio und wollte den noch immer Erstarrten in Bewegung setzen; er wußte selber nicht, zu welchem Ziel.

Der Fürst machte auch folgsam einige Schritte. Als sie aber an der Front des Kirchleins vorbeikamen, das keine hundert Meter der hohen Staubwand gegenüberstand, ließ sich der Fürst auf den Treppenstufen unter dem Portal nieder. Er setzte sich ruhig, ja sogar umständlich, hin und starrte in den reglos immer noch gelb und grau aufgärenden Staub. Sie sahen Schattengestalten aus der Staubwand treten und wieder darin verschwinden – und sie hörten Rufen und Gemurmel. »Die Umpa«, sagte Fabio, er hatte Mühe, die braunen Uniformen der Luftschutztruppe in der schmutzig gelben Staubwolke zu erkennen. Und er setzte sich dicht neben die reglose Gestalt, an deren Goldstickerei des Mondes Nadel nähte, es sah ein wenig gespenstisch aus.

»Nun also«, begann der Fürst; es klang fast, als hätte er sich inzwischen alles überlegt und begänne nun mit einer Art von Ansprache gegen den stehenden Staub. »Gut denn«, fuhr er nach dem ersten Anlauf fort, aber nun ruhiger, »einmal mußte es sich herausstellen – schließlich! – ja, ob denn alles, was wir von uns glaubten, nur Illusion sei, oder ob nicht wenigstens eins von den wenigen Prinzipien, die wir wie eine Rüstung durch ein langes Leben an uns herumschleppten, nun auch stichhaltig ist – Sie verstehen? – stichhaltig, das ist das Wort! Unverletzlichkeit des Kernes, da wo aus den Ideen die praktischen Prinzipien gezeugt, nein destilliert werden ... Welches vor allem, was meinen Sie wohl, Fabio? ... Und ich bin doch ein Philosoph! ... Es ist geschehen, es ist schwer, ich gestehe es, aber – auch das gestehe ich! – mein Stolz auf den Menschengeist – nicht auf den meinen persönlich! – ist in dieser Stunde groß. Oder weine ich, klage ich, hörst du Verwünschungen? Ich trug meine Habe in offener Hand, wie das Gelübde der Armut im Herzen es mich lehrte, der Armut im Geiste! Nun also – nun wurde alles zu Staub: – die neun Vitrinen mit den erlesensten, kühlsten und anmutigsten Gebilden der Porzellankunst! Die Bibliothek umfaßte an Memoirenliteratur, was in dieser Stadt bei keinem Privatsammler zu finden ist, heute abend wollte ich Ihnen meine Bücher zeigen! Die unter dem Stein begrabenen Möbel, könnten sie sprechen, ja, eine Kulturgeschichte aus Holz durch viele Jahrhunderte! Und die Bilder! ... Nun denn, der Geist von all dem, was ich noch einmal mit dem Wort berührte, soll weiterleben und vor allem: in meiner Würde angesichts dieser dummen Vernichtung. Ich frage nicht, ob sie zufällig ist – ich gebe ihrer Dummheit einen Sinn. Und der heißt – ja: nun bin ich frei!«

Fabio fühlte sich in den Worten des Fürsten geborgen, er wohnte darin wie die vergangenen Dinge in dieser Staubwolke wohnten. Er hatte manchmal, wie auch der Fürst, die Augen geschlossen, er lauschte nur. Der schwüle, wühlende Wind strich ihnen über die Haut.

Plötzlich ertönte ein Pfiff, und Fabio blickte auf. Aber daß er jäh aufsprang und »da – da« rief, in einer Art von verrücktem Überschwang, hatte nichts mit dem Pfiff zu tun. Auch der Fürst war aufgesprungen und starrte, den Kopf vorgestreckt und die Hände wie gegen eine plötzliche Gespenstererscheinung hingespreizt, unbeweglich: vor ihren aufgerissenen Augen stand im ungewissen Mondschein und von den wühlenden Fingern des Windes wie ein Denkmal von seiner Hülle befreit – der Palazzo! Der Dachfirst mit den Obelisken und Steinknospen und die oberste Fensterreihe schwebten, ein wenig dunkler als die quirlende Wolke, starr und feierlich hervor aus dem verhüllenden

Element, das nun bereits die mittlere Fensterreihe freigab, unter dem entschleiernden Zugreifen des Südwindes –, bis der ganze Bau auf einer vom Meerhauch feucht und schwer gewordenen, niedrigen Wolke dastand: ein Anblick, der den beiden noch immer im Kirchenportal stehenden und wie zu Stein erstarrten Gestalten Atem und Stimme verschlug. Ihr minutenlanges Zuschauen war von der Theatralik des Geschehens so voll, daß sie, von Entzücken gelähmt, sich selber vergaßen. Ja, sogar das Bewußtsein, daß es sein Palazzo sei, war dem Fürsten für einige Sekunden vollständig entfallen. Was sie sahen, war die Wiedererscheinung eines in ihrem Geist bereits vernichteten Dinges, eines architektonischen Kunstwerkes; es war das Erlebnis der Auferstehung eines Totgeglaubten, von dem ein lebendiger Wind die Hüllen des verwesenden Staubes löste, leichtfingrig, spielend, souverän. Und der Fürst, der den Vogel in den Goldflammen an seinem Betthimmel als erstes durch viele Jahrzehnte erblickt hatte, zugleich mit der Sonne, rief endlich leise und erwachend: »Wie ein Phönix! Das Haus meiner Väter!« Und er griff nach dem Arm des jungen Mannes, ohne ihn anzublicken. »Sehen Sie? Ich träume doch nicht!«

»Das ist – das ist – mehr als ein Traum!« Fabios Stimme war die eines kleinen Jungen. Sie standen noch immer an derselben Stelle.

»Mein Gott«, seufzte der Fürst, »ich bin auf alles gefaßt gewesen, aber nicht auf das! ... Daß mir alles zurückkommt, so unvorbereitet!« Der alte Herr stand, beide Hände auf das Herz gedrückt und das Gesicht in einem Ausdruck süßlichen Schmerzes verzogen. »Mir ist nicht gut«, flüsterte er, »kommen Sie, ich muß ein Herzmittel nehmen – helfen Sie mir! Ah, mein Lieber!« Und plötzlich umschlang er mit beiden Armen den jungen Mann, legte seinen Kopf auf dessen Schulter und blieb so stehen. Fabio spürte, wie der massige Körper bebte.

Dann schritten sie langsam über die Piazetta, bis sie auf die schattenhaften Gestalten stießen, die den Palazzo zigarettenrauchend und plaudernd umstanden.

Der Fürst strebte eilends dem Portal zu, den Schlüssel in der Hand.

»Wo wollen Sie hin?« fragte eine unwirsche Stimme.

Der Fürst antwortete nicht, sondern drängte weiter, aber da bildeten die Arme der Schatten einen Kordon. Fabio sagte, höflich und bestimmt, es sei der Fürst di A. und dies sein Palazzo.

Als Antwort fiel der scharfe Kegel einer Taschenlampe aus dem Dunkel. Der Fürst hielt in einer nervösen Hast sich die Hand schützend vor die Augen. Fabio spürte, wie eine Stimme den Namen des Fürsten weitersagte. Darauf rief jemand: »Was hat der denn da an?« »Eine Fürstenuniform«, sagte ein Witzbold trocken, man lachte.

»Ich trage die Uniform des souveränen Ordens der Malteserritter«, rief der Fürst, nicht laut, aber kühl und scharf, »geben Sie mir sofort den Eintritt frei in mein Eigentum!«

»Momento, momento«, brummte die rauhe Stimme dicht vor dem Fürsten, »abgesehen davon, Principe, daß Ihr Orden uns nicht bekannt ist –«

»Schweigen Sie!« rief der Fürst.

Aber der Mann fuhr ruhig fort, daß er keineswegs zu seinem Vergnügen hier stehe. Und ein Nachbar wiederholte das.

»Da«, rief Fabio, der ein paar Schritte zurückgetreten war. Er kam eilends auf den Fürsten zu, riß ihn am Arm und zeigte gegen die dem Platz abgewandte Seite des Palazzos. »Man plündert!« sagte er in hastigem Feststellen; sein Gefühl kam dem jähen Umschwung im Geschehen nicht nach.

Sie sahen, wie man hintereinander einige Bündel aus den Fenstern warf, wie Arme sich danach reckten und eilige Schatten trappelnd in die Nacht entschwanden. Manchmal plumpste ein Packen dumpf auf dem Pflaster auf, wenn ihn die fangenden Hände verfehlten, einmal klirrte es schwach, Scherben ... Dieser Ton ließ den Fürsten zurücktaumeln.

»Banditen«, röchelte er, »ihr wagt es – ihr seid Komplicen von Plünderern! Fabio! holen Sie die Polizei. Auf Plündern steht Todesstrafe. Ich lasse euch füsilieren!«

Wieder stieß aus dem Dunkel der freche Fühler der Taschenlampe auf den Fürsten, glitt langsam an ihm auf und ab. Man schwieg. Plötzlich rief jemand, es war ein blecherner Diskant: »Guck mal, Filzpantoffeln hat er an!« »Schnieke«, sagte darauf eine lobende Stimme.

Die Schatten begannen jäh zu lachen. Der Fürst stand wie ein Steinbrocken im Gischt, endlich ächzte er: »Die Polizei, Fabio!«

Der junge Mann rannte ein paar Schritte in die Nacht, als er einen Trupp Soldaten sah; es konnten etwa zehn Mann sein. Er eilte auf sie zu, stotterte, wies auf den Palast. Der Anführer nickte nur und erklärte ihm, genau dahin wollten auch sie. Und Fabio erfuhr, sie seien ein Sprengkommando. Bei dem Wort lief es ihm in einem Anflug von Hellhörigkeit kalt den Rücken herab. Er stürzte zurück vor den Palazzo, der Fürst kam ihm ein paar Schritte entgegen. Und da geschah es: derselbe, der mit Fabio gesprochen, sagte es nun dem Besitzer des Palastes, dem Fürsten also: daß »der Komplex« sofort wegen Einsturzgefahr gesprengt würde.

Der Fürst schien zuerst nicht zu begreifen und als er doch begriff, wandte er sich jäh von dem ruhig Sprechenden ab und stürzte mit einem wahrhaft tierischen Aufschrei gegen den Schattenkordon und bald mit einem Röcheln, bald mit einem flehenden Geschrei rief er immerzu dieselben Worte: »Rettet!! Rettet!« Fabio hatte ihm zuerst vollständig verwirrt ein paar Schritte nachgetan. Als er aber hörte, wie die Stimme des Fürsten sich überschlug, und sah, wie seine Gestalt hin und her torkelte, griff er mit einem dumpfen, wehen Aufschrei mit beiden Händen zu den Ohren, drückte sie zu und lief davon.

Keine hundert Meter entfernt blieb er stehen und lauschte. Ein Marktwagen stand da und reckte die Deichsel in die Luft, Papier und allerlei weiche Dinge lagen auf dem Pflaster, es roch nach faulen Fischen und Obst. Der Mond sank, und der Wind wühlte überall, droben und drunten. Wie lange er dastand, vollständig ohne Gedanken und Entschluß, wußte er nicht. Er lauschte dem eigenen Pulsschlag – in den Ohren, in den Schläfen –, und plötzlich tat sein Herz einen dumpfen Schlag – ah nein – nicht sein Herz! – Nun war es geschehen! – »Nun also«, hörte er noch einmal die Stimme des Fürsten sagen, so gelassen und in einer weichen Rührung schwingend, »einmal mußte es sich herausstellen – Stichhaltig – Die wenigen Prinzipien – Unverletzlichkeit des Kernes – Ich bin doch ein Philosoph – Ich hielt alles in offenen Händen ...«

Fabio schlug die Hände vors Gesicht, als wollte er das kurze helle Aufweinen darin zerdrücken. Langsam ging er durch die Stadt nach Hause. Sein Leib bewegte sich mechanisch über die seinen Schritten nachhallenden Steige und Straßen. Er dachte an den Hund, dem er vor einer Stunde für einige Minuten Herr und Hort gewesen war. Als der Palazzo auf seinen Freund Silvio gestürzt war, ging er traurig nach Hause; in dieser Nacht aber war er mehr als traurig, er war leer und in seiner ersten, großen Hoffnung enttäuscht –, er fand nicht einmal mehr einen Grund, um traurig zu sein. Er spuckte im Dunkel auf das Pflaster und lächelte. Ihn ging nichts mehr etwas an. Costanza? Aber was verstand sie von all dem! Sie glaubt noch an den Menschen, weil sie nie unbedingt und ganz an ihn glaubte – an den Menschen, der also doch nur ein Lügner ist: omnis homo . . .

X

Fabio habe, so bemerkte der Advokat Casani an einem der folgenden Tage bei Tisch, in seinem elterlichen Hause das Betragen eines Hotelgastes angenommen. Der Getadelte, statt empört zu sein, lächelte dazu nur, und er dachte bei sich, daß sein Vater damit mehr gesagt habe, als er eigentlich wollte. Der Sohn war zu den Eltern höflich, er erhob sich sogar wieder, wie man es ihn als Knaben gelehrt hatte, wenn seine Mutter sein Zimmer betrat, und fragte: »Bitte, Mama?« Den Vater sah er nur mittags und abends bei Tisch. Fabio blickte meist vor sich hin, auf seinen Teller, reichte das Brotkörbchen zwischen Vater und Mutter hin und her, schenkte Wasser und Wein ein, antwortete auf jede Frage gedämpft und kurz, lächelte auch einmal, doch auf diese sich entfernende, abblendende Weise. Das alles kam sogar dem kühlen Advokaten Casani auf die Dauer unheimlich vor. Die Eltern fragten nicht, was vorgefallen sei. Sie konnten nicht den Jahre hindurch geübten Abstand zwischen Eltern und Kindern, der ihnen als zur guten gesellschaftlichen Erziehung notwendig erschien, einfach ohne weiteres durchbrechen. Wenn die Mutter aber doch fragte: »Was hast du, Söhnchen?«, so war das, zärtlich und oberflächlich im Ton, eine Frage, die eine ebenso zärtliche, oberflächliche Antwort voraussetzte. Dieser Frau, die in solchen Zeiten noch immer regelmäßig zum Kartenspielen ging, zum Schneider, zum Friseur, ins Kino, und deren höchste Sorge neben einem Brief von ihrem ältesten Sohn darin bestand, den Vorrat an Öl und Parmesankäse jede Woche zu erhöhen, konnte man nicht zumuten, zu begreifen, daß ihr Sohn das Leben schal und sinnentleert fand, weil der Gegenstand seiner höchsten Verehrung sich vor seinen Augen erniedrigt hatte. Am Ende hätte sie gar gesagt: Nun also, haben wir dich nicht vor dem Fürsten gewarnt? – ohne sich aber mit dieser Äußerung auch nur um Haaresbreite dem Verstehen genähert zu haben.

Und der Vater? Fabio lächelte vor sich hin, sooft er untätig auf dem Diwan in seinem Zimmer liegend an seine Eltern dachte und an alle diese Bürger seiner Stadt, soweit er sie kannte. Sie verehrten nichts – gar nichts, was nicht unmittelbar mit Geldeswert oder sozialem Rang und Einfluß auszudrücken und zu bemessen war. Sie gehörten alle zur Familie der Rechner, alle, er kam sich wie ein Urwäldler vor. Darum konnten sie auch das, was sie rein rechnerisch verehrt hatten, wie einen erledigten Posten ohne jede Gefühlsstörung einfach streichen, zum Beispiel den Diktator.

»Der ganze Faschismus«, schrieb Fabio in diesen einsamen Stunden in sein Tagebuch, »ist nichts gewesen als ein ›acquolino in bocca‹, ein Kinnwässerchen im Munde der bürgerlichen Welt angesichts der appetitlichen Möglichkeiten auf dem Tisch der Politik. Nun spucken sie es aus, spucken es dem armen Diktator ins Gesicht.«

Der Vater war bis zu einem bestimmten Zeitpunkt entschieden kriegerisch gewesen. Da er aber sah, wohin der Sieg sich neigte, ließ er sich, genau als seine erforderlichen Dienstjahre vorüber waren, nach Hause schicken, in sein Advokatenstudio, wo er das Hundertfache eines Oberstleutnants verdiente. Und vom Krieg wurde nicht mehr geredet, sondern nur noch von der Landung, den Engländern, von Speiseöl, Zigaretten, Benzin und ähnlichen Dingen, ja, nur von Dingen, – Ideen standen gar nicht auf dem Spiel.

»Sie haben den Narren festgemacht.« So hatte der Vater damals, kaum daß er in das Speisezimmer eingetreten war, die Arme breitend und mit strahlendem Gesicht gerufen, als verkündigte er der Welt ein Gnadenjahr.

Das war nun über einen Monat her, aber Fabio konnte sich dieses dramatischen Mittagstisches noch genau erinnern. Ja, das war wirklich so etwas wie ein Schauspiel – nein, eine Tragikomödie gewesen. Ein schlauer Rechner und ein jugendlicher Herzensdummkopf und eine ahnungslose Bürgerin als Bindeglied beider, das waren die Darsteller.

Der Vater hatte in feierlicher Erregung am Kopfende der Tafel Platz genommen und die Mutter gebeten, einen Fiasco alten Chianti heraufholen zu lassen, der Tag sei ein besonderer und einer guten Flasche würdig. Fabio hatte das Gesicht tief gesenkt und vor sich hin gelächelt, aber sanft, er wußte ja: dieser sein Vater handelte ganz ehrlich; die Politik ist für ihn nicht mehr und nicht weniger als eine Börse. Und er hatte die wertlos gewordenen Aktien noch gerade zur Zeit abgestoßen, und das war ein Grund, ein Fest zu feiern. Seine Unduldsamkeit jedoch gegen die zurückhaltende und fast schwermütige Heiterkeit des Sohnes empfand dieser als einen Übergriff –, der Vater sagte nämlich schroff: »Aber Fabio scheint das alles ja höchst gleichgültig zu sein. Eine seltsame Jugend, die nicht über den Sturz eines Tyrannen frohlockt!«

Und Fabio, ruhig, in gespieltem Erstaunen: »Ich habe über diesen Tyrannen zeitlebens nur Gutes vernommen, zu Hause, in der Schule, in der Kirche! Aber es mag sein, daß es gut war, ihn zu stürzen. Nur hätte man das vielleicht ein bißchen früher tun sollen, am besten schon, ehe ich auf der Welt war; dreiundvierzig weniger neunzehn ist – warte bitte, ich kann auch rechnen –, das ist vierundzwanzig, Ja, Neunzehnhundertvierundzwanzig hätte man das tun sollen!«

Das gekochte Rindfleisch stand vor ihnen in den Tellern, und Fabio sah, wie der Vater die Gabel scharf in das Fleisch stieß, sie herauszog und leise atemholend den Stoß wiederholte.

»Aber jetzt«, fuhr Fabio fort, »über ihn herzufallen wie über ein Stück Rindfleisch, das finde ich – geschmacklos!«

»Geschmacklos? So, geschmacklos?« murmelte der Advokat in einem fragenden Ton, der leer, aber auch gefährlich klang, weil man ihm anhörte, daß der Sprechende nicht so ruhig war, wie er tat, und ganz andere Worte auf der Zunge hatte. »Man hätte ihn also weiter am Steuer belassen sollen, nach deinen Worten zu schließen, nur um konsequent zu sein? Sehr schön! Dann hätte ich dich aber auch konsequenterweise im Poggio reale sitzen lassen sollen . . .«

»Du hättest viel Geld gespart«, sagte Fabio jäh erbleichend, er starrte geradeaus, »denn heute oder morgen gibt es eine große Amnestie für politische Gefangene!«

Das Eigenartige nun war, daß der Advokat Casani, statt in dieser Bemerkung seines Sohnes, wie es beabsichtigt war, den Hohn zu empfinden und in Wut zu geraten, nur gedankenvoll nickte und Fabio mit einem flüchtigen, kritischen Blick streifte. Schließlich, als er dessen Gesicht so bleich und ernst bleiben sah, bemerkte er: »Da hast du recht! Aber es war nicht vorauszusehen!«

»Nein?« fragte Fabio mit einem schwachen Lächeln – und dann gedankenvoll: »Ich habe es vorausgesehen!«

Der Advokat überhörte, den Kopf scharf anhebend, diese Worte seines Sohnes und sagte: »Ja, der König hat sich bewährt!«

»Ach?« Fabio tat überrascht. »Ja, so! Wirklich! Ich dachte vielmehr, der Duce habe sich *nicht* bewährt. Zuerst freilich hörte ich, noch vor zwei Jahren, auch der Duce habe sich bewährt! Nun stellt der König fest, endlich, daß sich der Duce nicht bewährt habe, und da hat sich der König bewährt!«

»Du willst mich verhöhnen?« Die bedrohte Würde des Advokaten fragte das, und zwar in einem letzten sich zur Wehr setzenden Glauben an sich selbst, an die Ordnung einer Welt, die auf ihn oder doch die vaterrechtliche Familie gegründet war. Der Sohn hörte diese Stimme und erschrak in der Tat vor ihr, seine Vernunft duckte sich einen Augenblick. Er schwieg.

»Ich wollte nicht dich verhöhnen«, sagte er nach einer Weile, »sondern eine Denkart – die Denkart der Rechner, der herzlosen Kalkulatoren auf allen Gebieten, – in dieser Stunde: auf dem politischen. Heute sagen diese Menschen, der Duce hat sich nicht bewährt, wohl aber der König, der ihn absetzte. Und morgen, wenn der König abgesetzt wird, hat sich wiederum der bewährt, der ihn absetzt . . .«

»Was redest du da – der König? Wer will, wer wird den König entthronen? Bist du wahnsinnig geworden?«

»Ich weiß aus der neueren Geschichte, Papa, daß man immer Könige absetzt, die einen Krieg verloren haben! Sogar in Rußland –«

Und da war es, daß der Advokat Casani – an einer ganz und gar unpassenden Stelle, empfand Fabio mit einem unangenehmen Gefühl zu großer Überlegenheit gegenüber seinem Vater – die Serviette von seinen Knien reißend, aufsprang und, ohne auf seine sich verrückende Haube zu achten, rief: »In Rußland!? Auf solche Obszönitäten bist du also lüstern? Du lauerst auf einen Königsmord? Und du bestreitest noch immer, daß du im geheimen Kommunist bist? Antworte!«

Die Mutter saß erstarrt da und flüsterte: »Aber Fabio – du gehst zu weit, denke, wer vor dir steht!«

Fabio war nahe daran, laut aufzulachen, trotzdem zitterten ihm die Knie, die Situation war ekelhaft; er schöpfte tief Atem.

»Steh bitte auf«, sagte die Mutter mit angstvoll geweiteten Augen. Das klang in Fabios Ohren so toll, daß er doch lächeln mußte; es war die einzige Möglichkeit, dies Aufstehen und diese Antwort einigermaßen zu überstehen.

»Also –« sagte er mit rauher Stimme, »du fragst mich, Papa, ob ich lüstern bin auf Königsmorde?«

»Ob du ein Kommunist bist!«

»Um Gottes willen, Papa«, er drehte die Schultern hin und her, um die Versuchung, laut aufzulachen, mit einer andern Bewegung auszugleichen, zu ersetzen, »ich bin der erklärte Feind jeder Diktatur – ich bin sogar, wenn du es so willst, ein noch überzeugterer Monarchist als du . . .«

»Als ich?« Der Advokat dachte über die Antwort des Sohnes nach; er rieb sich mit dem Finger die Stirn.

»Ja – Papa, denn ich empfand die Diktatur neben einem König schon sehr früh als eine – Frechheit sozusagen!«

Der Advokat setzte sich, entfaltete die Serviette, rückte seine Haube zurecht und sagte versöhnlicher: »Er war – oder *es* war: eine Zeitnotwendigkeit! Und die ist nun vorüber! Aber der König steht!«

Und der Advokat trank das erste Glas des alten Chianti auf das Wohl des Königs, der den Tyrannen gestürzt hatte, und Fabio trank mit. Aber er wußte wohl, daß dieser komische Friedensschluß bei Tisch nur vorläufiger Natur war. Der Vater hatte vor seiner Familie gesiegt. Indes – der Advokat Casani war viel zu klug, um nicht einzusehen, daß der Sohn die Weltgeschichte zum Verbündeten hatte; dagegen konnte er selbst mit seiner väterlichen Autorität nicht anrennen. Und da sein Groll gegen die Geschichte nichts vermochte, übertrug er ihn auf den Sohn. Der spürte das schon seit langem.

XI

Fabio überlegte nun in diesen Tagen des düster und heiß zu Ende gehenden August, ob er sich nicht wie damals nach Città morta retten sollte, diesmal nicht so sehr um seinem Vater, sondern der Nachbarschaft des Fürsten auszuweichen. Er fürchtete in der Tat täglich, es könne schellen und der Fürst am Telephon oder gar an der Haustüre sein. Die ersten Tage wartete er sogar darauf, etwa wie ein Kranker, der, wiewohl er sich fürchtet, den Arzt ersehnt, daß der ihm den blutverklebten Verband aufwickle, das war es! Bei Tag quälte ihn das klare Bewußtsein, daß der Fürst nicht standgehalten hatte, weder vor den Forderungen seiner eigenen Philosophie noch vor der Herzensforderung eines jungen Menschen, der inmitten der allgemeinen Hinfälligkeit nach dem Halt, im Gewimmel nach der Ausnahme suchte! – Nein, der Philosoph hatte versagt – vor einem Sprengkommando. Fabio überlegte oft: wäre der Fürst schwach geworden vor Gewehren, vor der Unzurechnungsfähigkeit des Pöbels, – er hätte ihm verziehen. Aber daß die unter seinen Palazzo geschobene Sprengladung seine ›christliche Stoa‹, von der er so gern sprach, mit in die Luft gesprengt hatte, das beleidigte in Fabio alle Erwartung, ja, Liebe, die in ihm für diesen Menschen in so kurzer Zeit aufgestiegen war. Seine enttäuschte Jugend konnte nicht verzeihen, er haßte auch nicht. Wenn er an den Fürsten dachte, hatte er ein Gefühl, das ihn mehr schmerzte als Haß, ein Gefühl, das »nun ja« sagte, »laß ihn, was kann er dafür! Er ist schwach! Ein Träumer! Einer von den Tausenden in dieser Stadt, die von sich glauben, daß sie etwas Besonderes seien.« Denn das Bewußtsein, zu überragen, kann kein Mensch verbergen, auch wenn er sich noch so klein macht. Sogar diese Selbstanklagen des Fürsten drückten das Außerordentliche aus – das Außerordentliche eines zarten Gewissens in der Stadt Neapel! Und Fabio lächelte sanft und nachsichtig . . . Bei Nacht aber sah er, seinen Kopf an den Fürsten gelehnt, aus dem Staub des Palazzo ein Wesen aus Stein aufsteigen, das ein verklärtes Gesicht hatte und immer höher schwebte, Flügel zu seinen Seiten entfaltend und in die Nacht entschwindend, bis es, aus dem Stoff der Sterne gewebt, sich diesen verschmolz. Und aus der

Brust des Fürsten hörte er ein wortloses, atmendes Beten, das den Stein schwerelos machte und hob und zuletzt verwandelte in Sternenglanz.

Ein anderesmal sah er im Traum zwei Hände, blaß und feinfingrig. Sie waren, die Handteller nach oben gewandt, leer und unbeweglich. Er sah diese Hände lange an, wie ein tiefes, unbegreifliches Wunder. Sein Herz wurde ihm warm bei der Betrachtung dieser leeren Hände. Zuletzt legte er sein Gesicht hinein, weinte und sagte immer wieder: »O wie kühl, o wie gut« –, und er weinte weiter, aber selig und unaufhörlich; als er erwachte, war sein Kopfkissen naß.

Und er ging nicht nach Città morta. Die Mutter riet es ihm einige Male, sie habe so ein Gefühl, sagte sie, daß er bei Großmutter besser aufgehoben sei als hier bei ihnen. Der Vater verzog bei solchen Gesprächen keine Miene.

Der erwartete Waffenstillstand, der in der zweiten Septemberwoche die Stadt mit jähem Jubel füllte, ließ den Advokaten Casani wiederum in strahlender Feierlichkeit bei Tisch erscheinen; und wieder wäre es fast zu einem Zusammenstoß gekommen, da Fabio die Verbrüderungsszenen zwischen Deutschen und Italienern in den Straßen zwar »sehr rührend«, »aber höchst vergänglich« fand.

»Wieso! Rührend? Kein Mensch sagt das! Es ist nur allzunatürlich, daß sich alles freut und einander im Arme liegt!«

»Sehr natürlich sogar! Und mich rührt es vor allem, weil ich weiß, daß es, wie ich sagte, nicht bei dieser jubelnden Brüderschaft bleibt.«

»Deine politische Weitsicht mit neunzehn Jahren –«, Casani streifte den Sohn kurz, blickte seine Frau an, lächelte kaum merklich und erzählte, was er gesehen hatte.

Als es am selben Abend in den Straßen zu schießen begann, schüttelte Casani, der von Teresas Bruder sich Bericht erstatten ließ, ärgerlich den Kopf: »Unsinn! Italien befindet sich nicht mehr im Krieg!«

»Aber Deutschland«, sagte Fabio, »die Alliierten sind bei Salerno gelandet.«

»Deine Zwischenbemerkungen«, der Advokat Casani machte eine langsame Kopfdrehung gegen den Sohn hin, »kannst du dir für einen günstigeren Zeitpunkt sparen.«

Dieser Zeitpunkt kam, als Fabio, der zufällig ausgegangen

war, schweigend eine Zeitung vor den Vater legte – der Advokat war unpäßlich und zu Hause geblieben. Er wollte soeben seine Serviette entfalten, als er dann doch, zu neugierig geworden, in die Zeitung blickte. Er las kurz und schob das Blatt mit einer ruhigen Bewegung weit von sich. »Dumme Gerüchte«, sagte er ruhig und ließ sich von Teresa Suppe in den Teller geben.

Die Nachricht, daß der Diktator von den Deutschen durch Fallschirmjäger – man stelle sich vor! – befreit und entführt worden sei, kam ihm geradezu »lächerlich« vor; »in so ernsten Zeiten« sollte man »sein Augenmerk auf die wirklichen Vorgänge« richten, »hier liegen die eigentlichen Sensationen, freilich schwerer zu erfassen, als solche von Zeitungsschreibern erfundenen und von Schwätzern verbreiteten Wildwest-Geschichten«. Und der Advokat fügte noch hinzu, daß das Buch der Geschichte nicht mit einem »libro giallo« zu verwechseln sei. Und dann, als beunruhigte ihn die Zeitung doch, blickte er noch einmal in sie hinein, warf sie aber gleich, gefaltet wie einen Fidibus, hinter sich, einfach auf den Teppich, eine ungewöhnliche Handlung des ordentlichen Mannes. »Man stelle sich das vor! Fallschirmjäger!« Er genoß das Wort: »paracadutisti«. »Als ob ein Gefangener von so eminenter Wichtigkeit nicht hundertmal sicherer verwahrt würde als ein ganzes Zuchthaus voller Mörder, Falschmünzer und Rebellen!«

»Vielleicht waren die Wächter gekauft? Mit Geld kann man bei uns bekanntlich beinah alles erreichen!«

Der Advokat legte den Kopf zurück: »Ich verbitte mir an meinem Tisch eine solche Bemerkung über unser Land!«

»Nun, dann handelt es sich ausschließlich um deutsche Tapferkeit – und Treue, ja, auch das! Und das imponiert mir, wiewohl ich, wie du weißt, Papa, die Deutschen weniger gut leiden mag als du – wenigstens – nun ja –«

»Wenn du recht hättest, müßte ich eingestehen, daß die Deutschen so sind, wie ich sie bislang einschätzte –, aber lassen wir diese eingehende Behandlung von Dummheiten! Oder hast du nicht bedacht, daß jeder Wächter in so einem Augenblick den Gefangenen einfach erschossen hätte?«

Doch am nächsten Tage mußte der Advokat einsehen, daß der Duce frei oder vielmehr in der Hand der Deutschen sei. Er habe alles »eingehend geprüft«, sagte er bei Tisch, – er schenke ungeprüften Gerüchten keinen Glauben.

»Wie hast du das geprüft?« hätte Fabio gerne gefragt, aber es reizte ihn nicht mehr, seinen Vater zu nötigen, sich noch weitere Blößen zu geben, es waren ihrer genug; und das Spiel, andre sich bloßstellen zu lassen, kam ihm langweilig vor, ja, abstoßend.

Fabio verließ in diesen Tagen nur noch selten und höchst ungern das Haus. Er hatte ganz zufällig einen dieser Maueranschläge gelesen, darin die Italiener zwischen achtzehn und sechsundvierzig Jahren von den Deutschen aufgefordert wurden, sich an bestimmten Stellen zu melden. Man hatte die Wahl, in das republikanische Befreiungsheer des befreiten Diktators, oder in Fabriken nach Deutschland geschickt zu werden. Wer sich dem Meldungsbefehl ohne Entschuldigung entzog, riskierte erschossen zu werden, das stand auch auf den Plakaten. Aber so offenherzig und deutlich, ja, ganz eindeutig das klang, den davorstehenden Menschen ging das nicht in den Kopf, denn es waren Neapolitaner, die bei Drohungen wie Kinder sind und sie um so weniger glauben, als sie furchtbar klingen. Erschießen? »Ma chè!« so sagten sie, so sagte sogar der bedächtige Advokat Casani. Fabio jedoch brachte diese Androhung mit dem harten Schritt der Deutschen in einen besonderen Zusammenhang: was die sich in den Kopf setzen, tun sie, dachte er bei sich; ob es nun gilt, einen Gefangenen zu befreien, oder einen Jungen, der sich verbirgt, zu erschießen ...

»So ein deutscher Soldat«, sagte er versonnen bei Tisch, »der würde, glaub ich, auch seine Mutter erschießen, wenn es ihm befohlen würde.«

Frau Casani warf die Hände in die Luft. »Aber Fabiuccio«, rief sie klagend, »so was überhaupt nur zu sagen! Es sind doch Menschen!«

»Aber Menschen von der Konsequenz einer Maschine. Ich werde mich mal zunächst nicht mehr blicken lassen.«

Der Advokat wiegte sanft den Kopf und sah ein wenig gönnerhaft auf seinen Sohn, er sagte: »Nun, tu was dir richtig scheint! Aber wenn du schon einmal vorsichtig bist ... Diesmal könnten dich deine deutschen Sprachkenntnisse vor der Schlinge bewahren, so wie sie dich das vorige Mal hineinführten. Aber folge deinem Instinkt! Ich weiß nur dies: die Deutschen sind keine Kannibalen!«

Und der Advokat Casani wandte sich wichtigeren Aufgaben zu. Der Bruder seiner Frau, ein älterer Bruder Giorgios, saß den ganzen Tag bei den Casanis, und sie überlegten – und Fabio hörte mit Staunen zu –, wie man die Munitionsfabrik des Onkels nach der erwarteten Landung mit möglichst wenig Zeitverlust wieder in Betrieb setzen könne. Am selben Tag kam auch der Schweizer Kaufmann, der zur Zeit noch an die Deutschen lieferte und ein wenig besorgt war, die Alliierten könnten ihn als Lieferanten zurückweisen. Aber Casani vertraute auf einen in Neapel lebenden und Italiener gewordenen Engländer, den er nach langer Zeit zum ersten Male wieder eingeladen hatte, – das werde der große Mann, so sagte er. Überdies – der Schweizer Kaufmann baute auf einen jüdischen Freund, den er lange beherbergt hatte. Fabio sah überdies seinen Vater an diesem Abend Briefe aussortieren, viele wurden verbrannt, auch gewisse Photos, selbst das Bild des Duce aus Teresas Kammer wurde von Casani bei einem letzten Inspektionsgang mit eigener Hand von der Wand genommen. Er wunderte sich sogar, daß es »so was« noch in seinem Hause gab. Teresa sagte, mit rollenden Augen hinter dem Advokaten hergehend, ihre Stimme aber wagte nur einen schmollenden Protest: »Ma, Avvocato, das ist doch *mein* Bild. Und es ist doch schade für so ein Bild. Und das Bild kann doch nichts dafür, wenn die Engländer kommen und die Amerikaner! Und außerdem, wir sind doch hier bei uns. Ich meine, man kann doch in seinem eigenen Hause – –«

»Eben, es ist *mein* Haus, beste Teresa, ich schenk dir eine Madonna von Pompeji in den Rahmen, den heiligen Dominikus rechts und die heilige Katharina links, du kennst es doch?«

»Gewiß, Avvocato, und ich freue mich sehr darüber. Aber mir hat auch das Bild da vom Duce gefallen. Wenn ich die Wahrheit sagen soll, er hat mich so ein bißchen an meine Mutter erinnert, wissen Sie! Die hatte auch so ein energisches Gesicht und hier so eine Warze, und der Helm, sehen Sie – meine Mutter hatte einen großen Filzhut, den trug sie ihr ganzes Leben lang, und der war auch vorn so – so streng, sehen Sie, hier! Und Bilder, find ich, gehen mit einem, man sieht so viel hinein. Und außerdem – so ein einfacher, guter Mensch, wie er war! Alles machte er doch selber! Er ging sogar Korn mähen mit den Bauern. Und zu den Kindern war er so reizend. Wenn ein Mann, so ein großer Mann, mit Kindern nett ist, sag ich immer, dann ist er überhaupt nett, finden Sie nicht? Und einen Krieg, den in Abessinien, hat er doch gewonnen, und keiner gewinnt jeden Krieg! Ist das nicht so?«

Fabio hörte im Vorbeigehen diese in der Küche vor dem Holzkohlenfeuer gesprochenen Worte ... Er ging in den Salon und versuchte aus dem Radiogerät das Neueste zu erfahren, zumal was man aus London über die Kämpfe bei Salerno berichtete. Und an diesem kleinen Umstand, daß er aus der Hauptstadt eines fernen Landes Informationen zapfte über Vorgänge, die sich zwei, drei Autostunden entfernt zutrugen, erkannte er unheimlich klar die immer gleiche Taktik der totalen Gewalthaber, im Krieg sowohl wie im Frieden, die breiten Volksschichten in einer künstlichen Meeresstille zu bewahren, indem man törichterweise versuchte, sogar den Winden zu gebieten, den Winden der Nachrichten, des Wissens um das wirkliche Geschehen. Aber war dieser Versuch wirklich so töricht und vergeblich? Und Fabio überlegte lächelnd, daß es dem Diktator immerhin gelungen war, durch Vorenthaltung der Wahrheit, der wirklichen Geschehnisse im innern Leben der Nation, sich eines Menschen wie Teresa zu bemächtigen und derart, daß sie ihm sogar diesen verlorenen Krieg verzieh. Und Teresa gehörte zum Herzen des Volkes, während der Advokat Casani zum Beispiel als ein Mitglied der Rechner international war, ob er's wußte oder nicht. Ja, das Herz des Volkes ... Fabio sah den Fürsten, wie er ihm das rote Stoffherzchen mit den Nadeln hinhielt. Nein. Teresas Herz war nicht zerstochen, sie hatte es gut im Hause des faschistischen Advokaten, – aber es fragt sich noch, ob sie selbst mit einem ganz und gar von der Zeit zerstochenen Herzen so untreu sein könnte wie dieser ihr Brotgeber, der in all diesen Jahren um der allgemeinen, von ihm bejahten Geschehnisse willen nicht einen Apfel entbehrt hatte oder gar geopfert! Wenn der Advokat »sacrificio« sagte, war es, um mit einem stolzen Kopfheben an seinen ältesten Sohn zu erinnern, der, in Genua stationiert, nun gewiß zum republikanischen Heere des befreiten Diktators gehörte. Aber sogar von diesem Opfer sich zu befreien, den Sohn nämlich nach Neapel heimzubekommen, war der Advokat soeben eifrig dabeigewesen, als die Ereignisse ihm zuvorkamen und ihn zwangen, nun weiter von seinem »sacrificio« zu sprechen.

Und so ergötzte, ja, tröstete es Fabio ein wenig, als er Teresas Plädoyer für das Bild des Diktators hörte: Treue rührt immer ans Herz, sogar die Treue der Ignoranten. Und er fühlte es schwer, daß er selber noch niemand gefunden hatte, dem er die Treue hätte halten können. Costanza? – ach, sie war ja noch ein kleines Mädchen!

Am folgenden Morgen erschien der Advokat Casani, nachdem er keine Stunde zuvor das Haus verlassen hatte, bleich und verstört bei Teresa in der Küche: wo Fabio sei? Und Teresa: nun, auf seinem Zimmer, wo denn sonst?

»Gott sei Dank«, murmelte Casani und stürzte die Treppe hinauf. Schwer atmend trat er in Fabios Zimmer. Er starrte, nachdem er sorgfältig die Tür geschlossen hatte, seinen Sohn auf eine so erfreute Weise an, daß dieser sich unbehaglich fühlte. Er kannte diesen Ausdruck in den Zügen seines Vaters nicht, ja, wußte nicht einmal, was er zu bedeuten habe. Plötzlich schwand dieses Licht auf dem Gesicht des Mannes, die stets so plastisch wirkenden Augen schienen einzusinken, die kräftigen Gesichtsmuskeln hingen schlaff herab, und er tastete nach einem Stuhl und ließ sich darauf niederfallen.

»Was ist dir, Papa?«

Casani schüttelte sich kurz wie im Fieberfrost, knüllte den Staubmantel auf seinen Knien und warf ihn achtlos und mit einem Ächzen auf den Teppich.

»Mein Gott, Fabiuccio – ich habe mich an dir versündigt ... Ja – verzeih mir, daß ich dich nicht in Sicherheit brachte ... Erschrick nicht, bitte, setz dich – nein, komm, mein Junge! ... Ich hätte dich sofort nach Città morta fahren sollen. Aber ich habe geglaubt, das sei alles nur martialisches Drohen seitens der Deutschen, aber die – oh – erschrick bitte nicht ... Ja, die haben deinen Schulkameraden – den Pietro, ja, den Pietro Mancini – man kann es nicht glauben, aber seine Tante war bei mir heute morgen –«

»Ja, was denn, um Gottes willen!«

»Ja – sie haben ihn erschossen, in Gegenwart – o Gott, es ist wahr! – von Vater und Mutter – erschossen, so wie man einen kranken Hund erschießt – die Mutter ist wahnsinnig geworden.«

Fabio stand schluckend da, die Augen mit einem nassen Glotzen auf den Vater gerichtet. Er konnte nichts sagen, er schüttelte nur einigemal in einem nervösen Zucken den Kopf.

Und der Vater stand langsam auf, näherte sich dem Sohn mit weit gebreiteten Armen und riß ihn an seine Brust. »Fabiuccio figliuolo mio, verzeih mir ... Ich habe es nicht geglaubt, ich hielt die Deutschen für Menschen, ich hatte Respekt vor ihnen!«...

»Nicht doch, Papa!« Fabio schwindelte es bei diesem Ausbruch des Vaters, er war überdies verlegen – und zugleich von allen Gefühlen der Großmut bedrängt. »Wie konntest du es wissen, Vater! Du hast keine Schuld, nicht die geringste! Sie werden mich schon nicht finden!«

Casani saß wieder, die würdige Gestalt ganz zusammengebrochen, auf Fabios Kautsch. »Sie suchen« – murmelte er, »wir müssen dich verstecken. Wir haben hier Gott sei Dank keinen Portier, – den Pietro hat der Portier denunziert. Pietro hatte ihn geohrfeigt, zwei Tage zuvor, der Portier hatte Benzin aus der Garage gestohlen. Sie hatten den Pietro in der Wohnung, in einer Nische hinter einem Schrank versteckt. Dort holten ihn die Deutschen heraus, sie klopften sogar die Wände ab. Sie kommen mit Plänen von den Wohnungen, sie wissen alles! Es sind richtige Teufel! Was machen wir nur?« Und gleich hinterdrein, mit einem nicht begreifenden Kopfschütteln auf den Boden starrend: »Vor den Augen der Eltern! Hat man je so etwas gehört? Und kein Verbrechen beging dein Schulfreund, keines, – als daß er bei den Eltern bleiben wollte, in so einer Zeit! Mich hat ein Araber vor meinem Bataillon, in Derna war's, insultiert; er kam auf einem Eselskarren und warf mir in eine englische Zeitung gewickelte Gemüsereste an den Kopf, ein Rasender! Nun – ich hätte ihn können auf der Straße erschießen lassen, es war sogar meine Pflicht! Aber ich habe es anders gemacht. Ich ließ ihn einsperren, prügeln und sprach dann mit dem Mann – eine halbe Stunde lang. Ich sagte ihm zum Schluß nur dies: daß er jeden Tag seines ferneren Lebens mir, einem italienischen Offizier, verdanke!«

Und plötzlich auffahrend: »Ach, Fabiuccio, was sollen wir beginnen?«

In dieser Nacht kam man zu keinem Beschluß. Die Mutter, wenn sie einmal aus ihrem Weinen und Jammern sich in das Überlegen der beiden Männer mischte, brachte vollständig unbrauchbare, ja, an Geistesgestörtheit grenzende Pläne vor: Fabio sollte sich zuerst in das Bett der Eltern legen, zwischen die Matratzen; oder: er sollte Tag und Nacht auf dem flachen Dach liegen, hinter der Schornsteinmauer verborgen; er sollte auf der Pinie im Garten sich ein »Stühlchen« festnageln und da oben sitzen, »wenn es gefährlich« sei; zuletzt wollte sie ihn gar in einen Sack stecken und, ihrem Mann ins Auto vor die Füße gelegt, nach Città morta zur Großmutter versandt wissen. Und nach jeder mit schonender Rücksicht erfolgten Ablehnung eines ihrer Vorschläge sprang sie auf und begann entweder Fabio zu herzen und zu küssen, oder die Deutschen, »diese teuflischen Banditen«, zu verwünschen. Es war eine lange Nacht.

XII

Frau Casani war noch im Badezimmer, und der Advokat hatte erst vor einer halben Stunde, zu einem kurzen Inspektionsgang in die Nachbarschaft, das Haus verlassen, als, es ging gegen elf, eine Vinzentinerin am Gartentor schellte. Teresa bat die Nonne herein und führte sie, da sie glaubte, sie komme, Almosen zu heischen, in die Küche. Doch die Nonne fragte statt dessen, ob Fabio zu Hause sei. Daß eine Ordensfrau sich nach einem jungen Herrn erkundigte, kam Teresa sofort verdächtig vor. Und so sagte sie mit der harmlosesten Miene, – der Signorino? Oh, der sei seit einer Weile bereits bei der Großmutter in Città morta. Ob sie etwas ausrichten könne? Die Worte der Köchin klangen so einfältig wahr, und ihr Fett auf den Wangen verbarg derart gleichmütig drall jede Erregung, daß die Vinzentinerin mit einem grimmigen Verziehen der schmalen Lippen ausrief: »Hol der Teufel alle Großmütter! Da komm ich also zu spät!« Als Teresa die Augen aufriß, lächelte die Nonne: »Sie müssen wissen, Fabio und ich haben lange Zeit denselben Strohsack geteilt! Im Poggio reale, schauen Sie mich doch nicht so verdammt blödsinnig an ... Ach so – richtig – meine Uniform! Ja, ich hab mich hübsch gemacht, wie? Gucken Sie, hier!«

Und die Nonne riß die Röcke hoch, und Teresa sah, ohne das geringste zu begreifen: männliche Hosenbeine. Sie stand zwischen Gasherd und Spülstein und sie hätte sich noch weiter vor der unheimlichen Erscheinung zurückgezogen, wäre da nicht die Wand in ihrem Rücken gewesen. Sie lehnte dagegen und zitterte.

»Aha«, grinste die Nonne und ließ die Röcke fallen, »du hast mich also betrogen, Mädchen! Aber keine Angst! Übrigens, du bist ein ganz appetitlicher Fleischkloß! So was hat man gerne, nach all der Diät, die uns der Staat in seinem Kloster zumutet.«

Und Teresa sah, wie das Gesicht mit den schwarzen, gierig flimmernden Augen unter den Flügeln der weißen Haube sich langsam näherte; sie sah nur das Gesicht: wie ein brauner, glatter Käferleib unter den weißen, starren Flügeln! ... Und schon schrie sie kreischend auf, stöhnte dazwischen, und noch ehe das »Mostro«, wie sie stammelte, sie fest umschlungen hatte, war Frau Casani im Morgenrock die Treppe herabgeeilt, nachdem sie zuvor Fabio in seinem Zimmer abgeschlossen und den Schlüssel zum Fenster hinaus in den Garten geworfen hatte.

Als sie in die Küche trat, stieß auch Frau Casani einen kurzen Schrei aus und griff sich ans Herz. Die gegen die Köchin andringende und sie fest umschlungen haltende Nonne aber, kaum daß sie Frau Casani vernahm, drehte sich herum, verbeugte sich und sagte: »O Pardon, gnädige Frau – ich bin nämlich ein Freund Fabios und möchte den Kleinen in Sicherheit bringen!«

Als Frau Casani nun, noch immer nichts begreifend, den Kopf schüttelte, lachte die Vinzentinerin harmlos, hob aufs neue die Röcke und sagte: »Bitte, gnädige Frau, sehen Sie, alles echt! Nicht wahr – Dickerchen?« Er wandte sich gegen Teresa, die, rot und weiß, nun endlich aus ihrer Erregung zu sich kam und mit einem fauchenden Laut, der schwer zu enträtseln war, die Küche verließ.

»Aber hören Sie«, sagte Frau Casani fassungslos und raffte den Morgenrock auf der Brust zusammen. Und dann, als wollte sie durch den Wechsel des Schauplatzes sich von den unangenehmen Eindrücken befreien und auch um sich zu fassen, ein wenig Zeit gewinnen, fuhr sie fort: »Kommen Sie, bitte!« Sie trat dabei in den Gang hinaus.

Und sie führte den seltsamen Besuch in den Salon und begann hier mit einer neuen, einleitenden und zeremoniellen Stimme: »Sie sind also keine – keine Ordensfrau?« Sie wies dabei dem Gast einen Sitz an und setzte sich selber; ihre Rechte hielt sie, den Morgenrock zusammenraffend, immer noch am Halse.

»Ich glaube das verneinen zu können«, fiel der Besuch ein, »ich bin vielmehr jener gewisse Dino aus dem Poggio reale. Fabio muß doch von mir erzählt haben!«

»Ja? ... Ach, so! ... Ja, er hat von Ihnen erzählt! Und Sie wünschen?«

Dino warf ungeduldig ein Bein übers andere, die Röcke rauschten.

»Wie gesagt: ein Gott wohlgefälliges Werk zu tun und Ihren Jüngsten in Sicherheit zu bringen, das wünsche ich. Wenn Sie wollen, bring ich ihn zur Großmutter, wo er angeblich schon sein soll. Bringen Sie mir den Knaben Absalom mal her, ich habe für ihn in meinem Nonnensack«, Dino zeigte auf seine altertümliche Reisetasche, »noch so eine vollständige Ausstattung für eine

Braut Christi. Wir ziehen noch heute los. Wo wohnt diese Großmutter?«

»In Città morta!« sagte Frau Casani, schockiert und zuvorkommend zugleich, sie lächelte wie ein kleines Mädchen, das beim Arzt ist. »Nein«, sagte sie so, »sind Sie ein Original! Aber daß Sie die Köchin so erschreckten!«

»Unsinn!« Dino schlug, den weiten blauen Ärmel zurückstreifend, mit der Hand verächtlich durch die Luft, »reden Sie nicht von Erschrecken. Gewiß, im ersten Augenblick – eine Nonne mußte diesen Backofen enttäuschen. Aber sobald das Dickerchen merkte, was hier in Frage stand, war sie sofort beruhigt. Schade, daß Sie drüber kamen, gnädige Frau!«

»Aber hören Sie mal – in meinem Haus hier – in meiner Küche!«

»Das hat mich nicht im geringsten gestört. Ich bin seit anderthalb Jahren ohne Frau! Wissen Sie, was das bedeutet? Nein, natürlich nicht, Sie haben ja einen Mann!«

»Aber, Herr –«

»Sagen Sie Dino zu mir, ich bin kein Herr! Und will nie mehr einer sein! Aber daß ich ein Mann bin, ein junger Mann, davon wollen Sie nichts hören. Sonst würden Sie mich zehn Minuten allein mit Ihrer Köchin lassen, das wäre menschlich. Und die hätte nichts dagegen, hab ich gemerkt, sie hat nur was gegen eine Nonne einzuwenden, und von ihrem Standpunkt hat sie ganz recht.«

»Ich rufe Fabio«, sagte Frau Casani nach Atem schnappend und ging schnell hinaus. Die Vinzentinerin lachte, sie hielt dabei ihren Rosenkranz gefaßt und ließ das Kreuz daran im Kreise schwirren. »Ja – gnädige Frau, bitte holen Sie ihn, kleiden wir ihn ein, er ist ohnehin zu gut für diese Welt!«

Als der Advokat Casani nach Hause kam, stieß er im Garten auf zwei Vinzentinerinnen, die da auf und ab gingen; die eine redete mit heftigem Gestikulieren und unterdrücktem Lachen auf die andre ein. Er näherte sich langsam, zog den Hut und machte eine fragende Verbeugung –, doch noch immer nicht erkannte sein von Sorge verhangener Blick den Sohn. Er blieb stehen, starrte ihn an, und die beiden, die ihn würdig anlächelten, bemerkten, wie seine Augen nun verstehend wurden. »Ausgezeichnet«, murmelte er, sich vorsichtig umblickend, »mein Gott, warum kam ich nicht auf diese Idee?« Und hastig zu Dino gewandt: »Sie sind eine Vinzentinerin? – oder wie mein Sohn – Irre ich mich doch?«

»Wie Ihr Sohn« – Dino nickte würdig, »aber man hält mich unbedingt für echt, wie?«

»Unbedingt!« Der Advokat musterte die beiden, sein Gesicht wurde streng und kritisch. »Nein, Fabio, warte, ich rasier dir noch den Flaum ab.«

»Nicht nötig«, sagte Dino kennerhaft, »hierzulande habe ich an Nonnen häufig Flaum bemerkt.«

»Aber nicht an jungen«, sagte der Advokat eifrig und er bestand darauf, daß er Fabio mit einem »Gilette« ein wenig »korrigiere«. Das alles geschah seitens des Advokaten mit großem Ernst und Eifer. Als er fertig war und den Sohn mit dem Puder der Mutter gleichmäßig gelb betupft und die Spuren von dem weißen Kragen fortgeblasen hatte, atmete er auf: »Cosi«, sagte er, »nun bis du nicht mehr zu erkennen!«

Erst als sie zu Tisch gingen, die beiden jungen Männer in ihrer Vinzentinerinnentracht, fragte der Advokat zu Dino gewandt, wen er nun eigentlich als den »Retter« seines Sohnes begrüßen dürfe, worauf Dino, der neben dem Advokaten seinen Platz einnahm, sagte: nun, er sei ein aus dem Poggio reale entsprungener Delinquent, »ja, so kann man wohl sagen«, er nickte und blickte den Advokaten genießerisch an. Fabio fiel an dieser Stelle ein: – es sei Dino, der Neffe des Fürsten di A.

»Ach, so«, sagte der Advokat und füllte Dino das Glas, »sehr erfreut, Sie endlich einmal kennenzulernen. Wir sprachen häufig von Ihnen.«

»Ach, was!« Dino tat sehr erstaunt, »über mich? Hier an diesem Tisch? Nicht möglich! Das hast du gewagt?« er blickte Fabio in leisem Verhöhnen an – »du bist aber tapfer. Von den Folgen freilich habe ich wenig bemerkt.«

Casani sagte, das Glas gegen Dino hebend: »Ihr Onkel wollte nichts für Sie tun, sagte mir mein Sohn, ich habe das sehr bedauert. Nun, zum Wohl!« Und als sie getrunken hatten, fragte Casani, auf welche Weise er sich denn nun »fortgemacht« habe?

Fabio saß, das Gesicht über seinen Teller gesenkt, da, während Dino erzählte, wie er sich »herausmanövriert« habe. Durch seine Mutter, die Schwester des Fürsten di A., habe er erfahren, daß dieser nach der Vernichtung seines Palastes unauffindbar geworden war. Sofort nun sei er zum Gefängnisdirektor gegangen, um dem zu erklären, sein Onkel, der Fürst di A., habe sich, die Ankunft der Alliierten zu erwarten, heimlich in Sicherheit gebracht. Sein angesehener Name und seine bekannte Feindseligkeit zur Diktatur sichere ihm bei dem anrückenden Feind einen bedeutenden Einfluß. Er nun, Neffe dieses Mannes, der bald in Neapel »ein gewichtiges Wörtchen« zu reden habe, ersuche den Direktor höflichst, ihn sofort freizulassen, mehr habe er ihm nicht »mitzuteilen«.

»Ich kann Ihnen sagen, Avvocato, der Herr Direktor war wie Wachs unter meinen Händen, genau wie die Jesuiten es von einem Beichtkind wollen.«

»Wo ist der Fürst?« fragte der Advokat mit ausdrucksloser Miene.

Dino zuckte die Achseln: »Was weiß ich! Vielleicht ist er in ein Kloster entschwunden! Wohlbemerkt, ohne sich um mich zu bekümmern. Liebenswürdige Verwandtschaft, wie?«

Manchmal lachte Frau Casani plötzlich auf, einfach weil sie sich an das Bild dieser beiden Nonnen, davon die eine so traurig, die andre so ausgelassen war, nicht gewöhnen konnte. Dann kamen ihr zwischendurch wieder die Tränen, wenn sie an die bevorstehende Trennung von Fabio dachte, an die Gefahren der Reise. Aber auch dieser seltsame Neffe des Fürsten di A. war in ihre Rührung eingeschlossen, hatte er doch an Fabio nach so langer Zeit noch gedacht. Und so sagte sie: »Was sind Sie doch für ein vornehmer Mensch, Dino; darf ich einfach Dino sagen?«

»Warum nicht, Signora! Aber vornehm, ich? Wieso?«

»Weil Sie an Fabio dachten, fragen Sie doch nicht so bescheiden!«

»Bescheiden, ich? Nein, ich muß Sie enttäuschen, ich bin weder vornehm noch bescheiden, wirklich nicht! Fabio hab ich gern, das ist wahr, einfach so ... Aber die Sache hat trotzdem einen Haken, Herr Advokat!« Er wandte sich unvermittelt an Casani.

»Bitte nicht«, fiel Fabio ein, rot bis in den gestärkten Schleier hinein, »das regle ich hernach mit meinem Vater!«

Casani blickte gespannt die beiden jungen Männer an, bald den Sohn, bald diesen andern, diesen – und er lächelte höflich.

»Wieso?« machte Dino, »das ist eine saubere geschäftliche Angelegenheit. Hören Sie zu, Herr Advokat. Ich erfuhr über meine Organe, daß Fabio noch in Neapel sei. Ich war frei, hatte aber keinen Pfennig Geld, habe auch jetzt noch nichts. Und da wollte ich Sie um einen kleinen Zehrpfennig angehen. Fabio täte ich den Dienst selbstverständlich umsonst, jawohl, nur um ihm zu zeigen, wie man andern hilft!« Fabio beugte sich tiefer über den Tisch. »Aber zu Ihnen, Herr Advokat, stehe ich in keinerlei Beziehungen; ich tue Ihnen einen ziemlich wertvollen Dienst, und Sie bezahlen mich dafür! Sind wir klar?«

»Aber natürlich«, murmelte Casani und nickte ernst, »wir sprechen gleich darüber.«

»Gleich? Warum nicht jetzt? Wie hoch schätzen Sie den Dienst ein? Sie gestanden ja selbst im ersten Augenblick, daß Sie nicht auf diese Idee gekommen wären. Und ich hörte von Fabio, daß man hier sehr verzweifelt war – aus Mangel an Phantasie! Aber das macht nichts! Mangel an Phantasie jedoch muß immer teuer bezahlt werden: von Einzelwesen und ganzen Völkern! Also wieviel?«

»Mein Gott – Sie sind aber – direkt –«, murmelte der Advokat und blickte auf seinen Teller. Frau Casani hatte sich erhoben und war hinausgegangen –, nach dem Kaffee zu sehen, wie sie sagte.

»Fünfzigtausend?« sagte Dino so, die Flügelhaube kurz drehend und Casani gelassen halb von oben her anblickend.

Casani erhob sich. »Einen Augenblick«, sagte er trocken, verschwand eine Weile, und als er wiederkam, legte er einen Briefumschlag auf den Tisch.

Von diesem Augenblick an saßen sie ziemlich schweigsam da. Dino allein schien seine gute Laune behalten zu haben. Er gab Fabio seinen »Nonnennamen« und nannte ihn nach einigem Nachdenken »Schwester Amanda«, während er sich selber als »Schwester Maria del buon consiglio« vorstellte. Und er fragte, ob es in Città morta ein Kloster der Vinzentinerinnen gebe. Als ihm Fabio das bestätigte, war er sehr zufrieden: »Also – ich bin die neuernannte Oberin dort, und wir müssen sofort aufbrechen!«

Damit erhob er sich. Doch der Advokat fragte, ob denn alles in Ordnung sei. Fabio habe noch keine neue Identitätskarte. Dafür müsse man unbedingt sorgen.

»Verdammt noch mal, richtig, Sie sind aber gründlich, Herr Advokat! Einen Menschen wie Sie könnten wir eigentlich brauchen ... Sie können das, Identitätskarten besorgen? Das will ich mir merken. Also bitte auch eine für mich. Augen schwarz, 24 alt, Geschlecht: weiblich, ledig, keine besondren Merkmale.

Das andre machen Sie nach Belieben. Schwester Maria del buon consiglio. Gut! Aber wann haben Sie das Ding gedreht?«

Casani hob das Gesicht, nein, die Nase; es schien, als strebte er einem höheren Bereich des Denkens oder zumindest des Ausdrucks entgegen.

»Sie müssen diese Nacht mein Gast sein«, sagte er kühl, »bis morgen früh kann ich euer beider Papiere in Ordnung gebracht haben.«

»Gut, Avvocato! Papiere in Ordnung bringen – den Ausdruck werde ich mir merken!«

Im Laufe des Nachmittags gingen die beiden Nonnen in die Stadt und ließen sich bei einem Schnellphotographen Paßbilder machen, sie kamen nach drei deutschen Soldaten an die Reihe.

Beim Abendbrot fehlte der Advokat. Frau Casani sprach ausschließlich von Herzensdingen, von der Großmutter und der Hoffnung, daß sie »gewiß gut über die Berge« kämen, sie sollten von Castellamare an zu Fuß gehen, »quer durch die Berge, denn der Weg nach Sorrent, so sagte der Vater, ist noch von den Deutschen blockiert.«

Die beiden jungen Männer sollten in Fabios Zimmer schlafen, wo Teresa für Dino ein Feldbett aufgeschlagen hatte. Für den Fall, daß eine Militärstreife das Haus durchsuchte, hatte Frau Casani krank zu sein, und die beiden Schwestern waren ihre Pflegerinnen. So behielten die beiden Männer ihre Tracht auf dem Leibe, nur die Hauben hatten sie abgelegt. Kaum daß es dunkel geworden war, begann Dino: »Ach, haben Nonnen es doch gut! Keine Wanzen und ein Bett ganz allein für sich. Das WC im richtigen Abstand, und die Ausweispapiere immer in Ordnung! Ja, Schwester Amanda«, und hier ließ der Sprechende seine Stimme ins Falsett übergehen, »und dann noch Ihre reine Nachbarschaft! Wenn ich bedenke, wie der gute Schöpfer Ihrer vom Mutterleibe an gedacht hat und Sie mit so vielen Vorzügen des Geistes und der Seele ausstattete, ja, Sie richtig überschüttete mit einem Reichtum edler Eigenschaften ... Vor allem Ihre Güte, Schwester Amanda, die Sie bei Tag und Nacht zur Ausübung leiblicher und seelischer Barmherzigkeit drängt. So haben Sie in den verflossenen zwei Monaten, fast zweieinhalb Monaten, tatsächlich ein halbes Kilopäckchen zustande gebracht! Auch nur ein halbes Kilo Lebensmut in den Kerker schicken, ah – Schwester Amanda, das hält die Gemüter hoch, denn die Gefangenen sind, wie Sie ja wissen, so bescheiden und über alles erfreut, sogar über einen Brief, davon Sie sogar zwei schrieben, darunter eine erbauliche Absage an den Geist der Selbstbefreiung.«

»Dino – verzeih mir doch –«, stöhnte Fabio, seine Augen blickten weit aufgerissen über sich ins Dunkel, ins Bodenlose.

»Nein, Schwester Amanda, ich muß es Ihnen sagen, Ihre stets ein wenig feuchten grauen Augen leuchten in einem solchen Mitgefühl mit jeder Kreatur, daß ich mich jedesmal wunderte, wenn Sie es fertigbrachten, eine unsrer damaligen Zellenbewohnerinnen in der Waschschüssel zu ersäufen – eine Schwester Wanze, meine ich. Und dann gingen Sie, liebe Schwester Amanda, und überließen uns unserm allerdings wohlverdienten Schicksal, wobei Sie schließlich nicht sonderlich zu tadeln sind, dachte doch selbst mein Oheim nicht anders, der ja, wie Sie nun vielleicht wissen, eine ausgezeichnete Meinung von sich selber hat. Im Grunde, liebe Schwester Amanda, ist Ihr Verhalten durchaus menschlich, und niemand darf Ihnen Vorwürfe machen, nur – sind Sie leider ein dauerndes Versprechen und somit eine dauernde Enttäuschung.«

Es wurde still. Nach einer langen Weile kam Dinos Stimme wieder, aber jetzt ohne spielerische Verstellung: »Ich wurde übrigens selten in meinem Leben enttäuscht von Menschen, weil ich mir selten etwas vom Menschen erwartete. Aber in diesem Falle . . . Daß du kein Komplice werden wolltest, das begreife ich. Aber dein sonstiges Verhalten . . . mir unerklärlich!«

Fabio sagte tonlos: »Eine Erklärung wäre eine Entschuldigung, und ich kann mich nicht entschuldigen. Ich verstehe deine Enttäuschung, Dino, glaub es mir, ich verstehe sie bis auf den Grund! Es ist schrecklich, enttäuscht zu werden, ich weiß es, ich habe es erfahren! Jeder ist derart mit sich selbst beschäftigt – es ist schändlich!«

»Übrigens – damit wir uns nicht mißverstehen, Fabio – wäre hier bei euch nichts zu holen gewesen, hätte ich mich allein fortgemacht. Ich möchte mich nicht besser machen, als ich bin! Ich wollte dich auch nicht mit Großmut beschämen – im Gegenteil! Das heißt – das ›im Gegenteil‹ ist zu tilgen, ich meine: ich brauchte Geld, das ist der ganze Grund. Und da bat ich meine Mutter um ein zweites Nonnenkleid. Das konnte ich, denn die Schwester meines Vaters ist Oberin bei diesen frommen Hubschrauberinnen. Hast du jetzt den Beweggrund meiner guten Taten verstanden?«

Fabio biß die Zähne aufeinander, endlich sagte er: »Dino, du hast mich damals auf eure Zelle geführt und mich davor bewahrt, in meine mir bestimmte Zelle gehen und den ganzen Greuel des Poggio reale erleben zu müssen. In jenem Augenblick wußtest du nicht, daß du durch mich deine, eure Lage erleichtern könntest!«

»Unsinn«, Dino lachte durch die Nase, »ich sah dir sofort an, daß du aus einem reichen Hause sein müßtest. So hilflos und entsetzt kann nur einer dreinblicken, der sich per Zufall in so einen staatlichen Saustall verirrt hat und nicht lange zu bleiben gedenkt. Gewiß, du warst mir sympathisch, aber auch ein Hund oder eine Katze kann einem sympathisch sein – du verstehst!« Und nach einer Pause: »Ich wollte dir nur sagen: bilden wir uns nichts ein! – Und erwarten wir nichts von andern, von unsern sogenannten Mitmenschen oder gar unserem ›Bruder‹, wie du ein paarmal sagtest, als du noch die Küchenschabensuppe mit uns teiltest. Diese christliche Terminologie ist längst abserviert, sie hat nie die Wahrheit ausgedrückt, sondern lange genug dazu gedient, den wahren Sachverhalt zu vertuschen. Wer sich noch weiter dieser Sprechweise bedient, muß damit rechnen, als ein nachplappernder Dummkopf angesehen zu werden oder als ein Angsthase, der das wahre Verhältnis der Menschen zueinander nicht sehen will, oder: er ist am christlichen Geschäft mit Einlagen beteiligt und kann es begreiflicherweise nicht dulden, daß man diesen ganzen Schwindel mit dem hypothekarisch tausendmal überbelasteten Christentum aufdeckt. Die Banca dello spirito santo ist kein reelles Unternehmen mehr, das wissen wir nun allmählich, wenigstens wir zwischen zwanzig und dreißig, und wir wissen's aus Erfahrung. Einfach uns mit Behauptungen zu kommen, es ist so, oder gar noch frecher: es muß so sein! angesichts einer Stadt wie Neapel – beschränken wir uns ruhig auf unseren Erfahrungskreis, er ist groß genug! – das ist doch eine Herausforderung. Oder glaubst du, die Rundungen am ekklesiastischen Leibe der neapolitanischen Prälaten resultierten aus der ihren Brüdern in Christo vom Staat bewilligten Fettration? Glaubst du, daß in den Klöstern in diesen Jahren gehungert wurde oder in den Pfarrhäusern? Oder hat etwa mein Malteseronkelritter täglich zehn Arme durchgefüttert, was er doch leicht gekonnt hätte? Und wenn sie schon, alle diese von Beruf und Neigung frommen und christlichen Seelen, den häßlichen und niedrigen Bereich des Magens einfach als ungeziemend aus dem Bereich der christlichen Brüderlichkeit ausschlossen, meinetwegen! – aber die andern Bereiche? Stellte man etwa öffentliche Bauten, sagen wir sogar nur zum Teil, den Armen zur Verfügung, die ohne ihre Schuld, einfach nach dem Willen Gottes, welcher sich neuerdings nur noch in Bomben und Hunger ausdrückt, ihre elenden Schlupfwinkel verloren hatten? Es gibt Schlösser, Kirchen, halbleere Klöster und in Massen leerstehende Villen von aufs Land geflüchteten Reichen; ja, es gibt so unendlich viel Raum im christlichen Neapel: aber die Brüder im Herrn hausen in den Unterführungen, in den Untergrundbahntunnels, in Stollen, unter Brücken, im Freien, wo die Liebe Gottes im Menschen für sie soviel Platz ließ. Und sie verdrecken und verlumpen, und ihre Kinder wühlen wie die Säue im Abfall, derweil mein Onkel in seinen achtzehn leeren Zimmern umherwandelt und das Brevier betet, ein Cavaliere di giustizia, der genau weiß, wie er Gott und seinem Gewissen auf die bequemste Weise dient. Ich kann nur noch lachen und »bravo« sagen, wenn so einem in einer gar nicht mehr vorhandenen Welt einherstelzenden Trottel eine Bombe aufs Dach fällt und mal Ordnung schafft! Ja, in meinen Augen fängt die neue Ordnung genau da an, wo die alte zusammenbricht! Und es muß soviel zusammenbrechen, daß die von ihrer eigenen Dummheit gerittene Masse es endlich merkt, was eigentlich los ist. Und es kommt dann der Augenblick, da das Blut von San Gennaro flüssig wird, ohne daß sich in irgendeinem Herzen noch etwas rührt. Die Leute werden sich mit den Ellbogen anstoßen und laut zu lachen anfangen, das ist der große Augenblick, und er kommt! Und der Herr Erzbischof muß endlich versuchen, auf andere Weise Begeisterung in den Herzen zu erwecken – oder er kann einpacken und gehen. Ja, sie sollten das Blut in Wallung bringen – aber das in uns, und das haben sie nie fertiggebracht, oder nur in Zeiten, da wir noch nicht wußten, daß dies alles Humbug und Lüge ist!«

»Möchtest du nicht lieber schlafen, Dino?« flüsterte Fabio, als die kalt inbrünstige Stimme neben ihm einen Augenblick abbrach, doch er fragte gleich hinterdrein: »Du bist Kommunist?«

»Gesù«, stöhnte Dino in Hohn und Wut auf, »diesen Schritt überlaß ich dir und deinesgleichen! Ihr müßt ja immer eine

Kirche haben! Wenn man euch nicht Nägel ins Gehirn schlägt, seid ihr nicht zufrieden!«

»Aber wie willst du deine Ideen – sehn wir einmal davon ab, ob sie wahr oder falsch sind – durchsetzen?« Fabio war sehr müde, er dachte eigentlich an seine Mutter, an seinen Vater und Teresa, an sein Zimmer und die Bücher, an alles, das ihm so gleichgültig erschienen war und daran er nun doch in der letzten Nacht vor seinem Abschied denken mußte.

»Durchsetzen? Ideen? Hör mal, Fabio – du kennst mich also immer noch nicht! Ich will gar nichts durchsetzen als mich selber, ich will leben, und zwar nicht wie ein von der Zivilisation abgerichteter Hund, das ist alles! Ich will zum Beispiel nicht mehr in ein Gefängnis, nie mehr! Und um diese herrliche Idee durchzusetzen, stehen mir zwei Wege offen, zwei sehr verschiedene allerdings. Der eine heißt: das Gesetz zu paralysieren, durch Reichtum und Beziehungen und Heuchelei; der andre: das Gesetz einfach zu ignorieren, durch Selbstschutz! Der erste Weg, jener der gehobenen bürgerlichen Sicherheit, mag von Advokaten, Konservenfabrikanten, Bischöfen, Präfekten und ähnlichem Gewürm beschlichen werden, mir liegt er nicht. Ich bin Manns genug, um, mit freien Männern vereint, mich gegen das Gesetz zu wehren! Früher schützte man sich gegen Räuber, heute gegen den Staat. Räuber kommen leider nur noch selten vor, dieser anständigste aller Berufe ist am Aussterben. Ich werde es mir noch überlegen! Ich habe mir das noch gerade heute abend überlegt, wie hübsch das sein müßte, wenn so eine Vinzentinerin dem Herrn Advokaten die Pistole auf die Brust setzte, derweil Schwester Amanda oder Adele den guten Mann bindet und die Frau des Hauses ins Badezimmer sperrt und die Köchin in die Vorratskammer, mit Schalldichtungen im Munde, versteht sich. Und dann nimmt Schwester Maria del buon consiglio die Wertsachen an sich und läßt den Advokaten noch kurz das Kreuz am Rosenkranz küssen. So ein Beruf muß doch, auch von der seelischen Seite her gesehen, einen Menschen ausfüllen!«

Fabio tat, als lachte er. »Du bist noch immer derselbe, Dino, du solltest Schauspieler werden.«

»Das fehlte noch! Ich bin für eine Welt ohne Schein, verstehst du, auf allen Gebieten – das heißt, was die andern machen, ist mir einerlei! Du kannst dir gar nicht vorstellen, wie gleichgültig mir die andern sind, die Mitmenschen, die Brüder im Herrn!«

»Ach«, Fabios Stimme schien vergnügt, »dann bist du ja genau das, was du vorhin im langen und breiten an uns Christen aussetztest.«

»Mit dem Unterschied, daß ich nicht wissentlich, und ohne zu erröten, hohle Nüsse verkaufe. Ich sage jedermann, der bei mir Nüsse kaufen will: es gibt überhaupt keine ernst zu nehmenden Nüsse auf der Welt! Und wo man euch welche anbietet, sind sie bestimmt hohl!«

»Du willst also doch jedermann etwas sagen? . . .«

»Nur wenn man mich fragt!« das kam beinah grob. »Natürlich«, begann er nach einer Weile, »ich bin noch zu jung, um ganz gleichgültig gegen die andern zu sein. Aber das kommt bei mir mit der Zeit so gut wie bei einem Bischof oder einem Mönch oder einem Richter, einem Kaufmann! Wenn ich dann so weit bin und ein Mädchen liebe, sage ich ihm ganz offen: Bitte, Maria, bitte, Costanza, das ist, was wir da zwischen uns fühlen: Leidenschaft! Sie gehört weder dir noch mir. Ich gebe dir nichts, du gibst mir nichts –, wir küssen und umarmen uns, weil das angenehm ist! Falls aber diese Leidenschaft nicht einmal angenehm ist, dann ist die Sache noch klarer: man liebt, weil man es nicht lassen kann! Ja, Fabio, auch so geht es, und so ist alles viel sauberer, ehrlicher! Liebst du übrigens – ein Mädchen, bist du entbrannt?«

»Ich?« Fabio zögerte, »ich glaube, das, was ich für ein gewisses Mädchen fühle, ist noch nicht Liebe zu nennen.«

»Warum nicht?«

»Sie ist sehr schön! Und jung und reich, ihre Familie ist eine der bekanntesten von Italien – dem Namen nach, es hängt soviel Glanz an ihr, geschichtlicher Glanz an ihrem Namen! Und sie ist sogar intelligent! Sie hat nichts an sich, wo sie mir leid tun müßte, – ich weiß nicht! Sie sieht aus wie ein etruskisches Vasenbild – braun, mit schräg gesetzten Augen – wirklich, ein Bild! Aber ich könnte, wenn ich so ehrlich wie du überlege, ihr nicht den kleinen Finger opfern, verstehst du, um ihretwillen leiden . . . das bedrückt mich!«

»Na also«, Dino lachte hinter seinen Worten flüchtig her. »Und daß sie dich liebt, auf dieselbe Weise, wohlbemerkt, nimmt mich nicht wunder. Du bist gewachsen – fast hätte ich gesagt, wie ein Apollon! Und so ein gefühlvolles Herzchen! Das muß ja ein Mädchen entflammen. Aber was ist daran besonders! Blei schmilzt bei, glaub ich, 327 Grad, Silber bei – sagen wir 900 Grad. Alles ganz exakt! Ihr braucht euch nicht gegenseitig danke schön zu sagen, für nichts und nie!«

»Nein? Trotzdem danke ich dir, daß du kamst!« Fabio schloß die Augen in der Dunkelheit, »und ich glaube dir nicht alles, wenn du dich selber so kalt darstellst, so berechnend, so gleichgültig.«

»Dann irrst du dich eben«, Dino lachte wieder, aber auch er schwieg, nach einer Weile hob er wieder an: »Das ist übrigens eine weitverbreitete christliche Taktik, die du anwendest: an das sogenannte Böse – nämlich an das, was euch im Menschen stört – nicht ernstlich zu glauben oder doch nicht so ernst, wie ihr konsequenterweise es tun müßtet. Es ist doch immer noch etwas Gutes im Menschen, nicht wahr? ... Aber weißt du, das sogenannte Gute in einem Schlupfwinkel des menschlichen Herzens zu vermuten, ist nichts als Feigheit deinerseits vor einem Befund, der dir freilich angst und bange machen muß, dir – nicht mir! Ich betone: Sympathie hat nichts mit Liebe zu tun, mit der christlichen, du verstehst! Schon allein darum nicht, weil es die letztere ja gar nicht gibt, weil sie nur eine unbegründete Voraussetzung unserer heimlichen Verzweiflung ist, deren Druck uns das Leben sauer macht, bis wir ehrlich werden und diese ganze Honigschmiere abtun. Immerhin: deine christliche Liebe hat es nicht vermocht, uns drei arme Teufel mit Zigaretten zu versorgen. Meine klare Rechnung auf gegenseitige Hilfe, ganz ohne Gefühl, sondern aus reiner Nützlichkeit, schafft dich morgen aus der Reichweite der Deutschen.«

»Schlafen wir jetzt doch, wir müssen morgen früh heraus«, bat Fabio.

»Meinetwegen! Nur noch dies: was mich an dieser christlichen Liebe so ganz besonders anekelt: vor kurzem, als ich noch alles las, lesen mußte – man hatte ja nichts, las ich auch in so einem religiösen Giftschmöker. Der Verfasser – nicht einmal ein Jesuit! – unterschied zwischen ruhigen und bewegten Zeiten im Leben der Kirche. In den ruhigen, meint er, könnten sich die christlichen Tugenden nicht alle, zumal die heroischen nicht oder doch nicht so sichtbar, entwickeln; aber in den bewegten Zeiten, da könne man seine blauen, er schrieb: himmlischen Wunder erleben, dann erkenne man, daß die stillen Zeiten nur Vorbereitung gewesen seien auf diese »Glanzstunden«, so ähnlich schrieb der Laffe. Ja, er schrieb von Glanzdarstellungen auf dem göttlichen Theater der Weltgeschichte, wo plötzlich alle christlichen Tugenden in überlebensgroßer Gestalt erschienen – und so weiter! Ehrlich gesagt, ich war verblüfft über soviel Routine im Lügen, über soviel himmelschreiende Frechheit! Wenn ich auch nur unterlebensgroße Tugendgestalten in dieser Zeit erblickt hätte, Tugendknirpse, kirchliche Zwergheilige – ah, ich wäre zumindest vorsichtiger mit meinem Reden, denn ich möchte mich nicht blamieren! Aber was ich von der Kirche in dieser Zeit sah, bevor ich eingelocht wurde, damals also, als noch der Sieg unser zu sein schien, nun: brave christliche Duckmäuser unter dem Tyrannenjoch, das sie sich so bequem machten, wie es ging. Und Weihwasser auf die Kanonen und Gebete um den Sieg, um die Größe Italiens und: seine heiligsten Ansprüche! Und im Poggio reale sah ich es sodann überdeutlich, daß die Kirche es immer mit denen hält, die zu binden und lösen die Macht haben. Und jetzt – du weißt es, du hast es gesehen und gehört: Gott züchtigt die Welt und vor allem uns Neapolitaner wegen unserer Sünden! Seltsam nur, daß der liebe Gott stets die Armen, die Hilflosen, die Zukurzgekommenen am meisten züchtigt –, offenbar, weil die bürgerlichen Schlauköpfe sich gegen diese seltsame Art der Bestraferei genauso wie vor dem weltlichen Gericht besser zu schützen wissen. Was meinst du: – wer hat den bequemsten und sichersten Unterstand in Neapel, die bestversorgten Vorratsräume? Doch wohl dieser glückliche Mann, der am höchsten in der Huld Gottes steht?«

Dino lachte noch einmal hinter seinen Worten drein. Fabio wartete ein wenig, dann sagte er: nein, er könne die Billigkeit dieser Gedankengänge nur entschuldigen vom Erlebten her; aber sie anzunehmen, das sei ihm unmöglich. Er wisse, was er von dem größten Teil der »kirchlichen Funktionäre« zu halten habe. »Ich bin kein Kind, Dino! Aber Gott hat nichts mit dem Bilde zu tun, das Menschen unsres Schlages, versteh mich wohl, von ihm entwerfen, ja, unseres Schlages! Du hast kein Recht zur Kritik, Dino; denn so maßlos enttäuscht kann man nur sein, wenn einen das Maß der Enttäuschung nicht mehr schmerzt! Wenn du das liebtest, was du so lästerst, könntest du nicht so kalt und so ungehemmt lästern. Wenn du jene Armen kenntest, die du so im Wort bemitleidest, würdest du dich sehr wundern. Und sprächest du so vor ihnen, würden sie dich verachten; nur wenige, und diese nur so lange, als die Raserei ihrer Verzweiflung dauert, gäben dir recht und nur bis um Mitternacht, ehe die ersten Bomben fallen. Sie lieben Gott trotz des Hungers, trotz der Bomben, trotz der Reichen, trotz der Lästerer. Studiere doch diese armen Leute . . .«

»O danke«, fiel Dino mit einem schnaubenden Lachen ein, »ich habe das über ein Jahr im Poggio getan!«

»Das hast du nie getan – auch im Gefängnis nicht! Du schaffst dir überall deine Zelle, deine Welt, wo du den Ton angibst. Der alte Giovanni durfte ja nicht einmal laut beten. Also! Und er ist, bei Gott, ein Armer! Außerdem ist das Gefängnis kein geeigneter Boden, um Menschen kennenzulernen. In einem Gefängnis, wenigstens in denen, wie sie bei uns üblich sind, ist das ganze Leben, ich sage das ganze, pervertiert. Und das einzige, sagen wir: zivilisierte Wort, das im Poggio reale gesprochen wird, ist doch das Wort der Kirche! Nein, du kennst das Volk nicht, ich kenne es immerhin besser als du! Ich spreche mit jedermann und –«

»Hören wir bitte auf! Nun soll ich auch noch durch die Dreckviertel von Neapel kriechen und mir von diesen vor ein paar Jahrhunderten stehengebliebenen, vorlauten Dummköpfen erzählen lassen, welchem Heiligen zu Ehren sie mal gerade wieder ihr Feuerwerk abbrennen. Ich sage dir, diese Leute sind zufrieden, wenn's ordentlich knallt. Ohne Lärm kommen sie nicht aus und ohne ein paar Lichterchen. Was sie zum Leben brauchen, ist wirklich nur: ein bißchen Spaghetti, eine Frau, ein paar Pfaffen und viel, viel Lärm und Durcheinander. Wie gesagt, ich werde mit ein paar Gesellen, ein paar Maschinenpistolen, ein paar wasserdichten Planen und etwas Kochgeschirr und Verbandszeug in die Abruzzen abhauen, nur um nicht mehr in diesem wimmelnden Kehrichthaufen eurer Städte herumzutappen, wo alles so voll Lärm ist, so voll Kultur, Bomben und allem nur erdenklichen Bockmist. Und ich werde niemanden umbringen, wenn er mich nicht dummerweise dazu nötigt. Falls mir aber ein Pfaff oder ein Karabiniere unter die Finger gerät, ja, denen geb ich Nachhilfestunden!«

»Schlafen wir jetzt, Dino, aber ich weiß genau, du tust es nicht!«

»Doch, ich tue es, sogar bestimmt! Sobald die Alliierten vorbei sind. Dann wird ja sowieso niemand mehr wissen, wer hier

Herr im Hause ist! Es gibt schon jetzt einen Haufen Deserteure in den Bergen, Italiener und Deutsche und Alliierte. Was glaubst du, worauf die warten? Lach nur, aber ich sage dir: auf einen wie mich, der ihnen zeigt, wie man's anfängt; auf einen, der ihnen Mut macht; auf einen also, der keine Illusionen mehr hat, keine Ehrfurcht; der sein Leben, wie mein Onkel früher so schön sagte, auf der offenen Hand trägt, dieser Trottel! Aber sein Ausdruck ist gut.«

»Bitte nenn ihn nicht so, nein! Vergiß ihn, schlaf jetzt!«

»Wie soll ich ihn sonst nennen? Aber vergessen – das ja, vergessen werd ich ihn gern; er und seine ganze Generation kann von Glück reden, wenn wir sie vergessen, diese edlen Droschkengäule vor unsrer christlich-abendländischen Kultur, wie schön sie dieses Wort doch einmal zu wiehern verstanden. Als es Bomben regnete und wir uns die Küchenschaben aus dem Fraß herausklaubten, hörten wir dies stolze Gewieher über uns, ganz nahe! Dein Vater wieherte mich mit den Augen an, als er so schamhaft über meine Schamlosigkeit war und das Geld in einen Umschlag steckte. Ich wette übrigens hundert gegen eins, daß er mich, wenn es nicht gälte, seinen Sohn zu retten, noch heute nacht von Karabinieri wieder in meine Zelle zurückbefördern ließe, zu seinem Freund, dem Herrn Direktor!«

»Um Gottes willen, sag doch so etwas nicht!« Fabio bebte am ganzen Leib, er war dem Weinen nah.

»Nein – aber du weißt doch so gut wie ich, daß er mich haßt, hassen muß! Er weiß doch, wer ich bin, wie ich denke, was ich will.«

»Das weiß er auch von mir, Dino. Aber ich gebe dir jetzt keine Antwort mehr. Gute Nacht!«

Und da wurde es wirklich still in dem dunklen Gemach, bis der Alarm kam; doch sie blieben, wo sie waren. Und die ganze Zeit hindurch, da der Himmel wie von heulenden Wölfen und bellenden Hunden erfüllt schien und sekundenlang eine Stille wie aus fürchterlichen Wüsteneien sich ballte und eiskalt bis in die Herzen schob, sprachen die beiden kein Wort mehr. Nur einmal, da ein Einschlag in ziemlicher Nähe die Wände erbeben ließ, krachten ihrer beider Betten in der Dunkelheit, und Dino knirschte: »Accidente, jetzt fühl ich mich akkurat wie eine Nonne, du auch? Kein Wunder, die Stimme des Abendlandes geht auf die Nerven.«

Und Dino suchte neben sich auf dem Boden und steckte sich eine Zigarette an. Fabio schwieg.

Am andern Morgen nahmen beide von der Familie einen langwierigen Abschied. Frau Casani zog sogar Dino an sich und machte ihm schluchzend ein Kreuzchen auf die Stirn. Der Advokat Casani hatte, als er den Sohn in einer erregten Strenge anblickte, ebenfalls feuchte Augen. »Figliuolo«, murmelte er und räusperte sich, »Gott segne dich! Fürchte dich nicht! Deine Mutter hat die ganze Nacht gebetet, es muß gut gehen.« Dann wandte er sich, derweil seine Frau noch einmal ihren Sohn umarmte und Teresa nur ungehemmt schluchzte, gegen Dino: »Sie sind der Ältere«, sagte er, hochrot im Gesicht, »Sie haben keinen Vater mehr, darf ich Ihrer Mutter noch etwas ausrichten?«

»Sehr freundlich, Herr Advokat, aber sie ist über mich im Bilde.«

»Sie nehmen die Elektrische bis – bis – «

»Was sich uns gerade bietet, Herr Advokat! Alles ist uns recht, wenn es uns nur weiterbringt, nicht wahr, Herr Advokat?«

Casani zog leicht den Kopf an und fixierte das schmale Gesicht unter der Haube, er schöpfte einmal tief und unauffällig Atem.

Teresa steckte Fabio ein Amulett unter den weißen Nonnenkragen, es war ein silbernes Hörnchen und hing an einer Sicherheitsnadel. Sie wimmerte unaufhörlich dabei. »Signorino, kommen Sie wieder«, sagte sie zum Schluß und lief fort in ihre Küche. Dino aber zog unter seinem weißen Kragen eine Brieftasche hervor, entnahm ihr einen Fünfhundertlireschein, legte ihn, Herrn und Frau Casani sichtbar, auf das Marmortischchen am Eingang und sagte dabei: »Für das Personal! Wir Nonnen leben zwar von milden Gaben, aber wir wissen, was sich schickt.« Damit verließ er als erster die Tür. Fabio folgte, auch er trug eine altmodische Reisetasche. Es war ein frischer Morgen, der Himmel war klar und ganz blau, und alles lag in einfältigen Farben ohne Schatten da, die Sonne zögerte noch.

XIII

Sie fuhren in einer überfüllten Tram zur Station und von hier in einem noch überfüllteren Zug der elektrischen Bahn in die Ebene von Pompeji hinaus. Jedoch hinter Torre del Greco bereits hielt der Zug, da in der letzten Nacht eine Bombe das Geleise aufgerissen hatte. Jenseits der Bruchstelle wartete ein zweiter Zug, zu welchem nun der Inhalt des ersten in einer humpelnden Hast über den Schotter des Bahnkörpers hinquoll. Die beiden Vinzentinerinnen konnten nicht, wie die meisten es taten, durch die Fenster springend aussteigen, sondern mußten bescheiden warten. So kamen sie als Nachzügler und sahen zu, wie die Menge gegen den zweiten Zug andrängte, der gegen das Gewimmel, Gestoße und Bohren unbeweglich und ruhig dalag wie eine zum Säugen ausgestreckte Sau, während die um die Öffnungen kämpfenden Menschen wie Ferkel quiekten und schrien. Und damit rechnend, daß man gegen Kinder Rücksicht nehme und sie an ihrem Platze belasse, warfen Eltern ihre Jungen und Mädchen durch die Fenster, während die Kleinen drinnen nach den Eltern draußen schrien und sich an irgendeinem Fremden festhielten, der, tüchtiger als die übrigen, den Kampf um den Platz bestanden hatte und nun ebenfalls nach den Seinen, die noch draußen waren, schrie, aber lauter und gellender als die Kinder. In den Abteilfenstern hingen zappelnde Gestalten, an denen man zog, von draußen und von drinnen oder auch nur von draußen, während man da und dort solche Kletterer, die fast schon drinnen waren, wieder hinausdrückte oder gar beim Haarschopf packte und zerrend hinausschob, bei welchem Vorgang oft zwei Gesichter zähnefletschend gegeneinander standen. An den Türen dagegen drängte ein raupenhafter Menschenklumpen unendlich langsam, aber steif und unnachgiebig hinan und hinauf. Wer hinstürzte, war in Gefahr, zertreten zu werden; wer dagegen etwa vom Trittbrett des Zuges nach rückwärts fiel, kam auf die Köpfe der Druntenstehenden zu liegen. Das Innere der Wagen aber glich den Eingeweiden eines riesigen Raubtieres, das sich überfressen und dazu auch noch an einem verdorbenen Bissen vergiftet hat: der rumorende Brei schien den eisernen Bauch jeden nächsten Augenblick zu sprengen.

Die beiden Nonnengestalten schüttelten manchmal den Kopf, Dino machte seine Bemerkungen. Schließlich meinte er, das da sei »die wahre und wesentliche Molekularbewegung innerhalb der Gemeinschaft der Heiligen«. Der Prozessionsschritt und die sanften Bewegungen an der Kommunionbank seien von der Kirche gemachte Trickaufnahmen. Fabio wandte gequält ein: das seien doch dieselben Armen, für die er in der vergangenen Nacht so leidenschaftlich eingetreten sei. Doch Dino lachte: »Ich? Eintreten, für die? Einen riesigen Stein drauf, auf all das menschliche Gewürm, auch auf mich meinetwegen –, es ist alles zu ekelhaft! Mir wird übel!«

Der Zug fuhr ab ohne die beiden Nonnen, noch auf den Puffern hockten verkrampfte Gestalten, und Fleischtrauben hingen an den Türen.

Ein Lastwagen, von einem deutschen Soldaten gelenkt, brachte die beiden in einer halben Stunde nach Castellamare.

Es ging gegen Abend, als sie auf der kleinen Hochebene von Santa Maria in Castello ankamen. Sie waren nach dem langen Umherirren in der glühenden Karsteinsamkeit erquickt beim Anblick der fruchtbaren Ackerstreifen so hoch hier oben. Unter dem grünen Schatten von Buchen und Eichen und Kastanien lagen da und dort einige Bauernhäuser und aus Stangen und Stroh errichtete Ställe.

Im goldenen, weichen Licht der letzten Sonne kamen zwei schwarzweiße Kühe, von einer Schafherde umgeben, auf sie zu. Die in ihrem Schritt schaukelnden Leiber der großen Tiere schienen auf den Wellen der kleinen zu schwimmen. Ein Junge, hinter dem einige Geißen hertrippelten, betrachtete erstaunt die beiden Nonnen und lächelte ihnen ehrerbietig zu. Sie fragten ihn, ob es hier deutsche Soldaten gebe. Der Kleine blickte sich zuerst im Kreise um, flüsterte, vorgestern seien drei hier oben gewesen – »alle betrunken«, fügte er vorsichtig lachend hinzu; »aber sie haben den Wein bezahlt.«

»Um so besser«, murmelte Dino, streichelte über den Kopf des Jungen, zog aus seiner Tasche ein Heiligenbildchen, das der Kleine küßte und erfreut betrachtete. Dino schickte ihn sodann nach etwas Wein aus. Sie setzten sich auf ein Mäuerchen aus Bruchsteinen und blickten schweigend gegen Osten, wo keine zwei Kilometer entfernt das Gipfelmassiv des Mont'Angelo aufstieg. Der löwenhafte, ganz nackte, tagsüber graue Kalksteinberg war von einem himbeerroten Glanz übergossen. Von irgendwo aus der Tiefe läutete kaum hörbar eine Angelusglocke. Der Geruch der Tiere, die langsam ihren Weg weitergingen, hing noch eine Weile in der Luft.

»Ich könnte eine Nonne werden«, murmelte Dino leise, »ich meine: ein Einsiedler, vielleicht da, in dem Kirchlein dort.« Er wies gegen den äußersten Winkel der Hochfläche, wo an ein Bauernhaus angebaut ein schmuckloser Dreieckgiebel sich erhob mit einem winzigen Glockenstuhl in der Mauer. »Das ist auch eine Weise, dem Staat eine lange Nase zu machen, der ganzen menschlichen Gesellschaft.«

Sie hatten seit Stunden nichts mehr getrunken, ihre Zungen waren wie Leder, und so klangen Dinos Worte ungelenk, armselig.

Als der Junge den Wein brachte, leerten sie beide sofort das Gefäß, entlohnten den Kleinen und gingen weiter auf dem Weg, den er ihnen nach Città morta als den einzig möglichen zeigte: wo die Felder zu Ende seien, am Rain dort, dort müßten sie hinunter. Die beiden schritten bis an die scharfe Kante, wo das Plateau abbricht und in einer Halde gegen Città morta ziemlich steil absinkt; hier zögerten sie und blieben stehen. Der Kleine sah, seinen leeren Weinkrug in der Hand, wie die beiden Nonnen gegen den blauen Himmel hingingen, stillstanden und lange aufs Meer blickten; ihre Hauben waren wie aus Gold gesponnen. Und er blickte auf den Krug und wunderte sich, wie schnell die Nonnen ihn geleert hatten, ohne betrunken zu sein. Er schaute sich, während er seiner Herde nachging, noch ein paarmal um.

Fabio aber schien der Augenblick geeignet, Dino jene Frage zu stellen, die er während vieler Stunden, als sie über Stock und Stein durch Rosmarin und Thymian irrten, in Gedanken schon häufig gestellt hatte. Der Blick in den amphitheatralischen Felsenkessel ließ beide im ersten Augenblick schwindeln; Dino schob es auf den zu schnell genossenen Wein, aber Fabio sagte, es sei »diese perlmuttene Tiefe«.

»Perlmuttene Tiefe«, murmelte Dino in einem leicht spöttischen Wiederholen. Sie setzten sich in das sonnenversengte Gras. Die Felsschroffen zu ihrer Rechten warfen samtige Schatten über die Halde; die im Osten standen wie aus nachglühendem Eisen. Das Karmin aber auf den Hörnern und Zinnen und auf den wie gotische Strebebögen nackt ins Meer abgleitenden Flanken der Küstenberge wurde, je weiter sie nach Osten ausschwangen, blasser; in der Ferne war der Fels wieder matt und abendlich blau, doch ohne in der klaren Zeichnung zu verschwimmen. Unter den vorspringenden Buckeln der Halde, die den weiteren Weg nach unten verbargen, sprang der Rand des Städtchens in der Tiefe hervor: weiße, scharfe Rechtecke; man dachte an aufgehängtes oder ausgebreitetes Linnen. In der Nähe der Küste war das Meer ohne Gestalt, ein wogender Glanz; am Horizont aber lag es festgeronnen da, scharf den Himmel abschneidend wie ein Lineal aus Stahl.

Und so in die Tiefe starrend, einen Grashalm zwischen den Zähnen, fragte Fabio: »Existiert eigentlich die Sache noch – die Sache mit den Rittern vom Weißen Roß?«

»Die Sache –« Dino wandte derart überrascht sein Gesicht, daß die Schleierhaube Fabio Luft zufächelte, »die Sache? ... Ja! – natürlich existiert sie. Willst du beitreten?« Aus Dinos Augen schoß ein spöttischer Blitz gegen Fabio.

»Ich? O nein! Aber – wie kamst du eigentlich darauf?«

»Auf die Sache?«

»Ja – das auch!«

»Das auch? ... Du fragst also, wie ich auf den Namen komme? Gefällt er dir nicht?«

»Doch – aber, ich meine – du verstehst?«

»Nein, ich verstehe nicht.«

Fabio schwieg eine Weile. »Vom Weißen Roß«, sagte er und beugte sich nach einem Halm suchend tief vor, »ich meine, es gibt doch viele Möglichkeiten, so eine Sache zu benennen ...«

Es entstand eine Pause, endlich nickte Dino einige Male. »Aha, ich verstehe, – der Alte hat dir also die Geschichte erzählt?«

»Aber unter Schweigepflicht!«

»Sehr rücksichtsvoll! Er erzählt sie wahrscheinlich jedermann unter Schweigepflicht.« Dino warf kurz auflachend ein Steinchen die Halde hinab, es blieb auf der ersten Kehre des Zickzackpfades liegen.

»Ich habe es nicht geglaubt«, sagte Fabio plötzlich, aber so ruhig, daß Dino zuerst eine Weile schwieg, ehe er Fabio mit kurzem Blick streifend sagte:

»Das ist nett von dir.« Er warf wieder ein Steinchen.

»Wenn du es deinem Onkel verzeihen könntest«, begann Fabio stockend, »daß er dich derart verkannte – «

»Dann –?«

»Dann«, Fabio überlegte angestrengt, »dann wärst du wirklich ein überlegener Mensch«, und er fügte hinzu, scherzend, »ein Ritter vom Weißen Roß!«

»Könntest du das – verzeihen?«

»Ich? . . . Dem Fürsten – ja! Er ist alt, von diesem Luca und dem Bilde, das er sich von ihm machte, abhängig, ganz abhängig. Aber er liebt dich – trotz allem, glaube es mir!«

»Danke!« Dino richtete sich im Sitzen auf, er starrte so, den Rücken kerzengerade durchgedrückt, in die Tiefe. »Er ist abhängig, das allerdings, sehr abhängig, aber auch von dem Bilde, das er sich von mir machte. Ich dagegen bin frei. Ich habe ihm nicht einmal mehr etwas zu verzeihen. Er ist ein Trottel. Und ein Cavaliere di giustizia!« Dino lachte verächtlich. »Es ist leicht, überlegen zu sein, wenn man solch einen Gegner hat. Laß mich mit dem armen alten Mann in Frieden. Ich sehe ihn vor mir, wie er irgendwo in einem Kloster sitzt und sein Brevier betet und bei jedem Amen an sein endlich zertöppertes Porzellan denkt. Ich hab ihm einmal zwei Täßchen geklaut, für meine Mutter; es waren aber nicht die richtigen, ich verstehe nichts von dem Zeug. Meine Mutter war geradezu krank nach zwei ganz bestimmten Mokkatäßchen; Frauen sind ja nicht in allen Stükken ganz normal. Ja, und da waren's die falschen. So ein verdammter Geizhals! Warum konnte er seiner Schwester nicht mal zum Geburtstag so ein paar Stücke hergeben?«

»Er ist doch ein Sammler«, sagte Fabio.

»Meine Mutter auch, aber sie hatte nie das Geld für Porzellan. Und mein Vater hatte keinen Sinn dafür, und ich auch nicht.«

»Unterstützte der Fürst deine Mutter nicht?«

»Doch – aber knapp. Alles sollte für mich zusammengehalten werden, für den künftigen Fürsten di A.« Dino warf wieder Steinchen. Es raschelte etwas auf: eine Wachtel oder ein Rebhuhn – und verschwand in einem Wacholder.

»Und du glaubst nun –, daß Luca das Porzellanpferd stahl?«

»Wer denn sonst? Der Kerl hat so viel Intelligenz, daß ich ihn sofort in unsre Gilde aufnähme, wenn er nicht ein so gemeiner Hund wäre. Ein Schauspieler und Intrigant, der zu Zeiten Napoleons Karriere gemacht hätte. Und dann noch ein Held dazu – mit einem richtigen Stelzbein versehen!«

»Hassest du ihn?«

»Ich? – den? – seinen Diener? Nein, aber wenn ich ihn kriege, lasse ich ihm die Zunge herausschneiden!«

»Mein Gott, Dino!«

»Dann wird der alte Trottel sofort verstehen –, eher glaubt er mir nicht!«

Fabio war aufgestanden, hatte seine Tasche gefaßt und ging langsam den Pfad hinunter; sie müßten wohl gehen, sagte er.

Dino folgte, doch schon nach drei Schritten rutschte er aus, verfing sich mit den Füßen in den weiten Röcken, stürzte hin und begann, kaum wieder auf den Beinen, auf eine fürchterliche Weise zu fluchen.

Fabio half ihm auf. Dino befühlte sich kurz, humpelte ein wenig auf der Stelle und wieder begann er auf diese Nonnenröcke in unflätiger Weise zu schimpfen. Fabio bat ihn, wenn sie bei seiner Großmutter seien, möge er doch bitte nicht fluchen, vor allem nicht auf solche Weise.

»Nein? Versteht sie also nichts vom Fluchen? Aber hast du noch nicht bemerkt, daß das Fluchen eine eigene Abteilung der Poesie ist?«

»Was du sagst!«

»Ja – du – mit deiner perlmuttenen Tiefe! Da – da!« rief er und streckte den Arm aus: schräg über ihnen an der Halde stand im letzten Sonnenstrahl ein Mäusebussard und fiel bereits, ein goldener Punkt und dann ein Schattentropfen, senkrecht herab.

»Buteo-buteo«, murmelte Dino fast wie ein Träumender und gleich rief er mit einer keuchenden, fast röchelnden Inbrunst: »Ah, das ist es!« Und er schob in verzückter Bewegung das rechte Horn der Haube nach vorn, riß sich zugleich den Rosenkranz vom Gürtel und warf ihn, wie eine Schlange, über die Felsen in die nahe Schlucht. Und nun riß er, als wäre er erst in Bewegung gekommen, die Haube vom Kopf und begann auf der Stelle die Nonnengewänder abzulegen.

»Ziehen wir uns um«, sagte er endlich, »ich wenigstens halte das unanständige Zeug auf meinem Leibe nicht mehr aus.«

»Wir sind noch ziemlich hoch«, erwiderte Fabio, vorsichtig um sich blickend, »und wenn auf dem Monte Commune noch Deutsche sitzen – –«

»Dann sollen sie in Gottes Namen schießen! Aber ich halt es in diesem stinkenden Keuschheitsgerüst wirklich nicht mehr länger aus. Ich war unterwegs schon zehnmal versucht, so eine junge Zypresse oder ein Wacholderbäumchen als Nönnchen anzuziehen. Aber sie taten mir leid, denn sie wären bestimmt eingegangen. Ein Baum hält das nicht aus, aber meine Tante – na, ihr Herz ist zumindest nicht abgestorben, nein, sie ist ein gutes altes Mühmchen.«

Auch Fabio hatte sich der Tracht entledigt und stand nun in kurzen Hosen und hemdsärmelig und sich den Schweiß wischend da.

»Wirklich ziemlich heiß in den Sachen«, meinte er beipflichtend. Und so stiegen sie mit ihren Taschen den Berg hinab.

Und Fabio erklärte dem schweigsam gewordenen Begleiter, daß er natürlich so lange im Hause seiner Großmutter wohnen könne, als es ihm passe.

»Ich sage ja immer, du bist ein netter Kerl«, murmelte Dino, »aber ich weiß nicht – in diesem Kaff da unten werde ich es auch nicht aushalten, zuviel Bürger aus der Stadt . . . Und die reden gewiß alle vom Krieg und den Alliierten, die schon sicher da sind, und von Öl und Schinken und Spaghetti, ich kann mir das genau vorstellen. Und dann die Karabinieri . . . Außerdem, das Weiße Roß ist gesattelt, irgendwo –«

»Das ist doch nicht dein Ernst, Dino? Du willst tatsächlich –«

»Tatsächlich – ich will frei sein, jawohl! Ich will – für immer – fort! Die Menschen stinken, beinahe alle, und auch ich fange schon an zu stinken, verdammt, es ist wahr! Aber ich werde mich auslüften – da droben – in den Bergen! Buteo-buteo, hast du ihn gesehen? Der macht's richtig! Der braucht nicht einmal mehr zu fluchen, der hat's erreicht. Halt einen Menschen dagegen – den besten, feinsten –, und er schrumpft zu einem armen Schlucker zusammen, zu einer Maus! Die meisten Menschen: Mäuse, Ferkel, Kaninchen! Heute da am Zug – hast du das gesehen? Es gibt viel zuviel Menschen! Und da unter jedem Dach – diese Vervielfältigungsmaschine, gleich wenn's dunkel wird. O wie ekelhaft! Und der Staat steht wie der Zyklop Polyphem vor dem Eingang des Stalles, vor jeder Haustür also, und zählt und prämiiert die zum Hungerleiden aus dem Loch des Nichts hervorgelockten Schafe. Und die Kirche hält das Weihwasser bereit – und bittet ebenfalls um fleißige Reproduktion. Und dabei, hast du dir das mal überlegt, stellt diese Kirche die Neuangekommenen vor ein noch schrecklicheres Entweder-Oder als der Staat. Der sagt bloß: entweder du gehörst mir, zahlst

Steuern und gehst an die Front: in Spanien, Afrika, Sizilien; wenn du das nicht willst, wirst du an die Wand gestellt oder eingesperrt. Die Kirche aber sagt: auch ich biete dir zwei Möglichkeiten: den Himmel oder die Hölle! Und stell dir vor, Eltern, die an diesen Humbug glauben, zeugen trotzdem, selbst mit dem Risiko, die Zentralheizung der Welt, ich meine die Hölle, zu beschicken! Sind das denn noch Menschen?«

Fabio antwortete nicht sofort. Erst nachdem sie die Treppe zwischen den ersten Häusern hinabstiegen, sagte er: ihn wundere es nicht, wenn ein Mensch, der in einem solchen Gefängnis über ein Jahr gesessen habe, so rede. Und er wies in die Dämmerung gegen die dunklen Türen: »Aber so wie du denkt ein normaler Mensch nicht, zumal keiner, der hier in der Sonne wohnt. Auch kein Karabiniere, wohlbemerkt, und kein Priester! Ich kenne diese Leute: jeder versucht dem Leben die besten Seiten abzugewinnen. Und wenn der Pfarrer mit der Hölle droht, so ist das ungefähr, als wenn man einem Kind sagt: der schwarze Mann werde es holen – also nicht sehr erzieherisch, nicht sehr feinfühlig; aber es ist nicht so schlimm gemeint. Du, Dino, allen Ernstes, du bist überspannt! Du solltest dich von meiner Großmutter rund füttern lassen und ein bißchen ausruhen. Wir gehen schwimmen, jeden Tag, vielleicht ist Costanza schon hier. Die Karabinieri lassen dich in Frieden, ein Tausendlireschein – und alles ist in Ordnung.«

Dino lachte leise.

XIV

Die Großmutter empfing Fabio sofort mit einem fröhlichen Schelten, als wäre er nur auf eine Stunde fort gewesen. Richtig mager sei er, wo er sich herumgetrieben habe? Warum er ihr fortgelaufen sei? Und als sie erfuhr, daß er in Nonnentracht über die Berge vor den Deutschen geflüchtet sei, wuchs ihre Stimme zu einem Sturme an: das komme davon! Hier nach Città morta habe sich kein Deutscher hineingewagt, die Madonna habe ihre Hand über diesem Städtchen, dessen Schutzpatronin sie ja sei. An dieser Stelle begrüßte sie Dino, ihm lange die Hand drückend, sprach aber heftig weiter: die Deutschen! Ja, sie habe davon gehört, es seien viele Jungen über die Berge gekommen in den letzten Tagen, viele, ja! Aber wie die Deutschen sich nur unterstehen könnten! Das sei doch kein Spaß mehr, una cosa simile! Und in Nonnentracht? Nicht möglich!

Sie ruhte nicht, bis sie die Kleider ausgepackt vor sich hatte. Und sie rief die beiden Dienstmädchen herbei, zeigte ihnen die Nonnensachen und die Jungen, und die Mädchen schrien vor Lachen. Dino flüsterte, kaum daß die Frauen hinaus waren, Fabio zu: »Wie heißt die Kleine?«

»Anna! Aber, Dino – um Gottes willen! Meine Großmutter brächte dich um, sie ist sehr sittenstreng.«

»Natürlich! Das steht ihr ausgezeichnet.« Dino lächelte und kämmte sich das Haar.

Beim Abendtisch setzte Frau Bartoli den Enkel zu ihrer Linken und den Gast zu ihrer Rechten und begann, über die Speisen mäkelnd und sich mit »den furchtbaren Zeiten« entschuldigend, Dino zuerst aufzutun – einen Hummersalat, »aber leider aus der Büchse«, seufzte sie, »ich sage es Ihnen gleich, Herr –«

»Dino«, fiel Fabio ein, »nenn ihn einfach Dino!«

»Gut, also Dino! Wo habt ihr euch eigentlich kennengelernt?«

»Im Gefängnis, gnädige Frau!« Dino machte eine tadellose Verbeugung.

Frau Bartoli warf ihm einen schnellen Blick zu: »Ach so, richtig!« Und als wollte sie ihr Erschrecken korrigieren: »Sie haben also mit übersetzt?«

»Übersetzt?« Dino zog nachdenklich die Brauen zusammen.

»An dem sozialistischen Buch«, sagte die Großmutter verschämt, »waren Sie auch Sozialist?« Sie lächelte in sanftem Spott.

»Nein, das nicht, ich saß wegen Diebstahls.«

»Wegen –?« sagte sie tonlos. Und gleich entschieden und schnell: »Bitte nehmen Sie doch etwas Brot!«

»Danke! Oh, selbstgebackenes Brot! Schön weiß! Ich stahl nämlich Wagenplanen und Decken, eine ganze Menge!«

»Reich doch mal den Wein herbei, Fabio; du bist ein wenig blaß, amore mio!« Die Großmutter lächelte angestrengt den Enkel an.

»Wirklich?« Fabio errötete, und er sprach zuerst ein wenig gequält, nach Worten suchend, von den Aufregungen und Strapazen des vergangenen Tages, aber als er von Dino zu erzählen begann: wie der als Nonne auf dem Vomero angekommen sei, wurde sein Erzählen frischer und freier; es schien, als fürchtete er, Dino könnte ihn unterbrechen. Fabio vergaß auch nicht, unter den vielen guten Eigenschaften »seines Retters« anzuführen, was seiner Großmutter gefallen mußte: daß nämlich Dino der Neffe des Fürsten di A. sei.

Als die Großmutter nun fast ungläubig den jungen Mann zu ihrer Rechten ansah, als müßte sie ihren ersten Eindruck überprüfen, begann dieser eifrig: »Ja – gnädige Frau, es ist wirklich so! Da ich der letzte Nachkomme der Familie bin, erbe ich, wiewohl mein Vater nur ein simpler Bürger war, den Titel und überhaupt die ganze fürstliche Ausstattung, ja, gnädige Frau, sobald nämlich mein Onkel abkratzt! Und vielleicht hat er das schon getan, und ich bin bereits, ohne es zu wissen, Fürst di A., vorausgesetzt, daß er sein Testament nicht im letzten Augenblick umstieß. Doch das nehme ich nicht an, da er die Hoffnung nicht aufgab, ich könnte doch eines Tages noch ein brauchbarer Mensch werden und mich reproduzieren und auf diese sinnige Weise den Namen der Fürsten di A. weitergeben an einen andern brauchbaren Menschen, der sich seinerseits wiederum reproduziert und den Namen der Fürsten di A. an einen neuen brauchbaren Menschen weitergibt, der es genauso hält und alle Mühe darauf verwendet, daß die Fürsten di A. nicht aussterben, welche Fürsorge die Hauptbeschäftigung und das Hauptziel eines Mannes von Stand darstellt, wie Sie wissen.«

Frau Bartoli wandte ihre grauen Augen, die sie nur mit Anstrengung und jeweils kurz auf den Sprechenden gerichtet hatte, erleichtert auf den Enkel; in offener Mißbilligung, merkte Fabio.

Dino sah das und schien zufrieden. Er lächelte scharf: »Gnädige Frau, ich behebe Sie schon morgen der Störung.«

In diesem Augenblick klopfte es am Tor des Höfchens, Frau Bartolis Miene entspannte sich, sie sagte zu Fabio, das sei gewiß der Podestà. »Hast du Zeit, uns ein wenig ins Café zu begleiten?«

»Der Podestà?« fiel Dino belustigt ein, »ich denke, der Bürgermeister heißt nun wieder Sindaco? Darin liegt doch die große Neuerung, der Umschwung! Die ganze Kraft unsres Volkes zur Neugestaltung wird sich freilich in dieser Umbenennung erschöpft haben.«

»Ist Zecchi noch im Amt?« fragte Fabio erstaunt.

»Ei gewiß«, Frau Bartoli drückte lächelnd das hübsche Doppelkinn heraus, »die Alliierten sind nicht so streng, wie man annahm. Der Podestà«, sie betonte das Wort, »hatte schon öfters englische Offiziere zum Frühstück bei sich, auch Amerikaner, keiner fragt überhaupt nach so was.«

»Ich habe mir, ehrlich gesagt, von unsern Befreiern auch nichts Besseres erwartet«, sagte Dino und lachte durch die Nase. »Außerdem – das ist ja auch alles höchst gleichgültig, der Staat ändert sich so wenig wie ein Pfaff, wenn es dem einfällt, sich zu reformieren.«

»Bitte –«, sagte jetzt Frau Bartoli, als das Mädchen eintrat und den Besuch meldete (»der Herr Podestà und die gnädige Frau«), »bitte«, flüsterte sie, die Brauen hochziehend, zu Fabio, »sage deinem Freunde, daß er –«

»O keine Sorge!« Dino verbeugte sich aufs neue.

»Anna, sag den Herrschaften, sie möchten einen Augenblick warten!«

»Was will er denn hier – bei dir?« fragte Fabio mit gesenkter Stirn, Dino sah Anna lächelnd nach, er merkte sogar: das Haar auf ihren Schienbeinen war gebleicht.

»Wir gehen abends öfters ins Café, es sind immer alliierte Offiziere da.«

»So?« sagte Fabio. Er wußte von Dr. Zecchi nicht viel mehr, als daß dieser sich den öffentlichen Brunnen in der Via Nizza (vom Podestà so benannt) in seine neuerrichtete Villa abgeleitet hatte; und zwar hatte der Advokat Dr. Alfredo Zecchi an den Podestà Dr. Alfredo Zecchi untertänigst zuvor ein langes Gesuch gerichtet, das der Podestà Alfredo Zecchi korrekt an den Präfekten in S. weitergeleitet hatte, um es, als nach drei Tagen die Bestätigung kam, dem Advokaten Alfredo Zecchi zu überreichen (»Auguri avvocato!«), allerdings mit der Einschränkung, daß der Abzug des öffentlichen Wassers zu Privatbenutzung nur auf dreißig Jahre erfolgen dürfte, und der Advokat Zecchi, der um die Fünfzig war, begnügte sich damit. Fabio war sogar bei seinem letzten Aufenthalt in Città morta das Dokument zu Gesicht gekommen, ein Beamter vom Municipio, im stillen Kommunist, hatte es damals Fabio gezeigt.

Frau Bartoli erhob sich, wiewohl man mit dem Essen noch nicht fertig war, und ging hinaus zu den Gästen ins Nebenzimmer.

Dr. Zecchi war ein betont distinguierter, magerer, mittelgroßer, gänzlich ergrauter Herr, er sah nicht wie ein Italiener aus. Zwar waren seine Bewegungen elegant und leicht, aber seine Miene lag stets in einer etwas deutschen gebügelten Strenge. Er betonte übrigens gerne, daß seine Mutter und auch seines Vaters Mutter noch »Reicksdeitsche« gewesen seien. Seine Frau war schwarz, fromm und dumm und hatte eine Stimme wie eine Krähe, doch sie war einmal schön, was vor allem ihre großen, ein wenig nach Carlo Dolci frisierten Augen verrieten. Dino betrachtete die beiden Eingetretenen mit seinem keine Erregung verratenden, nur spiegelnden Blick, betrachtete sie wie Dinge und ohne Unterbrechung. Dr. Zecchi bemerkte das und manchmal blickte er aus seinem höflichen Plaudern mit Frau Bartoli schnell gegen Dino herum, als hätte ihn dieser mit Papierkügelchen beworfen. Im übrigen versuchte er, sicher und ruhig zu erscheinen.

Seine Frau fragte Dino freundlich, ob er Englisch könne?

»Sie wollen wohl Stunden nehmen, gnädige Frau?«

»Ich – eigentlich ja!« Sie lächelte sanft. »Dann waren Sie gewiß Dolmetscher im Krieg?«

»Jawohl, gnädige Frau, bei den Fallschirmjägern in den Abruzzen!«

Dr. Zecchi warf Dino einen fragenden Blick hin. Er unterbrach sogar einen Augenblick seinen Frau Bartoli erstatteten Bericht über einen amerikanischen Oberst, der in seinem Rausch heute nachmittag auf das Radiogerät im Café geschossen hatte. »Das bedeutet Degradierung«, hatte er soeben gesagt, ehe er zu

Dino nun herüberblickte, sehr nachdenklich. »In den Abruzzen?« fragte er. »Gab es da Deutsche? Sie sprechen Deutsch?« und er reichte ihm eine soeben geöffnete Schachtel amerikanischer Zigaretten. Dino griff zu, er lächelte: »Ja – in den Abruzzen! Deutsche! Dolmetscher. Ich bin polyglott. Können Sie Abruzzesisch, Herr Podestà?«

»Ich?« Dr. Zecchi war überrascht.

»Schenkt man Ihnen übrigens diese Zigaretten, Herr Podestà?« Dino fragte das ohne jede Betonung.

»Ah, Sie meinen? – Ja, es ist jetzt schwierig mit dem Rauchen, aber diese amerikanischen sind doch ein wenig schwer. Sie gehen aufs Herz.« Er räusperte sich, den Handrücken der Linken an die Lippen drückend, seine Miene konzentrierte sich, und so rief er: »Daß ich es nicht vergesse, gnädige Frau – wo war ich da stehengeblieben? Ah, ich stand also im Café ganz zufällig am Radio, ehe dieser betrunkene Oberst mir dazwischenkam und hineinschoß. Leider vernahm ich auf diese Weise nicht mehr alles. Aus Neapel nämlich – – Ja, da waren, vorgestern, glaub ich, Unruhen im Poggio reale, einige Delinquenten sind entkommen!«

»Allerliebst!« Dino nickte ernst und pfiff leise vor sich hin.

Frau Bartoli wandte sich gegen Fabio, ob er denn nichts davon vernommen habe? Und zu den Zecchis gerichtet: »Mein Enkel ist nämlich heute abend aus Neapel gekommen, über die Berge, als Nonne verkleidet! Herr Falconieri, übrigens der Neffe des Fürsten di A., war bei ihm, stellen Sie sich vor!«

»Als Nonnen?« Frau Zecchis Dolci-Augen weiteten sich. Sie betrachtete die beiden und schüttelte endlich den Kopf; daß Nonnengewänder im Spiel waren, gefiel ihr nicht. Zecchi schmunzelte: »Hübscher Einfall!« Und sich gegen Dino neigend: »Ich höre, der Fürst di A. ist Ihr Onkel? Ich denke, Sie sind sich klar darüber, daß Sie jetzt Karriere machen?« Er lächelte dabei und hob kurz die Augenlider, das sollte offenbar wie eine Ermunterung aussehen. Alle blickten Dino an, vor allem Frau Zecchi, in ihren Augen lag zärtliches Wohlwollen. »Dann haben Sie wohl keine Zeit mehr, mir englische Stunden zu geben?« Sie lächelte. Zecchi schaute anerkennend auf seine Frau und abwartend auf Dino. Der zuckte die Achsel. »Ich denke auch: er wird Präfekt in Neapel oder so was, er ist noch rüstig, ausgeruht!« Er nickte ernst: »Und er ist sehr menschlich, steht über den Parteien, streng königstreu! Ich kann mir nicht vorstellen, daß er sich an seinen politischen Gegnern, die ihn während zweier Jahrzehnte in Frieden ließen, nun in irgendeiner Form rächen könnte. Was mich angeht, so werde ich meinen starken Einfluß bei ihm geltend machen, alle Anhänger des Diktators möglichst in ihren Ämtern zu belassen.«

»Soweit diese nachweisen können«, sagte Zecchi mit einem Beipflichten, in dem die Begeisterung männlich temperiert war, »daß sie sich als galantuomini aufführten. Eine politische Überzeugung, auch wenn die Ereignisse sie eines Tages als irrig hinstellen, darf niemals und unter keinen Umständen einem aufrechten Mann als, wie soll ich sagen: moralisches Manko verrechnet werden. Politische Überzeugungen müssen ohne Furcht geäußert werden können; wer wagte es sonst noch, Farbe zu bekennen!«

»Ganz Ihrer Meinung, Herr Podestà«, Dino nickte schwer. »Auf allen Gebieten muß künftig jedes Risiko ausgeschlossen sein!« Und er griff in die Tasche, zog seine Brieftasche heraus und schrieb auf eine Besuchskarte ein paar Worte. »Bitte, Avvocato«, sagte er so im Nebenher, »hier ist die Adresse meines Onkels! Sobald die Deutschen fort sind und Sie nach Neapel kommen, machen Sie ihm einen Besuch und sagen Sie: daß Sie mein Freund sind! Und alles ist in Ordnung!«

Frau Bartoli klatschte an dieser Stelle einmal leise die Hände ineinander, sie schüttelte den Kopf und schaute bald Dino, bald ihren Enkel an. Und zu den Zecchis – ihre grauen Augen flimmerten vor Genugtuung: »Wie sich das alles so trifft im Leben! Ich sage immer: alles regelt sich von selbst, und unsre Sorgen sind meist völlig unnütz. Doch was Sie da vom Poggio reale sagten, Herr Podestà – Sie haben sich nicht verhört?«

»Aber gnädige Frau! Sogar die Namen wurden durchgegeben. Leider schoß der Oberst gerade in dem Augenblick, als die Liste begann. Der Anführer der Revolte, ein Student der Rechte –, und da fiel der Schuß! Ich habe mich so über den Oberst geärgert! Er sagte, das Radio solle ihn in Ruhe lassen. Der Kellner verstand das falsch und stellte noch lauter ein. Da nahm er das Whiskyglas in die Linke, zog mit der Rechten den Revolver und schoß, mir nichts dir nichts, fast ohne hinzuschauen, in den ziemlich neuen Apparat. ›So‹, sagte er dann, ›das ist gut!‹ Und er fragte mich, ob mir die Hebamme gefalle, die saß da gerade –, ob sie nicht hübsch sei? Richtig ein süßes Schweinchen, ich meine, so sagte er, der Oberst!«

Frau Zecchi weitete die Augen, blickte ihren Mann scharf an und schaute in einem wehmütig frommen Verdämmern wieder geradeaus.

»Wie viele waren es denn?« fragte Frau Bartoli. »Und wo mögen diese furchtbaren Menschen sich nun herumtreiben? Ich sage ja immer: man gibt nicht genug acht auf diese Leute. Wenn so ein Dieb – «, sie schüttelte schnell den Kopf, »ich meine, wenn so ein Mörder, wollt ich sagen, oder so ein, so ein, ach, ich weiß gar nicht was – plötzlich herauskommt, der kann doch einfach von vorne anfangen!«

»Genau das, gnädige Frau!« Dino stieß mit der Hand, daran der Finger scharf ausgestreckt war, vor sich, »wenn Sie wüßten, wie trefflich Sie mit so wenigen Worten die ganze Situation umschrieben haben. Ja – so ein Mörder, der fängt, wenn er wieder frei ist, erst richtig an. Und er schießt nicht in die Radiogeräte, das kann ich Ihnen sagen! Mit den Dieben ist das, wie Sie ganz richtig bemerkten, sehr verschieden; die stehlen hernach nur noch, wenn sie ganz sicher sind. Allerdings, was das Stehlen angeht –, stehlen tun wir ja heutzutage in irgendeiner Form alle ein bißchen, nicht wahr, Herr Podestà?« Er schlug Zecchi aufs Knie, der dabei zwei Zentimeter mit dem Kinn in sanftem, ja, vorsichtigem Empörtsein in die Höhe ging. »Ich meine, nicht daß wir einbrechen oder anderen in den Taschen herumfingern, aber so . . . Ich hörte übrigens, als wir da vor einer Stunde die Treppen herunterkamen, eine Frau sagen, daß es morgen kein Brot gebe. Wir fünf glücklichen Menschen werden aber ohne Zweifel morgen Brot essen, ja sogar Weißbrot, Kuchen, wenn wir wollen. Aber dafür gehören wir ja auch einem privilegierten Stande an, einem, wenn auch nicht gesetzlich, so doch durch das Gewohnheitsrecht des Geldes privilegierten Stand. Und dagegen ist nichts zu sagen. Und wir lassen nicht daran rütteln! Was allerdings die Mörder angeht, die Falschmünzer, Sittlichkeitsverbrecher, die Rebellen aller Art, – nun, auf die muß man, genau wie Sie sagten, gnädige Frau, wirklich besser achtgeben!«

»Ich freue mich über soviel konservative Gesinnung in einem jungen Mann wie Sie!« Zecchi verbeugte sich leicht und erhob sich. Vielleicht, daß man jetzt ein wenig ins Café gehe? Er schaute auf die Uhr: ein Schotte warte auf ihn gegen zehn – ein lustiger Junge. Vielleicht der zukünftige Townmayor. »Sein Vater sitzt im Oberhaus.« Das letzte flüsterte Zecchi beinahe und hob die Brauen. Und zu Dino gewandt: »Ich werde Sie mit ihm bekannt machen, Herr Falconieri.«

»Sie können Herrn Falconieri ruhig als Fürst di A. vorstellen«, sagte Frau Bartoli, ein Taschentuch in ihre Handtasche steckend, »nicht wahr, Dino? Er ist nämlich der einzige männliche Nachkomme in der Familie und erbt den Titel.«

Dino nickte mit einem bescheidenen Lächeln.

»Interessant«, sagte Zecchi, »um so besser! Unser ›Principe‹, das ist bei den Engländern soviel wie ›Duke‹ und bei den Deutschen soviel wie ›Herzog‹.« Er brachte das vor, als hätte er von mathematischen Größen gesprochen.

»Außerdem«, sagte Dino ernst, »wenn ich mich nicht irre, habe ich eines Tages das Vergnügen, unsern König ›Vetter‹ anreden zu dürfen. Der Urgroßonkel des Königs nämlich und meine Ur-Urgroßtante wurden, wie bekannt, wie Geschwister aufgezogen. Die Ehe war kurz, sehr unglücklich und blieb ohne Folgen. Aber bereits der Vater meiner Ur-Urgroßtante hatte eine mit dem königlichen Hause von Sardinien verwandte Prinzessin, die Ihnen wegen ihrer zahlreichen Skandale und ihres männlichen Auftretens gewiß bekannte Anna Jolanda, zur Frau, mit der er neunzehn Söhne zeugte, wie man weiß. Ich gebe Ihnen einmal ihre von mir gesammelten Briefe, sehr aufschlußreich für das Leben in jenen Zeiten im allgemeinen und zumal am königlichen Hofe!«

»Ach, bitte«, hauchte Frau Zecchi, »Sie würden mir ein großes Vergnügen bereiten.«

»Die Briefe sind allerdings gelegentlich ausgesprochen unsittlich, muß ich leider bemerken, gnädige Frau, Highlife-Atmosphäre!«

»Ach, so, nun, aber englische Stunden müßten Sie mir schon geben!«

Man ging, und Frau Zecchi reichte Dino den Arm und flüsterte: »Die Stufen sind ausgetreten, und es wird langsam dämmerig.«

»Ja, gnädige Frau, die Stufen sind ziemlich ausgetreten, und es wird in der Tat langsam dämmerig.«

»Werden Sie länger in Città morta bleiben?«

»Das weiß ich leider noch nicht, Signora.«

»Wie schade, daß Sie das noch nicht wissen. Es ist jetzt sehr schön hier. Werden Sie baden? Das Baden ist so erfrischend.«

»Ja, man sieht es Ihnen an, Signora.«

»Finden Sie?« Frau Zecchi drehte ihm langsam das Gesicht zu, sie versuchte das Lächeln einer Zwölfjährigen.

»Wirklich, das Meer ist verjüngend. Und dazu die Sonne, der Sand! Und ein bißchen Sorglosigkeit!«

»Ja – unser Sohn ist Gott sei Dank in Kalabrien zur Ölernte. Und da kamen die Alliierten gerade zur Zeit. Ich habe mir viele Sorgen um ihn gemacht.« Sie seufzte.

»Jetzt ist er in Kalabrien? – Ich nehme an, auf Ihrem Gut?«

»Ja, ganz recht! Kennen Sie die Gegend von Catanzaro?«

Dino kannte sie nicht und er ließ sich erzählen. Frau Zecchi sprach lange von der Lage ihres Gutes, ihren sie betrügenden Bauern und immer wieder von ihrem Sohn, der leider nicht so vernünftig sei, »wie Sie, mein Lieber«, sie blickte ihn traurig an, sie waren vor dem Café angekommen. »Er hat keinen guten Umgang gehabt«, murmelte sie, »ich wünschte, er wäre hier, und Sie könnten sich ein wenig um ihn kümmern. Er brauchte einen Freund wie Sie!«

»Wie mich?« Dinos Stimme wurde unsicher. Er wandte sich halb von seiner Begleiterin weg und blickte nach den andern aus. Dann schaute er, als er sie kommen sah, aufs Meer. Es lag schwer und ruhig da, wie mit schwarzgrünen Flaschen gepflastert. Der Himmel füllte sich mit einem feinen azurenen Ruß. Nur hinter dem dunklen Küstenabsturz gegen Westen hin hing noch ein Hauch von Smaragd über den Wassern.

»Ja, wie Sie«, sagte Frau Zecchi; ihre in sanfter Wehmut verlorenen Augen waren die ganze Weile unverwandt auf Dino gerichtet. »Etwas an Ihnen sagt mir, daß man sich auf Sie verlassen kann. Bruno ist erst zwanzig. Er hält es mit den Bauern, stellen Sie sich vor! Aber das wäre noch nicht so schlimm: er spottet über die Religion und macht sich – aber das sag ich nur Ihnen: über seinen Vater lustig! Und er ist unser einziger Sohn, wir haben nichts auf der Welt, für das wir arbeiten und sorgen –«

»Das ist eben schon ganz falsch – aber – –« Dino schüttelte wegwerfend den Kopf.

»Sprechen Sie doch, von Ihnen nehme ich jede Belehrung an. Sie sind ein Mensch, der denkt. Sie sagten so kluge Dinge vorhin.«

»Ich?«

»Ja, und Sie sind so bescheiden! Sie wären für Bruno gerade das, was wir ihm nicht sein können, ich weiß es!«

»Vielleicht! Aber was will er denn nun eigentlich? Ist er Kommunist?«

Frau Zecchi nickte schwer und seufzte: »Das ist es ja!«

»So ein Idiot«, murmelte Dino, »warum will er dann nicht wenigstens ein Brigant werden?«

»Ein –, was sagen Sie?«

Dino konnte nicht mehr antworten, denn die andern kamen soeben an. Zecchi führte Frau Bartoli und nickte Dino und seiner Frau lächelnd zu.

»Gleicht er nicht ganz unserm Bruno?« fragte Zecchi seine Frau, und diese, Dino betrachtend: »Ja – sehr sogar –, nur Herr Falconieri ist doch sehr viel gesetzter.«

Kaum daß sie auf der Terrasse im Café an den Marmortischchen Platz genommen hatten, ging Dino hinaus. Er rief dem Kellner eine Bestellung zu, Fabio folgte ihm. Die beiden blickten sich in der Dämmerung kurz an, dann griff Dino nach Fabios Oberarm, umklammerte ihn einmal kurz und fest und murmelte: »Armer Junge!«

»Wie meinst du das?« sagte Fabio, er ging ruhig voraus; beide schritten über den dämmerigen Strand wie durch weichen, bis zu ihren Augen ragenden, flusigen Pelz. Sie setzten sich in ein Boot.

»Du nanntest mich einen armen Jungen, vorhin«, sagte Fabio.

»Ich – dich? Mag sein, daß ich das tat. Willst du es leugnen?«

»Nun – wer von uns beiden am ärmsten dran ist –«. Fabios Stimme verschwand. Das Meer schmatzte. Auf der Terrasse fiel ein Glas hin, jemand lachte.

»Du bist also mit Gewalt ausgebrochen!« begann Fabio nach einer langen Weile.

»Ja, hast du denn die Geschichte wirklich geglaubt, die mit dem Gefängnisdirektor?«

»Ja, sie kam mir ganz glaubwürdig vor, in solchen Tagen ist beinah alles möglich.«

Dino lachte kurz und gedämpft. »Vielleicht! Die Geschichte fiel mir zu spät ein. Ich erfand sie eigens für deinen Vater. Aber wenn ich es wirklich so gemacht hätte, wäre ich kein Ritter vom Weißen Roß, verstehst du? Ich mußte meine Gesellen mitnehmen, und es klappte auch: vier Menschen erblickten zum zweiten Male das Licht der Welt – ja, es war eine Geburt. Der Poggio reale war der Uterus.«

»Hast du jemanden dabei – getötet?«

»Ich sage dir, es war eine Geburt, und das geht nie ohne Blut ab! Ob der Polizeiagent tot ist, weiß ich nicht; er ist mir gleichgültig wie ein fauler Fisch! Es riecht hier übrigens ein bißchen stark nach Fisch – und Mensch! Wobei ich den Fischgeruch vorziehe. Daß diese Fischer oder Fischerskinder den eigenen Strand beschmutzen, das ist mal wieder bezeichnend.«

»Wofür?«

»Ach, was weiß ich! Dino steckte sich eine Zigarette an, auch Fabio rauchte. Der seufzte manchmal, plötzlich sagte er mit einem Ansatz zu einem Schrei im ersten Wort: »Ach, wie gräßlich, das da vorhin! Ich saß wie gewürgt da, mir war's zum Übelwerden! Sind wir denn Verdammte, daß wir so voreinandersitzen sollen in lauter Verachtung füreinander, in Lüge, Berechnung, Dummheit und lächerlicher Verzerrung! Ja, wirklich, eure Konversation kam mir vor, als hätte ich einen bösen, hoffnungslosen Traum gehabt.«

»Streife ihn ab und komm mit in die Berge. Nimm einen Revolver wie der Tommy und schieß in die alte Kiste – peng! – und für dich ist erst mal Ruhe. Das Radio ist übrigens bereits durch ein neues ersetzt, hörst du?« Sie lauschten kurz auf die Tanzmusik. Dino fuhr fort: »Dabei haben diese Affen nicht den geringsten Grund, sich zu freuen und zu tanzen. Deine Großmutter – na, lassen wir sie, sie hat so schönes weißes Haar! Und so einen appetitlichen Teint! Daß sie sich vor Mördern fürchtet, nehm ich ihr nicht übel. Aber den Zecchi, den könnte ich zu Tode kitzeln – ja, kitzeln! Und seine Frau sollte man zu Tode küssen, die Arme! Sie ist wirklich dumm, aber die Dummheit stammt nicht aus ihr selber; die Gesellschaft hat sie unter dem Dunghaufen des bürgerlichen Muffs lebendig begraben. Aber ich höre, auf ihrem Grabe liegend, noch ihr armes kleines Herz pochen – mein Gott, was schwätz ich da! Aber ich könnte bei ihr schlafen, nicht weil sie sich so gut gehalten hat, sondern weil ihre Schönheit so sinnlos verging – so furchtbar sinnlos!« Er warf die Zigarette mit einer verächtlichen Biegung der Hand schräg hinter sich, dann versank er langsam in sich selbst. Und das Meer sagte in ihr Schweigen immer dasselbe gleichgültige

Wort: es war leise und rund und weiß, wie Champagner im Glas aufrauschend.

Dino sagte: »Die vorletzte Nacht schlief ich im Sprechzimmer der Vinzentinerinnen auf einem Sessel. Wir waren gerade glücklich heraus. Meine Tante, die Oberin in dem frommen Nonnenhaus, ist eine besondere Frau, ohne Zweifel. Sie ahnt, daß ihr Neffe kein Engel ist. Ja, in dieser vorletzten Nacht habe ich Dinge geträumt, die, wenn ich sie dir erzählte, dich vielleicht für ein Leben unglücklich machen könnten. Ich sage dir: das gab mir den Rest! Ich wußte doch nicht, wo wir eigentlich lebten, jetzt weiß ich es. Der Traum ist eine Wirklichkeit ... Ich werde dir nie – ich werde das nie einem Menschen erzählen. Ich werde Menschen töten, vielleicht, aber diesen Traum erzähle ich niemandem. Du glaubst wohl, daß ich aufschneide? Ich brauchte mich auch, wenn ich solcher Gefühle, wie sie mir im Traum kamen, fähig wäre, nicht zu schämen, denn der Traum war in moralischer Hinsicht ganz einwandfrei«, er lachte leise, »nichts von Unzucht oder gar Perversion, nichts derartiges. Ich sah nur ein paar kranke, schmutzige Menschen, sah menschliche Fleischstücke, die aber denkende und fühlende Personen waren, zum Verkauf ausgelegt – nein, ich sag es nicht, niemals! Nimm die Krankheiten der ganzen Welt zusammen, den Schmutz der ganzen Welt, häufe das auf zwei, drei Personen und sieh dir diese Gruppe bei Tag an –, und du kannst es noch ertragen. Denn durch dein Bewußtsein bist du von diesem Denkmal aus feuchten, verjauchten Wunden abgetrennt – im Traum nicht! Im Traum dringt alles in dich ein. Ah, ich werde es niemand sagen – niemand! Ich gehe fort, – der Welt ist mit nichts zu helfen, das Übel sitzt im Menschen und wird mit jeder Reproduktion größer, weil wir alles erben, die Träume der ganzen Welt, – und sie werden nicht heller, glaub es mir! In den Bergen: sich entmenschen, jawohl – entmenschen! Buteo-buteo! Ich werde vielleicht grausam sein und töten, aber schlicht und unkompliziert wie ein Raubvogel, herzhaft, verstehst du? Ein Mädchen an mich reißen – aber ohne Schwüre, ohne Schwüle! Und alle Eitelkeit wird von mir abfallen, jedes Bedürfnis – zu glänzen, mehr zu sein als ich bin. Wir lachen in den Bergen, lachen, wandern, schleichen, springen, schießen, schlafen, essen, haben viel zu tun, – viel zuviel, um Gedanken zu haben. Für uns gibt es keine Probleme mehr, denn die entstehen aus der Unzufriedenheit, und die entsteht aus dem Denken um seiner selbst willen. Der Hunger ist kein Problem, man löst ihn durch Lebensmittel. Oder krepiert, – wie man will!« Er stand auf und reckte sich: »Morgen früh gehe ich!«

Fabio stand ebenfalls auf: »Du gehst also! Aber so wenig Buteo buteo: Homo sapiens werden kann, wirst du, Homo sapiens: Buteo buteo! Glaub es mir! Du willst dem Kreuz entgehen, das ist alles, so endest du am Galgen.«

»Unsinn! Hierzulande wird ein Brigant erschossen!« sagte Dino ruhig. »Übrigens, die Polizeischwänze haben natürlich hinter uns hergeknallt, – das Gefühl, das man dabei empfindet, ist keineswegs unangenehm! Du bist wie besoffen. Ich habe laut gelacht.«

Als sie zwischen dem Eingang des Cafés und der Terrasse standen, lief ein Mädchen auf Fabio zu und lachte: »Ei du, da hab ich dich! Deine Großmutter sagte mir, du seiest am Strande, eben wollte ich kommen. Du siehst aber gut aus!«

Fabio wandte sich zu Dino: »Das ist sie! Hör zu, Costanza, das hier ist Dino. Ich schlage vor, wir trinken einen Wermut zusammen. Wie geht es dir, Costanza?«

»Danke! Ich habe Ende Juni mein Versetzungsexamen gemacht, in die letzte Lyzeumsklasse, Gott sei Dank! Ich hatte wenig getan und mußte alles nachholen; in Chemie hat man mich zurückgestellt«, sie lächelte beschämt und zog den Kopf ein, »der Professor sagte mir vorher, ich sollte das Kapitel über Atomgewichte der gebräuchlichsten Elementargase präparieren, aber da wurde er krank; und der andre, der mich prüfte, ist ein Kommunist und haßt den Adel. Als er meinen Namen hörte, sagte er sofort: ›So – dann zeichnen Sie mir mal den Benzolring auf, Principessa!‹«

»So ein Barbar«, murmelte Dino, das braune Mädchen in den roten Strandhosen und dem schneeweißen Batistblüschen anstarrend, »was haben Sie denn mit Benzol zu tun?«

»Aber doch«, lachte Costanza, »ich hätte es wissen müssen, ich wußte auch: inwendig die H-Atome – nein, außen die H-Atome, inwendig die C-Atome, aber ich machte statt sechs – sieben!«

»Weil das angeblich eine heilige Zahl ist?« fragte Dino.

»Ach, ich weiß selber nicht, und von den Benzolabkömmlingen wußte ich nur, daß sie gut riechen.«

Fabio und Costanza lachten, Dino schob sie ins Café. »Ein Mädchen in Chemie unterrichten«, sagte er kalt, »das heißt ihm die Unschuld seines ästhetischen Menschen rauben, es ist ein Verbrechen an der Frau. Hernach weiß sie es dann, daß ihr Leib nur noch ein chemischer Prozeß ist, und daß Blumen Geschlechtswerkzeuge sind. Ein solches Wissen, wenn sie es annimmt, macht eine Frau in der Seele krank und kalt und häßlich. Nur ein Mann kann das ertragen und – sogar nicht einmal jeder Mann.«

Und er betrachtete, an die Theke gelehnt, während Fabio die Gläser reichte, mit dunklem Blick das Mädchen: den kräftigen ebenmäßigen Wuchs – eine Pinie, noch nicht alt genug, um den düsteren Stolz ihrer Art einsam im Licht zu versammeln. Die von den schräg ansteigenden Jochbogen leicht geschlitzten Augen zeigten vom Oberlid nur lange Wimpern. Ihre ungefärbten Lippen standen fast immer in einem leicht spöttischen Lächeln in den Winkeln nach oben gekräuselt, die Nase war angenehm nichtssagend, die Stirn schien von den aus dem Nacken nach vorn heruntergekämmten Haaren noch kleiner, als sie wirklich war. Aber welch ein Nacken – braun, weich und stark zugleich. Dino wandte sich ab und kippte das Gläschen.

Fabio lächelte kurz die beiden an und sagte, sie sollten sich ein bißchen auf seine Kosten unterhalten, er müsse einmal nach der Großmutter sehen. Und er ging.

Als Fabio nach einer Viertelstunde wieder in das Café eintrat, wo nur einige Salonfischer an kleinen Tischen Karten spielten, meist mit Damen aus der Stadt, sah er, wie ein schottischer Offizier im Kilt mit einem großen silbernen Tablett dastand, auf dem allerlei Süßigkeiten lagen: den Mund weit geöffnet. Und er sah, wie Dino mit konzentriertester Miene, von dem fröhlich betrunkenen Offizier etwa acht Meter entfernt, ein Praliné zielend in der Hand, es dem jungen Schotten genau zwischen den Zähnen hindurch in den Mund warf – und so tief, daß der Offizier es mit einem kurzen Verdrehen seiner wasserblauen Augen hinabschluckte. Alle klatschten, auch der Schotte war begeistert. »Sie sind ein großartiger Schütze«, rief er auf englisch, »Sie haben gewonnen. Eine Flasche Whisky, warten Sie, gleich ist sie da!« Der Schotte steckte sich darauf eine Handvoll Zigaretten in den Mund, spreizte sie fächerförmig und ging zu Dino, Costanza und bat sie mit Gesten, sich zu bedienen. Auch der alte Priester, der kartenspielend dasaß, mußte eine nehmen und ebenso die Damen und ihre Fischerfreunde. Als der Schotte Fabio erblickte, fragte er ihn, ob er der Sohn der alten Dame da sei? – er wies auf die Terrasse. Der Freund vom Herrn Podestà? – Nun, da müsse er sofort mitkommen, man sei sehr ungehalten da draußen, daß er mit seinen Freunden hier sei und nicht mittrinke. Doch zuerst müsse Fabio das Kunststück noch sehen. So was von einem Schützen habe er noch nicht erlebt! Der könne mit süßen Handgranaten einem bis in den Magen zielen.

»Passen Sie auf, mein Freund«, und er gab Dino ein Praliné, blickte sich suchend im Lokal um und ging auf den alten Priester, Don Raimondo, zu, nahm ihm ohne ein Wort den Hut ab und setzte ihn sich selber auf, griff ihn bei der Hand und sagte: »Look here! Wir tun dir nichts, Father. Nein, du mußt, komm her! Oder bist du ein Spielverderber? Also, reiß den Mund auf, alter Fuchs, o das steht dir gar nicht übel. Weißt du, mein Vater ist ein Bischof und der stellte sich auch hin, wenn mit Pralinen geschossen wurde. Nur nicht ängstlich, Father, ich vermute, das ist Ihre Feuertaufe.«

Und zu Dino gewandt mit fürchterlicher Kommandostimme: »Legt an!« Dino ließ die Hand mit dem Praliné leicht auf und ab gehen und wieder nahm seine Miene diesen scharfen Ausdruck zielender Konzentration an. Doch diesmal stand ein kaltes, schiefes Lächeln um seine Lippen, und als der Schotte »Feuer!« schrie, da holte sein Arm zum Wurfe aus, und schon klebte das Praliné dem Priester mitten auf der Stirn, und einige Tropfen Flüssigkeit liefen ihm gemächlich zwischen den Augenbrauen auf die lange Nase herab.

»O dear!« rief der junge Schotte bedauernd und blickte Dino verwundert an. Der sagte nur, kurz die Augen verdrehend, auf englisch: »Ich habe richtig gezielt – und richtig getroffen!« Der Schotte legte den Kopf schief: »Hussy! Richtig? Ich denke, ein bißchen zu hoch.«

»Nein, auf den Millimeter richtig!« Dino lächelte böse und wandte sich, die Schultern hochziehend, der Theke zu. Costanza flüsterte: »Sie hassen die Priester?« Und Fabio, der zu ihnen trat: »Ja, Costanza! Er ist zur Zeit besessen.«

Don Raimondo war im ersten Augenblick überrascht und hatte, die Augen verrenkend, gegen seine Stirn hinaufgeblickt. Als die Tropfen herunterliefen, glaubte er zuerst, es sei Blut, und zog erregt sein Taschentuch. Doch den Geruch von Kognak bemerkend, fuhr er mit dem Finger an die Stirn, leckte ihn ab, versuchte noch einmal und säuberte dann auf diese Weise in geruhsamem Schlecken seine hohe zerfurchte Stirn. Und vor sich hinmurmelnd, versicherte er mehrmals, so ins Leere hinein: »È buono, molto buono!« So eine Schokolade habe er seit vielen Jahren nicht mehr gegessen, versicherte er dem Mitspieler, als er sich wieder am Tisch niederließ. Und mit der Schulter gegen Dino hinstoßend: »Der Dummkopf glaubt, zielen zu können! Das war nur Zufall, vorhin, daß er dem Engländer in den Mund traf. Bist du am Geben oder ich?«

Dino fragte: »Was sagt unser Podestà?«

»Ich weiß nicht! Kommt, wir müssen ein wenig zu ihnen auf die Terrasse gehen!«

In diesem Augenblick kam der Schotte wieder und rief, sie sollten doch kommen, der Herr Podestà sei beleidigt und die Mutter auch; das letzte sagte er zu Fabio in sanftem Tadel. »Du mußt deiner Mutter nicht fortlaufen«, er hob den Zeigefinger, »du bist schlimm, Feebiou!«

»Es ist meine Großmutter«, sagte Fabio.

»Um so schlimmer«, sagte der Schotte und zog sie mit sich fort, dann ging er den Whisky holen.

Frau Bartoli zankte ein wenig mit Fabio, und Zecchi sagte schmollend: »Wir sind offenbar schon zu alt für das kommende Geschlecht.«

Fabio stellte Costanza nicht vor, jeder kannte sie, man begrüßte sie ausführlich.

Als aber der Schotte wiederkam, erhob sich Zecchi und begann darauf, den Schotten »der Principessa C.« vorzustellen (keiner verstand den Namen des Offiziers, und Zecchi war wohl auch nicht ganz überzeugt, ihn verstanden zu haben) und den Schotten sodann mit Dino – »dem Principe di A.« bekannt zu machen, und schließlich mit Fabio Casani, »dem Sohn des bekannten Advokaten Casani«.

Der junge Offizier stand da, er war über und über errötet. »How do you do?« stammelte er mehrmals, verbeugte sich vorschriftsmäßig vor jeder der ihm bereits so gut bekannten Gestalten, blickte sie während der nächsten halben Stunde noch ein paarmal flüchtig und höchst respektvoll an und ging schließlich mit vielen Entschuldigungen fort, er müsse morgen früh abreisen.

Zecchi war sehr niedergedrückt und warf mehrmals die Frage auf, was denn eigentlich vorgefallen sei, daß »der vorher so freundliche junge Mann sich plötzlich derart verändert« habe.

Fabio lächelte vor sich hin, Dino sagte vernehmlich: »Na, ich bin auch sehr müde, den ganzen Tag über eine Nonne und dann abends ein Fürst, ziemlich anstrengend! . . . Auch ich muß morgen frühzeitig fort.«

Und so brachen sie auf, die Whiskyflasche war erst halb geleert. Dino griff danach und steckte sie sich in die Hosentasche.

Fabio sprach noch lange mit ihm in dieser Nacht, sie flüsterten.

Am Morgen, als Fabio erwachte, war Dinos Lager leer.

XV

Costanzas erste Frage, die sie Fabio stellte, als sie ihn von den Kabinen über das Laufbrett langsam herankommen sah, galt Dino. Die nassen Haarsträhnen über der kleinen Stirn verklebt, war sie aus dem Wasser gebückt herangelaufen. Und ihre Enttäuschung, daß Dino fort sei, war genauso groß wie die Fabios. Sogar die Großmutter war ärgerlich gewesen, als sie hörte, daß der Gast, ohne sich von ihr zu verabschieden, das Haus in der Nacht verlassen habe. »Was für eine Erziehung!« hatte die Großmutter gescholten, »aber es sieht wirklich so aus, als ob neuerdings die Leute in der Sommerfrische auf jede Art von gesittetem Benehmen verzichteten. Am Strande läuft man fast nackt herum –, auch deine Badehose, Fabio, ist nur noch ein Schatten dessen, was sie sein sollte. Ich wage mich in meinem anständigen Kostüm kaum noch am Strande zu zeigen. Wenn der Pfarrer schimpft, hat er leider nur allzu recht. Die feine Schauspielerin aus Rom – wie heißt sie noch? – die hat sich so was aus zwei Taschentüchlein rumgeknüpft, und um die Brust herum so gut wie gar nichts, ich würde mich zu Tode schämen, so einherzugehen!« Fabio hatte kurz von seinem Frühstücksteller aufgeblickt und die mächtigen Umfänge seiner Großmutter betrachtet, und als sie sah, daß er lächelte, kniff sie die Lippen und hob die Brauen: »Oh«, sagte sie, »ich sah sicher mal so gut aus wie diese Schauspielerin, aber wenn man bedenkt: um Salerno herum schießt man noch, und hier läuft man sozusagen nackt herum. Wo will er übrigens hin, der Dino? Nach Amalfi? Weiter kommt er doch kaum.«

»Ich weiß es nicht. Er ist närrisch zur Zeit.«

Auch Costanza konnte er nur, die Achsel zuckend und ziellos nach Osten spähend, antworten: »Ich weiß es nicht.«

Sie nahmen ein Boot und ruderten hinaus. Er erzählte ihr vom Poggio reale und wie er dort Dino kennengelernt hatte. Costanza fand in diesem Diebstahl Dinos nichts Ehrenrühriges, – »es war ja Heeresgut!« sagte sie.

»Immerhin«, Fabio blickte sie erstaunt an und ließ die Ruder beikommen, er starrte in die türkisene Klarheit neben dem Holz in die Tiefe.

»Wann kommt er wieder?« fragte sie, das Gesicht ebenfalls über das Boot hinausgebeugt.

»Mm – das weiß Gott allein!«

»Hat er etwas Dringendes zu erledigen?«

»Wahrscheinlich.«

»Sagte er dir nichts?«

»Nein – nichts!«

»Seid ihr nicht Freunde?«

»Nein!«

»Warum nicht? Er ist doch –«, sie schwieg, und ihre Hand, spielte im Wasser; sie fischte nach einem Sonnenreflex, schien es, immer wieder.

Fabio lehnte sich weiter hinaus über den Bootsrand ins Leere, dann ließ er sich fallen, die Spritzer trafen Costanzas Gesicht. Er schwamm einmal um das Boot herum, und als er einsteigen wollte, gab sie ihm, da er halb oben war, lachend einen Stoß; er fiel zurück, verschwand, kam herauf, schöpfte tief Atem und führte ihr, die weit über den Bootsrand lehnte, seine Tauchérkunststücke vor. Er kam ins Boot zurück. Kaum saß er, zeigte sie ihm einen Seeigel. »So tief kommst du aber nicht!« sagte sie.

»Das werden wir sehen!« Gleich erhob er sich, sein Körper flog durch die Luft und glitt in die Tiefe. Und Costanza sah, wie kleine schwarze Fische davonzuckten; wie Fabios lange, schmale Beine nach oben schnellten; wie die Arme diese forttuenden Bewegungen ausführten, bis der dunkle Punkt auf dem Grunde erreicht war, bis seine Hand nach ihm zwischen Algen und flachen Steinen griff. Und dann drehte sich der silbrige Körper, und im Rücken durchgebogen und die Beine gerade und die Zehen nach unten gedrückt, schwebte er herauf, mit den Armen leicht neben sich rudernd, es sah aus, als segnete er das Wasser um sich her. Im Augenblick, da sein Kopf auftauchen mußte, schien sein Körper kleiner zu werden, ja, im Licht der Oberfläche zu verschwinden, bis er dann auftauchte: braun und seltsam entzaubert, das Silber war vergangen. Und kaum den runden Mund über der Fläche, schüttelte er kraftvoll das Wasser aus dem Haar, und schon verklärte sich seine Miene zu einem stolzen, siegreichen Lächeln, während seine Hand ihr die rote, stachelige Meeresfrucht hinhielt: den Seeigel. Und er fragte ins Boot kletternd: »Na?«

»Wieviel Meter sind das?« fragte sie.

»Sicher fünf Meter«, sagte er mit schätzendem Blick.

Sie beugte sich weit hinaus und starrte in die Tiefe. Da griff er sie an den Fußgelenken und warf sie über Bord. Sie fand keine Zeit zum Schreien. Er sprang ihr nach, und sie schwammen um das Boot einander nach, tauchten unter dem hölzernen Bauch hin, und einen und zwei Meter unter der Oberfläche aufeinander zuschwimmend, sahen sie mit weit aufgerissenen Augen ihre Leiber wie aus Silber gemacht in der türkisenen Lichtflut sich regen, in der ungestalten hellen Dämmerung, von den Gesetzen des tänzerischen Wassers geführt, das jede Heftigkeit in Ruhe, jede Eckigkeit in gleitende Wellenform umschuf. Sie sahen einander und fühlten sich jung und schön. Und wenn sie auf der Oberfläche ankamen, den Mund zum ersten Atemholen weit und hungrig aufgerissen, legten sie sich auf den Rücken und spürten, wie das Meer sie trug und schaukelte und die Sonne sie einhüllte. Der Donner der Kanonen von Cava dei Tirreni störte sie nicht: der Augenblick hielt sie wie in einer gläsernen Kugel; die Welt der übrigen Menschen war weit, alles war gut.

Selbst die Gedanken an den Fürsten, an Dino, an den Vater, an den Onkel Giorgio, den er von fern heute am Strand erblickt hatte, waren für Fabio wie die Sonnenlichter neben ihm auf den Wellen: nah und schaukelnd umgaben sie ihn, vergingen, bildeten sich aufs neue, aber ohne ihn zu bedrücken. Alles war so angenehm unfaßbar, jedes Problem fern und auf sich selber gestellt; ja, wirklich, so im Wasser liegend ließ man alles auf sich selber beruhen. Und Fabio begriff in diesem Sommer in Città morta, was die Inder mit dem Nirwana meinten. So gedankenlos gedankenvoll sein; so von der Flut wie vom All selber geschaukelt und von der eigenen Person und den Schmerzen und Freuden der Welt gelöst und doch sein Ich bewahrend, aber mit einem Bewußtsein, das dämmerig blau wie die Tiefe des Meeres war: – dieser Zustand bewegter Ruhe reichte an Seligkeit, gab einen Vorgeschmack von Elysium. Doch kaum trat der Fuß auf den harten Kies, wurde man sich des Schwebens draußen im Weichen und Losgelösten wie einer Schuld bewußt, und der Kanonendonner war nun wirklich da, nahe, bedeutungsvoll, – und man seufzte wieder.

Der Onkel Giorgio ruderte mit seinen zwei Söhnen und seiner Frau am Strande entlang und suchte sich ruhige Plätze zum Picknick.

Fabio ging ihm über eine Woche aus dem Wege, weil er annahm, der Onkel schäme sich etwa vor ihm. Denn die Besetzung von Città morta durch den Feind war, wenn man's streng nahm, nie erfolgt, wiewohl man immer mehr alliierte Offiziere sah: Urlauber oder soldatische Sommerfrischler, die in Motorbooten von dem benachbarten Dorf an der Küste herüberkamen, weil die zwei Straßenbrücken an beiden Eingängen des Ortes gesprengt worden waren, als die Deutschen noch auf den Bergen saßen.

Città morta war ein zumal in englischen Künstlerkreisen wohlbekannter Ort, und nach den zwei Soldaten, welche die Brücken sprengten, waren es diese alten Città-mortaner, meist Leute aus dem Intelligence-Service, die vereinzelt und zufällig mit einem kleinen Hallo landeten und sich als erstes einen Jungen heuerten, mit dem sie sofort wieder aufs Meer entschwanden, um draußen für ein Stündchen am Alten wieder anzuknüpfen und das weiße Städtchen in den steinernen Armen des riesigen Sant'Angelo zu sehen, – und da war keine Feindschaft. So konnte Onkel Giorgio entschuldigt sein, da diese ganz und gar unpathetische Rasse von Siegern, selbst wenn er's ernst gemeint und noch eine Kugel für seine Militärpistole aufgetrieben hätte, ihm zu diesem geplanten Schuß ins eigene Herz oder die Schläfe kein Postament und »Appuntamento« gab.

Als sie sich dann doch einmal vor den Badekabinen trafen – Fabio wollte soeben nach Hause gehen, während Giorgio ausgekleidet plötzlich aus seiner Kabine vor ihm auf den Laufsteg trat –, da merkte Fabio bald, daß Onkel Giorgio sich keineswegs schämte, sondern alles zu diesem heroischen Empfang des Feindes Gehörende einfach vergessen hatte.

Giorgio sprach sofort ausführlich von der »höchst kritischen Lage«, in der sich Città morta befunden habe, und daß ihm nur um seiner strategischen Lage willen das Schicksal von Cava dei Tirreni erspart geblieben sei.

»Kein Stein wäre in diesem dann zum Hexenkessel gewordenen Amphitheater der Natur auf dem andern geblieben«, rief er augenrollend, »und wir ausweglos mitten drin!«

»Das sind wir sowieso«, sagte Fabio und sah sich langsam mit verhangenen Augen im Kreise um. »Kennst du den Ausspruch des alten Griechen, als ihm das Haus über dem Kopf zusammenbrach, und er ohne eine Schürfung heil auf die Straße trat?

›Großer Zeus‹, rief er, ›zu welch fürchterlichem Lose hast du mich aufbewahrt!‹ Das Wort gilt für uns alle, Giorgio!«

Sofort öffnete Giorgio dem Neffen einen ausführlichen und höchst düsteren Ausblick in den nach etwa einem halben Jahr ausbrechenden Bürgerkrieg, zeichnete scharf die Lager, die Stärke der Hauptparteien, ihre Ziele und Möglichkeiten und forderte zum Schluß den Neffen auf, sich seiner Führung anzuvertrauen, das heiße in diesem Falle: seinem Beispiel zu folgen und sich für die extreme Linke zu entscheiden.

Fabio stand an die Kabinenwand gelehnt, die Augen geschlossen, er hörte die Stimmen der Badenden. Das Meer war still und glatt, aber in seinem Innern sprach es noch, mit Rhythmen, Glanz und Sonnenlichtern, mit dem Salz- und Jodgeruch, ja, dem betäubenden Geruch seiner unerschöpflichen Mütterlichkeit; mit seiner Wortlosigkeit sprach es, seiner Wärme, seinem lächelnden Schaum. Und es wußte nichts von links und rechts und von Extremen. Und der lautlose, unaufhörliche Krieg in seiner Tiefe, ohne Doktrinen und ohne Fanatismus, war ein klarer Fluß im Kreise aus der Geburt in den Tod, aus dem Schoß in den Rachen, aus der Daseinslust in das Entsetzen – unaufhörlich sich erneuernd: aus dem Leben in den Tod; aus dem Tod ins Leben.

Fabio öffnete die Augen einen Spalt und blies den Atem von sich: »Hübsch heiß!« Er schwang die Badehose über die Schulter. Wie langweilte ihn dieser Bruder seiner Mutter! Ein Außenbordmotor ratterte in der Nähe auf, Fabio blickte hin. Dieses rasende »Tock-tock-tock«, geölt und unbeirrbar und eintönig, wie glich es Onkel Giorgios Argumenten. Ein Hirn – ein Motor; auch Natur, beides – im letzten Sinne, aber isoliert, einsam! Öffnen – öffnen – eins sein! Mein Gott, ich pflanz ihn hier ein und gehe! Das ist ja Manie! ... Unter der Brause einige Meter entfernt stand ein Mädchen, es bog sich zurück: der Strahl massierte ihre braune, kräftige Brust, sie hob den Schenkel, zuerst im Winkel, jetzt streckte sie ein Bein aus und nun das andere, sie beugte sich, der Strahl prasselte auf ihren Rücken. Ein rothaariger Junge versuchte von rückwärts kommend sie fortzuschieben, sie wollte nicht. Die preßten ihre Rücken drängend gegeneinander, das Mädchen zeigte die Zähne, sie war ein wenig älter und hatte schon Hüften. Der Junge lachte erregt und zog sie nun, diesmal gelang es ihm: in den Armen war er stärker. Ein weißer Hund kam und sprang um sie her wie ein wehender Schleier.

»Ich muß gehen«, sagte Fabio, »Großmutter wartet.«

»Gut, Fabio, ich denke, wir haben uns verstanden. Ciao! Übrigens, warte mal, sag meiner Mutter, daß ich ihr Haus auch weiterhin nicht betrete, und zwar solange nicht, als sie dieses schwarze Schwein von Zecchi empfängt. Es ist dir vielleicht nicht bekannt, daß er Squadrist war und in der Galerie in Neapel einen Mann einzig aus dem Grunde ohrfeigte, weil dieser den ›Osservatore Romano‹ kaufte und las. Bitte, das hätte auch mir passieren können!«

Fabio lächelte: »Ja? Wenn du aber mit deiner Partei siegst, – ob dann noch die Möglichkeit besteht, jemanden zu ohrfeigen, der den Osservatore liest? Den gibt es dann überhaupt nicht mehr! Aber ich werde es Großmutter ausrichten.«

»Bist du etwa mit Zecchi befreundet? Ich sah dich vor Tagen mit ihm und Mutter dort auf der Terrasse.« Giorgio hob das Kinn.

»Ja? ... Nun, du kannst dich beruhigen, er ist nicht mein Freund. Er hängt mir zum Halse heraus –«, Fabio brach ab, streckte plötzlich die Hand hin und sagte: »Ciao, Zi-Giorgio«, ging und in Gedanken fuhr er fort: wie ihr alle, die ihr statt menschlich zu denken und zu fühlen, nur noch als Funktionäre eines Zentralhirns denkt und redet und handelt.

»Entmenschung«, murmelte er, »Buteo-buteo!« Ja, das war der eine Weg! Der durch die Partei ist der andre! Sie wollen sich im Grunde selber los sein und reden von Freiheit, alle! Auch ich will mich los sein, auf dem Meer, aber das ist Zurückgabe in die Hände des Lebens. Nein, nicht in die der Menschen sich geben! Armer Dino: du überlieferst dich deiner eignen Willkür, der schlimmsten aller Parteien. Und glaubst, frei zu sein!

Es begann immer häufiger zu regnen, zuerst waren es Herbstgewitter, gegen Abend oder in der Nacht, dann kamen von Südwesten breiige Wolkenmassen, der Himmel war für Tage bedeckt, und sofort wurde es kühl. Die Badekabinen wurden auseinandergenommen und fortgetragen. Im Café zog man von der Terrasse in die Innenräume. Man sah weniger Menschen in den Treppengassen, ja: der Sommer war vorüber. Und die Großmutter, bemerkte Fabio, begann in der Küche dem nassen Wind und dem polternden Wellenschlag auf dem Strand solide Antworten zu erteilen: mit Specksuppen, mit à la Rossini gefüllten Makkaroni; mit Bistecchi ai ferri, Eierkuchen und immer häufiger werdenden süßen Aufläufen und Kuchen. »Junge, du mußt essen«, sagte sie zu ihrem Enkel, ihm mit der Linken den Arm festhaltend, während sie mit der Rechten ihm selber auftat. »Du bist bei mir – und du hast ordentlich zu studieren und ebenso ordentlich zu essen. Das war immer mein Grundsatz: wer nicht ordentlich ißt, kann nicht ordentlich arbeiten.«

Die Schwarzhändler kamen bei hellem Tag mit ihren Säcken in die Küche der Großmutter und luden aus. Und sie schimpfte jedesmal eine halbe Stunde über die Preise und zahlte schließlich doch, was man verlangte. Sie sagten achselzuckend, fast alle hatten dieselbe stehende Redewendung: »Man muß essen, Signora. Und wer essen will, muß zahlen; was wollen Sie, das ist so! Wir verdienen nichts dran.«

»So? Ihr verdient nichts dran? Ach, ihr Fatebenefratelli, ihr guten Menschen, warum tut ihr's denn? Warum schleppt ihr euch ab, warum kriecht ihr unter euren Säcken über die Berge? Halsabschneider seid ihr, Wucherer, Seelenverkäufer! Eure Strohsäcke sind voll Geld, mir macht ihr nichts vor. Ja, man muß essen, leider, leider, und das habt ihr allmählich begriffen und darum kennt ihr jetzt überhaupt keine Gnade!«

Als der Mangel an Lebensmitteln größer wurde, ließen sich die Schwarzhändler solche Reden nicht mehr gefallen. Sie fragten nur: ob die Signora kaufen wolle oder nicht; sie hätten keine Zeit. »Nein, nicht fünfzig – in Sorrent kostet das Ei siebzig, ich gebe es Ihnen für sechzig.«

»Siebzig? Ein Ei! Madonna santissima! Was denkt ihr denn, ein Huhn ist doch kein Adler!«

»Die Gerste kostet jetzt –«

»Ach, hört mir auf mit der Gerste! Ich bin am Ende meines Verstandes! Fabio, ein Ei –«

So ging es täglich, und sie kaufte jedesmal. Schließlich schob sie sogar ihr Geschimpfe hinaus, bis die Händler davon waren. Einige hatten gesagt: »Signora, Sie brauchen nichts zu nehmen, wir kommen nur, weil Sie es sind, weil Sie immer kauften.«

»Ich ruiniere mich«, sagt sie manchmal düster zu Fabio, »mein Vermögen geht drauf in Eiern und Fleisch und Mehl und Zucker. Alles nimmt mal ein Ende –, und was früher ein paar Millionen war, das ist heute –, was sagst du Fabio?«

»Ich? Ach – wirf das Pack doch hinaus! Leben wir wie die einfachen Leute!«

»Wie – einfache? Ja, Fabio, hör mal, wie leben wir denn? Wenn das nicht einfach ist! Wenn meine Eltern mich sähen in diesem Zustande hier, wie ich mit Streichhölzchen sparen muß, jedes Ei dreimal in der Hand wiege, den Zucker wie Goldstaub behandle und das Fleisch so dünn schneide wie Papier –, ach, die würden die Hände überm Kopf zusammenschlagen! Wo soll ich denn sparen, sag mir das doch!«

Fabio sah ein, es war überflüssig, der Großmutter zu erzählen, was eine einfache Lebensführung sei. Sie war, um noch freiwillig Erfahrungen zu machen, zu alt und eingesessen in der Wohligkeit ihrer Bedürfnisse. Bedürfnisse aber nannte sie alles, was ihren Wünschen bisher in Griffnähe lag. In dieser Hinsicht unterschied sich, wie Fabio mit heimlichem Staunen feststellte, die Großmutter in nichts vom Diktator.

XVI

Im Dezember, als die Deutschen Neapel endlich verlassen hatten, erschienen eines Tages die Eltern. Fabio merkte sofort an der freundlichen Glätte seines Vaters, daß dieser mit seinem Kommen einen bestimmten Zweck verfolgte.

Zunächst vernahm Fabio, daß er den Winter, da die Universität wahrscheinlich noch geschlossen bleibe, weiter in Città morta wohnen, doch das Studium nicht vernachlässigen solle. »Auch wegen der Großmutter«, sagte der Vater. Sie saßen allein im Eßzimmer, während die beiden Frauen in Großmutters Schlafzimmer nebenan plauderten, »Großmutter braucht Gesellschaft!«

Casani erwähnte sodann, aber nur sehr kurz, daß er von Aldo aus Norditalien Nachricht habe; es gehe ihm gut. Fabio fragte nicht, auf welche Weise die Botschaft des Bruders die Eltern erreicht hatte, er sagte nur: »Ach, das ist ja schön!«

Es war in dieser ziemlich ausgedehnten Pause, daß Casani mit besonderer Umständlichkeit das Zigarettenetui herauszog und, nachdem er sich eine Zigarette entnommen, es dem Sohn hinhielt, die Augenlider gesenkt. Fabio bemerkte mit Erstaunen, daß der Vater eine Baskenmütze trug. Er hatte sie im Zimmer anbehalten, weil es kalt sei – »Ah, das sagte ich dir auch noch nicht: meinen Wagen haben mir die Deutschen gestohlen, bevor sie abrückten, im letzten Augenblick. Caraffa nahm uns in dem seinen mit!«

»Die Baskenmütze steht dir gut, Vater«, sagte Fabio, »du wirkst viel jünger – nicht so würdig wie im Hut!«

Casani lächelte den Sohn an, doch der glaubte, daß der eigentliche Blick des Vaters hinter diesem Lächeln forschend, fast inquirierend sei, aber nicht kalt, eher besorgt.

»Ja, jünger – gerne, mein Sohn, und wär's nur, um dir Kindskopf ein wenig auf der Fährte zu bleiben. Aber du machst es einem schwer genug. Schau mal, es kommt nämlich alles ans Licht, Fabio! Du bist also doch ungehorsam gewesen und gegen meinen ausdrücklichen Willen zum Fürsten di A. gegangen!« Casani seufzte und ließ seinen Blick glotzend werden und sah tief in die Augen seines Sohnes hinein. »Glaube mir, ich mache mir deinetwegen ernstlich Sorgen –, nach deinem ersten schweren Fehltritt habe ich allen Grund dazu. Weißt du übrigens, daß der Fürst unauffindbar ist?«

»Unauffindbar, wieso?«

»Wieso! ... Was weiß ich! Übrigens war die Schwester des Fürsten bei mir –«

»Ach!« Fabio rückte mit dem Kopf vor, »sie weiß auch nichts von seinem Verbleiben?«

»Nichts! Aber eigentlich kam sie nicht ihres Bruders wegen, sondern um Nachrichten über ihren Sohn zu haben.«

»Ah so!« Fabio schlug die Augen nieder.

Casani betrachtete den Sohn kurz und zwar mit einer gewissen Genugtuung, er nickte sogar leicht. »Nun, du brauchst dich nicht zu schämen, wenn du über ihn Bescheid weißt. Er hat dir doch sicher erzählt, auf welche Weise er aus dem Gefängnis entwich!«

Fabio nickte – und nach einigen Atemzügen: »Andeutungsweise!«

»Hast du ihn eigentlich weggeschickt aus diesem Hause?«

Fabio schüttelte sofort den Kopf. »Er ging von selber – am andern Morgen.«

»Du hättest ihn aber, so hoffe ich, weggeschickt?« Der Advokat hob die Brauen und wartete.

Fabio, statt einer Antwort, lächelte mühsam, schwermütig: »Großmutter hätte ihn gern noch länger beherbergt.«

»Großmutter!« Casani sagte das leise und wegwerfend, mit dem Blick gegen die Tür zum Nebenzimmer, »ich frage dich: du wußtest Bescheid, wer dieser Bursche ist? Der Gefängniswärter ist tot, wohlbemerkt!«

»Wirklich?« Fabio verzog das Gesicht und starrte düster vor sich hin.

Es entstand eine lange Pause.

»Da fällt mir ein«, begann der Advokat von neuem, »weißt du etwas von einem gewissen Porzellanpferdchen aus der Sammlung des Fürsten?«

Fabio hob die Stirn, witternd, er betrachtete seinen Vater mit unsicher flimmerndem Blick, es kam ihm vor, als wäre dieser Mann ein Gerichtsbeamter.

»Gut!« fuhr der Advokat fort, »also dieses ominöse Porzellanpferdchen, stell dir vor, ist, soviel ich verstanden habe –«

»Mit wem hast du denn gesprochen?«

»Fabiuccio«, der Advokat hielt seinem Sohn den Aschenbecher hin, »höre gut zu! Sollen wir ehrlich und offen miteinander sein, wie Vater und Sohn – oder –? Du mußt offen zu mir sein, ganz offen – oder – Ich kann keine Rücksicht nehmen, wenn du nicht offen bist. Ich bin zu jedem Opfer entschlossen, um den Namen meines Hauses rein zu halten!«

»Aber was hast du nur, Vater? Sprich doch, natürlich bin ich offen zu dir, wenn es sich um so etwas handelt.« Fabio sprach hastig.

Der Advokat legte seine Hand schnell auf das Knie des Sohnes.

»Aber um was handelt es sich denn, sag es mir, Fabio! Bekenne alles, und es läßt sich auf irgendeine Weise einrenken, jetzt noch, aber morgen vielleicht schon nicht mehr.«

Fabio lehnte sich zurück, starrte den Vater sprachlos an und schüttelte nur kaum merklich den Kopf. »Hängt es mit Dino zusammen?«

»Ja, Fabio! Weiter!«

»Ich weiß nichts, Vater. Dieser Unglückliche –«

»Dieser gemeine Verbrecher – weiter –«

»Ich weiß nichts, Vater! Er wollte Brigant werden, hat er mir gesagt, das ist alles, was ich weiß.«

»Wirklich alles?« Der Advokat blies den Zigarettenrauch langsam von sich und kniff die Augen gegen den Rauch. Er sah gefährlich aus.

»Ja – was soll ich noch wissen, ich bin doch kein –«

»Du bist kein –?

»Kein Hehler! Bin ich eigentlich im Verhör?«

»Gewissermaßen. Im Vorverhör! Freue dich, daß ich dein Vater bin!« sagte er leise. Er stand auf und ging auf die Tür zum Schlafzimmer der Großmutter zu, lauschte und schloß sie.

»Also, du bist kein Hehler! Angenommen, du bist es nicht... Du weißt also auch nichts von einer gewissen Bande, die Ritter vom Weißen Roß genannt? . . .« Fabio erbleichte. »Du weißt also nichts davon . . . Vom Überfall bei Pompeji auf den pharmazeutischen Fabrikanten Tozzi? . . . Von der Entführung des Juweliers vorgestern abend hinter Vico Equense? . . . Von der ekelhaften Szene im Pfarrhaus von Scalona?«

»Moment«, Fabio sprang auf. »Ich bitte dich, korrekt zu sein und mich nicht mit deinem Verdacht zu überfallen, bevor du ein

Recht hast, von meiner Schuld überzeugt zu sein. Ich lese prinzipiell keine Zeitung, außerdem gibt es zur Zeit hier kaum Zeitungen. Und ich höre kein Radio! Ich verkehre überdies mit niemand. Ich hörte von Überfällen, aber an solche Neuigkeiten ist man ja heute gewohnt. Ich bitte dich darum –«

»Nähern wir uns einander also methodisch«, sagte der Advokat kühl, »immerhin, es gelang dir, das Wort Schuld zu produzieren. Gut!«

»Nicht gut!« rief Fabio erregt, »solange du mich verhörst, geb ich dir keine Antwort. Es ist mir unmöglich, ruhig und unbefangen zu antworten, wenn du in diesem Ton fragst! Auch ich bin ohne jede juristische Vorkenntnisse geschickt genug, jeden Menschen zu verwirren, wenn ich ihn verhöre.«

»Also bitte«, der Advokat lächelte, »verhöre du mich! Ich antworte.«

»Ja, bitte antworte: wer hat dich auf meine Fährte gesetzt – mit diesem fürchterlichen Verdacht!«

»Ach, so! Sehr einfach: ein guter Bekannter von dir – ein Mann in einer roten Generalsjacke und dunkelblauen Hosen mit goldnen Streifen – und dazu einem Stelzbein –, ah, siehst du!«

»Wie? Was sagst du – in roten? – das ist ja unmöglich! . . . Ich verstehe überhaupt nichts mehr!«

»Frage! Ich antworte.«

»Du sagst, der Diener des Fürsten di A. war bei dir?«

»Genau der!«

»Der Schurke!« Fabio schüttelte wie in einem bösen Traum den Kopf. »Luca! . . . Aber wie kommt er denn in die Uniform des Fürsten? . . . Hier liegt ein Verbrechen vor!«

Der Advokat schüttelte lächelnd den Kopf. »Wieso? Der Fürst wechselte mit dem Diener in den Trümmern des Palastes die Kleider und verschwand.«

»Das sagt dieser Schurke Luca!«

»Ja. Du glaubst es ihm nicht?«

»Niemals! Der Fürst ist doch nicht toll geworden. Man muß diesen Luca sofort verhaften. Er lügt und hat auch mich bei dir verleumdet, wie er Dino beim Fürsten verleumdet hat auf die gemeinste Weise. Dieser Mensch ist ein Teufel!«

»Bist du sicher?« Der Advokat lächelte herablassend.

»Ganz sicher! Diesen Schurken könnte ich –« Fabio griff in sein Haar, riß daran und beugte sich langsam vor.

»Wenn ich wissen darf, in welcher Weise hat er denn deinen Freund beim Fürsten verleumdet?«

»Dino ist nicht mein Freund, bitte! Trotzdem bin ich rasend bei der Vorstellung, wie dieser verruchte Mensch seinen Einfluß beim Fürsten zu seinen Zwecken mißbrauchte!«

»Wieso?«

»Hör zu, Vater! Du erwähntest vorhin das gewisse Porzellanpferdchen. Du kennst die Geschichte nur, wie Luca sie erzählte.«

»Natürlich!«

»Sie ist erlogen, von hinten bis vorn! Luca selber stahl das Pferdchen, um Dino damit als gemeinen Dieb bei seinem Onkel zu erledigen.«

»Das stimmt nicht, mein Sohn!«

»Nun, dann sage ich zu dieser Sache nichts mehr. Wenn Dino auf solche Weise lügen könnte, dann – dann – aber das ist nicht möglich. Ich bin oft enttäuscht worden von Menschen, aber dies eine Mal –, das ist nicht möglich!«

»Und dieses eine Mal handelt es sich um einen Schwerverbrecher, sehr erfreulich und ehrend, für dich und für mich, daß er dich nicht enttäuscht! Aber nun sieh einmal, wie blind du bist! Dieser Luca ist kein Schurke und kein Lügner, sondern das Muster eines treuen Dieners. Ja, du hast dich in ihm geirrt! Hör zu: das Porzellanpferdchen, das wollte ich dir schon vorhin sagen, hat weder Luca gestohlen noch Dino –«

»Also doch der Koch? Zum Teufel!«

»Bitte unterbrich mich nicht so hysterisch –, das Pferdchen hat niemand gestohlen. Der Fürst fand es säuberlich in Watte verpackt in einer Kiste, als er in den Trümmern suchte, es war zwar entzwei, aber es war nun schließlich wieder da. Worauf er also mit dem Diener die Kleider tauschte«, der Advokat lächelte spöttisch, während sein Sohn ihn wie zu Stein geworden anstarrte, »– und verschwand ... Nun wirst du begreifen, daß mich weder das Porzellanpferdchen dieses alten Sonderlings noch seine Familienzwiste, noch seine Reue- und Bußkomplexe sonderlich angehen. Für mich stehen hier viel ernstere Dinge auf dem Spiel. Wie ich nämlich die ganze Zeit hindurch mit Verwundern feststellen mußte, geht dir das Schicksal dieses Verbrechers merkwürdig nahe. Ich sah wenigstens noch nie, daß du dir eines Menschen wegen auf so unmännliche Weise das Haar rauftest. Bitte hör zu! Ich verhöre ja nicht, also brauchst du dich nicht aufzuregen. Ich sage nur, es verwundert mich. Wie sich das mit dem weißen Pferdchen aus Porzellan nun wirklich verhalten habe, interessiert dich mehr als mich. Vielleicht hat dieser Neffe des Fürsten es eigenhändig verpackt, entweder um den Diener zu verdächtigen oder es bei Gelegenheit abzutransportieren – chi lo sà! Wie gesagt, mir höchst gleichgültig. Das heißt – doch nicht ganz. Weißt du – in welcher Hinsicht mich das weiße Roß, ich meine das aus Porzellan, interessiert?«

Fabio nickte leicht, geradeausblickend. Und so sagte er leise, in seiner Erinnerung suchend, jedes Wort wägend, nicht aus Vorsicht gegen den Vater, sondern aus dem Bedürfnis, sich selber alles deutlich zurückzurufen: »Ja, Dinge aus Porzellan – man sollte es nicht glauben, aber ich ahnte es damals schon, als der Fürst mir von Dinos vermeintlichem Diebstahl erzählte: dieser Mensch läßt sich nicht ungestraft einer Gemeinheit bezichtigen.« (Der Advokat grinste, aber Fabio sah es nicht.) »Dino ist ein Renaissancemensch (»Per bacco!« murmelte der Advokat und warf den Kopf scharf zurück, doch Fabio hörte es nicht). Daß der Fürst seinem Diener mehr glaubte als ihm, das zerschnitt das letzte Band zwischen Dino und dem Fürsten. Sein Onkel aber war, neben der Mutter, das letzte Band zwischen ihm und der Gesellschaft! Als das zerrissen war, wollte er keine Rücksicht mehr nehmen. Sein Entschluß, Brigant zu werden, reifte langsam, in der Zelle sprach er mehr wie im Spiel davon. Aber als ihm keiner heraushalf –, da half er sich selbst. Da kam die Loslösung, die letzte Rücksichtslosigkeit. Nichts band ihn mehr, keine Rücksicht, keine Ehrfurcht, keine Angst vor irgend etwas! Aber er wollte jene Welt, die er zurückließ und nun angreifen will, über seine Motive nicht im unklaren lassen! Darum – wählte er diesen Namen für seine Bande.«

»Nun«, Casani räusperte sich, »ich nehme also zu deinen Gunsten an, daß auch du zu der armen Welt gehörst, die er zurückließ und nicht im unklaren lassen wollte. Er sprach also mit dir über den Namen seiner Bande?«

»Andeutungsweise.«

»Und damit, so folgere ich wohl richtig, auch von seiner Bande. Sehr hübsch, daß du dir ein solches Vertrauen erwarbst! Das Vertrauen eines von der ganzen Polizei Süditaliens gesuchten Banditen! Ein Glück für dich, daß du wenigstens geständig bist.«

»Geständig?« Fabio schleuderte dem Vater einen Blick zu. »Ich habe nichts gestanden!«

Casani streckte den Kopf schräg nach vorn, verharrte so eine Weile und ließ ihn wieder in das ausgewogene, ein wenig steife Lot seiner Würde kommen.

»Nichts?« sagte er so, »das nennst du nichts? Daß du mit Straßenräubern intim bist, mit Bandenführern, dir um ihretwillen die Haare raufst und – jetzt hör mal zu! – schweigst, während die Bande vom Weißen Roß ihr Zeichen an die Mauern malt, die Zeitungen darüber aufheulen, und jeden Abend die Leute die Türen verrammeln aus Angst vor diesem Rößlein, das die Welt nicht im unklaren über seine edlen Motive lassen wollte?«

Der Advokat zog mit dem kleinen Finger der Rechten das Satzende scharf herauf, er sprach wie in einem großen Plädoyer, nur daß er diesmal nicht verteidigte, sondern anklagte. Fabio spielte einen Augenblick, als dieser hübsche Satz des Vaters gegen sein Ende: »che non il mondo« stieg, mit der Vorstellung, wie derselbe Mann reden würde, wenn es zu einem Paradeprozeß käme und der Fürst di A. etwa Casani wählte, um seinem Neffen den Notausgang – einen Platz im Irrenhaus zu erkämpfen...

»Trotzdem, Vater«, sagte Fabio schließlich, ein Lächeln des Trotzes unterdrückend, »ich habe nichts gestanden. Daß mir Dino trotz allem sympathisch ist, was kann ich dafür? Er ist fast jedermann sympathisch: sogar der Podestà zeigte sich betrübt, als Dino abgereist war; Frau Zecchi wollte Englischstunden von ihm; Costanza fragte immerfort, wann er wiederkomme; Großmutter fand ihn zuerst frech, ja, unmöglich, dann sagte sie abends, als wir ins Café gingen, zu mir, du kannst den Podestà fragen: ›Siehst du, Fabio‹, und sie zeigte auf Dino, der mit Frau Zecchi vorausging, ›diese jungen Herren gab es zu unsrer Zeit häufig, heute selten!‹ Und sie sprach von Cavalieren, Männlichkeit und so weiter. Frag sie doch bitte!«

»Bitte, tu mir den Gefallen«, begann der Advokat im Kreise gehend, »und irre nicht in Kulturhistorie ab. Beantworte mir lieber eine Frage, aber bitte klipp und klar: weißt du Genaueres über die Bande?«

»Nein!« Fabio blickte seinen Vater streng an.

»Gib mir dein Ehrenwort!«

»Unter meinem Ehrenwort: ich weiß nichts – warte ...« er überlegte, zu Boden blickend: »Er redete von den Bergen als seinem künftigen Aufenthalt, von den Abruzzen! Ich riet ihm ab, immer wieder – umsonst! Nein, ich weiß nichts.«

»Gut! Ich glaub dir. Und ich kann dir sagen: mir ist bedeutend leichter zumute! Nach dem ersten Fehltritt hielt ich allerlei für möglich – aus Dummheit natürlich. Aber jetzt eine Frage: Du bleibst also hier in Città morta. Wenn er dich nun plötzlich besuchen sollte?«

»Das tut er nicht.«

»Woher weißt du das?«

»Weil er sich bei mir nicht sicher fühlte; ich bin natürlich überwacht, denk ich?«

»Glaubst du das?« fragte Casani mit einer undurchdringlichen Miene, sie drückte zumindest nur eine einfache Frage aus.

»Ja, ich glaube es.«

»Hm! ... Aber angenommen, er käme doch, es ist alles möglich. Auch intelligente Verbrecher begehen manchmal unverzeihlich dumme Fehltritte – im Sinne der Vorsicht, meine ich.«

»Ja, und –?«

»Was würdest du tun?«

»Rate mir!«

»Das weißt du also nicht?«

Fabio blickte angestrengt ins Leere. Endlich nickte er. Casani streckte dem Sohn die Rechte hin: »Also gut! Gibst du mir auch darauf dein Ehrenwort?«

Fabio zog die Hand schnell zurück.

»Aha!« machte der Advokat und starrte den Sohn an.

»Ich bin kein Polizeispitzel«, sagte Fabio, »kein Verräter eines Menschen, der mir nur Gutes tat, ja, nur Gutes – und ohne Berechnung, nur aus Sympathie!«

»Die mich fünfzigtausend kostete«, sagte Casani und hob den Kopf an, »kostspielige Sympathie!«

Und da sagte Fabio: »Dino haßt dich und deinesgleichen. Er wollte den Bürger in dir kränken durch seine Forderung.«

»Oh, das wußte ich auch ohnehin, du bist unnütz deutlich, ja, geradezu liebevoll ausführlich, mein Sohn! Also du bist kein Polizeispitzel! Nun mußt du aber wissen, daß es Augenblicke gibt, wo du nur die Wahl hast, das eine oder das andere zu sein: entweder mit der Polizei zu arbeiten oder mit dem Verbrecher.

Und wehe dir, wenn du nicht zu wählen weißt! Dann bist du deiner Familie und der bürgerlichen Welt verloren. Das ist dir klar?«

Als Fabio nicht antwortete, wiederholte Casani seine Frage: »Das ist dir klar?«

»Ja«, sagte Fabio, und damit endete dies Gespräch. Am andern Morgen fuhren die Eltern fort, die Mutter weinte und segnete ihn, und wiewohl Fabio zu guter Letzt den Vater bat, mit nach Neapel reisen zu dürfen, schüttelte der nur kurz den Kopf: »Nein, Fabio du warst nicht im Krieg. Das ist deine vorläufige Dienstzeit, du verstehst!«

Die Mutter hatte nicht verstanden, auch die Großmutter nicht. Aber als Vater und Sohn einander die Hand reichten, waren die Frauen über die Mienen der Männer betroffen. Fabio jedoch wußte in diesem Augenblick kalt und bestimmt, daß er diesen Mann da vor sich hasse, seinen Vater – und nur: weil der Staat ihn durch diese Augen in strengem Fordern anglotzte.

Als ob man noch in den Zeiten der alten römischen Republik lebte, da die Konsuln ihre Söhne, wenn sie es für richtig fanden, vom Liktor an den Pfahl binden und einen Kopf kürzer machen ließen, wegen Ungehorsams; so hatte man es wenigstens in der Lateinstunde gelernt. Schon daß der Staat es wagte und die Eltern es zuließen, im Jahre neunzehnhundertsoundsoviel christlichen Kindern solche frühzeitigen Mustergrausamkeiten vorzusetzen – und zwar nicht, um das Auge an vergangener Barbarei für gegenwärtige zu schärfen – o nein, man wollte damit erziehen! Man sprach: gib acht, die Strenge des Manlius, ist sie nicht herrlich? Die Väter lassen zwar heut ihre Söhne nicht mehr köpfen – aber . . . Gehorche dem Staat, denn er hat auch noch heute das Liktorenbündel für dich bereit: die Ruten und das Beil. Wo du gehst und stehst, kannst du das Zeichen sehen: an einem Brunnen, an der Post, als Stempel auf dem Abschlußstein einer Kloake: überall, sogar am Reverszipfel des Vaters. Und wenn es auch dort jetzt verschwunden ist –, gib dich keiner Täuschung hin!

Fabio hatte die Zeichen im Auge seines Vaters gesehen – drohend, das Zeichen des Staates in seiner entscheidendsten Form. Als ein Köder der staatlichen Gewalt sollte er nach dem Willen des Vaters in Città morta bleiben. Aus den menschlichen Regungen eines durch den Staat zum Verbrecher gewordenen jungen Mannes hatte man die Falle konstruiert: ja, vielleicht würde der Brigant, wenn er gelegentlich in der Nähe weilte, wirklich dem Zug des Herzens folgen und bei dem früheren Zellenkameraden ein Stündchen einkehren. Fabio hoffte zwar, daß Dino vorsichtig genug sei, das nicht zu tun, indessen – der Advokat rechnete ja damit, daß Verbrecher »manchmal unverzeihlich dumme Fehltritte im Sinne der Vorsicht« tun, und das bedeutete, daß die Polizei ebenfalls damit rechnete. Fabio begriff, warum sein Vater der Polizei bei diesem Fang helfen wollte: der Advokat haßte den aus dem Poggio reale Entsprungenen – aus vielen Gründen. Und der Gefängnisdirektor, ein Freund des Vaters, hatte gewiß Schwierigkeiten mit seinen Vorgesetzten. Überdies wollte der Vater der Polizei auf diese überzeugende Weise klarmachen, daß sein Sohn mit der Bande nichts gemein habe. Diesen Beweggrund verstand Fabio sogar voll und ganz: der Vater hatte den Sohn auf diese Weise von vornherein entlastet und vielleicht gerade in einem Augenblick, da die Polizei sich seiner als eines vermeintlichen Freundes und sogar Hehlers des Briganten hatte bemächtigen wollen . . . ja, auch das war nicht ausgeschlossen: der eilige Besuch des Vaters, seine unerhörte Schärfe und vor allem die Forderung, selber gegebenenfalls Dino der Polizei in die Hände zu spielen: das alles sagte Fabio ziemlich deutlich, daß der Vater bereits den Sohn im Poggio reale sah, wieder einmal!

Aber wenn auch seine Vernunft den Beweggründen des Vaters zu folgen suchte, sein Herz war unvernünftig genug, um dem Staat von vornherein seine Hilfe bei dieser Treibjagd zu versagen. Selbst wenn Dino ihm nicht so nahe stünde, wie es der Fall war, so überlegte Fabio –, er brächte es nicht fertig, was man da von ihm verlangte. Dino war ein Verbrecher, gewiß – aber er war jung und kühn und unglücklich, und seine Rebellion gegen die Gesellschaft hatte keine gemeinen Beweggründe. Dino wagte es, seine vernichtenden Gedanken über eine irrsinnige Zeit zu verwirklichen. Gedanken, die Tausende junger, intelligenter Menschen in ihrer Ausweglosigkeit gelegentlich durchzogen wie eine Versuchung, die zu phantastisch war, um ein flaches und schüchternes Gemüt zu verführen.

Überdies, selbst wenn man mit der Gefangennahme Dinos übereinstimmte – die Art und Weise, wie er dabei gegebenenfalls mitzuwirken hätte, widerstrebte Fabios Natur bis auf den

Grund. Man müßte sich verstellen, Freundschaft heucheln, den Gast in Sicherheit wiegen – mit der Absicht, die Gastfreundschaft auf die gemeinste Weise zu verletzen. Man mußte den Büttel verständigen und vielleicht der Gefangennahme beiwohnen. Dinos Blick aushalten . . . Nein, das alles war unmöglich.

Ob die Großmutter wußte, wer Dino war, und was der Vater von seinem Sohn verlangte? Fabio konnte sich das schwer vorstellen: die Großmutter wäre zu stolz und auch zu furchtsam, um sich dazu herzugeben, einen Gast in ihrem Hause verhaften zu lassen. Indessen – Großmutter könnte ganz ahnungslos, falls Dino eines Tages auftauchte, hernach von diesem Besuch erzählen . . . So beschloß Fabio – für alle Fälle! – von der Großmutter getrennt zu wohnen und nur zu den Mahlzeiten bei ihr zu erscheinen.

XVII

Nach einigen Wochen hatte er ein geeignetes Zimmer gefunden, das Studio eines Photographen, der plötzlich zum Heer eingezogen wurde. Der arme Kerl hatte nicht das Geld, um dem in Frage stehenden Oberst zu genügen, so erzählte er Fabio, als er ihm das Studio übergab. Es lag an die Apsis des Domes angeklebt inmitten des Gewirrs von ein- oder zweistöckigen Steinkästen, die, über- und ineinandergeschachtelt, den Dom umdrängten; man hatte vom Fenster des Studios keinen Ausblick aufs Meer, wiewohl seine Wände, wenn der Schirokko die Wellen donnernd an den Strand warf, vom Pulsschlag des Abgrunds erfüllt waren.

Fabio ging jeden Tag an den wüst und einsam gewordenen Strand, setzte sich in eines der auf den Kies heraufgezogenen Boote und starrte auf den wechselnden Wellengang, in den veränderlichen Himmel, sah den Kindern beim Spiel zu. Oft kam Costanza, wenn sie ihn von ihrer Terrasse aus erblickte, die Treppe zum Strand herabgeeilt und setzte sich vor ihn, zwischen ihn und das Meer, und lächelte ihn an. – Ihr zarter Spott war voll Ahnungslosigkeit, er fühlte es wohl . . . Und sie störte.

»Guckst du wieder aufs Meer!«

Er lächelte sie verlegen an: »Wie geht es dir, Costanza?«

»Sag, Fabio, findest du das Meer wirklich so interessant?«

»Nein, Costanza, es ist langweilig.«

»Findest du es langweilig?« Sie tat einen schnellen Blick über ihre Schulter gegen das Meer, als hätte man es gestohlen, blickte Fabio unsicher an, und ihre schmalen Augen wurden noch schmaler, ihre Lippen kräuselten sich. »Es ist nicht langweilig«, sagte sie so, ein wenig unsicher, ihre Miene hatte einen prüfenden Ausdruck. »Man schaut doch nichts Langweiliges jeden Tag ein paar Stunden an?«

»Tust du das? Ein paar Stunden?«

»Ich?« sie lachte, »du tust es!«

Die Wellen galoppierten heran, fielen nieder und krochen zischend, als wäre der Kies heiß, rings um das Boot und wurden dann zurückgezogen; und was von ihnen blieb, war ein weißer Schaum und ein salziger Hauch in der Luft.

Eines Morgens aber saß Costanza auf Fabios Weise im gleichen Boote, es hieß ›Stella maris‹. Der junge Mann nahm an, als er sich näherte, daß sie scherzend ihn imitieren wolle. Aber sie sah kaum zu ihm hin, als er an das Boot trat. Und er erfuhr, daß es endlich auch zu ihr gedrungen war, »wer dieser Dino in Wirklichkeit« sei. In seinen Gedanken war Fabio nie hilflos, wenn der junge Brigant plötzlich aus ihnen aufstieg: – er begriff ihn, mindestens so gut wie er den Advokaten Casani begriff. Er wußte freilich sehr wohl, daß nicht beide im Recht sein konnten; er fand sogar, daß beide im Unrecht seien. Nur daß Dinos Unrecht aus dem allgemeinen Unrecht des Bürgers sich folgerichtig ergab, – und Fabio setzte in der letzten Zeit für den Bürger im allgemeinen die Gestalt des Advokaten Casani ein, den kannte er.

Als er aber an diesem seltsam stillen, erstorbenen Wintermorgen – die Wolken standen massiv und unbeweglich wie ein Tonnengewölbe über dem versteinerten Meer – als er Costanzas messerscharfe Absage »an diesen verkommenen Burschen« vernahm, da wußte er kein Wort der Verteidigung für Dino. Alles was das Mädchen sagte, klang so seltsam unpersönlich. Ja, der Umstand, daß sie einen Abend »mit einem ausgewachsenen Assassino« verbracht hatte, machte ihre Absage noch schärfer. Sie war jedoch nicht enttäuscht, bemerkte Fabio, sondern einfach nur beleidigt, daß Dino es gewagt hatte, »vor seinem Weggehen« sich noch »unter anständige Menschen zu mischen«. Von der Furchtbarkeit des eigentlichen, nämlich in Dino, dem Täter, sich vollziehenden Vorgangs war sie überhaupt nicht berührt, er entging ihr gänzlich, bemerkte Fabio. Sie sah nur die Wirkungen, die letzten Ausläufer der geheimen und das Herz beklemmenden Ursachen; sah erbrochene Türen, angehaltene Automobile, geraubte Personen und Armbänder, Uhren und Brieftaschen; sie sah Drohbriefe, in Angst dasitzende Menschen, in den Hintern getretene Geistliche, – einen Pfarrer hatten die Ritter vom Weißen Roß nackt an seine ebenso nackte junge Haushälterin gebunden und beide am Missionskreuz befestigt.

»So ein sakrilegischer Schuft«, flüsterte Costanza, nachdem sie diese »obszöne Szene« angedeutet hatte, »wenn er nicht mehr glaubt, ist das seine Sache, wie es Sache des Geistlichen ist, mit seiner Haushälterin zu leben, wie er es verantworten kann. Solche frechen Übergriffe stehen ihm an, – er hat so schön von Freiheit geredet! Auch von der Freiheit der Frau. Freiheit oben und unten! Und dann geht er hin und bindet die andern nackt ans Kreuz! Wie konntest du mich eigentlich mit ihm zusammenbringen, ihn mir vorstellen und mich dann noch mit ihm allein lassen im Café!«

»Bitte, Costanza, ich glaubte damals noch nicht daran, daß er ernst mache. Und du warst von ihm ziemlich angetan.«

»Ich? Sag, Fabio, das ist aber ziemlich stark!«

»Du hast mich am andern Tag gefragt – da draußen – «

»Natürlich, ich hielt ihn für deinen Freund!«

»Hör mal zu, Costanza. Tut dir Dino nicht doch ein bißchen leid, daß er so weit – vom Menschen sich entfernte?«

»Der – mir? Warum?« Sie warf ihm scharf das Gesicht zu, ihre schmalen Augen starrten ihn fassungslos an, ihre Lippen aber waren aufeinandergepreßt.

»Warum?« Fabio senkte das Gesicht, er schämte sich, doch er wußte: nicht um seinetwillen. »Mein Gott, denk doch nach, Costanza! Er ist ungefähr in unserm Alter! Und dann – ich las gerade gestern noch bei Platon, im Phaidon, die Stelle über die Menschenfeindschaft, über die Ursache, darauf kommt es doch immer an. Platon sagt, oder vielmehr Sokrates: die Menschenfeindschaft komme daher, daß man einem Menschen zu sehr geglaubt habe, ohne Erfahrung, und dann entdecke, wer dieser Angehimmelte in Wirklichkeit sei. Und Platon sagt, daß, wenn sich solche bitteren Enttäuschungen wiederholten, ein derart vom Menschen Betrogener zum großen Hasser sich verändere. Ich kann Dino das nachfühlen! Auch ich habe einige Enttäuschungen hinter mir – eine große sogar!«

»So? – aha! – Und jetzt wirst du auch gleich ein Räuber und Menschenfeind! Ich merke, Gott sei Dank, nichts Derartiges an dir!« Sie lächelte ihn wieder an, anerkennend, und Fabio war zufrieden, daß sie so leichten Spiels von Dino abließ – er sah, sie war noch sehr jung, eigentlich jünger, als sie sein sollte.

Manchmal kam sie unvermutet in sein Studio, mit einem Schulbuch, und ließ sich von Fabio etwas übersetzen: einen Vergil-Vers, eine Stelle aus dem ›Vicar of Wakefield‹. Und solche Unterhaltungen waren Fabio am angenehmsten. Indessen – er merkte bald, daß Costanza die Bücher zum Vorwand nahm. Sie ließen die Tür des Studios, die unmittelbar auf die Treppe führte, offen stehen. Doch mußte jeder, der eintreten wollte, unten am Fuß der Treppe ein Gatter aufdrücken, und das knarrte; und dann hörte man die Schritte, es waren sechsundzwanzig Stufen bis zur Studiotür.

Sie saßen meist auf der harten Bettkautsch nebeneinander und starrten in das Buch, beide den Kopf gestützt, sie mit der rechten, er mit der linken Hand, ihre Wangen kamen sich so nahe, daß die eine die Wärme der anderen spürte.

Eines Tages sagte Costanza, plötzlich mit der Hand über das Buch fahrend, über den ›Vicar‹: »Kennst du Olivia Mazetti?«

Er nickte.

»Ist das nicht komisch – immer diese Olivias?« Sie blickte ihn ernst an.

»Was meinst du?«

»Aber du weißt doch, daß sie mit deinem Bruder war – wie seine Geliebte!«

»Was du nicht sagst!«

»Das weiß doch jeder! Meine Cousine Eva sprang einmal vom Dach ihres Hauses auf die Terrasse vom Hause deiner Großmutter. Das war im Sommer des vorigen Jahres. Mit einem Juhu wollte sie in Aldos Zimmer, du weißt ja, wie Eva ist. Aber sie war im Augenblick wieder draußen und von der Terrasse zurück auf ihrem Dach. Olivia reiste am folgenden Tag ab. Und dabei ging sie jeden Sonntag zur Kommunion! – Kannst du übrigens Aldo verstehen, daß er für den Duce kämpft?«

Fabios Augen blickten an Costanzas braunen Wangen vorbei zum Fenster hinaus –, er sah eine Hauskuppel und ein Stück Mauer. Er lächelte bitter.

»Kannst du verstehen«, murmelte er rauh, »daß Italien Deutschland den Krieg erklärt hat?« Und als sie ihn nur überrascht anblickte, fuhr er fort: »Kannst du verstehen, daß all dies, was man Politik nennt, einem jungen Menschen, der keine Anlage zum Zyniker hat, Ekel bereiten muß? Kannst du verstehen – aber«, er blickte sie prüfend und wie nüchtern geworden an, »das ist nichts für dich.«

»Nein«, sagte sie und machte die Augen klein, »ich will von all dem nichts wissen. Und du solltest auch nicht über diese Dinge nachdenken – oder hast du Angst, daß man dich einzieht?«

Er schüttelte, von ihren letzten Worten überrascht, den Kopf. »Nein, man zieht nur die Söhne der armen Leute ein, die kein Geld haben, keine Arbeit, keine Beziehungen. Das würde mein Vater nicht zulassen!« Er schöpfte tief Atem, »mein Vater möchte nicht, daß ich meine Zeit verliere. Oder daß ich gar als ein Krüppel zurückkäme. Doch ist er gewiß sehr damit einverstanden, daß Italien an Deutschland den Krieg erklärte; er glaubt, das könne unsere Lage verbessern – unsere nationale Lage. Er ist ja auch damit einverstanden, daß ich – ich meine, daß Aldo in Norditalien auf seiten der Deutschen kämpft, wirklich, auch damit ist er einverstanden, – ja, Aldo beruhigt auf diese Weise das väterliche Gewissen; denn ich möchte wetten, daß selbst in einem Mann wie meinem Vater ein Restchen von Gewissen, von Schamgefühl geblieben ist. Und ich habe die Erfahrung gemacht, daß der Mensch, sobald er wirklich erwachsen, nämlich in seinen Gewohnheiten erstarrt ist, von den Jüngeren all das fordert, was er selber nicht tat – nicht tun konnte oder wollte. Ja, diese Erfahrung habe ich gemacht! Nicht nur bei meinem Vater! Hast du übrigens schon einmal einen Mann kennengelernt, den du wirklich verehren konntest, einen älteren Mann oder auch eine Frau?«

Costanza kniff, wieder auf den Tisch blickend, die Augen. »Verehren? Wie meinst du das?« Sie sah ein wenig verstimmt aus. Ihre Haut war noch poliert von der Sonne des Sommers, sie erinnerte an den Strand, sah selber wie eine sanfte Sanddüne in der Sonne aus, darüber die Gedanken fröhlich und unbeschuht hinlaufen – ins Meer spielerischen Vergessens. Warum mit ihr sprechen? Auf diese quälende, Spuren hinterlassende Weise?

»Verehren? Wie ich das meine? Nun – wenn du das fragst, hast du noch keinen Menschen verehrt, man sieht es dir an. Meinen Glückwunsch!« Er senkte die Stirn und sah sie von unten her an. »Ich war so töricht. Enttäuschungen seien gut, so sagen die Weisen, aber das Unangenehme ist: hast du einen Menschen entdeckt und ihn in die Sterne erhoben, – als Leitstern, verstehst du, in deiner Nacht – und verschwindet dieser Stern plötzlich, oder entdeckst du gar, daß er nur eine Straßenlaterne war, dann hast du keine Lust mehr, dir einen andern zu suchen. Ich glaube, diese Enttäuschung ist viel schlimmer als die mit einem geliebten Mädchen. Die Liebe hört nämlich nicht auf, das Liebesbedürfnis: aus der Maria kommt die Anna, aus der Anna die Annamaria – aber mit der Verehrung ist das anders. Langweile ich dich, Costanza?«

»Ich verstehe nicht –, du verehrst Männer?« Sie schien belustigt und gereizt in einem. »Warum denn Männer?« fuhr sie fort, »wegen ihrer Gelehrtheit oder – oder Tugend?« Und sie lachte: »Nein, Fabio, das habe ich noch nie gehört. Ich kenne viele Jungen. Ja, gewiß, die Väter – man richtet sich nach ihnen, soweit es geht; die Professoren, die Priester – aber verehren? Man muß Gott verehren, das wohl, den Papst, den König oder so; aber – Männer?« Sie lachte leise. »Ich hab nie daran gedacht. Warum, sag mir doch, warum willst du jemand verehren?«

Fabio zeichnete mit dem Bleistift vor sich auf den Tisch, sie sah, es war ein Malteserkreuz; so spielend strich er die Winkel in den Balken zu, und es entstand etwas wie ein eisernes Kreuz, dann füllte er noch die Lücken zwischen den Balken, und was blieb, war ein Achteck.

»Warum?« Er sagte das nun auch spöttisch. Und nach einer Weile begann er: nun, wenn sie sich auch über diese Gleichstellung ärgere, ja, entsetze, aber er müsse sie doch mit Dino vergleichen, jawohl. »Siehst du«, fuhr er noch leiser fort, »der hätte mich auch fragen können nach dem Grunde und nach der Berechtigung dieses Gefühls, dieses tiefsten menschlichen Bedürfnisses, der Verehrung. Dino verehrt nichts – nichts mehr! Er hat ohne Zweifel einmal etwas verehrt, doch darüber sprach er nie. Das war für ihn vorbei, es tat ihm offenbar weh, daran zu rühren. Du verehrst, wie du sagst, Gott. Ich will dir aber sagen, Costanza, wenn du Gott nicht mehr in einem Menschen findest, in einem Menschen außerhalb deiner selbst, dann stirbt dir Gott im eigenen Herzen ab, glaube es mir! Er ist dann unbestätigt, Gott, meine ich. Das ist ja das Furchtbarste – ich meine an unserer Zeit – für uns junge Menschen ... Man lehrte uns eine Menge, aber wir sehen nichts von all dem im Leben unserer Lehrer verwirklicht. Und hat man schließlich ein Bild, das man auf den Altar der Verehrung stellt, und entdeckt dann über Nacht – nein, von einem Augenblick zum andern, daß alles, was dieses Bild für uns verkörperte, daß alles Exemplarische darin nur ein Dunst war, der von der Selbstgefälligkeit des Bildes ausging, dann bist du ein anderer – ja, einfach ein anderer! Und die Welt ist auch anders geworden. Ich hab dir schon einmal gesagt: ich kann Dino verstehen – ja, durchaus, aber ich kann nicht wie er verzweifeln; ich sage es ganz ehrlich, ich habe nicht den Mut dazu, zu verzweifeln, meine ich! Ich würde nicht weiterleben können ...«

Costanza fragte, ob er die letzten Zeitungen gelesen habe? Ob er wisse, wo die Ritter vom Weißen Roß sich ungefähr aufhielten zur Zeit?

Fabio saß, den Kopf zwischen die Schultern gezogen, da, seine Hand lag auf dem Tisch ausgestreckt, die Finger trommelten leise, dann lagen sie still; und sie sah, wie er den Zeigefinger verneinend hin und her bewegte.

XVIII

Seit diesem Tag sprach er mit Costanza nur noch von Dingen, die sie verstand und die ihr gefielen: von Alltagsdingen also und Schulaufgaben, von amerikanischen Romanen und dem Flusse Volturno oder der kleinen Ebene von Cassino; von Tanzabenden im Café, zu denen sie gelegentlich gingen, um gewisse Damen der neapolitanischen oder römischen Gesellschaft mit englischen Offizieren zu beobachten; von Fliegerangriffen, Friedensgerüchten. Fabio war noch sanfter als sonst, doch rauchte er viel und saß meistens in seinem photographischen Atelier.

Es bestand aus zwei Räumen: aus der Dunkelkammer, wo er schlief, und einem länglichen Raum, darin ein großer Tisch stand und hinter demselben eine harte Kautsch. An den braunen Wänden hingen stark retuschierte Vergrößerungen, die dem Photographen wohl besonders gelungen vorgekommen waren, meist Frauen und Kinder und im Krieg gebliebene Soldaten, die offensichtlich von kleinen Zufallsaufnahmen herstammten und auf einem langwierigen Weg zu ihren repräsentablen Ausmaßen gekommen waren. Und so hatten diese Gesichter der Toten wie Polgegenden auf der Karte viele leere Stellen; ja, diese ihres kommenden Schicksals noch ahnungslosen Augen blickten wie durch einen weißen Nebel; der Anzug war dafür um so deutlicher geworden.

Unter den großen Fotos standen an der Wand entlang einige weiße Korbsessel, auf den roten Fliesen lag ein abgetretener armer Teppich mit einem Muster aus gelben Dreiecken, die von krepierten Sternen zu stammen schienen; dazwischen trieben blaue Kreise. Fabio fühlte sich gelegentlich, wenn er abends allein dasaß und sein Blick auf den Novecento-Teppich fiel, zu Weltentstehungsphantasien angeregt, sah Monde in Planeten stürzen, die ausgetretenen Stellen wurden zu magnetischen Nebeln um die Sonnen, und die Linie, wo der Teppich aufhörte, war für ihn der Rand aller Dinge, das Nichts, das es ja sonst nur dem Namen nach gab. Stundenlang auf der harten Kautsch ausgestreckt, träumte er, seine Gedanken erweichten sich, wurden schließlich diffus und flossen mit seiner Sehnsucht wie die Wärme in die kühlen Bereiche, wo die sinnliche Vorstellung aufhört und dann sogar die Kette der folgernden Gedanken. Warum fühle ich mich allein? Das war häufig ein Sprungbrett, von dem er sich ins Tiefe stürzte. Warum bin ich, wenn ich im Café sitze und mit Costanza plaudere, noch mehr allein als jetzt? Natürlich – weil keine Antwort kommt. Antwort? Bücher führen zu neuen Fragen, und das ist auch ein Trost, zu sehen, daß andere genauso unruhig sind – unterwegs – wohin? Alles ist unruhig, wenn es lebendig ist! Die Unruhe freilich dieses Teppichs – nein, das ist keine organische Unruhe! Das ist die Unruhe, die entsteht, wenn die wahre Unruhe, die der Seele, noch nicht da ist. Das da ist die Unruhe des Verstandes – die Unrast also! Überhaupt: es ist etwas Freches in diesem Teppich. Er tut, als quälte er sich mit seinen Formen, dabei ist ihre Eckigkeit, das Spitzige, Zuckende daran gar nicht erlebt, erfahren! Es gibt diese Formen und diese Farbenverhältnisse nicht in der Natur, auch nicht in der Seele: – sie sind ausgedacht, um den Blick anzuziehen! Es sind auffällige Behauptungen, Spitzfindigkeiten und Inkonsequenzen, das ganze ist Angeberei, zerebraler Bluff. Die wahre Unruhe – es fällt etwas zur Tiefe ... Ist es Drang oder Gezogenheit? Keine Wirkung ist einseitiger Herkunft. Wenn der Gegenstand unbeeinflußbar für die Anziehungskraft wäre, bliebe er in der Luft. Und er bleibt in der Luft, wenn er die entsprechende Gegenwirkung ausübt. Wir können ihr widerstreben – ja, hier ist der freie Wille.

Über die Unruhe träumte er viel nach, auch über die Angst; über das seltsame Schweigen in der Welt, wenn wir Fragen stellen; über die Unzuständigkeit aller Instanzen; über den Mangel an Gewißheit in jeder Lehre, in jedem Wort. Was kann sich als gewiß ausweisen? ... Darüber dachte er oft nach und schlief oft darüber ein.

Manchmal stand er vor den Fotos an den Wänden, ging langsam von einem zum andern und blickte in diese Augen hinein, fragend – aber er fand, daß alle diese Menschengesichter, selbst die mit schönen Oberflächen, ihn ebenso fragend anschauten. Man erhöht ohne Zweifel, kam es ihm vor, das Bild des Menschen, erhöht es im heidnischen Sinne, wenn man vermeidet, daß das Auge des Bildes den Beschauer anblickt. Doch vertieft man es im christlichen Sinne, wenn man im Auge den Hungerspalt aufreißt – ah, wie unglücklich doch all diese Gesichter sind, selbst die fetten vom wucherischen Kaufmann und seiner Frau.

Diese Augen – das sind ja richtige Löcher, Einschläge von Kugeln in die Fassade! Was hat dieser fette Mensch entbehrt, auch wenn er es nicht wußte! Und Fabio sah dann stets dies andre Augenpaar, schwarz und sanft und gleichmütig wie die Nacht. Kann eigentlich die Liebe gleichmütig sein? Gleichmut vor dem blutigen, schmutzigen Bilde der Welt? Dino in der Barke – wie er seinen Traum andeutete, nein, nicht erzählte . . . dazu war der zu allem Entschlossene nicht fähig, selbst zum Erzählen nicht. Der Gleichmütige imitiert das Angesicht des Himmels. Darf er das tun, ohne Schaden zu nehmen an seiner Seele, die doch im Grunde aus der Liebe lebt: aus der Teilnahme. – Philosophen, die das fordern: Gleichmut bis zur Teilnahmslosigkeit, damit der Spiegel des Erkennens nicht getrübt werde, sind sie nicht unmenschlich? Oder lebt der Mensch nur, um zu erkennen? Und dann kommt es zuletzt doch immer heraus, daß es über die Natur des Menschen geht und dieser Gleichmut doch nur Pose war, Selbstbetrug! Der Fürst war so lange Stoiker, als er sah, daß das Notwendige sinnvoll war, und sinnvoll erschien ihm, was mit seinem Sinnen und Trachten übereinstimmte. Sogar eine Bombe kam ihm sinnvoll vor, war sie doch unabwendbar und überdies: sie konnte auch noch seinen stoischen Stolz im besten Lichte zeigen; ein Sprengkommando aber –, da versagte sein Gleichmut, der Vorgang erschien ihm sinnlos, weil er ihn noch für abwendbar hielt. Retten – retten . . . ja, was er angeblich auf der offenen Hand getragen hatte. – Und Fabio seufzte. Nicht daß er das gestürzte Bild in seiner Seele gehaßt hätte, er bückte sich nur kopfschüttelnd darüber, betrachtete seine Bruchstellen – auch nicht mehr verächtlich, sondern in einer Art von Bedauern; doch das war kühl, fast objektiv. Und er war ganz sicher, daß er nie, nie mehr den Versuch machen würde, in einem Menschen das verehrend zu suchen, was er selber sein möchte. Wäre er zehn Jahre älter gewesen oder zwanzig, vielleicht hätte er sich beschieden und die zerbrochenen Teile geliebt, ohne ein unzerbrochenes Ganzes zu fordern, aber die Liebe zum Torso war ihm bei seinen Jahren noch nicht gegeben.

Es war am Weihnachtsabend –, die Eltern hatten ihn nicht nach Hause eingeladen; auf Epiphanie, wollten sie herüberkommen, so schrieben sie. Er saß allein auf seinem Studio, vor sich ein Lehrbuch der Psychiatrie. Er hörte, halb über das Buch wegblickend, dem Regen zu und rauchte. Unter dem Tisch stand eine Kohlenpfanne, auf die er von Zeit zu Zeit Orangenschalen legte und Harz von Zitronenbäumen und Pinienzapfen, es roch angenehm im Zimmer nach Wald und Kirche. Die Großmutter hatte ihm eine halbe Sandtorte herübergeschickt. Alle Bestandteile in diesem Weihnachtskuchen stammten aus dem bürgerlichen Diebstahl am allgemeinen Wohl, das wußte Fabio. Aber die Großmutter hatte den Kuchen mit viel Liebe eigenhändig gerührt und in der Blechhaube gebacken, selber die Holzkohlen fächelnd, wiewohl sie doch zwei Dienstmädchen hatte. Diese Großmutter – oftmals wunderte man sich, daß sie etwas mit einem zu tun hatte. Etwas? Nein, eigentlich nichts. Sie gehörte einer andern Familie an, der Familie der Hausfrauen! Die sind auf der ganzen Welt die gleichen, ob sie auf Gas kochen oder auf Holz, ob sie oberhalb des Mittelmeeres hausen oder unterhalb, in einem Araberzelt oder jenseits des Meeres in einem Wolkenkratzer oder in Holzhütten in Sibirien. Ihr Denken ist voller Nahrungsmittel, bald freudig, bald kummervoll; bald strömend in strotzender Gebekraft, bald knausernd in kümmerlicher Sparsamkeit, je nach dem Temperament. Die Hausfrauenfamilie und die Familie der Mütter haben zwar äußerliche Beziehungen zueinander, sind aber doch im Wesen ganz und gar verschieden. Die Hausfrauen stehen ohne Zweifel den Familien der Rechner und der Politiker nahe, die Familie der Mütter dagegen – etwa den Künstlern?

Er war in dieser Hinsicht noch nicht ganz entschieden, als er jäh zusammenfuhr, – es hatte geklopft. Und schon öffnete sich die Tür – er schloß meist nicht ab –, und herein schlüpfte in einen englischen Militärmantel mit einer Fliegerkappe gehüllt eine Gestalt – Dino! Der Eintretende rief sofort gegen den Erschrockenen hin: »Bitte, ich bin's, Dino, schneid doch nicht so ein Gesicht! . . . Ah, wie ein erfrorenes Christkindchen! Ho – ganz gemütlich hier! Sauwetter! Na – nun sag doch was, sag wenigstens: guten Abend!«

Fabio war mühsam aufgestanden, seine Augen brannten auf den Besucher ein. Er hatte ihn erst an seiner Stimme erkannt. Auf Dinos Lippen zog sich ein schottischer, an den Enden aufgezwirbelter Schnurrbart, und zwar fuchsig blond; auch die Augenbrauen und das Haar hatten diese ihn ganz und gar entstellende Farbe.

»Du kommst zu einer merkwürdigen Stunde«, sagte er

endlich, er blickte auf seine Armbanduhr – »Viertel nach eins!«

Dino hatte inzwischen den Regenmantel abgestreift und das Kleidungsstück achtlos auf einen der Korbstühle geworfen. Er stand in der Uniform eines englischen Fliegerleutnants vor ihm. Fabio betrachtete ihn angestrengt.

»Das hat alles seinen guten Grund«, sagte Dino in diesem lustigen Tonfall. »Ich weiß, dies Hühnervolk geht frühzeitig zu Bett. Aber heut ist Weihnacht! Und da dachte ich: ein bißchen später ist besser. Schließlich kam mir auch noch der Regen zu Hilfe! Tatsächlich – kein Schwanz war zu sehen!«

Er schob mit dem Fuß einen der Korbstühle heran und ließ sich hineinfallen. Und den Kuchen erblickend, streckte er die Hand aus: »Du gestattest? Ich habe verdammten Hunger!«

»Wo kommst du her?« Das klang aus Fabios Mund sehr fest, wiewohl seine Stimme keine Antwort zu erwarten schien.

»Von zu Hause«, Dino grinste und kaute mit vollen Backen, »ja, wirklich: von zu Hause! Und du weißt, – mein Haus ist die Welt! Aber um deiner braven bürgerlichen Vorstellungskraft nachzuhelfen: ich komme aus dem Städtchen Nirgendwo, Aufrechtemännerstraße Numero Unbekannt, zufälligster Stock, Eingang auf eigenes Risiko!« Er kaute und ergötzte sich an Fabios Miene. »Du guckst mich jetzt an wie dein Vater, als ich ihm die fünfzigtausend abverlangte: so ehrenhaft unnahbar und überlegen, so furchtbar streng. Er möchte übrigens unbedingt herauskriegen, wo ich mich aufhalte, um mich seinem Freund, dem Direktor vom Poggio reale, wieder abzuliefern, bevor der abgesägt wird. Du siehst, mein persönlicher Informationsdienst ist besser als der des Duce, der nicht merkte, daß der König ihn einsperren wollte!«

»Dann weißt du hoffentlich auch, daß meine Tür überwacht ist!«

»Und ob ich das weiß! Deshalb komme ich auch nur, wenn es regnet und es gerade Weihnachten ist, die Karabinieri also zu Hause sind. Außerdem, die Karabinieri würden mich bestimmt grüßen! Wie gefällt dir meine Uniform?«

Fabio schaute den andern mit einem kaum merklichen Kopfschütteln an. Er mußte sogar lächeln. Doch gleich fragte er wieder sehr ernst: »Was willst du hier?«

»Rate!« Dino lächelte spöttisch.
»Woher weißt du, daß ich hier wohne?«
»Das kann ich dir genau sagen: durch einen Vertrauensmann hier in Città morta.«
»Und warum wohnst du nicht bei ihm?«
Dino schüttelte in traurigem Belustigtsein den Kopf und aß ruhig weiter. Endlich sagte er: »Gemütvoll, wie du fragst! Außerdem – der Mann hat eine Frau, und Frauen können selten das Maul halten. Außerdem: Kinder im Haus! Und der Mann steht mir nicht nahe... Er ist eigentlich kein Ritter vom Weißen Roß, – nur ein dienender Bruder!... Er riskiert das Ganze aus – geschäftlichen Interessen, du verstehst!«
»Du willst dich also bei mir hier – verbergen?«
»Auch das! Deine Intelligenz! Tatsächlich, hast du das nun endlich herausgetüftelt? Setz dich doch und sei ein bißchen nett! Und denk an die schöne Zeit im Poggio reale!« Er schwieg und warf Fabio wieder einen kurzen Blick hin, der so gebieterisch war, weil er dem andern nichts als sich zu erinnern befahl.
»Gewiß«, sagte Fabio, nickte und räusperte sich. Darauf reichte er dem Gast eine Schachtel mit englischen Zigaretten. Doch Dino griff schnell in die Tasche, zog ein Päckchen amerikanischer heraus: »Rauch die, das da ist ja Dreck!«
Fabio zögerte kurz, diese Zigarette anzunehmen. Aber wieder traf ihn dieser Blick, und er gehorchte. Sie rauchten.
»Und für wie lange?« fragte er endlich, »angenommen, es wäre möglich hier?«
»Angenommen? Das ist gut! Ich habe keinen Augenblick daran gezweifelt. Oder zweifelst du daran, daß du – mir – einen Platz in dieser deiner – Zelle anweist?« Dino blickte dabei durch den Raum. Er stand sogar auf, ging auf die Tür zu, die in die Dunkelkammer führte, blickte hinein und gleich darauf rief er: »Herrlich –, hier kann ich sogar verschwinden, wenn du Besuch hast!«
»Ich fragte, für wie lange?« Fabios Stimme klang müde und hartnäckig zugleich.
»Für wie lange? Das möchte ich auch wissen! Man sieht, daß du keine Erfahrungen hast auf dem so zufallsreichen Felde meines Berufes. Für wie lange? Als wenn das von mir abhinge! Und Jesus ging in die Wüste. Und als er vierzig Tage gefastet

hatte, traten die Karabinieri an ihn heran, um sich an ihm zu versuchen!«

»Es geht nicht«, sagte Fabio sofort, »wenn du mein Freund wärest, ginge es; aber du bist nicht mein Freund.«

»Nein? – ach, wie traurig!« Dino lachte hoch auf, aber leise. Er hatte überhaupt, merkte Fabio, einen schleichenden und leisen Tonfall angenommen. »Und wenn ich mit dir bete? Jeden Abend vor dem Schlafengehen?«

Fabio ging zum schwarzverhangenen Fenster und lauschte hinaus: der Regen rasselte und klatschte, über die Domtreppe wälzte sich mit düstrem Musizieren ein Bach, von den Dächern hingen schwellende Stricke. Das Wasser und die Finsternis schienen ein und dasselbe zu sein. Und zwischendurch schlug das Meer donnernd auf den Strand –, nichts mehr war von der Welt sichtbar, nichts als dieser kleine Raum und das Gesicht dieses Fremden, der sein Gast sein wollte.

»Diese Nacht – gut«, sagte Fabio endlich, »wir müssen uns in die Decken teilen. Ich schlafe hier, und du in der Dunkelkammer. Aber morgen in aller Frühe gehst du, noch ehe die Aufwartefrau kommt, noch viel früher! In der Dunkelheit –, hast du verstanden?«

»Nein, – sag's noch einmal!«

Fabio antwortete nicht. Er teilte stumm die Decken, ging zu seinem Lager hinter den Tisch, zog die Hosen aus und die Jacke und wickelte sich in die Decke. Dino schaute ihm stumm zu.

»Und wenn ich morgen früh nicht gehe?«

Fabio erhob sich langsam, wandte sich Dino zu und betrachtete ihn, die Brauen zusammengezogen, eine Weile, dann legte er sich wieder, ohne ein Wort zu entgegnen, hin.

»Wegen meines Lebensunterhaltes«, begann Dino, als gäbe er Fabio eine Antwort, »brauchst du dir keine grauen Haare zu machen; betrachte mich als deinen paying guest! Nur um die Mühe des Einkaufens kommst du nicht herum.«

Fabio rührte sich nicht.

»Nun, ich sehe, mein Kommen hat dich doch ein bißchen erschöpft. Also, schlaf gut! Übrigens – falls du Gewissensbisse in dieser Richtung hast: ich respektiere die Gastfreundschaft und werde in diesem verschlafenen Nest nicht beruflich auftreten, wiewohl es den Fachmann lockt bei all dem reichen Pack aus

Neapel und Rom, das hier sein wertvolles Leben vor den Bomben in Sicherheit bringt. Freilich, wenn ich dir behilflich sein könnte, irgend so einen ekelhaften Patron, der dir nicht paßt, für ein paar Monate in eine Besserungsanstalt zu entführen, nun – das wäre Ehrensache. Du weißt wohl, daß Fräulein Staatsanwalt Rizzi zur Zeit hier ist, – dieselbe, die dir deine Frist im Poggio reale zumaß? Ich habe mir den kindlich reinen Sinn bewahrt und handele durchaus nicht einseitig aus kommerziellen Antrieben.«

Fabio hörte jedes Wort, aber er blieb stumm.

»Nun also, gute Nacht, bis morgen, lieber Fabio. Und zunächst vielen Dank für diese bemerkenswert freundliche Aufnahme. Nun – dafür ist's auch Weihnachten, das Fest, da der Bürger seinen Kindern hübsche Sachen schenkt und, wie mir jemand einmal sagte: den Angestellten irgendeinen Dreck in Stanniolpapier. Was hat da schon ein Brigant zu erwarten! Ich wollte eigentlich bereits gestern abend hier sein, um mit dir durch die Mauern den Orgelklängen im Dom zu lauschen –, aber die Uniform war noch nicht da. Du wohnst ungefähr wie Philipp der Gestrenge in Spanien, so nahe dem Altar. Wie geht es übrigens deiner kleinen Prinzessin? Ich sähe sie ganz gerne, – aber lieber nicht! Kommt sie manchmal dich besuchen? Nun, ich gehe dann jedesmal in die Dunkelkammer und lese im Dekamerone. Nach dem Brevier ist, oder war, wer weiß, der Dekamerone das Lieblingsbuch meines Onkels. Weißt du übrigens, daß der alte Sünder spurlos verschwunden ist? Man sagte, er habe mich zuvor noch enterbt. Er soll im Kloster Camaldoli als Büßer sich verbergen, hörte ich, – die letzte Tram ins Himmelreich. Als ich noch so ein Jüngelchen war und keinen Abend zu Bett ging, ohne mich unter die Fittiche meines Schutzengels zu stecken – ich weiß noch genau, was für Farben sie hatten: der Grundton weißbeige mit rosa Querstreifen und an den Spitzen türkischblau! – ja, in dieser relativ glücklichen Zeit hatte ich den Alten ziemlich gern. Er konnte einen so zärtlich anschauen und so ruhig; und ehe ich ging, warf er wie ein frommer Schimpanse die Arme um meine zerbrechlichen Schultern und drückte mich an sich und sagte jedesmal dasselbe, genau dasselbe: »Dinuccio mio, daß Gott dich so bewahre, wie du bist!« Nun, wie man sieht, das ging über die Kräfte des Allmächtigen; man darf selbst Gott nicht zuviel zumuten. Weißt du, daß ich sogar herkam mit dem kitzligen Gefühl, er könnte etwa in Città morta untergeschlüpft sein? Man sagte mir zwar, er sei nicht hier; aber es weiß ja auch keiner, daß ich hier bin. Und wohlbemerkt, es vermutet mich auch niemand hier, die Polizei versteht sich im allgemeinen mehr auf Verbrecher als auf Witzbolde. So ein Polizeihirn arbeitet unfehlbar exakt, du kannst nach kurzem Umgang mit diesem hochentwickelten bürgerlichen Verteidigungsmechanismus wie mit einer Maschinenpistole umgehen. Übrigens Vorsicht, in dem wasserdichten Futteral da steckt so eine Streubüchse. Ja – wenn du nämlich so eine Maschine kennst, dann weißt du genau: tu ich das, tut sie das; und so kommt man mit diesen Apparaten glänzend aus. Ja, freilich – wenn dieser Polizeiapparat über Nacht Phantasie bekäme, Gesù! Ich habe die Maschine genau avisiert, wo sie mich zu treffen hat: in Potenza oder Avellino. Und wenn ich jetzt so im Bett liege und mir vorstelle, wie die armen Hunde bei diesem Wetter Tag und Nacht herumstrolchen, einen Bauern wecken, einen Stall umstellen, dann werde ich ganz entmutigt bei dem Gedanken, welch ein Unmaß von gutem Willen, Muskelkraft und mittelmäßiger Intelligenz täglich und stündlich in unserer Welt sich verpufft – ins Nichts! Aber im Grunde – mir geht es im Augenblick ja genauso mit meinem sentimentalen Angriff auf dein Herz! Ich suche auch einen und finde ihn nicht. – Ich bin noch verhältnismäßig jung für meinen Beruf! – Aber was sag ich: unsre Zeit verfährt keineswegs sentimental mit ihren jungen Leuten. Mit achtzehn, neunzehn hält man uns bereits für welterfahren genug, um auf die komplizierteste Weise en masse zu krepieren. Vorwärts! – und man gibt uns etwas in die Hand, und wir marschieren in geschlossenen Kolonnen mitten in den Rachen von stählernen Krokodilen hinein, die einfach nicht satt werden können von soviel jungem Fleisch und soviel internationaler kindlicher Bereitschaft, sich irgend etwas abbeißen zu lassen, sogar den Kopf; das macht gar nichts, es geht ja stets für eine Idee! Nun ja –, du bist es müde, garstige Dinge zu hören. Du gleichst ein bißchen meinem Onkel; der hat auch in jeder Lebenslage die andern Gott überlassen. Übrigens – er schickte mir, kurz bevor ich mich freimachte, über meine Mutter einen Brief, den ersten seit mehr als einem Jahr, glaub ich – ich hab ihn sogar bei mir, soll ich ihn dir vorlesen? Er ist von einer herrlichen Gelassenheit – ähnlich wie dein Daliegen auf dieser Kautsch.

Hier, nur ein paar Sätze: ›Dino, Dino, schau um dich! Schau deine Mitgefangenen an, jeden Tag! Viele von ihnen leiden unschuldig – du jedoch leidest nur zum Teil unschuldig – zum Teil aber schuldig. Was dich entschuldigt, ist das schlechte Beispiel einer verrotteten Welt, in deren Schoß du aufwuchsest – schuldig aber bist du, weil du dich für unschuldig hältst.‹ Ja, willst du es sehen, das schrieb er. ›Du bist intelligent genug, um einzusehen, daß deine zynische Ungebundenheit einer ernsten Antwort des Schicksals bedurfte. Sei zufrieden, daß du würdig erachtet wurdest, eine Antwort zu erhalten, mag sie noch so streng sein, streng wie dieser Brief. Aber glaube mir, die Strafe, die du leidest, und all das, was über uns alle kommt in dieser furchtbaren Zeit, entstammt dem Strom einer immanenten Gerechtigkeit, der durch unser aller Tun und Denken und Fühlen als Grundbewegung sich hinzieht, glaube es mir: zu einer Erneuerung! Vergleiche übrigens dein Los mit jenen, die in deinem Alter sind und täglich dem Tod ins Angesicht sehen müssen‹ – und so weiter, und so weiter. Der Brief ist stilistisch eines Seneca würdig, und zu meinem Pech habe ich diesen Seneca immer als das, was er ist, angesehen: als einen alten Klugscheißer, der unbedingt für jedes Töpfchen einen Deckel finden muß, ob es sich nun um den Vesuv oder einen Puppennapf handelt, – der Deckel paßt immer! Welch eine Anmaßung von diesen alten und so bequemen Herren, die es offenbar nicht ertragen können, daß in der Welt etwas wie Ungerechtigkeit existieren soll oder etwas Ungereimtes, Närrisches, Sinnloses! Und dann die zweite Anmaßung: zu glauben, man könnte mit diesen seinen Ansichten, vorausgesetzt, daß sie stilistisch einwandfrei serviert werden, einem Menschen eine andere Welt oder doch eine andre Ansicht dieser Welt präsentieren. Aber das ist es ja! Wer an solche Möglichkeiten glaubt, lebt für mich bereits in einer andern Welt ... Jeder lebt in seiner, ich sehe es heute abend wieder ... Und was ich überdies noch gelernt habe heute abend, – oder vielmehr, was du mir durch dein Verhalten als standhafter Prinz, der Kaninchen spielt, bestätigt hast: man erwarte nichts vom Menschen, gar nichts – aus Liebe, mein ich, wie du immer so schön sagtest: aus Brüderlichkeit, selbst nicht in einer Weihnachtsnacht und nicht von einem, mit dem man durch Wochen in einem Zementkäfig saß und Musik des Herzens komponierte, – nein, nein, der Teufel hol die Rückfälligkeit – auf allen Gebieten!«

Fabio saß plötzlich im Bett, seine Stimme kam offen, doch auch gebändigt. »Was willst du von mir, Dino?«

Der so Angeredete trat einen Schritt zurück, ohne es zu bemerken, er stieß an einen der Korbsessel; er blickte Fabio an, unentschlossen, auf seiner Stirn stand eine schräge Falte.

»Bitte, Dino, ich frage dich: was willst du von mir?«

»Nichts!« stieß der andre hart und keuchend hervor, wandte sich und verschwand in der Dunkelkammer. Es wurde bald still.

Fabio starrte eine Weile in die Kohlenpfanne, dann stand er auf und trug sie vor die Tür. Und er legte sich hin und schlief sofort ein, er war todmüde. Aber sein Schlaf war voll Traum und Unruhe. Vielerlei Bilder – Wildes und Ungereimtes – tauchten aus dem Teich des inneren Lebens auf. In der Nacht erwachte er plötzlich. Erst über seinen Traum erinnerte er sich dessen, der nebenan schlief. Das seelische Gebilde widerstand kaum den umfingernden Gedanken: es war zu reich, zu kühn, zu vielfältig und auch zu empfindlich gegen jeden Zugriff des Verstandes. Doch einige Bilderzeichen blieben ihm klar zurück, vor allem das Wetterhäuschen. Er hatte es im Frühling bei einer Schweizer Familie in Neapel gesehen, und jetzt erst tauchte es wieder auf, bot sich als Ausdrucksmittel seiner schaffenden Seele dar. Aber was hatte sie daraus gemacht! Ja, das Wetterhäuschen, mit den zwei Löchern, aus denen die bunten Männlein traten, war – jetzt erst erkannte er es deutlich: das Gesicht des Fürsten di A.! Das Thermometer zwischen den Löchern der Augen – das war ein Gemisch aus der feinrückigen, langen Nase des Fürsten und auf eine unsagbare Weise zugleich, man wußte es nur: seine Philosophie! Man sah das glänzende Quecksilber darin steigen und sinken. Und aus den Augen traten die Männlein heraus: – und der Träumende erkannte in der einen Gestalt Dino, in der andern sich selber. Das Männlein Dino hatte eine Pistole in der Hand, und sofort, wenn es heraustrat, schoß es damit, um gleich wieder zu verschwinden und dadurch das andre Männlein, Fabio, herauszutreiben. Aber das Herein und Heraus war jedesmal von einem Augenblinzeln des Fürsten begleitet, er ließ das große Augenlid rechts oder links sinken, und es war nicht klar, ob er dadurch die Männlein bewegte, oder ob diese ihrerseits den Fürsten zum Blinzeln zwangen. Das Männlein Fabio machte jedesmal, wenn es aus des Fürsten Augenhöhle trat, eine die

Arme breitende Gebärde und rief etwas – etwas, dessen der wache Fabio sich zu seinem Bedauern nicht mehr erinnern konnte. Noch halb vom Traum erregt, war er geradezu unruhig, daß ihm die Worte des Wettermännleins Fabio nicht mehr einfielen. Ein andrer Traum, den er aber nur noch sozusagen als einen scheuen Waldmann auf der Flucht vor den ihn verfolgenden Gedanken von hinten sah, bestand in einem großen Zettel, den ihm jemand hinhielt. Er entsann sich, darauf einen alten, klausnerhaften Mann gesehen zu haben, der mitten unter weißen und schwarzen Kaninchen saß, regungslos, lächelnd. Doch war da noch viel mehr, – aber es war wieder zurück in seine Seele gefallen.

Er stand leise auf, knipste das Licht an und ging auf den Zehen zur Tür der Dunkelkammer. Sie war nur angelehnt. Fabio blieb überlegend stehen, dann ging er seine Taschenlampe holen und trat in den Raum. Dino lag auf dem Rücken, den Kopf in die rechte Hand gebettet; ruhig lag er da, so ruhig, daß Fabio ihn einen Augenblick wie einen Gestorbenen sah. Unhörbar strömte der Atem aus dem leicht geöffneten Mund. Die Augäpfel starrten durch die feinen, gelben Hüllen der Lider, wirklich wie bei Toten, die durch die Hüllen sehen. Aber dieser Zug von Müdigkeit um den Mund verriet den Lebendigen; die Toten sind ausgeruht. Der fuchsige, gezwirbelte Schottenschnurrbart ließ das Gesicht unsagbar harmlos erscheinen. Fabio lächelte und schüttelte den Kopf.

Leise ging er hinaus. Er kleidete sich an, vorsichtig selbst jeden Ansatz zu einem Geräusch vermeidend. Vom Dom läutete es den Angelus. Und Fabio richtete auf dem Tisch das Frühstück für Dino: Brot, Butter, Honig; daneben stellte er den mit Wasser gefüllten elektrischen Kocher, neben ihn die Teekanne und dazu eine Büchse Konservenmilch; der Zucker fehlte, vielleicht mochte Dino Honig im Tee.

Und er nahm den Briefblock und schrieb darauf: »Lieber Dino, hier steht alles zum Frühstück bereit. Dein Besuch hat mich gefreut, glaub es mir, aber mehr noch erschüttert. Doch Deine Vorwürfe, wie begreiflich sie auch seien, haben keinen gerechten Grund. Ich weiß, die Art, wie ich Dich empfing, mußte schrecklich für Dich sein! Und auf Deinen Versuch, mir näherzutreten, gab ich Dir keine Antwort. Ich weiß, ich hätte mich anders benehmen müssen, doch weiß ich nicht, wie! Du bist nicht mein Freund, und doch stehen wir – das weißt Du so gut wie ich – in einer geheimnisvollen Verbindung. Fast wie die zwei Figuren in einem Wetterhäuschen. Du kennst doch diese anmutigen volkstümlichen Barometer aus dem Norden? Ist das eine Männchen draußen, muß das andere drinnen bleiben; das eine kündet Regen, das andre Sonnenschein! Sie sehen sich nie, diese beiden, die man deshalb meist als Mann und Frau darstellt. Und doch stehen sie durch dieselbe Kraft geführt da, die bald den einen, bald den andern heraustreibt. Ich schreibe Dir keinen abgeklärten Senecabrief. Auch keine Vorwürfe! Ich sah Dein Gesicht im Schlaf – verzeih mir diese Indiskretion! – und ich ahne etwas von Deinem Leid, das Du niemandem eingestehst. Aber ob Du es dadurch vermindern kannst, indem Du andern Leid zufügst? Die Kunst der Betäubung hat ihre Grenzen, und ich weiß, daß Du es nicht fertigbringst, das zu sein, was Du sein möchtest: frei zu sein wie der Buteo-buteo. Ich vergesse es nie, wie Du den Namen dieses Vogels riefest! Du beschworest einen Geist, der Dich zu Tode quält.

Ich steige jetzt auf den Berg und lasse Dich allein – ich darf mit Dir keinerlei Gemeinschaft haben, und dies nicht nur mit Rücksicht auf die womöglichen Folgen für mich und damit für meine Familie! Du hast einen Weg gewählt, der an keiner Stelle mehr (falls Du nicht bis zum Ausgangspunkt zurückkehrst und Dich selbst der Gerechtigkeit stellst, ja, der Gerechtigkeit, die sich ja nicht unbedingt mit der Polizei deckt, das weißt auch Du), der an keiner Stelle mehr den Weg eines Menschen trifft, es wäre denn feindlich. Zu diesem Deinem freierwählten Wege mußt Du stehen und Du hast selbst den Rückfall verflucht. Und Du hast recht, – es ist, als ob wir eine andre Sprache redeten, als ob wir zwei Wesen einer andern Ordnung wären. Wenn ich also morgen früh zurückkehre, bin ich sicher, daß Du die kommende Nacht dazu benutztest, um den Weg in Deine Freiheit aufs neue anzutreten. Daß ich Dich, den Feind der Gesellschaft, ungeschoren entkommen lasse, ist eine Inkonsequenz des Herzens, die ich verantworten will, falls es notwendig sein sollte. Ich ersuche Dich aber, niemals mehr auf diese oder ähnliche Weise – ich meine freundschaftliche Weise! – meinen Weg zu kreuzen. Ein zweites Mal ließe ich Dich nicht entkommen; ich denke, daß Dir diese meine Offenheit zusagt. Ein Brigant hat zwischen sich und der Gesellschaft die schärfsten Grenzen gezogen;

er ist der entschiedenste unter allen Menschen, Unentschiedenheit macht aus ihm sofort einen Narren oder gar einen Lumpen.

Damit sage ich Dir Lebewohl! Den Worten Deines Onkels, die er zu Dir sagte, als Du noch ein kleiner Junge warst, möchte ich Erfüllung wünschen, es ist alles möglich!

Schweren Herzens grüßt Dich Fabio, der Dir noch einmal für alles dankt, was Du ihm in der schwersten Stunde seines Lebens an menschlichem Wohlwollen, ohne jedes Kalkül, zukommen ließest.«

Dieser Brief war, als Fabio am folgenden Morgen, etwa gegen acht, in das Studio zurückkehrte – er hatte im Hause der Großmutter geschlafen – nicht mehr vorhanden, während alles übrige unberührt, als wäre ein Gespenst zu Besuch gewesen, dastand. Nicht die leiseste Spur hatte der Entschwundene zurückgelassen. Fabio war ein wenig enttäuscht. Er hatte zum mindesten einen Zettel auf dem Tisch erwartet. Sogar das Bettzeug Fabios war von der Kautsch fortgeräumt und lag auf dem eigentlichen Bett in der Dunkelkammer. Dieses Bett war ordentlich gemacht. Fabio schüttelte immer wieder den Kopf.

Noch ein paar Tage lang saß er abends in einer ängstlichen Erwartung da, ob es etwa wieder klopfe. Er war in solchen Augenblicken von einer traurigen Ungewißheit erfüllt, ob er den schlimmen Gast nicht doch zu schlimm behandelt habe. »Armer Junge«, seufzte er dann und er war dem Weinen nahe. Nach wenigen Wochen kam ihm der Besuch in der Nacht des Weihnachtsfestes ein wenig traumhaft vor, Dinos Bild verschwamm. Er studierte eifrig, und Costanza trug, ohne es zu ahnen, einen ausgleichenden Alltag in sein schwankendes, bald ausgehöhltes und bald überfülltes Innere.

Vom frühen Morgen an saß er bis gegen vier Uhr über den Büchern, das Tageslicht zu nutzen, denn der elektrische Strom kam unregelmäßig und schwach, – wie das Mehl für das Brot, das einige Fischer in der Barke holen fuhren; die zwei gesprengten Brücken am Eingang des Ortes waren noch immer nicht hergestellt. Als man endlich Notbrücken aus Holz baute, ging Fabio hin, stellte sich zwischen die kleinen Jungen und schaute mit gesenktem Kopf ernsthaft zu. Und er hob gar nicht einmal den Kopf, wenn mit metallisch singendem Gebrumm durch den Frühjahrshimmel große Geschwader gegen Norden zogen. Vielmehr schaute er den magern Männern zu, wie sie hämmerten und sägten, Balken schoben und verbanden und den Abgrund schlossen. Ihr Tun beruhigte ihn, jede ihrer Bewegungen war vernünftig und unbekümmert und geradenwegs einem guten Ziele zugewandt. Mit demselben Gefühl schaute er den Männern zu, die auf den Erdterrassen standen, die Weinstöcke schnitten und die Pergeln an den Zitronenbäumen mit Ästen zudeckten. Man plant weiter, durchzog es ihn hoffnungsvoll, die Erde und der Mensch lassen einander nicht; eines Tages wird alles besser sein.

XIX

Aber Fabio erfuhr, wie unbeständig diese Zeit war, sogar im Bereich einer seelischen Stimmung. Eine Nachricht genügte, um ihn aus der Ruhe der einen Stunde in die Bedrücktheit der nächsten zu werfen: Vielleicht waren einige arme Dorfjungen zu den Waffen gerufen worden; die Aufwartefrau sagte ihm, ihr Stückchen Brot mummelnd, das er ihr vom Frühstück übriggelassen, daß sie seit drei Monaten ihr Kriegswitwengeld nicht erhalten habe; von der Großmutter hörte er, wie die Krämer und Bauern es trieben – »indezent wie Mörder«, pflegte sie zu sagen. Und dreimal die Woche erfuhr er, wenn auch nicht an seinem eigenen Leib, daß das Mehl wieder auf den schwarzen Markt verschwunden sei. Nicht immer stimmte die naheliegende Deutung der einfachen Leute, denn manchmal fehlte das Mehl bereits im Depot der Nachbarstadt, wenn die Fischer es abholen sollten. In solchen Fällen war also nicht der Podestà Zecchi, sondern ein anderer Beamter schuldig. Fabio aber konnte an seinem Frühstück genau ablesen, wenn das Mehl gestohlen worden war: sooft nämlich die Großmutter Weißbrot backte und die Aufwartefrau ihm sagte, daß es heute wieder kein Brot gebe und von ihm ein Stückchen, ohne jede Bemerkung als ein sanftes »grazie tante«, entgegennahm.

»Was seid ihr doch für Sklavenseelen«, sagte Fabio eines Morgens, »auch du, Assunta!«

»Sklavenseelen – warum?«

»Sieh doch hier – euer Brot auf unsern Tischen!« Er zeigte ihr das goldgelbe Stück Kastenbrot, hielt es ihr mit verächtlicher Miene unter die Nase.

»Eh, Signorino, wir haben kein Geld. Solche Preise, das wissen Sie doch!«

»Aber ihr habt doch Stimmen und Fäuste!«

»Wie meinen Sie das, Signorino?«

»Wie ich das meine? Versammelt euch! Nicht euer Geld, sondern eure Leiber, eure Stimmen, und geht zum Municipio! Droht ihnen, schreibt auf alte Säcke und nagelt sie an Stangen fest: Wo bleibt unser Brot? Tod den Dieben!«

»Mein Gott, Signorino, wie Sie reden!« Und Assunta schloß die Tür, und auf ihren Besen gestützt flüsterte sie: »Ja, und die Karabinieri? Die schießen, Signorino! Luigi, der kann ja lesen, der Junge ist klug, der hat mir aus der Zeitung vorgelesen, daß die Karabinieri wirklich schießen – mit Kugeln – in den Bauch! Das ist kein Spaß, Signorino!«

»Dann schießt man zurück!« sagte Fabio ruhig, die Augen weit aufgerissen. »Wenn ich Kinder hätte, und man verschöbe ihnen das tägliche Brot, und ich kriegte sie nicht satt, – ich würde zurückschießen!«

Assunta aber packte den Besen, als hätte sie nichts verstanden und begann zu fegen. Nach einer langen Weile sagte sie aus dem hintersten Winkel: »Signorino, wer arm ist, muß es büßen, das war immer so. Und das wird nie anders. Man muß sich ergeben, sonst sperrt man uns ein, – und das ist noch schlimmer! Die Reichen sind stärker als der liebe Gott! Mein Vater selig pflegte zu sagen: ›Gott ging in den Himmel und ließ uns als Erlöser das Geld zurück!‹«

Fabio richtete sich kerzengerade auf: »Um Gottes willen! Das hab ich noch nie gehört! Das sagte dein Vater?«

Assunta hob das Gesicht, sie sah wie eine Siebzigjährige aus und war noch nicht fünfzig. Ihre bekümmerten Augen waren scheu und unsicher auf Fabio gerichtet. »Ja, das sagte er, freilich! Warum? Ist es nicht richtig?«

»Das ist ja furchtbar!« murmelte Fabio, in einen Winkel starrend.

»Was wollen Sie, Signorino! Natürlich ist es furchtbar, wenn man kein Geld hat in solchen Zeiten. Früher konnte man mit zwei Lire den Tag eine Familie ernähren. Heute reichen zweihundert nicht aus. Und die Bezahlung ist nicht das Zehnfache.«

»Gut, Assunta, du erhältst eine höhere Bezahlung«, sagte Fabio kurz. Und es war in diesem Augenblick, daß er den Entschluß faßte, am morgigen Tag öffentlich auf dem Domplatz den Podestà Zecchi, sobald der in seiner neuen Gewohnheit als eifriger Neophyt der christlich-demokratischen Partei aus dem Hochamt kam, zu stellen und ihn zur Verantwortung zu ziehen.

Fabio hatte dem Hochamt beigewohnt und trat sofort nach dem letzten Segen auf den in der Märzsonne gleißenden Platz. Die Luft war frisch und würzig, rings im Bergkessel an den Halden und auf den Polstern über den violetten Felsschroffen lächelte der Frühling so sanft und entwaffnend, daß Fabio versucht war, sich sein Ränzlein zu packen und hinaufzusteigen in den Frieden der Berge, dort in die kleinen Kelche von Augentrost und Veilchen zu blicken und in den großen Kelch des Himmels und lauschend zu schweigen, statt sich hier zum Mund der Hungrigen zu machen und zum Anwalt der ewig Entmündigten. Vor allem: einen solchen zivilisierten Schuft beim Namen zu nennen, war kein Kampf – wahrscheinlich sogar nicht einmal ein Wagnis; denn der Kübel mit Spülicht, den er für den Podestà bereithielt, war so solider Natur, daß selbst ein sich sträubendes und parteiisches Gericht, für den Fall, daß die Herausforderung gesetzliche Folgen nach sich zöge, es nicht als Weihwasser definieren könnte. Und er war schon halb zum Gehen gewandt, im voraus angeekelt von der Szene, die er heraufbeschwören wollte, als er hinter sich ein Paar Holzschuhe klappern hörte und sich umwendend Assunta erkannte, windschief und in sauber gewaschenen Lumpen. Sie grüßte ihn freundlich, und da fiel ihm wieder ein, was sie gestern so ahnungslos gesagt hatte: Die Reichen sind stärker als der liebe Gott!

Und er rief ihr zu: »Assunta, bleib mal da an dieser Stelle fünf Minuten stehen, und ich zeige dir, wer stärker ist: die Reichen oder der liebe Gott, die Gerechtigkeit! Paß auf!«

Assunta blieb gehorsam stehen und blickte sich suchend im Kreise um. Indem entquollen dem Portal beim Klang der Orgel die ersten Meßgänger. Der Gewohnheit gemäß verblieben sie eine Weile auf dem Platz, der über den Kuppeldächern schwebend sich zwischen dem Campanile, der Domfront und der breiten Treppe auftat, wie eine Bühne, so empfand Fabio plötzlich – mit einem ihn anreizenden und zugleich hemmenden Gefühl.

Der Platz war bereits mit den Gruppen der schwarzgekleideten Männer und den bunten Tüchern der Frauen und Kinder erfüllt, als im Portal das Ehepaar Zecchi erschien. Bevor der Podestà von Città morta die drei Portalstufen hinuntertrat, griff er in die Tasche und wollte sich soeben seine Sonnenbrille aufsetzen, doch hielt er sie noch in der Hand, als Fabio bereits zu ihm hinaufschritt und ihm laut zurief:

»Haben Sie um den Sieg gebetet, Herr Podestà?«

Zecchi hatte mit einem lächelnden: »Wie geht's« dem jungen Mann zuerst die Hand hingereicht. Aber Fabio begrüßte nur

Frau Zecchi und auch sie nur mit einer kurzen Verneigung. Zu seinem Gegner gewandt, fuhr er fort, und wiederum so laut sprechend, daß sich die Nächststehenden sofort neugierig und betroffen umwandten und gegen die Gruppe unter dem Kirchenportal hinaufschauten; Fabio rief also: »Ich fragte Sie, Herr Podestà, ob Sie um den Sieg gebetet haben?«

»Aber, Herr Casani«, sagte Zecchi leise und zunächst noch mehr überrascht als empört, »warum schreien Sie denn so?«

»Weil es alle angeht, ob Sie um den Sieg gebetet haben!« rief Fabio. Man konnte seine Stimme über den ganzen Platz hören.

»Um den Sieg?« murmelte Zecchi, nun tonlos und vollständig verwirrt, hob aber sofort – und Fabio empfand, ganz ähnlich wie sein Vater – das Kinn, »ich muß Sie bitten, Herr Casani, was hat das zu bedeuten?« Und er schob sich resolut die Sonnenbrille vor die Augen.

Fabios Gesicht war dem des Podestà so nahe gerückt, daß er in den dunklen Brillengläsern sich selber erblickte, im rechten und linken, und es war nun sein eignes Gesicht, das ihn fragte: »Was hat das zu bedeuten?« Und er hörte Frau Zecchis Stimme, als wäre sie noch am Beten, etwas flüstern, sanft und eindringlich; ihre Worte jedoch drangen, wiewohl er sie vernahm, nicht in sein Bewußtsein. Denn alles in ihm kreiste schwindelnd um die Frage: »Was hat das zu bedeuten?« Um den Sieg beten? ... Das hat nichts zu bedeuten! ... Ich muß ihn nach dem Mehl fragen, nach dem Brot ... Ob die Reichen – ah, wie hieß der Satz noch? – das Geld auf der Erde zurückließen – nein, ob Gott – – Ich muß reden, ich kann nicht so dastehen ... Alle schauen auf mich, und doch hat mein Dastehen, meine Frage gar nichts zu bedeuten ... Ich rede für Sklaven. Seit Jahrhunderten duckten sich ihre Vorfahren unter dem Joch der Fremden, diese da seit zwanzig Jahren unter dem Rutenbündel des Diktators. Ihre einzige Waffe gegen den Staat ist Schläue und Betrug. Ich habe nichts mit diesen Sklaven zu tun! Auch nichts mit dem Sklavenhalter da hinter dieser braunen Brille ...

Fabios schweigendes Dastehen hatte nicht länger gedauert, als Frau Zecchi brauchte, nun auch ihre Sonnenbrille aufzusetzen. Doch Fabio war es, als wäre er und alles um ihn herum seit langer Zeit eingefroren, vereist. Es kamen noch einige Leute aus der Kirche, aber sie benutzten aus Respekt vor dem Podestà, der mit seiner Frau und Fabio das Hauptportal einnahm, die Seitentüren.

Da erschien hinter dem Podestà die wuchtige Gestalt des Pfarrers, und Fabio, von seinem Erscheinen wie geweckt, rief laut: »Ich frage, wer ist stärker: Gott oder die Reichen?« Welch ein Unsinn! – hallte es in der leeren Seele des Rufenden wider. Der Pfarrer wandte ihm überrascht sein rotes, gutmütiges Gesicht zu, erkannte in ihm den Sohn des Advokaten Casani und sagte beschwichtigend: »Warum denn so aufgeregt, Signorino!«

»Er ist betrunken, glaub ich«, sagte Zecchi mit dem Ansatz eines Lächelns und reichte seiner Frau den Arm und wollte gehen.

»Ich frage Sie, Podestà«, rief Fabio noch lauter und stellte sich Zecchi in den Weg, »ist Gott so stark, um das Gebet der Armen zu erhören?«

»Aber, aber – da besteht kein Zweifel, Signorino«, sagte der Pfarrer tadelnd; er schüttelte sogar den Kopf.

»Sie haben um Brot gebetet, die Armen von Città morta«, rief Fabio – er hörte seine Stimme, und sie kam ihm hohl und gefühlsentleert vor wie die eines Marktschreiers, wie die eines Berufspredigers – »auch den vorigen Sonntag«, fuhr er fort, »haben sie um dasselbe gebetet, und doch kam das von den Alliierten bereitgestellte Mehl nicht an. Gott war nicht stark genug, ihm ein sicheres Geleit zu geben. Sehen Sie, Herr Pfarrer, hier – dieser Mann hier –«, Fabio zeigte auf Zecchi, der bei dem Wort »Mehl« sofort bleich geworden war, als hätte ihn der stoffliche Inhalt desselben angestäubt, »dieser Herr Zecchi ist stärker als der liebe Gott!«

»Aber was sagen Sie da, welche Dummheiten!« schalt der Pfarrer, wandte sich ab und ging ein paar Schritte durch die Leute hin, sie mit den ausgestreckten Armen fortschiebend, als wären es Gegenstände. »Avanti, seid gut, mit dem Jungen rede ich noch! Geht nach Hause!«

»Sie wissen es alle, Herr Pfarrer«, rief Fabio, »aber sie sind gut erzogen, sie ehren die Obrigkeit; denn sie wissen, daß Gott fern, der Podestà aber nah ist.«

»Aber Herr Casani«, flüsterte Frau Zecchi und legte ihre Hand auf Fabios Arm.

Doch der merkte es nicht. »Gott ging in den Himmel und ließ uns als Erlöser das Geld zurück, – das ist das wirkliche Evangelium, wie es die Armen erfahren!«

»Aber jetzt Schluß!« rief der Pfarrer drohend, und Zecchi: »Ihr Vater wird mit Ihnen abrechnen, Herr Casani!«

»Sie wagen es?« rief nun Fabio, und die Leere in ihm, die Gleichgültigkeit unter seinen Worten war plötzlich voll brennender Wut, »zeigen Sie Ihre Hände vor, ah, gehen Sie lieber nach Hause, Herr Podestà, und waschen Sie Ihre Hände in Unschuld, in dem Wasser, das Sie der Gemeinde stahlen!«

Zecchi machte einen scharfen Schritt an Fabio vorbei, riß seine Frau hinter sich her und noch auf der untersten Treppenstufe rief er über die Köpfe der lautlosen und wie erstarrt dastehenden Menge: »Das ist versuchter Aufruhr! Kein Wunder, dieser junge Mann hier ist der Freund eines Banditen, der unsere Gegend unsicher macht. Sein Mut verläßt sich auf die Ritter vom Weißen Roß.«

Einen Augenblick war es still, dann rief Fabio noch lauter als zuvor: »Lieber einen Briganten zum Freunde haben als einen ungetreuen Beamten, der den Armen das Wasser und das Brot stiehlt!«

Damit ging auch er die Stufen hinab. Die Zecchis suchten den Pfarrer zu erreichen. Die Leute murmelten und blickten ebenso scheu hinter Zecchi wie hinter Fabio her. Außer dem Ausdruck von verborgener Schadenfreude auf einigen Gesichtern, die dem Podestà galt, bemerkte Fabio keine Wirkung, – die Mienen der meisten waren zurückhaltend und mit vorsichtiger Gleichgültigkeit getarnt; niemand hatte applaudiert oder seine Stimme erhoben. Stumme Zuschauer, die sich das Ihre dachten, so standen die Leute von Città morta auf dem Platz und blickten ihm nach; die meisten mochten wohl als Schlußwort vernehmlich oder in Gedanken sagen: »Scemo!«

Und Fabio sagte es zu sich selber, ja: Dummkopf! sagte er zu sich und ging, zu den hellen, felsigen Sitzen des Frühlings rings in der Höhe aufblickend, nach Hause.

Über der Werkstattür des Schusters Nicola hatte man eines der vielen Plakate angebracht – offenbar, um den treuen Anhänger des Duce zu ärgern. Fabio betrachtete es: diese vielen fröhlichen Fahnen und all diese fröhlichen Freedoms, diese vier Ecksteine des neuen Völkerparadieses. Diese Alliierten brachten damit auf einen Schlag und kostenlos, worauf die Welt seit Beginn gewartet hatte. Der alte Schuster mit dem langen und stoppeligen Kinn kam hinter ihm her, öffnete die Tür, setzte den Stuhl in die Sonne und, ohne sich um Fabio zu kümmern, begann er, Zeitung zu lesen. Plötzlich sagte er zu Fabio, dessen gedankenvolles Dastehen vor dem alliierten Plakat Nicola offensichtlich noch mehr verstimmt hatte als die Szene auf dem Kirchplatz: »Ihr Freund, Signorino, arbeitet zur Zeit in Bari! Das gab's früher nicht, als der Duce noch oben war!«

Fabio hörte den Schuster sprechen – in Bari ...? Doch er dachte, von den alliierten Soldaten auf dem Plakat angeregt, an seinen Bruder – ach, es war ganz einerlei, auf welcher Seite er stand! Das Unheil lag tiefer und war nicht an einer kriegerischen Front zu bekämpfen. »Es sitzt im Menschen«, murmelte er und ging nach Hause. Er war niedergeschlagen und sich selbst zum Ekel. Immer wieder fragte er sich, warum er das so ganz und gar Vergebliche unternommen und den Podestà gestellt hatte. Er selber fand die Empörung der Großmutter, die den ›furchtbaren Vorfall‹ noch am gleichen Nachmittag zuerst durch einen Brief Zecchis, dann durch die Nachbarn erneut erfuhr, begreiflich, ja, berechtigt.

»Allen Ernstes, Fabio, ich bin aus den Wolken gefallen«, sagte sie unter anderm nach dem Abendbrot. »Zecchis haben ihre Besuche bei mir abgesagt, sehr verständlich! Er will deinem Vater schreiben, und wer weiß, welche Folgen diese Sache noch haben kann. Ich bin empört, nein, mehr noch: ich finde überhaupt keine Worte für dein Verhalten. Richtig pöbelhaft, wie du dich beträgst, da hat Zecchi recht! Außerdem: du mußt öffentlich widerrufen, stell dir vor. Zecchi muß darauf bestehen! Du hast seine Ehre besudelt! Die Ehre eines solchen Mannes! Und er hat immer noch einflußreiche Freunde, vergiß das nicht – und dann: er verkehrte bei mir, bei deiner Großmutter. Der Bruder von Frau Zecchi ist durch seine Frau übrigens mit deiner Mutter verwandt, wenn auch weitläufig.«

»Wirklich?« Fabio fragte das, fast ohne seines Sprechens gewahr zu werden.

Und noch am gleichen Abend kam Onkel Giorgio. Er rief bereits von der Terrasse, daß jetzt ja das Haus bestimmt sauber sei. Er begrüßte seine Mutter mit den Worten: »Guten Abend, Mama, dein Enkel hat mich dir wiedergeschenkt. Du mußt Zecchi nun abbuchen!«

Frau Bartoli sagte nichts, sie war erfreut und zornig zugleich.

Schließlich begann sie, gegen den Sohn gewandt: ob er das denn von Zecchi annehmen könne, daß er Mehl stehle? Ein Mann wie der?!

»Unsinn«, machte Giorgio und schlug mit der Hand elegant durch die Luft, »das war natürlich dumm von Fabio, so etwas zu sagen.« Er wandte sich in nachsichtigem Wohlwollen seinem Neffen zu. »Aber das kommt von deiner politischen Unmündigkeit. Dein Angriff muß ausgezeichnet gewesen sein, sehr effektvoll, wie ich hörte; ich ärgere mich jetzt, daß ich nicht in die Messe gehe –, aber die Waffe war falsch. Du hättest dich vorher informieren müssen, so etwas will bis ins letzte durchdacht sein. Zecchi kann dich jetzt wegen Verleumdung kriegen. Denn – er hat bestimmt kein Mehl gestohlen. Soviel ich weiß, hat er das Mehl am Depot nicht abholen lassen, weil es ihm Spaß macht, die Leute in Città morta ohne Brot zu wissen, aus politischen Gründen, versteh gut! Um Stimmung gegen die Demokratie zu machen!«

In dieser Weise sprach Onkel Giorgio noch eine lange Weile und er gab sodann dem Neffen Anweisungen, wie er sich, falls Zecchi zurückschlagen sollte, verhalten müßte. Er entwickelte den Fall in all seinen Möglichkeiten, nannte Namen von Politikern, Anwälten, Journalisten, – und zum Schluß sah Fabio voll Ekel und Befremden, daß er unter Umständen, ohne es zu wollen, ja, zu ahnen, einen »politischen Prozeß gestartet« hatte, wie Giorgio sagte, der die christlichen Demokraten, wenn man demnächst ans Wählen gehe, ein paar tausend Stimmen kosten könnte. Und Onkel Giorgio bat den Neffen, ihm für den Fall, daß Zecchi sich nicht ducke, »die politische Leitung des Prozesses zu übergeben«.

Fabio unterbrach den Onkel plötzlich: »Und wenn er nicht stahl, hab ich ihn verleumdet – das übersiehst du seltsamerweise.«

»Beruhige dich, er hat in seiner faschistischen Epoche mehr gestohlen als ein paar Säcke Mehl.«

Damit bog Onkel Giorgio, die Augen verdrehend, vom Thema ab und erzählte, daß die Alliierten in Neapel große Schilder angebracht hätten, um vor den neapolitanischen Dieben zu warnen. Die Großmutter war darüber empört. Auch Onkel Giorgio meinte, die Amerikaner hätten keinen Grund, »solche Diffamierungsexempel zu statuieren«. Denn die amerikanischen Gangster in Uniform und die neapolitanischen Zivilisten seien bestens aufeinander eingearbeitet. Das habe vom ersten Augenblick an ohne Proben geklappt.

Außerdem, begann Onkel Giorgio und schob gelangweilt die Brauen hoch, wie sollte das denn anders sein? Krieg und Ausraubung, das sei ein und dasselbe. All diese siegreichen Soldaten mit all ihren Bedürfnissen, wie sie aus dem ständigen Betäubungsdrang, letzter Wurstigkeit und dem Größenwahn uniformierter Kleinbürger entsprängen; und all diese ausgehungerten Besiegten, diese Großstadtjugend gerade der besseren Kreise: ohne Ideale, ohne Lebenssinn, nur hungrig auf Sensation und kurzwegigste Wunscherfüllung; all diese Menschen vor die fast herrenlos erscheinenden Güter »des breitärschigen Mars« gestellt, dem die zivilisierte Welt alles, was sie habe, überliefere, damit er alles, dessen er vom Gegner habhaft werde, vernichte oder raube, »ich frage, warum sollen wir – ich sage wir! – nicht stehlen?«

»Aber Giorgio!« Frau Bartoli war entsetzt.

Doch Fabio sagte ruhig, er müsse Onkel Giorgio beinahe recht geben. Schon allein, weil man den Krieg hasse, bestehle man ihn –, das sei ein tiefer und echter Instinkt in jedem wahrhaft zivilen Menschen. Es komme gar nicht mehr auf die Uniform an, die der »breitärschige Mars« trage – »eine gute Bezeichnung, Giorgio!« – Man stehle, nicht so sehr, um sich zu bereichern, sondern weil einen die Wut packte, wie dieses mammuthafte Mordinstrument aus Menschen und gegen den Wunsch der Menschen gebildet, alles besitze, alles, was dem Menschen zum Leben unbedingt notwendig sei. »Dem einzelnen Soldaten gönnt man gewiß eine Menge, aber dieser seelenlosen Organisation des Todes: nichts! Und so fühlt der Mensch schwerlich eine Schuld, wenn er den Krieg bestiehlt; es ist, als ob man den Teufel selbst bestehle, das war wenigstens Dinos Meinung.«

Fabio hatte die letzten Sätze in einer kalten Wut hervorgestoßen. Als er aber diesen Namen sagte, schien er plötzlich zu erwachen. »Freilich«, murmelte er, »es ist gefährlich, die letzten Konsequenzen aus solch einer Einstellung zu ziehen. Denn es scheint mir fast unmöglich, den Krieg total zu verneinen und diese Verneinung nicht auch konsequent auf eine Gesellschaft zu übertragen, die diesen Krieg als ein eigengesetzliches Wesen aus sich erzeugt, immer wieder hervorruft.«

»Bravo!« rief Giorgio mit imperatorenhaftem Wohlwollen, »ja, es ist fast unmöglich! Aber ich bitte dich: nur nicht zimperlich sein. Verneine ruhig diese nette Gesellschaft, du tust ihr kein Unrecht! Aber deshalb brauchst du als konsequenter Mensch noch nicht wie dein Freund Dino Brigant zu werden.«

»Sondern Kommunist? Ah danke, Zi-Giorgio! Hören wir auf, ich weiß noch nicht, ob ich überhaupt den Mut habe, konsequent zu sein. Und wenn doch: wohin mich dann meine Konsequenz führt. Übrigens, man soll sich nicht zuviel auf seine Konsequenz einbilden – nur selten, daß sie wirklich an der Tat erprobt wird – ich meine, an der Tat, die wie das Feuer schmeckt. Ich sah sogar einmal einen Mann, der soeben sich auf die konsequenteste Weise betragen hatte, die überhaupt denkbar ist; ich sah ihn ohne Träne vor den Trümmern seines Lebens stehen – ja, seines Lebens! Aber dann, als ihm alles zurückgeschenkt und er alles noch einmal hergeben sollte, innerhalb einer halben Stunde –, da wurde er schwach! Und ich – ja, ich verachtete ihn, ich wagte es, ich, der ich noch nie in meinem Leben etwas wirklich Konsequentes tat: durchs Feuer gehen –, langsam, mit bloßen Füßen – – nein, ich tat es noch nie! Aber ich verdammte ihn ...«

»Von wem sprichst du? Von deinem Freund Dino?«

»Dino ist nicht mein Freund!« Er betonte jede Silbe dieses Satzes, alles an ihm bebte. Seine Stimme war so laut, daß die Großmutter beleidigt auf ihre Nachbarschaft aufmerksam machte und den Enkel bat, »dieses Galgenstrickes« wegen nicht das ganze Haus »in den Fundamenten zu erschüttern«.

»Er ist kein Galgenstrick!« rief nun Fabio schrill, dann lief er hinaus.

XX

Sein Studio kam ihm wie eine Höhle vor. Es war darin so angenehm still, – ja, es gab keinen Menschen außer ihm selber darin. Sogar die Photographien an den Wänden störten ihn an diesem Abend, er hängte sie ab und trug sie in die Dunkelkammer, Stück um Stück. Nur das Bild eines kleinen Mädchen ließ er hängen; es lächelte ihn, von einem schlecht fortretuschierten Arm geschützt, bittend und unsicher an. »Warum kamst du in diese Welt?« murmelte er, das Photo in der Hand; und dann, den Rahmen drehend, las er das mit einem Bleistift aufgekritzelte: »Marietta Martini, nach dem Grabmedaillon, für Marietta Fiasconi, New York, Ost, 432. Straße, geliefert.«

»Ah so«, murmelte Fabio, drehte das Bild wieder herum, betrachtete das kleine ängstliche Mädchen lange und küßte es auf den Mund, viele Male. Und er begann zu weinen und nur mit Mühe bekam er die Öse wieder in den Nagel; die Tränen trübten seinen zielenden Blick. »Bleibe bei mir«, murmelte er mehrmals, lächelte dem Bild des Kindes zu, nickte, warf ihm, als er schon fast an seinem Tisch war, eine Kußhand zu – und er fand den Raum, sich prüfend umblickend, nun noch angenehmer, fast wie ein Zuhause.

Als ihm aber die Großmutter am folgenden Tag, da er zum Essen zu ihr ging, bleich und mit rotgeweinten Augen nach vielen Vorbereitungen mitteilte, daß sie einen Brief ihrer Tochter erhalten habe, ja, von der Mutter, daß – »nun, lieber Fabio, du mußt es tragen, es ist der Wille Gottes – ja, aber setz dich doch, mein Junge –«, daß also sein Bruder Aldo abgestürzt sei, da weinte er nicht; ja, zu seinem Entsetzen stellte er fest, daß ihn die Nachricht nicht einmal eigentlich erschütterte. Er saß da, blickte nicht auf, aß und ging wieder auf sein Studio.

Und er überlegte ruhig: sein Ungerührtsein kam nicht daher, weil Aldo zu einer andern Familie gehörte, zur Familie der stählernen Streber; nein, in einer normalen Zeit hätte man wie ein normaler Mensch empfunden, aber – es starben zu viele! In den Zeitungen brüstete sich Mars mit den vierstelligen Zahlen seiner Opfer, so oft man hinblickte. Fabio hatte einmal ein Buch über die Schlachthausatmosphäre von Chikago gelesen, und lange hernach wollte er kein Fleisch mehr essen. Zur Zeit schlachtete man, seit Jahren schon: Menschen, Männer, Frauen, Kinder – aber ohne Sorgfalt, in Bausch und Bogen: mit Eisen und Phosphor, mit Luftdruck und dem heißen Wasser zerrissener Röhren, mit Steinen und Hunger – auf jede erdenkliche Weise! Und nur, weil die Besitzverhältnisse auf dieser Erde unnatürlich aufgeteilt und ein paar gewissen- und hemmungslose Narren daran gegangen waren, nun diese Welt nach ihrem Gutdünken aufzuteilen. Der Tod dieser Unschuldigen war in jeder Hinsicht unfaßlich, – die Vernunft weigerte sich, diesen Vorgang zu begreifen; die Phantasie, ihn zu ermessen. Das ging über alles Menschenmaß. War doch sogar das, was in der nächsten Nähe geschah, jeden Tag – unbegreiflich: von dreitausend Menschen in dieser Stadt Città morta mästete sich ein halbes Dutzend Krämer am Hunger der Halbverhungerten und an den stumpfen Eßgewohnheiten von knapp hundert Reichen. Der Staat, seiner Aufgabe nach der Hüter der Ordnung und Träger der öffentlichen Vernunft, maß auf gedrucktem Papier den Menschen Rationen zu, mit denen, wie jeder entweder durch Erfahrung oder Wissenschaft beweisen konnte, nicht einmal Luigi von Gonzaga oder sonst ein Fakir sich begnügt hätte, – und bestrafte doch, wenn es ihm paßte, jeden, der sich neben dieser erlaubten Speise unerlaubte besorgte. Zum Hunger maß er also auch dem Menschen – und gerade den besten, nämlich den gewissenhaften – noch das schlechte Gewissen auf Punkte zu. Gleichzeitig aber übertrat der Staat, der Gesetzgeber also, in all seinen Organen, soweit sie einen Magen hatten, also vom Minister bis zum Polizeipferd, täglich und stündlich und an allen Orten zuerst das Gesetz. Jedesmal, wenn Fabio an der Kaserne der Karabinieri vorbeikam, duftete es bis auf die Straße – noch angenehmer als bei der Großmutter; und jedesmal empfand er in diesem Fleischgeruch das Chaos näher und wirklicher als in einer rasenden Volksmenge, die er nie sah in all den Jahren. Und er dachte an den Fürsten di A., an seine Worte, daß ein Staat, der seine eigenen Gesetze nicht respektiere, zum Untergange verdammt sei.

Aber solch einen Untergang empfindet man nicht wie das Stürzen einer Hausfront, – nicht äußerlich stürzt es hinunter: Im Herzen der Menschen tut sich eine Leere auf, man begreift nichts mehr, man reagiert nicht mehr, selbst das Konstatieren wird oberflächlich, gleichgültig, ungenau –, man denkt nur noch, wie man selber weiterkommt. Ja, man überlegt sogar manchmal, ob es sich lohnt, noch weiter auf dieser Bahn zu gehen, ob es nicht besser sei, Schluß zu machen . . . Sobald man so weit ist, rührt es einen kaum noch, wenn man die Nachricht erhält, daß ein Bruder, der einem überdies jahrelang bei jeder Gelegenheit mit den Knöcheln das Hinterhaupt zu bearbeiten pflegte, nun irgendwo mit seiner Maschine abgestürzt sei –, er ist einer unter Millionen geworden. Freilich, wenn man an die Mutter denkt . . .

Nach einigen Tagen erhielt Fabio von seinem Vater einen langen Brief. Die Todesnachricht war noch einmal kurz erwähnt. Fabio störte allerdings der Ausdruck »Heldentod«, einfach weil das Wort »Held« auf den Bruder nicht paßte. Aldo war ein menschlicher Motor, voll monotoner Zielstrebigkeit, ohne Hemmungen und eiskalt. Freilich, wenn die Taten allein genügen . . . oder vielmehr, wenn zur Tat nichts gehört, als eine Flugmaschine mit gespannten Kaumuskeln geschickt zu steuern: dann ist er ein Held! . . . Ah, selbst die kriegerischen Helden, – es sind keine Rechner! Alexander hatte eine hinfließende, umarmende Seele!

Als Fabio aus seinem Träumen auffahrend weiterlas, fand er mit jedem Satz, den der Vater schrieb, alles bestätigt, was er von ihm wußte oder geahnt hatte. Zwischen ihm und dem Advokaten Casani gab es keine Brücke mehr. Selbst die Trauer hatte den Vater nicht väterlicher gemacht. Hier schrieb der Anwalt der bürgerlichen Gesellschaft, nein, der Anwalt des Staates. Ah – und dieser Mann war reich geworden am Geschäft, die Fehltritte anderer vor dem, wie man sagt: unerbittlichen Gesetz zu verteidigen . . . Oder hatte sein Geschäft doch vielleicht nur darin bestanden, die Kloake der bürgerlichen Welt luftdicht verschlossen zu halten? Fabio warf den Brief achtlos von sich. – Nein, ich werde mich nicht bei Zecchi entschuldigen. Ob er das Mehl nun stahl oder es den hungrigen Leuten aus sonst einem Grunde vorenthielt: er ist ein Schurke! Ich habe das Dokument gesehen – mit eignen Augen: »Dr. Alfredo Zecchi erscheint heute bei dem Podestà Alfredo Zecchi und stellt den Antrag, das Wasser – –« Fabio lachte plötzlich wild auf, sprang in die Höhe und rief etwas Unflätiges vor sich hin; er mußte sich entladen.

Aber warum hatte ihm der Vater diesen seltsamen Termin gestellt? Er griff wieder nach dem Brief und las: »Und so ersuche ich Dich mit meiner ganzen väterlichen Autorität, daß Du bis zum 21. März dieses Jahres den Entschuldigungsbesuch bei Dr. Zecchi angetreten hast, um ihn für Deine unqualifizierbare und in höchstem Maße plebejische Aufführung ausdrücklich um Verzeihung zu bitten. Denke nicht, Dich etwa mit vagen Floskeln zu entschuldigen. Du kannst Gott danken, daß Du und Deine Familie es mit einem Manne wie Dr. Zecchi zu tun haben, der generös und sensibel genug ist, um die neurasthenischen Ausbrüche eines unreifen und unausgewogenen Temperamentes wie des Deinigen zu begreifen und damit zu vergessen, – zu verzeihen ist dieser Vorfall nicht. Im übrigen kann man Dich allerdings doch, wenn auch nur zu einem geringen Teil, entschuldigen, was ich auch bei Dr. Zecchi versuchte, durch Deinen Umgang, den Du Dir ja stets ohne meinen Rat wähltest und gegen meinen Willen beibehieltest! Auch die Einflüsterungen meines Schwagers Giorgio gehören leider in dieses Kapitel. Ich weiß sehr gut, wie seine beredsame, aber in jedem Satz Gift enthaltende Zunge auf einen so leicht entflammbaren Narren wie Dich wirken muß. Falls Du aber zum Äußersten schreitest und in seine Partei eintrittst, werde ich Gegenmaßnahmen ergreifen und zwar von einer Härte, die Dir den Ernst der Frage besser als jedes Wort klarmacht. Zunächst aber befehle ich Dir, bis zum 21. März –« Fabio schüttelte nur den Kopf. Wie unbegreiflich ... Und warum gerade bis zum 21.? ... Frühlingsanfang? ... Diesen Brief hat ein Vater an seinen Sohn geschrieben, nunmehr: an den einzigen! Und dieser Mann ist sonst anerkannt intelligent, wenigstens, wenn er mit dem Gesetz jongliert und es fertigbringt, einen Millionendieb aus guter Familie am offenen Gefängnis vorbei in ein Sanatorium zu dirigieren. Und er weiß nicht einmal, daß es seinem Sohn ganz und gar unmöglich ist, Onkel Giorgio ernst zu nehmen, oder zu Dr. Zecchi einen Entschuldigungsgang anzutreten, so unmöglich wie – er blickte hilflos um sich – wie für die kleine Marietta da, jetzt zu mir zu kommen und mir einen Kuß zu geben. Ah, Marietta hatte recht, trotz des Armes der Mutter, der sie auf dem Polster festhält, sich in den Arm Gottes zurückzuretten. Die Kinder allein und die Tiere – sie haben recht, aber wir – wir Erwachsenen? Ah, ich bin erwachsen, ich spüre es nachgerade, ich fühle mich so elend, richtig wie einer, der keinen Vater und keine Mutter mehr hat und keinen Freund und allein steht, ganz allein, – dann ist man also erwachsen? Wozu diese Prozedur? Außerdem – sie ist an mir vollzogen, also ... Ja, man könnte aufhören ... Oder hat Dino nicht recht: die ewige Reproduktion eines so unerquicklichen Befundes – –

Fabio empfand Costanzas Besuch als eine Last. Sie blieb nur kurz. Alles, was sie sagte, kam ihm dumm, ja, vollständig sinnlos vor, wiewohl sie sich offenbar alle Mühe gab, verständig ihm zuzureden, nämlich den Besuch bei Zecchi zu machen und seinen Vater nicht »zum Äußersten« zu treiben.

»Was ist das denn, das Äußerste?«

»Nun, das muß dir klar sein, ein Vater kann noch immer eine Menge gegen sein Kind!«

»Nicht wahr? Zumal, wenn er ein Anwalt ist!«

»Ganz recht«, sagte sie ernst, »außerdem, du hast dich ja auch nicht gerade sehr – sehr intelligent betragen, das siehst du hoffentlich ein?«

»Nein, intelligent nicht.«

»Also! Und Dummheiten, mein ich, muß man mit Intelligenz wettmachen.«

»Ach, danke! Solche nach außen gewandte Intelligenz mag anderswo helfen, etwa in der Politik, mit dem Resultat, daß solche zweckbetonte Intelligenz oder Schlauheit, nennen wir die Sache beim Namen, dann doch eines Tages auf die zweckbetonte Intelligenz des Gegners stößt. Und dann?«

Costanza schaute ihn kopfschüttelnd an. »Du kommst vom Hundertsten ins Tausendste, Fabio!«

»Ich – ich komme, so hoffe ich, noch immer mehr auf das Wesentliche, das Eine, das – – übrigens«, er blickte zögernd gegen das Photo von Marietta hinüber, »komisch, schau mal, Costanza, ich leb jetzt fast schon drei Monate in diesem Studio, und erst vor kurzem habe ich gefunden, daß die kleine Marietta andauernd bei mir war!«

»Entschuldige, – aber«, sie stand auf und betrachtete wie schon einmal prüfend das Kinderphoto, »findest du die Kleine hübsch?«

»Nein – aber sie rührt mich.«

»Ach so! Ja – sie sieht krank aus.«

»Ja – Marietta wurde sofort krank auf dieser Erde –, ich kann sie so verstehen. Und auch alles weitere!«

Er merkte: Costanza schaute ihn beim Abschied diesmal nicht in dieser hänselnden Vergnügtheit an, sondern ein wenig scheu und von ferne –, nein, von außen; sie begriff nicht, was in ihm vorging.

»Ich aber begreife«, murmelte Fabio lächelnd, »daß sie nicht begreifen kann, sie ist noch ein junges Mädchen und findet die Welt in Ordnung, – und ärgert sich über jeden, der sie nicht so findet.«

XXI

Fabio fühlte sich fiebrig. Er nahm Chinin, ging zu Bett, deckte sich bis zum Halse zu und probierte, wie angenehm es sein müßte, so liegen zu bleiben, bis zum Erwachen –, zu einem andern, ganz andern Erwachen. Warum blieb man eigentlich? Sicher nicht aus Neugier! Der größte Teil der Menschheit dieses Jahrhunderts wird nur noch wenig Grund zur Neugier haben – selbst nicht im Bereiche des Bösen, denn auch die Register des Grauens sind alle voll gezogen. Es wird sehr langweilig werden: Konferenzen, Phrasen, Endzeit-Manöver ... Die Menschen werden sich statt der Allgegenwart Gottes der allgegenwärtigen Politik ausgeliefert fühlen und sich gläubig bekreuzigen: im Namen der Wirtschaft, des Nationalismus und des ideologischen Ungeistes. Amen! Und wer am Abend satt ist, hegt die einzige Hoffnung, es am kommenden Tage ebenfalls zu sein. Und so warten die Millionen, durch die Jahre – ja, sie warten darauf, daß sie eines Tages besser leben werden. Also doch auf den Tod? Vielleicht würde es wirklich besser auf der Welt, wenn alle Menschen, aber wirklich alle, auch jene, die dort, wo andre ein Herz – Gegenstände haben: Petrolpumpen, Parteibücher und dergleichen, einmal wirklich traurig würden, so richtig traurig von Herzen, weil sie spüren, wie sehr das Leben seinen Glanz, seinen Sinn verlor. Vielleicht aber müßten sich zuerst hunderttausend dem Tode weihen und sterben, aus Protest – um der andern willen! Diesen Protest könnte niemand verbieten, selbst Gott nicht, denn er ist ein Gott der Lebendigen und nicht der Toten! Wir aber sind Tote! Nur im Traum noch leben wir, im Schoß des Meeres treibend, im Kuß, in der Tat –, in der einen, die uns zueinanderführt! »Communio sanctorum – remissio peccatorum – resurrectio carnis – vita aeterna« – er lispelte, die Augen starr ins Dunkel gerichtet, diese Worte und weiter so ins Dunkel lauschend, entschlummerte er.

Da die vollständig abgedichteten Fenster der Dunkelkammer nie verrieten, ob es schon Tag sei, wenn er erwachte, pflegte Fabio neben seinem Bett an der Wand die mit Leuchtziffern versehene Uhr aufzuhängen. Es ging, wie er sah, gegen sieben, als er an diesem Morgen plötzlich auf seinem Lager in die Höhe fuhr. Er hatte deutlich die Worte vernommen: »Der einundzwanzigste März!« Und es hatte wie ein scharfes Wecken geklungen. Nachdem er sich mit einem Blick auf die Uhr der Zeit versichert hatte, erhob er sich und trat spähend in den Vorraum. Aber niemand war da. Assunta kam sonntags eine Stunde später. Von draußen konnte die Stimme nicht gekommen sein, denn als er die Tür des Studios öffnete, entdeckte er niemand. Die Treppe zwischen dem morgenfahlen, alten, winkligen Mauergewirre war leer. Eine feuerrote Katze bewegte sich fast schnürend auf dem Rand eines Kuppeldaches. Als er die Tür öffnete, blickte sie sofort herüber, sie war keine fünf Meter entfernt; ihre Augen, wie dünnes, von hinten erleuchtetes Blattgold, blickten ihn an in einem angestrengten Fragen. So kam es ihm vor, so ähnlich mußte er selber das Tier wohl anschauen ... Zugleich aber schien die Feuerfarbene etwas zu wissen – etwas ... Er schüttelte den Kopf und trat in den geschützten Bereich zurück. Es war sehr kühl draußen – und auch drinnen war es kühler als sonst.

– Wenn also niemand diese Worte sprach, habe ich sie selber hervorgebracht, denn ich hörte sie ... Er zog seinen Bademantel an, legte sich eine Decke über und setzte sich auf die Kautsch. In die Dunkelkammer wollte er nicht zurück.

»Der einundzwanzigste März!« – Aber, so überlegte er, wenn diese Worte mich derart scharf trafen, dann bedeutet das doch, daß ich Angst habe, vielmehr hatte, – jetzt habe ich keine Angst mehr; was ich fühle, ist nur noch ein Nachklang. Ich fürchte mich also vor meinem Vater – im Traum? Aber Fabio konnte sich nicht erinnern, daß es die Stimme seines Vaters gewesen wäre. Er hatte sich also eine Stimme vorgestellt? Ging sie von mir aus, diese Stimme? ... Nur mittelbar, ich schwang nach im Brief meines Vaters – immerhin! ...

Da er sich fiebrig fühlte, ließ er sich von Assunta das Kohlenbecken richten. Er fragte, ob übermorgen der einundzwanzigste sei, und Assunta sagte: »Gewiß – übermorgen, Signorino! Frühlingsanfang. Quatember! Der Pfarrer sagte es!«

Er überlegte und bat Assunta, ihm doch den Enrico vom Municipio heute vorbeizuschicken. Es war das der Beamte, der Fabio das seltsame Dokument von Zecchis Wassererlaubnis gezeigt hatte. Er kam gegen Mittag. Man hörte ihn nie kommen, er war immer plötzlich da, leise und mit einem ziehenden Lächeln in seinem Schwindsucht verratenden Gesicht.

Fabio vertraute ihm ohne Umschweife an, was sein Vater von ihm verlangte, und fragte, was dieser mit dem seltsamen Termin bewirkt haben könnte. Der Schreiber Enrico hob kurz den Kopf, sein Lächeln öffnete sich und ließ etwas wie spöttisches Mitleid durch; indessen – wie Fabio merkte, es lag Absicht in diesem Betragen des sonst so bescheidenen Mannes. Und Enrico sagte nur, das sei sehr einfach, denn am 21. März feiere der Podestà seinen fünfzigsten Geburtstag ...

»Also – ein Geburtstagsgeschenk?« fuhr Fabio auf, aber leise. Er starrte den Schreiber zornig an.

»Nein, nein«, sagte der, kurz die Augen hebend, »Zecchi reist am 22., also am Mittwoch morgen ab, nach Kalabrien – auf sein Gut! Deshalb, Sie verstehen? ... Er wagt es sicher nicht, zurückzukommen! Es wird ja auch Zeit – ein halbes Jahr nach der Landung! Wenn man bedenkt, was die Faschisten mit einem roten Podestà angestellt hätten, wären sie so wie wir jetzt an die Macht gekommen!«

Fabio wußte genug, nach Politik stand ihm nicht der Sinn. Der Schreiber Enrico ging ihm sodann noch einige Chinintabletten holen. Fabio legte sich wieder zu Bett. Er wollte nicht zur Großmutter gehen, sie würde ihm gewiß zusetzen wegen des Entschuldigungsganges. Wenn das die Stimme seines Vaters war, die wahre Vorstellung, die er von dieser Stimme hatte – die Augen der Katze auf dem Dach – wie ein Morgenrot, aber – nein, ganz anders – gewiß, sehr kalt – waren sie smaragden oder feuerfarben? – ist smaragden feuerfarben? – so kalt ist es selten im März – Quatember – der Pfarrer sagte es – auf sein Gut nach Kalabrien – was hat die Kirche mit Jahreszeiten zu tun? – nein, ich lege mich auf die Kautsch im Studio – wenn jemand hier wäre – Marietta – die Faschisten hätten den Enrico in den Campanile getan – Chinin haben die Jesuiten – es war, als ob die Katze etwas wüßte – Katzen wissen Zukünftiges – in Readers Digest stand: sie ahnen Bomben – ein Mensch weiß so wenig – Marietta litt nur – ich habe nie den Arm meines Vaters gespürt, und er ließ mich häufig photographieren, weil er Bilder von Aldo wollte ...

Für Stunden verdämmerte er in einem flachen Schlaf. Der Wind rüttelte an der Studiotür. Der Fiebernde hatte das Empfinden, als wären es seine Ohren, die das Geräusch verursachten, als säße die Reizquelle in der Muschel. Es klapperte und sauste, dazwischen donnerte das Meer, es galoppierte, kam heran, schwieg kurz, lief rauschend fort. Das Bett schwankte. Manchmal bewegte es sich, exakt wie der Photoapparat neben ihm auf dem Schwingstativ, hin und her und auf und ab –, er spürte, wie in der Dunkelheit die Zimmerdecke näher rückte; das Bett im unsichtbaren Schwingstativ ging höher, noch ein Stückchen, einen Zentimeter noch, einen Millimeter, einen halben, einen viertel Millimeter – Er empfand die Teilung des Millimeters immer weiter, bis ins unendlich Kleine, und spürte zugleich die kalte Zimmerdecke – Ich kann nicht erdrückt werden ... Er verfolgte angespannt die Prozedur, wie die Brüche des Zwischenraums immer kleiner wurden, $^1/_{74}$, $^1/_{148}$, $^1/_{296}$, $^1/_{592}$ . . . Der Schweiß brach ihm überm Rechnen aus; er spürte, wie die Tropfen auf der Stirn von der immer näher rückenden Zimmerdecke bereits plattgedrückt wurden – ah, ich werde gedruckt – Eine Reproduktion ... Das Schweißtuch der Veronika – In Turin gibt es das wahre – Das Wahre? – Dies hier? – Wer bin ich? – Auf jeden Fall ist zwischen mir und der Zimmerdecke der ewige Abstand, der zwischen Achilles und der Schildkröte sich befand – Sehr angenehm – Der Advokat Casani kann nur nicht rechnen – Ich werde nicht zerdrückt – Der Fürst nannte mich eine Hoffnung unsres Geschlechts – Plötzlich sauste das Bett in die Tiefe, er spürte die kalte Zugluft an ihm vorbeiheulen; es war, als ob die schneidende Luft aus Eisen sei: Aufzüge aus Eisen! – Und es sauste, immer tiefer sank das Bett – Und die eisernen Luftzüge johlten zur Höhe – Es gibt keine Höhe, keine Tiefe – Vorstellungen – Ich bin – ich bin – ich bin – Wo? – Das Bett begann, aber nicht mehr im Schwingstativ, sondern wie auf Schlittschuhen, inmitten einer endlosen Eisfläche hin und her zu schlittern, zuerst langsam, bald jedoch schneller und schneller, in schwingenden Kurven. Ihn schwindelte. Aufs neue versank er. Unfaßbar verschlich sich sein Bewußtsein in einen Winkel von Erschöpfung.

Er wußte nicht, um welche Stunde es war, als er, einem körperlichen Bedürfnis folgend, sich erhob. Er hielt sich an den Wänden und erreichte, als schritte er durch Wolken und Dunst und Wasser, das WC. Als er es verließ und wieder in das Studio trat, sah er etwas Weißes unter der Tür. Die Luft auf der Treppe hatte ihn ein wenig erfrischt. Es schien Abend zu sein. Ein Brief? Er las ihn mit mühsamem Grapsen auf und ging wieder in die Dunkelkammer, legte sich hin, den Brief in der Hand. Er hatte nicht gesehen, von wem er sei, er hielt ihn nur fest. Dann schlief er bald wieder ein.

Gegen Abend erschien die Großmutter. Er schüttelte auf alles, was sie sagte, mit einer instinkthaft gespielten Ruhe den Kopf, sagte kurz, er müsse nur schlafen. Sie kam mit einem Tee wieder und etwas geröstetem Brot. Dann saß sie die halbe Nacht bei ihm. Er wußte nicht, wann sie gegangen war.

Im Laufe des folgenden Tages kam Costanza, es ging gegen Nachmittag. Er fühlte sich ein wenig wohler. Sie hatte erzählt, sie habe einen Brief von ihrer Cousine erhalten. Diese werde morgen in Città morta ankommen, sie habe über Aldos Tod etwas sehr Schönes gesagt. Indessen – Fabio fragte nicht, was? Vielmehr sah er, kaum daß Costanza das Wort ›Brief‹ erwähnt hatte, sich selber, wie er sich gegen ein weißes Viereck am Boden bückte. – Als sie gegangen war, begann er das Bett zu durchsuchen. Einmal hielt er inne, – hatte er sich nicht getäuscht? . . . Ich habe mich nach einem Brief gebückt . . . Oder war das ein Traum? Eine Fieberphantasie? . . . Aber er sah immer wieder, so oft er es wollte, wie er sich bückte: – der Brief war vor seinem Finger hergeglitten und hatte sich nicht greifen lassen, er weigerte sich . . . Habe ich denn meine eigene Gestalt gesehen? . . . Ein Teil von ihr doch nur? . . . Wie kann ich mich denn ganz sehen? . . . Ich rekonstruiere mir das nachträglich . . .

Müde ließ er vom Suchen ab, aß ein wenig und schlief die ganze Nacht. Als er erwachte, sagte er sich, aber jetzt ganz ruhig: – heute ist wohl Dienstag, der einundzwanzigste März? Ich gehe nicht! Ich bin überdies wirklich krank.

Die Großmutter hatte ihm das Fieberthermometer dagelassen, er begriff selbst nicht, warum – und noch weniger, daß er sich maß. Warum tut man das? . . . Um sich aufzuregen? . . . Um die Nähe der Gefahr zu spüren, das Feuer des Todes? . . .

Er las, das Licht anknipsend, daß er immer noch ein paar Strichlein über vierzig hatte. Gestern war es schlimmer, dachte er, – gestern? Wieviel Tage liege ich hier eigentlich? . . . Aber gewiß ist heute der einundzwanzigste März.

Wieder fiel ihm der Brief ein. Und aufs neue begann er zu suchen. Schließlich, als er das Tablett mit dem gerösteten Brot fortnahm, es stand ihm im Weg, lag da der große weiße Umschlag. Es stand kein Name drauf – nichts!

Er riß schnell die Hülle ab und las:

»O world! O life! O time!
On whose last steps I climb –«

Und weiter auf englisch fortfahrend: »Ich fliege soeben gegen Kalabrien, zu einem ganz bestimmten Punkt. ›Dein Empfinden lehr uns, Vogel oder Geist!‹ Aber ich bin keine Lerche! Immer mehr: Buteo-buteo. Shelley schrieb auch: ›Schweißt Waffen – selber euch zum Schutz!‹ Dies zum Zeichen, wie ich Dir vertraue! Du hast mich vor der Gemeinheit dieser Mischung aus Wasserratte und Mehlwurm nicht umsonst verteidigt!

In Eile Dein Freund D. Wilde«

Fabio war der Inhalt des Briefes sofort klar. Mit der übernormalen Genauigkeit des Fiebernden nahm er alle Einzelheiten der Maschinenschrift wahr. Indes – gleich verschwamm ihm wieder alles, die Buchstaben vermengten sich, eine dumpfe Übelkeit floß ihm vom Leibe herauf in die Schläfen. Er sank zurück, den Brief in der Hand, und er spürte, wie seine Fäuste das Papier würgten, wrangen, als könnten sie die Worte herauspressen, das Papier sauber, rein machen . . . O Gott! . . . Diese Vorstellung, durch Drücken und Drehen des Briefes den Sachverhalt ändern, vertilgen zu können, wurde von Sekunde zu Sekunde stärker . . . Er spürte, wie der Schweiß ihm wieder ausbrach. Zugleich umschlang ihn eine weiche Müdigkeit, ja – wie eine Schlange . . . Du willst müde sein, sagte es in ihm, es ging dir vorhin besser . . . nur 40 Grad! . . . Es ist mir unmöglich, murmelte er, unmöglich, wiederholte er erregt, wußte aber nicht, welchen Inhalt er diesem Satz gab. – Kannst du nicht aufstehen? fragte er sich streng, zu Dr. Zecchi gehen, ihn warnen? Kannst du wirklich nicht aufstehen? Antworte! . . . Nein, ich kann es wirklich nicht – Wenn jemand käme – Er hoffte aber, daß niemand komme – Dann wartete er angestrengt, vielleicht kam doch jemand . . . Doch die Stimme sagte ihm, ähnlich wie jene, die »der einundzwanzigste März« gesprochen hatte, scharf und alle Verstellung zerschneidend: Du willst gar nicht, daß jemand kommt – du willst ihn nicht verraten, du willst den Briganten, den Banditen nicht stören, willst ihn gewähren lassen – »Dein Empfinden lehr uns, Vogel oder Geist!« . . .

Fabio merkte, wie das Fieber ihn wieder stärker faßte. Er begann in Gedanken, der Großmutter Vorwürfe zu machen. Warum hatte man ihn hier derart liegenlassen – Bei ihr im Hause hätte ich den Brief nicht gefunden – Ich kann nicht zu Zecchi gehen. Warum ruft man nicht den Arzt? – Wieviel Uhr mag es sein? – Immer mehr: Buteo-buteo – Ich wäre ein Verräter – Mein Vater will es, wollte es seit Monaten – die Bürger sind Verräter – Die Finnländer nicht – Ich liebe die Finnländer – sie baden sich in Schweiß – Ich bin ein Finne, jawohl ich – ich verrate ihn nicht – Er ist ein Bandit, aber mein Freund – Nein, er ist nicht mein Freund – Doch dies zum Zeichen, wie ich dir vertraue – Ist das in meinem Ohr? – Ich muß die Tür schließen – Es klopft jemand – Ich werde nichts sagen – Es ist der Sturm.

Aber es war Costanza. Sie trat eilig ein, die Tür zur Dunkelkammer stand offen. Fabio nahm, kaum daß er den Schatten in der Tür sah, das Papier, das seine Hände noch immer kneteten, steckte es in den Mund, kaute, schluckte – er begann zu würgen.

»Wasser, Wasser«, ächzte er. Costanza suchte umher, sie war vollständig verwirrt. Sie reichte ihm eine Tasse des kalten Tees, der vor dem Bett auf einem Stuhl stand. Er trank, kaute, dann zog er sich das Papier aus dem Mund. Und er knüllte es zusammen und steckte es unter die Decke.

»Was hast du, Fabio? Warum kümmert sich niemand um dich, Fabio?« Sie begann zu weinen.

»Nichts – nichts! Es ist gar nichts –«

»O weißt du? – der Vesuv ist ausgebrochen –«

Er starrte sie gleichgültig an. »Die Finnen würden nie, nie – ich bin kein Verräter – Hier – tue es fort – tu es in den Vesuv – du bist auch kein Verräter, Costanza! Tu es – ja – in den Vesuv! Aber spülen – es muß fort! –«

Sie nahm das nasse Klümpchen Papier an sich, sie nahm es zuerst vorsichtig mit den Fingerspitzen, dann aber mit der ganzen Hand, mit der Linken wischte sie ihm den Schweiß von der Stirn: ihre Hand war naß, und sie trocknete sie am Leintuch ab.

»Ich hole den Arzt!« sagte sie sanft und entschieden.

»Nein, nein, nichts – Es muß von selbst gehen – nicht daran rühren – Ich kann nicht –«

»Aber natürlich! Der Arzt tut dir doch nichts!«

»Ich will nicht!« rief er drohend. Eine Weile schwieg er. Sie gab ihm ein Aspirin, sie hatte es mitgebracht, mehr um einen

Anlaß zu haben. Darauf setzte sie sich auf den Rand des Bettes, nahm seine Hand, betrachtete ihn aufmerksam. So schlief er ein.

Als er nach einer Stunde erwachte, schien er ruhiger. Er lächelte sie an, seine Augen glänzten.

»Die Katze hat es gewußt«, murmelte er.

»Die Katze? Welche? Was hat sie gewußt?«

»Ist der Vesuv nicht –? – sagtest du nicht? – Oder hab ich geträumt? –«

Und sie begann eifrig: nein, er habe nicht geträumt, hier, ihr ganzes Haar sei voll Vesuvstaub, kleine Bimssteinkörnchen. Alle Leute kämmten sich das Haar. Und eiskalt sei's geworden. Dr. Pozzi sei gegen Mittag von Castellamare mit dem Auto herübergekommen. »Stell dir vor: Bimsstein so groß wie Walnüsse zeigte er uns, die Schutzscheibe hat es ihm zerschlagen, dickes Glas, stell dir vor!«

»Wirklich?«

»Vorhin, als ich kam, fuhren amerikanische Offiziere soeben ab, sie wollten es sehen.«

»Was denn?«

»Der Vesuv ist ausgebrochen!«

»Ja – ja – die Katze, ich sage dir, sie wußte es! Sie sagte es mir mit den Augen, aber ich verstand es nicht.«

Costanza lächelte: »Glaubst du? Aber was ist das?« Sie wies auf das Knäuelchen Papier: »Du wolltest es verschlingen.«

Er saß plötzlich im Bett: »Gib es her! – Nein, geh – trag es aufs Klosett! Tu das bitte!«

Als sie zurückkam, fragte er: »Du hast nichts gelesen?«

Sie zögerte einen Augenblick: »Ich wollte –«, flüsterte sie, »ist es schlimm? – Ich konnte es aber nicht lesen – nur: o world, o life, o time –, weil ich das auswendig konnte! Ein Brief?«

»Ja!«

Sie schwieg eine Weile. Dann fragte sie rund und offen: »Von einer Frau?«

»Nein«, sagte er ebenso und er wiederholte dies »nein« auf eine erfreute Weise, er schien erleichtert. Doch gleich fuhr er zusammen: »Hast du gespült?«

»Ja!«

»Es ist schlimm«, nickte er, »Costanza, es ist schlimm! Aber ich kann nicht. Welche Sünde – o, mein Gott! Bete mit mir, Costanza! Glaubst du, daß Beten hilft?«

»Ich glaube das, natürlich hilft es! Gott hilft uns doch immer!«

»Meinst du?« Er lächelte sanft und Abstand nehmend. »Ja«, fuhr er fort, gegen die dämmerige Zimmerdecke starrend, »das wäre einfach! Sehr praktisch wäre das, wenn das Gebet – Der Vesuv ist – Mir ist heiß – Würdest du zu Dr. Zecchi gehen?«

»Ich? Warum?«

»Das kann ich dir nicht sagen.«

»Aber Fabiuccio mio, reg dich doch nicht auf, was soll ich denn bei Dr. Zecchi! Ach so – wegen der Entschuldigung? Mein Gott, du bist doch krank! Ich ruf den Arzt, und der kann es deinem Vater bestätigen!«

»Kann der Arzt auch bestätigen –? nein, ruf ihn nicht! Geh du zu Dr. Zecchi und sag ihm, er solle – er solle Wasser in den Benzintank tun! Nein – ich meine – ach, gib mir doch zu trinken!« Als er getrunken hatte, riß er plötzlich das Mädchen an sich, hielt sie eine Weile fest und rief immerzu: »Kannst du jemanden verraten? – Einen Freund? – einen Freund?«

»Ich – aber ich verrat dich doch nicht – dich, Fabiuccio!?«

Sie küßte ihn auf die Stirn, auf die Wangen, sie streichelte ihn. Er streckte sich aus, lächelte; und wenn ihre Finger ruhten, flüsterte er: »Mehr – mehr Costanza! – du bist gut, Costanza! Du wirst mich nie verraten – und ich dich nie –«

Es war zum ersten Male, daß das Mädchen ihren Freund elend sah, so elend, daß er sich an sie geklammert hatte; und das erste Mal, daß sie ihn wirklich und nicht zum Scherz Fabiuccio nannte. Sie hätte ihn am liebsten auf den Schoß genommen, wäre er nicht so groß gewesen. Sie brockte ihm geröstetes Brot in den Tee. »Komm, iß, mein Lieber, du mußt etwas essen.« Und sie gab ihm Bröckchen um Bröckchen, fing mit dem Teelöffel Tropfen von seinen Lippen auf, putzte ihm hernach den Mund mit dem Leintuch ab, ordnete ihm das Bett, sagte: »Wegen des Vesuv – das ist nicht schlimm.«

»Nein, nein«, murmelte er eifrig, »das ist nicht schlimm.« Aber sie merkte, er war mit den Gedanken ganz woanders.

Costanza sagte darauf, sich erhebend, sie müsse zur Großmutter, um mit ihr zu sprechen, ein paar Männer könnten ihn hinübertragen.

»Unsinn, ich kann gehen!« sagte er eifrig. Doch dann: »Sag der Großmutter nichts, was ich von Zecchi – von – von – bitte nicht! Liebst du mich, Costanza?«

»Fabio – Fabiuccio mio!« Sie beugte sich über ihn, lange hing ihr Gesicht dicht über dem seinen. »Was hast du? Sag's doch!«

Aber seine Augen waren gläsern, brennend, ohne Ausdruck durch sie hindurch gerichtet. Seine Lippen waren aufeinandergepreßt.

»Ich werde dir alles erzählen«, sagte er schließlich leise, mit großem Ernst, »aber später, ehe wir uns heiraten!«

»Ja!«

»Und dann kannst du entscheiden, ob du mich willst! Du mußt alles wissen, aber später! Nicht heute, später!«

Der Arzt kam, und man trug Fabio hinüber zur Großmutter. Er ließ mit sich gewähren, und Frau Bartoli war in ernster Sorge, weil der Kranke so ruhig und willenlos dalag.

Am folgenden Morgen kam sie mit einem Lächeln ins Zimmer herein. Fabio sah, sie hatte ihm etwas zu sagen. Er fühlte sich körperlich sehr viel besser; das Fieber hatte nachgelassen.

Sie begann: je nun, so habe er sich das Ganze doch nicht zu Herzen nehmen sollen wegen der Entschuldigung bei Dr. Zecchi ... Der Advokat sei ein guter Menschenkenner, o ja, und überdies ein feiner Charakter! ... Fabio sei noch viel zu jung, um hinter die Menschen zu schauen. Gestern abend sei sie bei ihm gewesen, »alles in Ordnung«, lächelte sie gütig, an seinem Kopfkissen zupfend und ihn dann am Ohr nehmend. »Böser Junge! Weltverbesserer! Weißt du, was Zecchi sagte: ›Der kleine Fabio hat mich für die böse Zeit genommen!‹ Du seiest kein übler Junge, sagte er, nur zu unklar! Gar kein richtiger Italiener! Ja, das sagte er. Romantiker nannte er dich. Aber er schreibe auch Gedichte ... Er wünscht dir gute Gesundheit. Auch Frau Zecchi – ich brachte ihnen eine schöne Flasche Likör – und damit hatte ich das Richtige getroffen. Er packte sie sofort in seinen Wagen. Ja, sie sind heute morgen nach Kalabrien abgefahren. Er kommt vorläufig nicht mehr zurück! Und wenn er dann nach Monaten kommt, ist über alles Gras gewachsen! So, Jungchen – aber das nächstemal fragst du deine Großmutter, eh du Leute öffentlich vor Gericht ziehst. Aber was machst du für ein Gesicht?«

»Mir ist schlecht – schnell – schnell – den Topf! –«

Frau Bartoli war eine geistesgegenwärtige Frau: mit der Linken stützte sie ihn und mit der Rechten hatte sie bereits die Waschschüssel, darin sie eine kühlende Flüssigkeit für seine

Stirne bereithielt, an sich gerissen. Sie beschloß jedoch, den Arzt zu fragen: Fieber mit Erbrechen? Doch schon am Abend ging Fabio bereits im Zimmer umher.

Der Arzt hatte etwas Allgemeines von Nervenfieber orakelt. Aber aus Fabios Verhalten schloß die Großmutter sodann mit einem triumphierenden Lächeln, daß sie recht behalten habe: nach ihrer Ansicht hing Fabios Krankheit mit dem Ausbruch des Vesuv zusammen, in welcher Weise sagte sie nicht. Der dicke, gutmütige Arzt hatte ihr nur schnell unters Doppelkinn gegriffen, seine Hand zurückgezogen und sie ihr mit einem Kuß wieder zugeworfen. »Bravo!« hatte er dabei gesagt und gelächelt, »es gibt eine ganze Quantität von Krankheiten«, und auch dieses Mal schloß er seine übliche Formel an: »Corraggio, Signora! – Doch was halten Sie vom Wetter?«

Es war eiskalt, der Himmel war von schwarzgrauen Wolken vollgestopft, und der Wind blies. Doch die Wolken kamen trotzdem nicht von der Stelle, sie schienen keinen Platz im Himmelsraum zu finden. Sie ballten sich zusammen, verbackten, wurden steinern. Und derweil regnete es mehligen Bimsstein. Die Dächer wuchsen in die Höhe, die Straßen wurden grau; in die Bäume, bis in die Orangenblüten hinein, drang der Vesuv. Überall schaufelte man. Ein guter Dünger, sagten manche, andre verkündeten eine Mißernte.

Gegen Abend wuchs der Wind zum Sturm an und tobte die ganze Nacht. Spät noch kam Costanza. Fabio saß neben dem Majolikaöfchen; das Holzfeuer knatterte. Manchmal stieß der Wind in den Kamin, dann schlugen Rauch und Flammen an der Ofentür heraus.

Plötzlich sagte Fabio: »Fürchtest du dich nicht?«

»Wovor?«

»Nun – ich denke, es kann leicht ein Erdbeben folgen – in Begleitung von vulkanischen Eruptionen gibt es häufig Erd- oder Seebeben! Zwei Drittel von Amalfi sind im Meer versunken, auch ein Teil von Città morta.«

»Hör auf« – flüsterte sie. Sie lauschten auf das Heulen des Sturms.

»In vielen Städten regnet es jetzt Bomben«, sagte er.

»Warum denkst du daran?«

»Weil ich dich lieb habe, Costanza!«

Sie blickte ihn einen Augenblick vorsichtig, fast verängstigt, an. Schließlich schien sie zu verstehen. Ihre Augen flammten ganz kurz und sanft, fast traurig auf, und sie blickte zu Boden.

»O ja – es ist furchtbar!« sagte sie.

»Am Ausbruch des Vesuv sind die Menschen nicht schuld«, begann Fabio nach einer Weile, er starrte auf die Ofentür, an deren Rändern Rauch hervorquoll, »aber an allen übrigen – fast an allen übrigen Leiden – Es ist heillos, alles! – Jetzt weiß ich es. Jetzt begreife ich es erst ganz! Man darf nichts sagen, nichts tun – sonst – aber man muß, und schon hilfst du mit am Guten und Bösen . . . Ich erzähl dir alles später! – Alles! – Und der Fürst di A., der sündigte, weil er nichts tat – Glaubst du, Costanza, daß es schwer ist, gerecht zu sein? – ich meine, zu lieben und doch nicht Unrecht zu tun? – ich meine, an der Welt teilzunehmen, aber so, daß du dem Leben, allem Leben, deinen Anteil gibst, den richtigen Anteil, nicht zuviel, nicht zuwenig? – Du kannst krank im Bett liegen und gleichzeitig Schuld tragen an – Ich erzähle es dir ganz bestimmt – Aber geh jetzt heim, Costanza!«

An der Tür sagte er, ihr die Kapuze überziehend: »Es wäre schön, wenn man füreinander beten könnte. Füreinander! Ich wüßte einen – zwei – nein, drei – vier – fünf – ah, so viele, für die ich jetzt beten wollte, wenn ich es könnte, wenn ich es nicht für einen Rückfall hielte in Vorzeiten, die nichts mehr mit uns zu tun haben. Oder haben sie doch mit uns zu tun? Ich weiß nicht – ich komme mir so losgelöst vor, von allem, was war! Sind wir nicht anders geworden? Wenn ich vergleiche: – welch ein Spalt ist zwischen mir und meiner Großmutter! – Nein, kein Spalt – welch ein Abstand, auf allen Gebieten! Geh jetzt, Costanza, deine Mutter wartet. Zum Beispiel, du bist angeblich eine Prinzessin, das ist doch Unsinn, du verstehst mich?«

Sie nickte lächelnd. »Aber warum fängst du in dem Zusammenhang damit an?«

»Ich meine nur. Es fängt eine ganz neue Zeit an. Vor einigen Tagen dachte ich: auf uns wartet die vollendete Langeweile. Aber wer weiß! Durch Sünde, Blut und Qualen gehen wir vorwärts – warum nur? Aber jetzt geh ich doch weiter – gib mir einen Kuß, Costanza! Aber einen ganz bedachten – schau mich an!«

Und sie umarmten sich unter der Tür, sie hörten den Sturm heulen und gegen die Bohlen drücken.

Fabio lag lange schlaflos und lauschte in das Toben. Aber seine Gedanken zogen ihn fort von dem, was die Sinne vernahmen. Die Zecchis mochten vielleicht gerade um diese Stunde auf ihrem Gute angekommen sein. Aber Dino war doch mit Frau Zecchi Arm in Arm gegangen – an jenem Abend –, oh, wie lange ist das schon her, damals im Sommer – Damals? – ein halbes Jahr liegt dazwischen – Ein halbes Jahr hab ich nichts getan, um zu erfahren, wo der Fürst weilt. Täglich dachte ich an ihn und nichts tat ich. Warum sagte ich Dino nichts davon, daß sich das Porzellanpferdchen fand? . . . Ich vergaß es . . . Aber was hätte diese Mitteilung schon in Dino bewirken können! . . . Jetzt lauert er mit seinen Leuten irgendwo in einem Gebüsch – vielleicht im Gehöft selber, in einer Scheune. Wie oft hat er das nun schon getan! Wenn man ihn so aus der Nähe sieht, glaubt man, er sei ein Mensch wie jeder andere, ein gebildeter junger Mann mit guten Manieren, ein wenig altmodisch fast mit seinem chevaleresken Tonfall, wenn er mit Frauen spricht, mit seinen zahlreichen Handküssen, Verbeugungen, Aufmerksamkeiten... Fabio zuckte plötzlich unter der Decke in einem leichten Erschauern zusammen. Zum ersten Male hatte er sich die Frage gestellt, ob der Fürst, falls er noch am Leben war, nicht längst erfahren hatte, was für ein Handwerk Dino betrieb. Und er stellte sich den Fürsten deutlich vor, wie er die Zeitung las – den Osservatore Romano – wie er ahnungslos und mit einem bedauernden Nicken des Kopfes die Überschrift bemerkte: »Banditentreiben und Unordnung in Süditalien« – und dann plötzlich auf den Namen: Dino Falconieri zu stoßen . . . Oh – dagegen war der Donnerton in den Grundfesten seines Palazzos nichts, einfach nichts! Vielleicht setzte ihm auch das Herz auf der Stelle aus, – es wäre gut für ihn, für den armen, alten, hilflosen Mann, der er nun sicher geworden ist. Aber in Camaldoli, bei den Mönchen auf dem Blauen Berg – da gibt es keine Zeitungen; und jeder, der von Dino weiß und diese furchtbare Nachricht dem Fürsten bringen könnte, wird an der Zellentür von Fra Ettore leise vorübergehen.

Jeder wird ihn allein lassen, wie ich es tat durch ein halbes Jahr! Fabio begriff das nicht, wie er so gleichgültig sein konnte. Während er einem Banditen die Treue hielt, so mußte man es nennen, und ihn nicht verriet, gestern – und dadurch diese Nacht beschwor und es möglich machte, daß der Buteo-buteo

»über dem bestimmten Punkt in Kalabrien« ungestört schweben kann, hatte er den Fürsten im Stich gelassen . . .

Und es war nicht einmal sich sperrender Trotz in diesem Abstandnehmen, nein, nur Gleichgültigkeit: der Fürst hatte ihn enttäuscht, das war alles. Wie ein Kind, das im Epiphaniefest keinen Glanz mehr sieht, seit es weiß, daß die Befana nicht durch den Schornstein schlüpfen kann, daß die Gaben von den Eltern stammen, – so ähnlich erging es ihm mit dem Fürsten. Das war ein neapolitanischer Aristokrat, originell und mit gutem Geschmack und einer Philosophie, die trotz aller scheinbaren Präpariertheit im Examen des Lebens innerhalb fünf Minuten durchgefallen war; im Mündlichen hatte er freilich bestanden –, aber dann, als es daran ging, zu zeigen, daß das Herz eines Philosophen und Christen wirklich leer ist von den Dingen und der Begierde danach, da war die Weisheit zu Ende. Und es zeigte sich – auch an ihm! –, daß er wohl bereit war, seine Würde vor dem fait accompli zu bewahren, was nichts als ein Gleichgewichtsinstinkt ist; daß er aber nicht das vermochte, was er sein Leben lang glaubte, getan zu haben: alles auf der offenen Hand zu tragen. Seine Hand schloß sich, als sie den Besitz zu verlieren drohte, krampfhaft wie nur je eine Greisenhand sich schloß.

Die Beschämung, die Fabio in diesem unvergeßlichen Augenblick für den Fürsten empfunden hatte, war zwar einer Art von verstehendem Mitleiden gewichen – aber die Enttäuschung blieb, denn sie bezog sich weniger auf die Person des Fürsten, als auf die hohe Forderung selber, auf das Ideal schlechthin. Fabio hatte einen Augenblick in seinem Leben an die Fleischwerdung desselben geglaubt: in der Person des Fürsten di A. Eine schwermütige Dünung wirkte seit jener Nacht in all seinen Gedanken nach, die um die Verwirklichung des Wortes kreisten, des Wortes, das lebendig macht. Er versuchte in sich selber hineinzublicken – und ebenso durch die Taten und sonstigen Äußerungen der andern deren eigentliche Antriebe zu erforschen. Und er begann, vorerst noch zögernd, zu glauben, daß der Mensch wie die ganze übrige Natur von nichts anderm bewegt sei als dem offenen oder getarnten Getriebe der Instinkte. Wo er aber einmal beherrschte und veredelte Instinkte wahrnahm, sah er als Ziel und damit als Antrieb irgendein Interesse dahinter: Rücksichten auf die Gesellschaft, Hemmungen aus

Schutz- und Tarnbedürfnis – aber nie den Geist, der mit dem Bild einer Idee die nackte Gier beschwichtigte und das Tier zur Anbetung des Heiligen auf die Knie zwang. Ja – vielleicht ist der Geist, wie die amerikanischen Seelenmechaniker neuerdings lehren, wirklich nur ein feineres Instrument, ganz in der Reihe der übrigen Organe, von den Bedürfnissen und Umständen im Laufe der Zeit am Menschen entwickelt, ohne irgendeine besondere Vollmacht oder Fähigkeit zu haben, als eben folgerichtig zu denken, folgerichtig wie ein Schaltwerk in einem Elektrizitätswerk. Das Denken selber wäre also mithin nichts anderes als ein chemischer Prozeß, unter Umständen folgenschwer für den Denkenden – im ganzen genommen aber: unverbindlich und bedeutungslos, da es im übrigen ja nur mechanische und chemische Vorgänge und Gesetze gibt und sonst nichts – inmitten einer nach allen Seiten unendlichen Welt.

Fabio seufzte unter der Last solcher Gedanken. Oft erschien ihm dies Aufseufzen selber als ein Protest, als eine noch stumme Kraft, eine noch wortlose, aber schon schwingende Stimme seiner Seele, die sich zur Wehr setzte – nicht mit Beweisen, sondern der Vehemenz des Lebens selber, das sich seinen Sinn setzt, derweil die Angst vor der Verzweiflung langsam von allen Seiten herankriecht; eine Angst, die Fabio gut kannte, zumal in den späten Stunden der Nacht, vor dem Morgengrauen, wenn der Schlaf nicht mehr zurückkehrt, die Sonne noch lange nicht kommt, und die ganze Welt ihm saugend am Ohr liegt mit einer abgründigen Stille, die nichts verrät. Und oft lockte es ihn, diese Angst zu bestehen und der Verzweiflung ganz ruhig ins Auge zu sehen, das heißt, in sich selbst hineinzuschauen wie in ein Turbinenhaus, darin der Weltstrom summte, für eine kurze, qualvolle Weile, ohne daß man ein Wort verstand ... Man? Ja – man war selber der Strom –, denn das Ich ist nur eine Einbildung – von wem aber? Ja, wer »hat« diese peinliche Einbildung? ... Der Weltstrom hat sie, du bist gar nicht; er summt endlos, sinnlos, bewußtlos – in dir wird er nur zur Bewußtheit umgeschaltet ... Ich bin nur eine Bewußtseinssekunde im endlosen Schlaf des Weltstromes ...

Fabio wehrte sich noch – er wußte eigentlich selber nicht warum, etwas in ihm klagte. Und er sagte zu sich selber: nein, ich verzweifle nicht. Aber er hatte keinen Grund für seine Abwehr und er konnte sich darum nicht tapfer nennen. In solchen

Stunden dachte er an große Menschen aus früherer Zeit, große – wenn man den Büchern glauben durfte, wenn ihre Vitae nicht pure Dichtung waren, Halluzinationen halbverzweifelter Literaten oder aber Destillationen mitleidiger Menschenfreunde, welche die Bilder verwirklichter Ideen wie Palliative dem Menschen gaben, wiewohl sie selber genau wußten, daß der Schmerz unheilbar ist und das Mittel nur betäubend und vorübergehend wirkt.

Auch in dieser Nacht vom Mittwoch auf den Donnerstag griff er, wie gelegentlich in den letzten Monaten, zu Renans Leben Jesu –, aber es kam ihm alles so sonderbar, wie fern und unwirklich vor, was da vom Reiche Gottes stand. »Nichts entspricht ihm!« murmelte er und klappte das Buch zu. Müde sank er zurück, auf eine besondere Weise müde, ja, richtig, als läge ihm diese Idee vom Reiche Gottes auf der Seele, wie etwa ein wichtiges, drängendes und zugleich närrisches Geschäft, dessen Erledigung man in einem unbedachten Augenblick jemand in die Hand hinein versprochen hatte. Und nun steht man vor dem Termin und sieht sich vollständig unfähig – einfach nicht in der Lage, – derweil der andere, der es einem auftrug, gutgläubig wartet.

Und so war er denn auch die ganze Nacht in seinem Traum damit beschäftigt, das Reich Gottes zu suchen ... Die Großmutter und der Arzt wollten es unbedingt haben; wenn er ohne es wiederkomme, müsse die ganze Stadt verhungern und verdursten. Es mußte auf dem Depot sein. Die Brücke war noch gesprengt; daß die Notbrücke bestand, hatte er im Traum vergessen. So fuhr er in der Barke mit einigen Fischern. Sie ruderten, aber sie kamen nicht von der Stelle. Er merkte es deutlich. Die Fischer lachten, nein, er verstehe nichts davon, das sei alles relativ. Sie sprachen wie Mathematiker und bewiesen ihm, daß sie, wenn sie auch scheinbar auf der Stelle blieben, sich doch gegen Osten bewegten, also nach Amalfi hin, da ja die Erde sich gegen Westen drehe ... Gegen Westen? Wieso? ... Indessen – er ließ sich belehren, doch trotz seiner Willigkeit, alles zu glauben, kamen sie nicht von der Stelle, und endlich konnte er die rechthaberischen und gelehrten Fischer davon überzeugen. Da stiegen sie alle aus, ließen das Boot zurück und wanderten einfach über das Meer. Zuerst empfand er das als etwas Selbstverständliches, dann aber sank er ein. Durch richtiges Atemholen jedoch – er, zeigte es den Fischern, wie man das machte – ging es sich ganz einfach auf den Wogen. Schließlich zeigte er ihnen, wie man noch schneller vorankomme, indem man nämlich flog. Auch das war mit richtigem Atemholen leicht zu tun –, man mußte stets die Hälfte des Atems behalten, sonst sank man ab, und dazu schwang man die Arme. Es war sehr angenehm. Man sah das Meer von oben, und es glänzte; und man flog über die nackten, scharfgeformten Berge im Sonnenlicht dahin, sah Dörfer und Städte, – und die Fischer waren gar nicht mehr anmaßend und gelehrt, sondern seine ganz gehorsame Vogelbande, ja, sie sahen halb wie Vögel aus und folgten ihm treulich nach. »Buteo-buteo« rief er und war glücklich.

Plötzlich befand er sich ohne Zusammenhang wieder bei der Großmutter. Aber sie fragte ihn nach »dem Ding«, und er suchte in allen Taschen, ging in einem großen Hause umher, das ihm ganz unbekannt vorkam, und suchte. Und da fand er eine Kiste, und als er sie öffnete, lag da ein Porzellanpferdchen, aber es war zerbrochen. Und er begann zu weinen, denn er wußte, kaum daß er es sah, ganz genau: das war »das Ding« – und er hatte es selber früher, viel früher hier verpackt, aus Angst, denn er hatte es selbst zerbrochen.

Und da weckte ihn eine Stimme, die er – so kam es ihm vor – immerzu gehört hatte, die ganze Zeit, da er suchte.

»Signorino, verzeihen Sie – aber ich muß Sie stören, ja, ich bin es, ich habe niemanden im Hause gefunden, die Haustür stand offen, ja, und ich wußte, daß Sie hier sein mußten.«

»Ja, bitte, ich fand die Kiste mehr zufällig. Ich weiß nicht, aber das war viel früher!«

»Mein Gott, Signorino, schauen Sie mich doch nicht so entsetzt an, ich bin kein Geist . . . Sind Sie krank? Ah – wie schrecklich – ich hätte nie gedacht – Sie werden ja gar nicht wach – ich rede auf Sie ein und –«

»Luca!« Fabio schrie das, als wollte er mit diesem Namen die Erscheinung vor sich auf ihre Körperlichkeit prüfen. Dicht an seinem Bett, in dem durch die halbverschlossenen Läden noch dämmerigen Raum stand eine Gestalt – unbeweglich. Zwischen dem zerrissenen dunklen Mantel glühte es rot und golden, als wäre die Brust aus Feuer. Und das alte, ausgemergelte Gesicht mit den vor Erregung angespitzten, glimmenden Augen hatte Rillen wie aus schwarzem Draht, nein, die graue Haut war wie auf einem Drahtgestell ausgespannt.

Und trotzdem: – es war Luca, der nun mit einer flehenden Gebärde sich gegen das Bett beugte und Fabio erregt angrinste – auf eine hilflos demütige und zugleich ziehend gewaltsame Weise, derweil dieser seine noch vom Teig des Traumes verklebten Sinne reinigte.

Er sei von Neapel unterwegs, die ganze Nacht, bald zu Fuß, bald von einem Wagen aufgenommen. Er habe den Fürsten gefunden, »und der Fürst will Sie sehen, bevor er stirbt«.

Und da stand auch Fabio bereits vor dem Bett, er konnte nicht sprechen, er hielt Luca bei den Schultern und rüttelte ihn einmal sanft.

»Er lebt? Wo ist er?«

Und da seufzte Luca, er müsse ihm das erklären, aber es sei nicht zu erklären. »Was mich angeht, so habe ich alles getan, um meinen Herrn von diesem schrecklichen Ort wegzubekommen, aber er will nicht, er will – ja – er ist bei den Incurablen.«

»Um Gottes willen!«

»Ja, und keiner darf es wissen. Er hat es mir streng verboten, jemand dort im Krankenhaus zu sagen, wer er sei. In meinen Kleidern kam er dort an. Kommen Sie, Signor Fabio. Sie werden es fertigbringen, auf Sie hört er.«

»Weiß er – weißt du, Luca, wo Dino ist?«

Luca senkte sofort, die untere Zahnreihe zeigend, den Kopf, er schwenkte das Gesicht, ohne Fabio anzublicken, in die Höhe und seufzte: »Madonna mia, das ist sehr schlimm, aber –«, er blickte Fabio schnell an, »der Fürst weiß nichts, Gott sei Dank, nein, er hat keine Ahnung! Ich habe ihm allerlei erzählt! Aber kommen Sie, er lebt vielleicht nicht mehr lange.«

Die Großmutter, die von einem jährlichen Seelenamt für die Tochter einer Freundin soeben zurückkam, wollte nichts von Fabios plötzlichem Entschluß, nach Neapel zu reisen, wissen. Luca hatte bereits das Haus verlassen und war zum Town-Manager-Amt gegangen, um wegen einer Fahrgelegenheit mit dem englischen Leutnant zu sprechen.

»Du bist ja noch krank«, lamentierte die Großmutter, »und bei solchem Wetter. Hinter den Bergen schneit es Asche –, und gestern hattest du noch Fieber, vielleicht sogar jetzt noch. Außerdem fährt kein Wagen. Wer will denn mitten in den Vesuv hineinfahren! Und ist der Fürst di A. bis heute ohne dich ausgekommen, hat das auch noch ein paar Tage Zeit. Sei doch nicht kindisch!«

Aber Fabio rasierte sich weiter, zog zwei Pullover an und seinen dicksten Mantel, schlang seinen Schal um den Hals, stürzte ein wenig Milchkaffee herunter, stülpte den Hut auf, küßte die Großmutter und ging fort. Am Tor draußen sagte er, die Großmutter gebieterisch anblickend: »Ich bitte dich, du kannst das nicht verstehen, aber ich muß gehen! Glaube es mir, ich muß! Es ist vielleicht der wichtigste Gang meines Lebens!«

»Aber du kannst dir den Tod holen«, jammerte Frau Bartoli empört, sie rang die Hände.

»Nonnuccia«, sagte er leise, »wenn ich nicht ginge, das wäre für mich lebensgefährlicher! Ah, wenn du das verstündest! Du« – er erinnerte sich jäh seines Traumes, und seine Augen blickten durch sie hindurch, »du hast mich selbst geschickt, hier an dieser Stelle – im Traum der letzten Nacht – weißt du, was ich suchen sollte? – Das Reich Gottes, stell dir vor – «, er lächelte, »vielleicht, daß ich es finde. Ciao!«

Frau Bartoli blickte ihm kopfschüttelnd nach. Genau am Treppenende begegnete er dem Arzt. Der blieb mit runden Augen und den Kopf vorschiebend stehen, starrte Fabio an und drehte sich, als der mit einem freundlichen »ciao, dottore« vorbeieilte, wie eine Wetterfahne langsam um, als käme sein Blick nicht von dieser Erscheinung los. Endlich fand er ein Wort und rief in protestierendem, fast kreischendem Ton: »Signorino, wohin wollen Sie! Sie sind nicht im Bett?« Und als Frau Bartoli oben von der Treppe jammerte: »Ah, dottore, es ist sein Tod!« fiel der kleingewachsene Mann in besorgten, pathetischen Zorn: »Aber was für verrückte Sachen das sind, welch ein unerhörter Vorgang! Wer kann das mit ansehen? Nein, das kann ich nicht erlauben! Rufen Sie ihn zurück, Signora! Auf der Stelle!«

Und als sähe er das Vergebliche seines Vorschlages ein, begann er plötzlich nun selber Fabio nachzueilen. Aber er holte ihn nicht mehr ein. Er sah nur noch, wie sich vor dem Town-Manager-Amt ein mit einer Plane überzogener Lastwagen in Bewegung setzte und im grauen, fast dämmerigen Vormittag, den dicken, mehligen Bimssteinstaub aufwirbelnd, langsam verging.

XXII

Außer Fabio und Luca saß noch ein bedrückt aussehender junger Mann auf den Kisten, sein Pappköfferchen, um das ein Bindfaden geschlungen war, zwischen den Beinen. Luca rieb sich die Hände. Er fröstelte. Sie starrten schweigend in diesen seltsamen Vormittag. Es sah aus, als sänke bereits die Nacht herab. Der Soldat am Steuer hatte einige Minuten nach der Abfahrt das Scheinwerferlicht eingeschaltet, doch sahen sie kaum zwanzig Meter in die graue Staubwand hinein. Und je weiter sie fuhren, desto dichter wurde die Finsternis. Außer der niedrigen Schutzmauer der Uferstraße, dahinter man den Abgrund und das Meer wußte, und den Umrissen der kulissenhaften Felsabstürze zur Rechten war nichts sichtbar, kein Mensch und kein Ding. Die Welt schien ausgestorben. Der Motor brummte gedämpft, Fabio merkte, wie der Staub nicht nur das Licht, sondern auch den Schall aufsaugte. Er hörte, derweil er so, bald unter der Plane nach hinten, bald über den Kopf des Fahrers nach vorne auslugte, Lucas Erzählung zu. Der Alte flüsterte, manchmal hielt er inne und blickte mit einem ächzenden Laut hinaus. Der junge Mann brockte aus einem Papier gerösteten Polentafladen und kaute. Luca sah dem Essenden aufmerksam zu und erzählte.

Er war an jenem Septemberabend, als Fabio mit dem Fürsten den Luftschutzkeller aufgesucht hatte, in den zweiten Stock gestiegen und hatte dort die Fenster geöffnet, und zwar ohne jede Eile, denn er pflegte ebensowenig wie der Fürst während eines Fliegerangriffes die gewohnten Räume zu verlassen. Als er auf den ersten Stock zurückkam und hier den Fürsten nicht antraf, suchte er ihn, nachdem er auch hier die Fenster geöffnet hatte, im Erdgeschoß, schließlich im Keller. Da er weder den Gesuchten noch Fabio fand, war es ihm klar, daß sie in dem öffentlichen Luftschutzraum jenseits des Platzes sein müßten. Inzwischen aber hatte das Abwehrfeuer begonnen, und er zog es vor, zu bleiben, wo er war. Er setzte sich auf eine der frisch angekommenen und erst vor Tagen geöffneten Kisten mit weißem Wermut, öffnete eine Flasche und trank, gelassen in den Lärm droben am Himmel lauschend. Und er gestand Fabio, mit einem kurzen

Lächeln den Kopf senkend, daß es sogar nicht bei der ersten Flasche geblieben sei, und er habe, wenn er's recht bedenke, noch nie eine »so bequeme, ja, zufriedene Fliegernacht« erlebt wie diese. Ihm habe »das dumme Lärmen mit den Bomben« nie Eindruck gemacht. Die Hauptsache an der ganzen Geschichte sei, daß man sich gar nicht darum kümmere. Ja, und so habe er auf einer Kiste gesessen – er wisse wirklich nicht wie lange. Und er sei so zufrieden und ruhig gewesen wie selten, habe sogar gesungen bei einer Kerze, nein, er habe dem kleinen Licht allerlei vorgesungen, bis es plötzlich einen furchtbaren Schlag gegeben habe und »allerlei« von der Kellerdecke heruntergekommen sei auf seine Kerze, einiges auch auf seinen Kopf, – aber nicht viel, er habe nur ein kleines Loch gehabt. Und der Erzählende nahm Fabios Hand und ließ ihn die Narbe auf dem Schädel fühlen. Nicht wahr, er könne sich nicht beklagen – man bedenke, ein ganzer in die Luft gesprengter Palazzo sei ihm auf den Kopf gefallen. Aber diese alten Mauern seien nicht aus Spucke gebaut, die hielten allerlei aus – und sein Kopf auch. An dieser Stelle begann Luca plötzlich den Kopf hebend mit lauter Stimme auf diese Kretins zu schimpfen, die, ohne Sinn und Verstand und wirklich dümmer als das Vieh, einfach mir nichts dir nichts so einen schönen und stabilen Palazzo in die Luft sprengen könnten. Der hätte bis zum Jüngsten Tag ausgehalten – nichts von Einsturzgefahr – »bei so was von Mauern« – aber wahrscheinlich stecke hinter diesem Sprengbefehl nichts als Camorra. Der Fürst habe den Einfluß seiner Feinde stets verachtet, leider, und nicht auf ihn, Luca, gehört. Außerdem – wenn man schon ein Haus unbedingt in die Luft sprengen wolle, könne man vorher doch ein bißchen nachsehen, ob vielleicht noch jemand drinnen sei.

Fabio brachte Luca, der ins Politische abzuschweifen drohte, mit ungeduldigem Fragen auf die Geschehnisse jenes Abends zurück. Und er vernahm, daß Luca dem Fürsten sein Leben verdanke. Denn als der Palazzo zusammengestürzt war, saß Luca für einige Stunden im Keller gefangen da, bis es ihm in seiner Trunkenheit endlich klar wurde, in welcher »unangenehmen Lage« er sich eigentlich befand, – und da erst wurde er nüchtern und begann aus Leibeskräften zu schreien, »ich kann Ihnen sagen, Signorino – da hört der Spaß auf!«... Der Fürst nun, der in den Trümmern herumwühlte und »nach Briefen suchte«, wie

Luca versicherte, hörte die Stimme seines Dieners und ließ ihn, selber mit Hand anlegend, noch in der Nacht ausgraben. Luca versicherte, er habe, als sie sich wiedersahen, nicht gemerkt, daß der Fürst verletzt oder gar – er dämpfte seine Stimme – geistesgestört sei. Erst als sein Herr ohne ein Wort zu sagen, sich die Kleider auszog, und ihn, seinen Diener, bat, ihm die seinen zu geben, sei ihm etwas aufgedämmert. »Der arme Fürst«, murmelte Luca, ächzte und starrte eine Weile in die immer dichter werdende Dunkelheit hinaus, »es war zu viel für ihn!«

Und mit einem Kopfschütteln murmelte er, als könnte er es noch immer nicht verstehen: »Aber was konnte ich tun? Es sah so schrecklich aus, wie er in meiner Livree da vor mir stand, ich schämte mich! Und ich zog mir seine Uniform an – die hier, ich machte sie mit Absicht noch in jener Nacht schmutzig, ich wälzte mich im Dreck, nur damit das schöne Rot und Gold daran nicht so auffiele, – aber aufgefallen bin ich trotzdem noch genug, ich fand, Gott sei Dank, diesen Mantel! Kein Mensch kennt diese Uniform, und jeder fragte natürlich! Manche glaubten, ich sei ein Portier –, mir war alles einerlei!«

Fabio unterbrach ihn: »Du sagst, der Fürst sei – geistesgestört? Warum? Warum wechselte er mit dir die Kleider? Er sagte doch gewiß etwas dabei?«

»Ah so, natürlich, er sagte mancherlei, ich habe nicht alles behalten, all das Durcheinander! Aber ich weiß noch genau – zuerst war der Fürst nur sehr niedergedrückt. Er sagte mir, kaum als ich aus der Erde kroch – ich kann auch sagen: aus meinem Grabe: ›Eh, Luca? Wie geht es dir?‹ – Und als ich ihm versicherte, daß ich mich gesund wie ein Fisch im Wasser fühlte, wegen des Loches in meinem Kopf solle er sich nicht beunruhigen, da setzte er sich hin und sah zu, wie man mich verband. Ich setzte mich darauf neben ihn, und er begann von Briefen zu sprechen, die er unbedingt finden müsse. ›Principe mio‹, sagte ich, ›ich sehe mal eben nach!‹ Zuerst schaute er mir zu, wie ich mit so ein paar behilflichen Kerlen, die aber nur stehlen wollten, wie ein Maulwurf herumkroch. Wir hatten nur ein paar Stalllaternen, und die Sache war nicht ungefährlich, man konnte bei jedem Schritt absacken oder ein paar Zentner Stein auf den Rücken kriegen. Aber ich dachte, wenn man schon alles verloren hat, da hängt sich das Herz an ein paar Kleinigkeiten. Es waren Briefe von seinem Neffen, dem Dino – nun! Übrigens – wirklich keine Kleinigkeit, aus einem Haus mit ungefähr zwanzig großen Räumen, die vollständig zu Grobschnitt gemacht und durcheinandergemengt sind wie die Zutaten zu einem guten Risotto, aus einem solchen Haus, sage ich, ein paar Briefe herauszuklauben, nein, keine Kleinigkeit!«

Der junge Mann, der soeben seinen Polentafladen verzehrt hatte, nickte beipflichtend: »Da muß man schon Glück haben, mehr Glück als Verstand!«

»Nein«, sagte Luca streng und ein wenig gestört, »Verstand muß man auch haben, sogar eine Menge. Um es kurz zu machen, – wir fanden den Schreibtisch des Fürsten, ein riesiger Brocken Gemäuer lag darauf und hatte ihn wie eine Nuß zerquetscht. Und da pulten wir also Stück um Stück heraus, ja, und fanden die Briefe. Aber wir fanden bei der Gelegenheit noch etwas anderes – eine hübsche Überraschung, sage ich Ihnen. Einer von den Kerlen, die geholfen hatten, trug eine kleine Kiste hinaus, und ich dachte, es sei Wermut darin, und da sagte ich ihm, daß er die Kiste sofort hinstellen solle. Er tat das auch, wir öffneten sie, und wissen Sie, was wir fanden? . . . Nun, das können Sie natürlich nicht wissen. Jaja – sehr traurig, was wir da fanden, ich müßte Ihnen das mal erklären, wenn wir allein sind – die Geschichte meine ich, die mit dem Porzellanpferdchen zusammenhängt, eine wirklich traurige Geschichte. Ich will sagen: wir fanden ein Pferdchen aus Porzellan darin, sorgsam in Holzwolle und Watte verpackt. Unser Koch, Sie kannten ihn doch, hatte einmal abstauben sollen, als ich verhindert war, und bei der Gelegenheit zerbrach er prompt das schöne Pferdchen. Und nun geht das Rindvieh in seiner Angst hin, verpackt das zerbrochene Pferdchen und stellt es in den Keller. Und nun kann er ja schwören, so oft er will, daß er das Pferdchen nicht gestohlen hat. Intelligenter Bursche, dieser Federigo, wie? Aber was daraus alles entstand . . .«

»Ich weiß«, sagte Fabio düster.

»Sie wissen? . . . Ah, sehen Sie . . . Aber als der Fürst sah, was in der Kiste enthalten war, fiel er auf die Knie und weinte – wie ein Kind, sage ich Ihnen, es hörte sich schrecklich an. Seit diesem Augenblick war er ein anderer. Als er aufstand, bat er mich um meine Livree. Na, wie gesagt, er ist mein Herr, und ich gehorchte, wiewohl mir schon in jenem Moment klar wurde, daß der Fürst mit seinen Sinnen nicht ganz beieinander sein konnte.

Und kaum war ich in seine Uniform, die ich seither immer trage, gekleidet, als er mich zu seiner Schwester schickte, – ich sollte ihr sagen, was wir gefunden hätten in den Trümmern seines Palazzos. Und sie müsse ihm verzeihen. Er sagte mir dann, daß er auf derselben Stelle warten wolle, bis ich zurück sei. Ich ging sofort, und es gelang mir sogar, in das Haus zu kommen, was nicht leicht war, nachts – bei diesen faulen Portiers. Aber man hielt mich in meiner Uniform für – ich weiß nicht, was! Die Schwester des Fürsten jedoch, als sie hörte, was geschehen war, machte ein schiefes Gesicht und sagte mir: – ja, das sei jetzt zu spät, viel zu spät. Ich sagte ihr, daß mich an der Sache auch Schuld treffe, und ich erzählte ihr, wie es gekommen war, daß wir – ich meine der Fürst und ich – Dino in solchen Verdacht nehmen mußten. Und da wurde sie gegen mich ausfahrend, wies mir die Tür und sagte allerlei unglaubliche Sachen – auch darüber, daß ich es wagte, die Uniform der Malteserritter zu tragen, und das war doch nicht meine Schuld, nicht wahr! Ich kann Ihnen sagen, Signorino, mir fiel es nicht leicht, zum Fürsten zurückzugehen – und ihm mitzuteilen, was die Schwester über uns, ich meine den Fürsten und mich, dachte. Aber mein Herr sagte: ›Sie hat recht!‹ und er bat mich unter Tränen, es doch noch einmal zu versuchen. Er könne sein Unrecht nicht tragen, sie möchte ihm verzeihen. Nun, ich ging wieder, – aber diesmal ließ mich der Portier gar nicht erst ein. Er hatte, als die Schwester des Fürsten mich so fortschickte, im Treppenhaus gelauscht und wußte jetzt, wer ich war. Meine Uniform nutzte mir nichts mehr, das ist so mit den Uniformen. Ich wagte in dieser Nacht, es ging gegen Morgen, mich kaum zum Fürsten zurück. Immer wieder machte ich kehrt, ging noch einmal um den Block herum – und als ich dann endlich doch an der Stelle ankam, wo einmal unser würdiger Palazzo stand, da war von meinem Herrn keine Spur mehr vorhanden. Um es hier gleich zu sagen: er war, als ich nicht kam, fortgegangen, ohne zu wissen, wohin. Als er so, als wäre er taub und blind, durch die Straßen irrte, kam ein Auto und fuhr ihn an, und dasselbe Auto, glaub ich, brachte ihn zu den Incurablen, und er verriet nicht, wer er war. Sie dürfen nicht vergessen, Signorino, er trug meine Livree. Allerdings hätte er nur seinen Namen zu sagen brauchen, so hätte man ihn in einen anständigen Saal gelegt und entsprechend behandelt. Aber sehen Sie, ich sage Ihnen ja: – seit dem Augenblick, da er vor der Kiste, ich meine dem Porzellanpferdchen, so auf die Knie sank und weinte, war er nicht mehr ganz zurechnungsfähig.«

»Wieso?« Fabio fragte das in zurechtweisendem Ton.

Luca spähte unter der Plane nach hinten hinaus, und als er eine Zeitlang nachgedacht hatte, blickte er Fabio an.

»Signorino – ich frage Sie: wenn Sie bei dem Wetter jetzt hier aussteigen und zu Fuß durch den Vesuvstaub in der Luft und auf der Erde und überall waten und tasten wollten, dabei jedoch diesen Wagen zur Verfügung hätten, – wären Sie dann noch zurechnungsfähig, gesund im Kopf, normal? Ja, der Fürst aber handelte noch viel unbegreiflicher –, wenn Sie es so nennen wollen. Er hatte die Hüfte gebrochen und hätte sofort in den Chirurgischen Saal gehört. Er konnte Professor Fiorini sofort zu sich rufen. Er hätte ein hübsches Zimmer haben können, Bedienung, Pflege, alles, was er wollte, sogar bei den Incurablen! Wer zahlt, hat es ja noch in der Hölle bequem, und er konnte zahlen, immer noch! Außerdem sein Name, die Freunde! Aber er sagte nichts, er schwieg und ließ mit sich verfahren, als wäre er irgendein armer Unglücklicher (povero disgraziato), einer von den hunderttausend aus den Bassi. Und das kann doch nicht normal sein, ich meine, so handelt ein Mensch doch nur, der geistig gestört ist, oder was denken Sie, Signorino?«

Fabio schwieg, das Gesicht fast bis auf die Knie gesenkt. Bei den Incurablen! Er sah den Wärter im Teatro anatomico, der Stücke von Leichen verkaufte –, in den langen Sälen bei den Incurablen gab es unerschöpflich viel Studienmaterial, und der Tod diente freudig, wie die Inschrift im Teatro anatomico besagte, an dieser Stelle dem Leben ... Die Kranken wußten es und riefen, wenn die Studenten durch den langen Saal gingen, ihnen Unflätigkeiten nach, oft so schrecklicher Art, daß Fabio damals, ehe er ins Gefängnis mußte, manchmal schwankte, ob er diesen zwar zu einem ernsten Studium unerläßlichen, aber seinem Herzen ebenso widerstrebenden »anatomischen Schauplatz« noch weiter betreten könnte. Und nun wußte er jenen Menschen dort, mit dem er über diesen Ort des Jammers vor einem halben Jahr so ausführlich gesprochen hatte. Vor einem halben Jahr! ... Eine lange Zeit, voll Minuten, Stunden, die sich langsam zu Tagen summieren, – und die langen Nächte, da er nichts vermochte, als in einem dieser Betten ruhig zu liegen, in Schmutz und Schmerzen – freiwillig! Und ein Wort, ein einziges hätte genügt, um den Ort zu verwandeln, sofort und von Grund auf, – aber er schwieg.

Fabio sah ein, daß es für Luca in der Tat schwer sein müsse, ein solches Schweigen zu begreifen. Den Sinn einer heroischen Tat begreift man leicht, nicht aber die Kraft, die sie möglich macht. Und Fabio hörte von fern das Wort »Held«, das der Advokat Casani seinem Sohn Aldo beigelegt hatte. Und in diesem Augenblick, derweil er unter der Plane eines Militärwagens durch die Vesuvnacht fuhr, rührte sein Erkennen an das Geheimnis des Heldentums –, und sein Herzensgrund erbebte vor der ihm unbekannten Kraft, die den Menschen dazu bringen kann, »wie ein zur Schlachtbank geführtes Lamm seinen Mund nicht aufzutun«. Sieh an – das ist also das höchste Schweigen: die Verleugnung seines Selbst. Vielleicht, daß wirklich aus ihm das bindende Wort kommt! Lucas Gehorsam, in welchem er die Verborgenheit seines Herrn nicht verrät, ist rührend; aber sein Gehorsam stammt aus dem ererbten und erworbenen Respekt, aus Gewohnheit und der Einsicht in die geistige Überlegenheit dessen, der befiehlt. Es gibt einen höheren Gehorsam: aus der Erkenntnis des Vorbildes, oh, ich ahnte es . . .

Fabios Herz war zu voll, er hatte Luca nicht geantwortet; er saß da, starrte in die schwarze Luft und hörte mit halbem Ohr den beiden zu.

Der mitreisende Dorfjunge hatte von Luca inzwischen erfahren, an welcher Stelle genau die Hüfte des Fürsten gebrochen war. Seine feurige Anteilnahme war begründet, wie sich herausstellte. Denn seine Großmutter war, als die Mutter des Jungen nach der Lesung des Stellungsbefehles einen lauten Schrei ausgestoßen hatte, in ihrem aufgeregten Zuhilfeeilen die Treppe hinabgestürzt und hatte sich ebenfalls »wie der Fürst« die Hüfte gebrochen, »genau an derselben Stelle« –, der junge Mann stieß mit dem Zeigefinger mehrmals gegen seine rechte Hüfte, wobei er auf eine herausfordernde Weise Luca anblickte. Doch der sagte nur mit überlegenem Kopfschütteln: aber wieso denn, dieselbe Stelle wie beim Fürsten di A.? Hier – und er wies gegen seine linke Hüfte, hier sei die Hüfte des Fürsten gebrochen. Außerdem sei das keineswegs so hoffnungslos, »wie du da soeben sagst«, Luca lächelte angestrengt, »ich habe mich über

Hüftbrüche vorgestern erkundigt, wer weiß – man kann nie wissen...«

»Bei alten Leuten heilt es nie«, sagte der junge Mann rechthaberisch, »das wußte auch meine Großmutter. Der Arzt in unserem Dorf ist noch immer beim Militär – und versteht sowieso nichts. Und da wollten wir meine Großmutter nach Neapel in ein Hospital schaffen, doch sie wehrte sich mit Händen und Füßen. Aber was sollten wir tun! Ich mußte fort, und meine Mutter gibt noch einer kleinen Schwester die Brust, alle übrigen Geschwister sind klein. Meine Großmutter war aber ein Stück von zwei Zentnern. Und bei Hüftbrüchen so ein Gewicht umzubetten –, dagegen war ein Wochenbett ein Kinderspiel, das sagte meine Großmutter selbst! ›Aber ins Hospital bringt ihr mich nicht‹, sagte sie und weinte und schrie. Eine Tragödie, sage ich euch. Als aber meine Mutter darauf bestand – ich mußte ja abreisen, und wir konnten die gute Großmutter doch nicht in ihren Matratzen verfaulen lassen –, ja, da schluckte sie allerlei Sachen: einen Teelöffel und sowas, wirklich! – und starb dann auch prompt, wie sie es wollte. ›Aber ins Hospital kriegt ihr mich nicht!‹ das waren ihre letzten Worte.«

»Deine Großmutter war eine kluge Frau«, sagte Luca nur und nickte, »ich fräße auch lieber Rattengift als – Madonna«, er wandte sich zaghaft an Fabio, »Sie wissen ja, Signorino, wie es bei den Incurablen aussieht!«

Fabio nickte, fragte aber sofort, wie Luca den Fürsten denn »in diesem Krankenhaus« gefunden habe.

Der Alte versicherte, es sei der reinste Zufall gewesen, denn er habe ihn überall gesucht, nur nicht dort, wo er war, »einfach weil ich dachte, da kann er nicht sein, es kam mir nicht einmal in den Kopf. Es weiß ja jeder in Neapel, was da los ist. Da möchte ich noch lieber in den Poggio reale, da gibt es wenigstens keine Ärzte, stelle ich mir vor. Ja so – wie ich ihn fand?... Das war wirklich dort – Ich stand vor San Paolo maggiore und guckte in die Luft, als könnte ich's da lesen, wo ich jetzt noch suchen müßte. Und da stößt mir jemand ins Kreuz und schreit mich an, so ein Junge mit einem Handwagen. Ich trete auf die Seite und will ihm schon Bescheid sagen, da sehe ich so ein kleines Äffchen, das sitzt neben einem englischen oder amerikanischen Soldaten, was weiß ich, im Auto, vorn neben dem Lenkrad, und es guckt mich so komisch an, das Äffchen. Und es knabbert an etwas herum. Das Auto fuhr sehr langsam in dem Gedränge, und da ging ich neben ihm her, eine ganze Weile, das Äffchen gefiel mir so, weil es mich immerfort anguckte überm Essen; ich mußte lachen. Bist du glücklich, dachte ich, du kleiner Affe! Dabei guckt aber so ein Affe eigentlich sehr ernst ins Leben, aber man muß doch lachen, nicht wahr! Ja – und da plötzlich fährt der Wagen mit meinem Äffchen los, und als ich mich umdrehe, merke ich auf einmal: ich stehe vor den Incurablen. Und da fällt mir ein, daß ich hier früher ein paarmal den Professor Fiorini holte. Vielleicht weiß der was, dachte ich, wie man manchmal so einen Gedanken hat. Man weiß genau, es hat keinen Zweck, und doch gibt man nach – das ist so. Und da lief ich also in dem riesigen Haus herum, verloren wie eine rausgekämmte Laus auf einer Zeitung. Und der Gestank und all die Betten – von Saal zu Saal. Und immer sagte ich, wenn mich jemand fragte: ich muß zu Professor Fiorini, aber eigentlich, das wußte ich bei mir, suchte ich den Professor gar nicht, denn der hat ja den Chirurgischen Saal unter sich. Ich suchte nach etwas, was es hier gar nicht gab, und dabei kam ich mir richtig närrisch vor, so als suchte ich auf der Straße Geld oder Brot in der Kirche. Aber da blieb ich plötzlich stehen und mir war's, als sähe ich mich selber im Bett liegen. Ja, da hing nämlich meine Jacke, nicht wahr? Sie hing an der Wand über einem Bett, und da guckte ich in das Bett und hatte, was ich seit Monaten suchte, gefunden. Ja, da lag er, in der langen Reihe. So schmutzige Betten hab ich in meinem Leben noch nicht gesehen, und ich lag doch im letzten Krieg selber in einem Lazarett, als man mir das Bein abnahm, nein, da hatten wir's doch noch ein bißchen besser, aber das war auch in Norditalien! Jäh heulte ich los, als ich meinen Herrn erkannte, und das kann mir niemand verdenken. Er ist so mager geworden, Signorino, daß er zweimal in das Bett hineinginge. Er schlief gerade ein bißchen. Als er die Augen auftat, erkannte er mich auf den ersten Blick. Ich hab ihn mal gleich ein bißchen gewaschen, vor allem die Füße. Und ihm die Nägel geschnitten, auch an den Händen. Er hat jetzt einen langen Bart, ganz weiß! Wie ein Heiliger sieht er aus, dachte ich sofort – wie ein Heiliger mit einem Bart, freundlich wie ein schöner Abend. Er war ja immer so gut zu mir –«, Luca brach plötzlich ab, stützte den Kopf in seine Hand und blickte auf die Straße hinaus, die hinter dem Wagen herausströmte, ein grauer

Streifen mit der Reifenspur, man sah deutlich das Muster, aber nur ein paar Meter weit, dahinter verging alles in der rußigen, gleichmäßigen Dämmerung. Es fiel kein Staub mehr, aber das Tageslicht wurde bereits in der Höhe abgefangen oder doch gefiltert. Erst als sie über den Paß hinaus waren und der Wagen nun noch langsamer gegen den Golf von Neapel hinabtastete, regnete es wieder. »Staub«, so sagte Luca, aber Fabio, der die Hand hinaushielt, widersprach –, nein, das sei Asche. Und es flockte so dicht und unaufhörlich und von allen Seiten, daß der Wagen nun nicht viel schneller fuhr als ein Mensch geht. Die Scheinwerfer stießen wie gelbe Hörner in die weiche Wand, und der Motor bohrte sich mit seiner Nase nur zögernd in das sikkernde gegenstandslose Schwarz. Nur die hohen Gartenmauern, dahinter die Orangengärten lagen, waren sichtbar. Sie fuhren wie in einer Abzugsröhre dahin, wie auf dem Grunde eines Meeres aus Ruß. Ihr Atem ging schwer, und ihre Gesichter waren, trotz der schützenden Plane, bald grau, und das von Luca wurde nun schwarz. Sie sprachen nicht mehr miteinander, nicht einmal der Name des Urhebers dieser Finsternis wurde erwähnt.

Als sie in Sorrent aus dem Wagen sprangen, standen sie bis über die Knöchel in der kalten Asche. Manchmal erhob sich ein Windstoß, und dann wurde es für Augenblicke vollends Nacht. Der junge Mann ging mit seinem Köfferchen davon, die beiden schauten ihm nach. Man hörte keinen Schritt, jeder Laut wurde erstickt unter dem schwarzen Kissen, das aus dem Himmel sank, überallhin, wo kein Dach schützte. »Wenn man jetzt so einen Schirm hätte«, sagte Luca und blickte sich um. Die wenigen Leute, die mit eiligen Bewegungen und doch behindert und langsam durch die zwei Handspannen hoch liegende Asche stapften, hielten alle Schirme über sich, die sie von Zeit zu Zeit abklopften. Die meisten hatten sich den Mund mit Tüchern verbunden. Fabio hustete und band sich ein feuchtes Taschentuch vor.

»Wir müssen einen Wagen finden«, sagte er. Luca nickte. »Ja gewiß, wir müssen –, aber wer fährt uns durch diese Aschenfabrik! Jetzt wär's mal wieder besser, ein Maulwurf zu sein!« Und er schickte Fabio, daß er in den Hotels nachfrage; er bleibe hier am Denkmal stehn. »Der Fürst wartet«, rief er, »wir müssen einen Wagen finden!«

Fabio ging zu dem Parkplatz und fragte. Ein Soldat schüttelte nur betroffen über die Vorstellung, ob er etwa nach Neapel führe, den Kopf. »Good Lord«, seufzte er und wandte sich seinem Wagen zu, mit der Hand die Asche vom Kühler fegend.

Vor den Hotels standen Leute mit Schaufeln und machten die Eingänge frei. Fast neben jeder Haustür lagen große Aschenhaufen. Fabio schüttelte von Zeit zu Zeit die Asche ab, am ganzen Körper und bis in die Lungen hinein spürte er nichts als Asche – Asche!

Der Portier eines Hotels – Fabio wußte nicht, wo er sich genau befand – fragte ihn scharf, was er hier suche. »Sie bestimmt nicht!« versetzte Fabio grob. Seine Erregung, zu einem Fahrzeug zu kommen, schlug angesichts dieses Mannes mit einem annähernd weißen Hemd in Wut um. Und als der Portier nun im gleichen Ton antwortete, schrie ihn Fabio an: er solle ihn sofort passieren lassen! Er habe dringend einen Wagen nötig – »ich muß zu einem Sterbenden«, fügte er wie erschöpft und jäh sanfter werdend hinzu.

»Ach so«, sagte der Portier; auch er wechselte sofort den Ton. Und er bat Fabio, einen Augenblick zu warten. Es dauerte keine fünf Minuten, und er kam mit einem Leutnant, der nicht viel älter war als Fabio. Er war sofort bereit, Fabio mitzunehmen, doch hatte er große Eile. Sie fanden Luca am Denkmal. Sein Rock leuchtete unter dem ganz zu Asche gewordenen Mantel wie glimmende Kohlen hervor, sein graues Haar aber war ganz schwarz geworden wie sein Gesicht, und er sah seltsam verwandelt aus, fast wie ein Neger.

Bis Castellamare fuhren sie durch einen gleichmäßig flockenden Aschenregen. Nach einer Viertelstunde etwa bemerkten sie einen scharfen Schwefelgeruch. Sie konnten ihre Gesichter nicht mehr sehen, es war dunkle Nacht. Sie husteten um die Wette, und Luca versicherte von Zeit zu Zeit, daß man »rein gar nichts mehr sehe«.

Plötzlich spürte Fabio eine Hand auf seiner Schulter. – Diese Berührung – ah, fast wie Giovannis Hand im Poggio reale!

»Signorino«, murmelte Luca, »jetzt kann ich ja freier reden, jetzt sind wir unter uns«, er hustete kurz, »der Fürst weiß also nicht, was aus seinem Neffen geworden ist, keinen Strich weiß er! Und ich bin sicher, daß ihm nie einer etwas davon sagt.« Seine Stimme klang in einem sanften Fragen aus. Fabio sagte mit schwerem, keuchendem Atem: »Bravo, Luca, keiner darf es ihm sagen, keiner! Hoffentlich stirbt der Fürst, bevor er es erfährt!«

Aus dem Dunkel kam statt einer Antwort ein Ächzen. »Madonna, das sind Sachen, die heutzutage passieren. Wer hätte das gedacht! Ich kannte den Signorino, wie ich Sie kenne, nein, was sag ich: viel, viel besser noch. Von klein auf kenn ich ihn! Als er anfing, sich zu pomadisieren, da war er ein anderer. Wir haben ihn immer sehr gern gehabt, ich meine: der Fürst und ich, – er war uns wie ein Sohn des Hauses! Himmlischer Vater – und dann das! Aber seine Mutter hat ihm jeden Willen getan. Er war so hübsch und so klug – und so arrogant wie eine neue Likörmarke; sie, ich meine: die Mutter, kam nicht gegen ihn an . . . Aber ich weiß nicht mal, ob sie es versuchte. Vom Fürsten verlangte er, als er größer wurde, nichts als Geld. Es war nicht schön, mit anzusehen, wie er forderte, immer so nervös! Was ihm einfiel, mußte er tun; wonach ihn gelüstete, das mußte er haben. Mein Vater sagte immer: ein Ochse muß ins Joch oder zum Metzger!« Luca ächzte zwischendurch und hustete. Auch der Offizier vor ihnen und der Soldat hielten sich hustend die Nasen zu.

»Luca?«

»Ja, Signorino?«

»Wo sind wir ungefähr?«

»Ungefähr? – Hm, in Pompeji, schätz ich! Man sieht rein gar nichts, als ob man durch die Hölle führe!«

»Die Lava war diesmal brav.«

»Ja, Signorino, man sagt, die Madonna von Pompeji habe ihr befohlen: bis hierhin und nicht weiter!«

»Davon hab ich nichts gehört. Glaubst du an so was, Luca? Glaubst du, daß Beten hilft?«

Der Alte schwieg und hustete ein wenig, putzte sich die Nase und sagte: »Ich – ob ich? – Ja – Signorino, ich hab drüber manchmal gegrübelt, heute sag ich mir: das ist im Himmel wie auf der Erde. Wenn ich der liebe Gott wäre und meine Mutter noch lebte, – na, und die sagte mir: Luca, bitte kümmere dich mal schnell um die Lava, sonst passiert noch ein Unglück, – was könnte ich tun, Signorino? Ich hab immer getan, was meine Mutter mir sagte, das ist mal sicher! Ich war nicht so einer wie der Dino . . . Wenn man seine Eltern liebt, – aber die müssen auch danach sein, die Eltern . . . Heutzutage noch höre ich manchmal ihre Stimme – gestern und heute morgen zum Beispiel, ich hab ja ziemlich viel zu Fuß gemacht, aber durch diesen stinkigen Höllenqualm fuhr ich gestern abend mit einem englischen Soldaten; – ja, wirklich: ich hörte ein paarmal die Stimme meiner Mutter, einmal heute morgen, als ich von Castellamare nach Vico Equense humpelte und schon nah dran war, ein paar Stunden auszuruhen. ›Voran, Luca, der Fürst stirbt, du mußt den Signorino bringen!‹ so sagte die Stimme. Und da bin ich weitergekrochen. ›Hast gut reden, Alte‹, hab ich gesagt, aber ich ging doch. Sehen Sie, so ist das vielleicht auch mit der Madonna!«

»Vielleicht!« Fabio lächelte in das Dunkel. Und da gerade war es ihm, als wäre das Scheinwerferlicht schwächer geworden. Nein, die Wolke – man sah sie jetzt, sie nahm Gestalt an, sie quirlte, sie hatte Licht in sich, sie bekam Farbe, wurde grau, bläulich, hell, wurde durchsichtig – eine Wolke wie jede andre, ein Schleier – ah – und er zerriß, beide kniffen die Augen. Luca seufzte beglückt: »Ecco!« und fuhr sich übers Gesicht. Auch Fabio atmete tief auf und rief: »Der Himmel, guck, Luca! Was für ein Himmel!«

Sie fuhren plötzlich wie an irgendeinem schönen Frühlingstag durch die grüne, üppige Ebene, aber ihre Augen waren vom jähen Übergang aus der Nacht in den Tag, aus der Hölle in den Himmel nicht nur geblendet, sondern auch geschärft, die Finsternis wirkte nach – und nicht nur auf der Netzhaut –: als eine Würze im Licht. Und der frische, erdige Luftstrom aus den fetten Feldern und dem hundertfältigen Grün der Breiten, Gärten, Büsche und Bäume drang schäumend und brennend in ihre Lungen ein. Das Atmen wurde zu einer Wollust. Der Himmel stand blau gedehnt, ohne ein Wölkchen. Die Sonne zog wie ein leiser feierlicher Bogenstrich über alles dahin, was war – auch über die breiige, weißliche Dunstmasse, die vom Vesuv herab, oben schmal und in der Tiefe sich flügelhaft verbreiternd, langsam in die Ebene kroch und den feurigen trägen Basaltwurm, aus dem sie abgesondert war, verbarg: Drachengefieder! Und dieselbe Wolke, die sie, als sie mitten darin waren, mit Finsternis und Gestank bedrängt hatte, begann nun, je weiter sich der Wagen von ihr entfernte, bunter und heller zu leuchten, bis sie schließlich, von der Sonne angestrahlt, wie eine phantastische Plastik aus Silber sich erhob, eine indische Tempelfront mit quellenden Leibern, Roßschweifen und Mähnen und den tausend Brüsten einer Göttin, die so schön war, daß man nur schwer an den vernichterischen Strom in ihrer Tiefe glaubte.

Über diese Wolke hinweg aber fuhr die andere aus Asche, vom Wind gegen Süden gedrängt, hoch in der Luft, wie der schwarze Federbusch auf dem Helm des Abgrunds.

Und eines Tages würden die Menschen den Feuerwurm, wenn er erkaltet war, in Stücke schlagen, um sich aus seinem Leibe Häuser zu bauen, – das ist der Mensch.

Fabio nickte lächelnd in die Ebene hinaus, und sie lächelte zurück, aber nicht so schwermütig wie er. Die beiden Engländer vorn im Wagen lachten über etwas. Der Motor brummte, sie fuhren jetzt schnell. Fabio und Luca saßen stumm nebeneinander und schauten unter der Plane hervor nach rückwärts in das rätselhafte Land. Die Rauchfahne und die weiße Schlange waren nur noch Zeichen unter vielen. Weiße Häuser – Bewässerungskanäle – Göpelwerke – Felder voller Blumenkohl – Eselswagen – flatternde Wäsche. Über einer Gruppe von Pappeln zog sehr hoch ein großer Vogel einen langsamen Kreis, stand still und fiel in die Tiefe. Fabio fuhr zusammen.

– Ich bin schuldig, wenn etwas geschehen ist, da unten in Kalabrien. Dieser Gedanke hielt ihn einen Augenblick fest umklammert. – Ich lag im Bett und handelte; auch er liegt im Bett und handelt . . .

»Was ist Ihnen, Signorino?« Luca hob sein geschwärztes Gesicht.

»Mir? – ach Luca!« Er blickte den alten Mann eine ganze Weile an, endlich sagte er: »Stell dir vor, Luca, ich hielt dich für einen Bösewicht, einen ganz verdammten Heuchler! – Ja, ich glaubte, du hättest das Porzellanpferdchen gestohlen, um Dino damit zu belasten und vor seinem Onkel als Dieb zu erledigen. Ja, das glaubte ich von dir!«

Luca schaute den jungen Mann eine Weile traurig an, keine Miene regte sich in seinem mageren Gesicht.

»Und Dino glaubt das immer noch«, murmelte Fabio, und dem Alten plötzlich näher kommend: »Hüte dich vor ihm, Luca, geh am Abend nicht allein aus! Er will sich rächen!«

Luca schüttelte ruhig und wie bedauernd den Kopf, seine Augen waren gesenkt. »Wann haben Sie – zuletzt mit Dino gesprochen, Signor Fabio?«

»Warum?«

»Nein, Sie brauchen es mir nicht zu sagen, aber seien Sie vorsichtig – mit Dino! Was den Koch angeht, ich meine den Federigo, so werde ich ihm doch noch eine runterwischen. Aber der Dino nimmt kein gutes Ende, Signorino, wirklich, seien Sie vorsichtig!«

»Glaubst du denn, daß ich Dinos Freund bin?« Fabio starrte den alten Diener an. Der zog verlegen die Schultern hoch und sagte: »Ecco, wir sind da!«

Sie hielten in der Nähe des Hafens an der Immacolatella nuova. Fabio sprang auf das Pflaster, bedankte sich bei dem Offizier, dann schaute er Luca an. »Nun, was meinst du – glaubst du, daß ich –«

»Signorino, wir haben jetzt keine Zeit! Ich weiß nur eins: Sie sind der Freund meines Herrn. Und da können Sie kein schlechter Mensch sein. Aber ich denke, wir müssen uns ein wenig waschen, wie?«

In der Nähe der Piazza del mercato fanden sie einen Brunnen. Alles erinnerte Fabio an Zecchi: das Wasser, aber auch die Schwärze in seinem eignen Gesicht.

Nachdem sie sich ein wenig gesäubert hatten, liefen sie an Häusertrümmern vorbei, durch Bombenschutt, faule Fischköpfe, Kohlblätter, leere Konservenbüchsen, Zeitungsfetzen. Da war es wieder: dies Neapel, das er vor einem halben Jahr als Nonne verkleidet mit Dino verlassen hatte: dieser Lärm, dieser Gestank, dieser einmalige, wimmelnde metaphysische Kehrichthaufen.

Aber Fabio hatte nur zwei Vorstellungen: ein Bett, darin ein alter Mann lag – und eine Carrozza, die sie in der kürzesten Zeit an das Bett bringen könnte.

Auf der Domstraße endlich erblickte er die erste Carrozza, er lief voraus, näherte sich ihr – doch im letzten Augenblick bemerkte er, daß sie besetzt war. Der Mann, der darin saß, war klein, lag überdies quer zur Seite gelehnt und las die Zeitung. Fabio wollte schon in seinem Lauf innehalten, aber die Vorstellung, er könnte, und wär's nur eine Minute, zu spät an seinem Ziel, an diesem Bett bei den Incurablen, ankommen, trieb ihn näher. Und so rief er etwas in die Carrozza, was ihm gerade einfiel, etwas von einem außerordentlichen Ziel, – er komme in die Stadt, um einen Sterbenden zu sehen – bei den Incurablen –, ob er nicht mitfahren könne. Der Mann im Wägelchen ließ die

Zeitung sinken und blickte sich um und betrachtete Fabio mit einer abwesenden Miene – plötzlich lächelte er. Fabio aber blieb wie angewurzelt stehen, doch da hielt auch der Wagen. Der Herr im Wagen hatte dem Kutscher ein Wort zugerufen und winkte Fabio auf die zuvorkommendste Weise herbei. Er lächelte immerfort, er schien ein wenig amüsiert über dessen Verblüffung. Fabio näherte sich nur langsam, fast unwillig: auch er hatte den kleingewachsenen, stämmigen Herrn auf den ersten Blick erkannt: es war der Direktor des Poggio reale, der Freund seines Vaters.

»Bitte«, sagte der Herr Direktor. Luca kam langsam heran und kletterte auf den Bock. »Zu einem Sterbenden wollen Sie, Herr Casani, sagten Sie so?«

»Ja«, Fabio nickte, das Gesicht langsam gegen den Direktor wendend, »bei den Incurablen. Sie tun mir einen außerordentlich großen Gefallen!«

»Doch niemand aus der Verwandtschaft?« fragte der Direktor, Fabio und seinen seltsamen Begleiter genau betrachtend. Luca hatte den zerfetzten Mantel abgelegt, und sein roter Rock glühte.

»Nein – aber jemand, der meinem Herzen sehr nahe steht, sehr nahe! Ah – ich bin wohl sehr schmutzig? Aber wir kommen von Città morta! Der Vesuv hat uns so zugerichtet!«

»Der Vesuv – jaja! – Soso!« Der Direktor betrachtete den roten Rücken des alten Luca sehr ausführlich, endlich schüttelte er den Kopf. »Ach so!« rief er plötzlich, und zwar schien ihm die Zeitung diesen Ausruf zu entlocken, »wissen Sie das Neueste? Hier, lesen Sie mal, da!« Sein kräftiger Finger stieß auf eine Überschrift. Fabio beugte, mehr höflich als neugierig, das Gesicht darüber, aber dann verblieb er lange in dieser Haltung. Zuerst begriffen nur seine Augen, was da stand.

Es war also am Mittwochmorgen schon geschehen, gegen sieben Uhr – nicht am Abend, nicht in der Nacht! Und auch nicht »an dem bestimmten Punkt in Kalabrien«, sondern an der kurvenreichen Küstenstraße zwischen Amalfi und Salerno. Und »die Ritter vom Weißen Roß« hatten den Wagen des Sindaco von Città morta zu stellen gemeint, wie einer der Banditen gleich darauf im Verhör aussagte. Aber da war es der Wagen einer Polizeistreife, der genauso aussah. Die Banditen waren überrascht, und alle außer ihrem Anführer hatten die Waffen gestreckt oder vergeblich die Flucht gesucht. »Das Haupt der

Bande aber«, so fuhr die Zeitung fort (und erwähnte hier, als wäre das der richtige Platz, die hohe Verwandtschaft des »jugendlichen Briganten« ziemlich deutlich) – das Haupt der Bande also »kämpfte allein weiter, streckte zwei der Agenten nieder und stürzte sich schließlich, aus vielen Wunden blutend, über die steile Brüstung der Uferstraße hinab, wo er, drunten am Meer, zerschmettert aufgefunden wurde«. Die Bande sei damit, fuhr die Zeitung fort, da der Führer tot und vier Mann gefangengenommen seien, »als unschädlich gemacht« zu betrachten.

»Nun?« fragte endlich die schwere, kühle Stimme über Fabios Kopf. – Es schien dem Lesenden, als könnte er mit dieser Notiz nicht zu Ende kommen.

»Vielleicht«, murmelte er, immer noch auf die Zeitung starrend, »vielleicht ist alles besser so – auch für ihn!«

Der Direktor schwieg und faltete die Zeitung.

»Sie waren mit ihm befreundet? . . .« fragte er endlich.

»Ich –?« Fabio schüttelte, als dächte er tief und angestrengt nach, den Kopf, aber mit viel Trauer und Zurückhaltung, daß der Direktor, der ihn von der Seite her ansah, sofort geradeaus blickte. »Aber es geht Ihnen doch sehr nahe«, murmelte er und blies den Atem von sich.

»Ja«, sagte Fabio und nickte, »sehr! Er war zu mir gut, so gut wie ein Freund es sein kann, damals, als ich im Poggio reale war.«

»Soso! Übrigens – ich habe gehört, Sie haben den Sindaco von Città morta, den Advokaten Zecchi öffentlich bloßgestellt?«

»Das tat ich! und ich werde«, Fabio unterbrach sich und blickte mit einem kurzen, angewiderten Kopfschütteln geradeaus: er sah das Bett bei den Incurablen und wollte sich mit niemand streiten.

»Nun, was werden Sie?«

Als Fabio nicht antwortete, fuhr der Mann zu seiner Seite fort: »Hören Sie, Herr Casani, Ihr Vater hat mir allerlei von Ihnen erzählt. Ich meine es gut mit Ihnen. Aber Sie sind andauernd in Gefahr, Dummheiten zu machen. Nehmen Sie sich das zur Lehre« – er hob die Zeitung und ließ sie mit der Linken leicht vor Fabios Gesicht auf und ab fächeln, »die Geschichte dieses Falconieri. So enden solche dummen Geschichten fast immer! So müssen sie notwendigerweise in einem zivilisierten Staat enden. Sie haben gefährliche Ideen im Kopf . . . Sie wissen, ich kenne nicht nur Ihre Akten« – er lächelte dezent, »o nein, ich kenne Sie viel besser als Sie glauben. Ihr Vater ist sehr besorgt... Ideen – mein lieber Herr Casani, Ideen können genauso gefährlich sein wie Freunde, zumal heimliche Ideen und heimliche Freunde! Man will Ihnen wohl. Sie sind noch jung und verwechseln Rebellion mit Idealismus! Jeder hat so eine kritische Zeit in seiner Jugend, zumal heutzutage. – Alles geht scheinbar auseinander, aber der Staat ist am Ende dann doch stets der Stärkere. Halten Sie sich an Ideen, die Ihnen nicht schaden, mein junger Freund, also an Ideen, die Sie mit dem Staat in Parallelbewegung bringen. Wer an der Autorität rüttelt, der macht es im besten Falle wie Samson: alles fällt ihm auf den Kopf! Aber das ist noch der beste Fall, der des Samson! O gewiß, gerade dies Rütteln macht so viel Spaß, und man wird ganz betrunken davon, man will ja wenigstens frei sein, wenn man schon blind sein soll . . . Aber das endet dann schließlich so, daß man in seinem Freiheitsdrang so eine Carrozza mit einem Auto, und ein Auto mit einem Flugzeug verwechselt und hernach – nun, das ist ja klar! Die Verkehrsregeln gelten auch für die Jugend und den Idealisten, verstehen Sie mich wohl! – Da sind wir bei den Incurablen. Wen besuchen Sie denn, wenn ich's wissen darf?«

»Sie dürfen es nicht wissen«, sagte Fabio, mit einem erregten Lächeln sich erhebend, »ich danke Ihnen, Herr Direktor, aber ich habe Eile!«

»Soso! Also ich darf es nicht wissen! Und Ihr Vater?«

Fabio rief bereits im Weggehen: »Mein Vater? – Er wird noch einmal erfahren, wen ich hier besuchte, und auch Sie, Herr Direktor, werden es erfahren, aber erst, wenn es Zeit ist! Versuchen Sie den Staat in eine Parallelbewegung zu bringen zu dem, was soeben hier vor sich geht, – wenn Sie das können!«

»Kommen Sie, Signorino«, rief Luca, seine Stimme klang rauh vor Erregung. Fabio eilte ihm nach, es war ihm, als sollte er sich ins Meer stürzen, nein, in übles Wasser, um darin nach etwas zu tauchen, nach etwas, das so weiß und wunderbar geraten wie eine Perle und auf ihn wartete. Alles Einsame wartet – worauf? Ah, da ist die Tür. Die ekelhaften Gerüche fielen ihn an wie die unsichtbaren Wachthunde der dem Elend Geweihten; man konnte sie nicht scheuchen, so wenig wie den Tod, den diese stumpfen oder angstvollen Augen hinter den Äußerungen des Lebens sich regen sahen, als hätte er sich maskiert.

Auf den Altar am Ende des Saales langsam und starr zugehend – Luca stand bereits da und winkte – hörte Fabio zu beiden Seiten aus den Betten welke, raschelnde Stimmen, hohle Seufzer, rasselndes Lachen –, aber all diese Laute liefen vom Leben bereits abgetrennt und niemand mehr begreiflich, wie in einer gläsernen Röhre: physikalische Erscheinungen von der Chemie bewirkt, der Chemie des Todes. Er wollte tief atmen, aber der Ekel verbot es ihm: Geruch entsteht durch feinste Partikel der Materie – Soll ich wirklich Arzt werden? – Da neben dem Altar, wo Luca steht, die kleine Tür führt in die Latrine –, neben dem Altar! – Und er spürte, den Blick auf das Kreuz des Altars gerichtet, wie jung er noch eigentlich sei, und wie alt dagegen das Leid der Welt; und wie schwach er sei, und wie schwer die Bürde war, die auf sich zu nehmen nichts verlocken konnte – als die Liebe! Die Liebe zu wem?

Und da trat er langsam auf das letzte Bett rechts vom Altar zu, ganz nahe der kleinen Tür; die Eile war, kaum daß er in den Saal eingetreten, von ihm abgefallen.

Da stand er vor dem Bett, darüber Lucas graue Livree hing, wie vor einem Ziel. Er starrte auf das graue Gesicht in den grauen Kissen, das einzig Weiße in diesem Bett war der Bart, aber der war so weiß, daß man allen Schmutz ringsum vergaß. Einige Sekunden hatte er so gestanden, als sich die großen Augenlider neben der weitgeschwungenen Nase hoben, und die schwarzen Augen des Fürsten di A. richteten sich gegen das Bettende in Fabios Gesicht. Es dauerte ein wenig, bis der Schlaf auf der schlaffen Miene einsickerte und die Augen kurz aufflammten, aber gleich waren sie wieder voll von diesem Gleichmut, der Fabio nun im selben Maße ans Herz griff, wie er ihn früher unbegreiflich, ja, anstößig fand.

»Komm«, flüsterte der Fürst und hob die Hände von der Decke. Luca trat mit einem wehen Lächeln zurück und blickte streng umher, daß niemand es wage, auch nur mit einem Blick die beiden da zu stören, die sich umarmten und leise Worte miteinander tauschten. Luca hörte, wie der Fürst mit einem schwachen Lächeln sich gegen Fabio zur Wehr setzte und mehrmals »nein« sagte. Und Luca warf kopfschüttelnd sein Gesicht zur Höhe: vergebens, alles vergebens! Das ist es ja . . . Hier bleibt keiner freiwillig, der klar im Kopf ist!

»Nein, Fabio«, flüsterte der Fürst, »das ist notwendig. Eben weil hier alles so heillos ist –, so unerträglich, wie ich es doch nicht wußte . . . Erst die Erfahrung – «, die Kinnlade unter dem weißen Bart bebte, Fabio sah es: wie bei einem Kinde, das sich erinnert und dadurch dem Weinen wieder nahekommt.

»Wie geht es ihm?« flüsterte der Fürst plötzlich. Seine Miene veränderte sich ohne Übergang, seine Augen hatten, wiewohl sie wie zur Abwehr halb geschlossen waren, etwas Gieriges.

Fabio hockte sich neben das Bett. Seine Lippen berührten fast das mit weißem Flaum gefüllte Ohr: »Es geht ihm gut, Principe!«

»Wo ist er?«

»Wo er im Augenblick ist, weiß ich nicht, aber er besuchte mich einmal in der Nacht in Città morta. Er hat es schwer – es geht viel in ihm vor! Sein Haß gegen die Menschen, seine Liebe zur Freiheit . . . Aber ich glaube, er ringt sich durch! Er war so sanft – manchmal, er las mir einen Brief von Ihnen vor, Principe!«

»Das tat er? . . . Ja, er mußte auch dies alles erfahren –, ich sage dir, Fabio: die Erfahrung – nein, ich wußte nichts, aber das war meine Sünde. Ich wußte nur vom Hörensagen – aber es zu spüren . . .«

»Es ist genug mit der Erfahrung«, flüsterte Fabio heftig, ja, beschwörend, doch der alte Herr schüttelte unsagbar bestimmt und nüchtern den Kopf. »Nie, nie, mein Junge, sage so etwas nicht! Außerdem, selbst wenn ich bereits alles erfahren hätte, was für mich notwendig war, – nun muß es auch noch ausgehalten sein. Einer muß es freiwillig aushalten, einer! Um der Wahrheit willen!«

Fabio glaubte nicht recht verstanden zu haben: »Sagten Sie: um der Wahrheit willen?«

»Ja«, das weiße Haupt nickte einmal vorsichtig und mühsam; es hob sich ein wenig dabei. »Ich habe mein Leben lang eine Wahrheit behauptet, die ich nie bewies, die selten bewiesen wird, ich weiß es . . .«

»Welche Wahrheit, Principe?«

»Das weißt du nicht?« Der alte Herr lächelte sanft und vorwurfsvoll. »Daß wir auf dem Altare leben – «, er blickte an Fabio kurz vorbei gegen den armen, unsagbar verwahrlosten Altartisch, darauf neben dem Kreuz und den Kerzen ein paar Sträuße mit fast unkenntlich gewordenen künstlichen Blumen in angestoßenen Vasen standen. »Wir schädigen die Wahrheit am meisten, wir, die wir sie nur behaupten, ohne sie zu beweisen – so! Ah, wagte ich es, diesen Platz zu verlassen, hätte ich mich an der höchsten Wahrheit: der Liebe – vergangen, ich wäre ein Ungerechter; ja, ich hätte Angst für mich und die Welt, ja, für die Wahrheit selber! Hernach wäre ich geneigt zu glauben, der Altar, auf dem unser Herz sich opfern soll, möchte nur eine Attrappe sein, so ein Trostmittel für schlimme Zeiten und für die Armen und Blinden im allgemeinen. Ah, es ist schwer, bei den Armen zu leben . . . Bei denen, die ein Leben lang nur Böses erfuhren, Niedriges, Erbärmliches . . . Die Gemeinheit der Reichen ist empörend, die der Armen bedrückend. Ich hätte dir soviel zu sagen, Fabio, ich habe auf dich gewartet – rette mich!« Er griff jäh die Hand des jungen Mannes – »nein, nicht von hier fort – rette meinen Glauben, hilf mir, daß ich weiterglaube! An den Altar – auch an den da! . . . Nein, ich wußte nichts! Sieh, dies Linnen auf dem Altar, es ist so schmutzig – wie die Seele der Christenheit! Hilf mir, Fabio! Kauf ein paar schöne Vasen und stelle Blumen hinein! Und frisches Linnen! Oder ist es für alles zu spät? Sind wir nur ängstlich? Können wir die Welt nicht ertragen, wie sie ist – und bauen wir uns darum Rettungsgerüste? Die Zeit ist spät, Fabio, ich weiß es . . . Sag, Fabio, kennst du die Praefatio: vere dignum et justum est? Kannst du sie singen vor all denen hier im Saal? . . . Wäre ich mit Tieren zusammengewesen – Nos tibi semper et ubique gratias agere – auch hier – Wer versteht noch etwas vom Altar – von der Anbetung des Himmels? – Es ist wirklich spät geworden – Und die Ritter der Gerechtigkeit glauben nicht mehr – Unsinn und Sinn haben sich so ineinander verschlungen – Gemeinheit und Hohes, Lüge und Wahrheit – Hilf mir, Fabio – O mein Gott – Aber es ist notwendig – Wenn man mich vierteilte auf öffentlichem Platz, wenn man mich auf den Scheiterhaufen stellte, und ich wüßte: alles ist in Ordnung, oh, dann wäre der Schmerz eine ruhige Flamme, die nur ihre Arbeit tut, aber so . . .«

Fabio bat den immer müder und flackernder Sprechenden, doch ein wenig zu ruhen.

»Ruhen – ich? Aber du bist doch gekommen! Eigentlich wollte ich fortgehen, von euch allen, ohne etwas zu sagen. Dann betete ich, daß einer kommen möge, ohne daß ich redete. Und da kam Luca am folgenden Tag. Und nun kommst du, und ich muß dir doch das Testament geben! . . . Ja – es ist im Rock hier über mir. Geht es ihm wirklich gut?«

Fabio hockte sich neben das Bett: »Wirklich, Principe, ich bin überzeugt, er ist auf einem neuen Wege.«

»Auf einem neuen? . . . Man muß ihn rufen, er muß kommen. Er muß sehen, daß ich – daß ich Ernst machte . . .« Die Augen des Fürsten flammten auf, aber gleich versank das Feuer in dem sich weitenden Blick. Er sah auf einen fernen Punkt in der Luft, nachdenklich. Es vergingen so im Schweigen einige Minuten, und sein Blick, immer noch unbeweglich, wurde angestrengter, die Augen begannen zu glänzen. Fabio fühlte ihm, nach den auf der Decke umherirrenden Händen greifend, den Puls. Während vorhin, als er an das Bett trat, der Kranke nicht unbedingt fiebrig, sondern nur äußerst erschöpft wirkte, spürte Fabio nun, wie das Blut heftig und ohne Rhythmus pulste. Er war besorgt.

»Weißt du, Fabio«, begann der Kranke leise, seine Stimme war heiser, »der – der Koch – nein, hat dir Luca erzählt, daß Dino kein Dieb ist, daß ich das Porzellanpferdchen fand?«

Fabio sagte beruhigend: natürlich, Luca habe ihm alles erzählt, und er werde es Dino sagen, und Dino werde kommen, und das ganze Mißverstehen höre dann auf.

»Wenn er mir verzeiht«, ächzte der Fürst, »meine Schwester verzeiht es mir nie. Cornelia ist stolz, sie verzichtet lieber auf das Testament . . . Dino – vielleicht! Er erbt alles . . .«

Plötzlich, Luca scharf anblickend, aber mit einem seltsam fremden Ausdruck, sagte der Kranke in befehlendem Tonfall: »Schaffen wir doch lieber sofort Klarheit! Du Luca, gehst jetzt sofort zu Dino, er soll kommen! Ich dulde nicht, daß zwischen Menschen, die sich lieben, Mißverständnisse solche Macht haben, solche Macht . . . Warum eigentlich?«

Luca trat, die Arme verlegen breitend, mit einer bittenden Gebärde den Oberkörper vorbeugend, näher an den Fürsten; doch der schwieg und starrte den Diener an. Seine schwarzen Augen waren wieder für lange Minuten ohne jeden Ausdruck, er schien zu lauschen oder sich erinnern zu wollen. Er atmete keuchend. Fabio gab ihm zu trinken. Plötzlich lächelte er sanft und nickte Luca nachbarlich zu: »Nicht wahr, Cornelia? Wir müssen unsern Stolz aufheben, für den richtigen Augenblick . . . Ich schenk ihm keine Uhr; das ist kein Geiz, Cornelia. An diesem Tag soll er seine hilflose Jugend und sein zum Guten bereites

Herz seinem Erlöser anbefehlen ... Ich hab die Sammlung nur nicht zerreißen wollen, es ist ja doch alles für euch – für ihn! ... Putti-Putti, sag ihr das, Cornelia, soll nichts verkaufen ... Wie rot du bist, Schwester, so rot. Du hast meinen Diener Luca beschimpft deswegen, und jetzt – Warum denn? Wir beide waren keine Vorbilder, du auch nicht, Cornelia! ... Es ist ja kein Glaube mehr da – Die letzten Ampullen – die Ärzte haben nichts, so sagen sie wenigstens – die Alliierten geben Morphium, Insulin, aber die Obrigkeit verkauft ihre letzte Würde auf dem schwarzen Markt – Und du kannst dem Filippo sagen, mein Brot in Sizilien kann er behalten – Aber Dino soll nichts von der Sammlung verkaufen – nur Putti-Putti soll – gebt ihr – das Kind muß ja Milch haben – Und dann sag dem Dino, es nützt alles nichts, wenn er – wenn er nicht kommt – Er muß kommen, es ist doch sein Ehrentag – Er soll daran denken, welcher von Päpsten und Königen ausgezeichneten Familie er angehört – Und Luca soll bei der Messe dienen – nein, er soll, was soll er denn? – O mein Gott, Luca soll den Filippo rufen, er soll die Uniform für Dino weiter machen, nein, nein, nicht weiter – Wo ist Dino?«

Der Fiebernde versuchte sich mit aller Gewalt aufzurichten. Die Augen sprangen ihm glotzend vor. Fabio drückte ihn sanft in die Kissen.

»Wer bist du?« fragte der Fürst und schaute aus seinen geweiteten Augen den jungen Mann, der an der Bettstatt auf den Knien lag, durchdringend an, streng, unerbittlich.

Und als er den Verstummten lange, lange betrachtet hatte, nickte er: »Gut, du bist es! Etwas an dir stört mich, denn du bist gar nicht da. Aber du bist es! So nimm das Bild aus dem Rahmen, man kann nicht ungestraft ein Principe di A. sein und gleichzeitig seine Taten verleugnen. Putti-Putti ist ein Mensch, wiewohl ich lieber mit Tieren lebte, das habe ich mir überlegt – Das kommt daher, weil niemand sich lange auf dem Gipfel hält, der Mensch ist aber als ein Gipfel angelegt – Die Altäre sind zum Spielplatz der Priester geworden, das ist es! Und er starb am Fressen – Und ich weiß es, um deine Augen herum seh ich es: du bist nicht Dino! – Er war edel, aber er hatte mit nichts Erbarmen – O die Menschen – Wo bin ich denn? – Miserere mei, Deus, quoniam conculcavit me homo – Die Tiere enttäuschen nicht – Ich aber, ja, ich bin eine Enttäuschung für dich gewesen – Bist du es?«

Der Fiebernde ächzte. Seine Augen, funkelnd wie eine klare Winternacht, hielten das Gesicht Fabios in ihrer Gewalt. Der Jüngling war bleich und bebte am ganzen Leibe.

»Die Städte«, sagte der Fürst schließlich mit einer seltsam klaren Stimme, und so, als ob er etwas sehr Einfaches konstatierte, seine Hände lagen jetzt ruhig, »die Städte stehen auf den Menschen. Du warst mein Gewissen, du – aber ich weiß nicht, wer du bist –« Und langsam zurücksinkend, hauchte er, die Augen auf den kleinen Altar hinter Fabio richtend: »Altaria Tua, Domine, Deus virtutum – Rex meus –«

Fabio lauschte, aber er hörte die Stimme nicht mehr. Der Saal war still, einen Augenblick nur, es schien ihm wenigstens so. Dann raschelte es wieder, herbstlich, krächzend. Fabio erhob sich und beugte sich tief über das Haupt in den Kissen.

Ein Lächeln bewegte sich leise aus dem Silber des Bartes und legte sich um die Nasenflügel – ein Glanz, der mit den grauen, eingefallenen Wangen nichts zu tun hatte. Die Augen spiegelten nur noch, ohne etwas wahrzunehmen, dann fielen die Lider leicht herab. Es sah aus, als ob der Fürst in einem nachdenklichen Lächeln auf seine Hände blickte.

Fabio warf Luca, der auf den Zehen mit schmerzverzerrtem Gesicht nähertrat, einen kurzen Blick zu; er war sehr ruhig und entschlossen, er sagte: »Es ist soweit, Luca!«

Der alte Diener beugte sich, den Mund in die Backen gerissen, über das Antlitz seines Herrn, als suchte er da nach etwas, das er nicht mehr finden könnte.

Fabio aber sagte vernehmlich in den Saal hinein: »Wir werden es nun jedermann sagen, warum dieser Mensch hier starb.«

Einige der Kranken wandten bei Fabios Worten die Gesichter herüber. Der junge Mann stand ohne Träne da, sondern mit einem versonnenen Lächeln in die Ferne blickend, als er es ihnen erklärte, wer hier soeben gestorben war und warum er seinen Platz vor dem kleinen Altar nicht verlassen hatte. Und es war ihm einerlei, ob sie es begriffen oder nicht: daß die Wahrheit sich bewiesen hatte – in einem Menschen.